L'HEURE DU CHACAL

www.lemasque.com

Bernhard Jaumann

L'HEURE DU CHACAL

Traduit de l'allemand
par Céline Maurice

ÉDITIONS DU MASQUE
17, rue Jacob 75006 Paris

Titre original
Die Stunde des Schakals
publié par Rowohlt Verlag

Conception graphique : Design Visuel | Sara Baumgartner
Couverture : © Soldat : Kenneth Ginn. Plante : Nacivet / Getty images

ISBN : 978-2-7024-3903-6

1

Coups de feu

Les mensonges, les histoires, c'est fini ! Seule la vérité compte, désormais, et la vérité, c'est la mort, bien plus encore que la vie. Car tout le monde ne peut pas prétendre avoir une vie à soi, alors que la mort, elle, frappe tôt ou tard à toutes les portes.

Il enfonça le chargeur incurvé dans l'ouverture de l'AK-47 et vérifia qu'il était bien enclenché. Trente cartouches, 7,62 mm. En se penchant sur le côté, il sentit sa chemise trempée de sueur lui coller au dos. Le sang bouillonnait dans ses veines, mais c'était uniquement à cause de la chaleur qui stagnait dans la voiture, bien que toutes les vitres en soient descendues au maximum. Il déposa la kalachnikov à sa gauche, à la place du passager, et se rassit sur le siège conducteur. À la radio, le présentateur annonça le titre « Summer in the City ». C'était une station afrikaans*[1], radio Kosmos, 94.1 MHz.

Le soleil brillait encore au-dessus de la chaîne de collines, de l'autre côté du lit asséché du Klein Windhoek, mais, même une fois la nuit venue, la température baisserait à peine. Tout Windhoek, toute la Namibie haletaient dans la chaleur de janvier, attendant désespérément les nuages sombres qui, du nord-est, apporteraient la pluie. Il n'y en avait cependant pas trace pour l'instant : au nord-est, le ciel était d'un bleu éclatant, irréel.

Il s'essuya les mains sur les cuisses. Le levier de sécurité de l'AK-47 était réglé sur la position intermédiaire, tir automatique. Il

1. Les termes suivis d'un astérisque à leur première occurrence figurent dans le glossaire situé en fin d'ouvrage. *(Toutes les notes sont de la traductrice.)*

n'aurait qu'à maintenir la détente enfoncée. Ça, ça n'avait aucun rapport avec le mensonge ou la vérité. C'était un travail qu'il devait accomplir.

Devant le numéro 15, l'ombre des palmiers s'étirait sur l'asphalte. Il n'y avait pas âme qui vive jusqu'au croisement, plus loin, et pas seulement à cause de la chaleur accablante, ni parce que Ursulastrasse était une impasse. Ici, dans le quartier Ludwigsdorf de Windhoek, personne ne sortait dans la rue. Chacun restait dans son petit paradis privé, derrière de hauts murs au sommet garni de fil de fer barbelé. Si on devait quitter sa maison, on ne le faisait qu'en voiture, en s'assurant avant de s'éloigner que le portail électrique s'était bien refermé. Un piéton ne pouvait être qu'un mendiant ou un criminel, et une voiture inconnue garée sur le rond-point de l'impasse éveillerait probablement les soupçons.

Mais il s'était bien préparé. Après avoir volé une Toyota Corolla blanche, il avait confectionné des pochoirs et peint à la bombe, sur les côtés, le logo de la société de sécurité Group 4 Securicor. Il s'était même procuré des copies de plaques d'immatriculation : si des habitants du quartier, méfiants, appelaient la centrale, on leur confirmerait qu'il s'agissait d'un véhicule de l'entreprise. Mais cette dernière précaution était certainement exagérée. Après tout, on voyait souvent des voitures de G4S garées un peu partout dans le secteur.

Du côté de la vallée, une étroite bande de gazon desséché bordait le rond-point. Quelques aloès aux feuilles pointues et rougeâtres poussaient devant le muret d'environ un mètre de haut qui longeait le talus. On n'apercevait que le pignon et l'antenne parabolique de la maison bâtie en contrebas, mais il savait que, du muret, il pourrait contempler la terrasse et une grande partie du jardin. Le soleil, entre-temps descendu derrière le château d'eau dressé sur la colline d'en face, restait aveuglant, malgré sa teinte orangée. Il attendrait qu'il ait complètement disparu.

La radio diffusait à présent une chanson de Koos Kombuis, « Johnny is nie dood nie ». Lui s'en fichait, que Johnny soit mort ou pas. Il éteignit l'autoradio. Par la fenêtre ouverte, il entendit des cris d'enfants derrière le mur du numéro 15, puis un grand bruit d'éclaboussure, comme si quelqu'un avait sauté dans la piscine ou y avait été poussé. L'eau clapota et un ébrouement retentit au milieu du vacarme. Il perçut des mots furieux, mal articulés, qu'il ne comprit pas. Mais peut-être n'y avait-il rien à comprendre ; peut-être les choses étaient-elles ainsi, tout simplement. Les voix d'enfants, l'AK-47 sur le siège passager, son dos trempé de sueur, la vérité et les histoires, le pignon du toit avec l'antenne parabolique, et le soleil qui se couchait, flamboyant, derrière la crête de la colline.

Le moment était venu. Il attrapa l'arme et ouvrit la portière du côté conducteur. La rue était toujours vide ; il descendit. À travers les semelles de ses chaussures, il lui sembla sentir l'asphalte se consumer, comme si les feux de l'enfer brûlaient là, directement sous la route. Bien sûr, ce n'était que le fruit de son imagination. L'enfer, ça n'existe pas, sinon, il devrait aussi y avoir un paradis. Rien que des mensonges, des histoires, tout ça. Derrière le portail du numéro 11, un chien se mit à hurler. Un autre aboiement, dur, plus grave, lui répondit, aussitôt repris dans les jardins voisins. C'était normal. Les habitants de ce quartier avaient en général au moins deux chiens, un petit nerveux qui montait la garde et un chien de combat agressif.

« Tout va bien », murmura-t-il.

Il avança lentement jusqu'au muret et y déposa l'AK-47. Le concert d'aboiements se calma peu à peu. Derrière la clôture du numéro 15, une voix d'enfant cria :

« Donne-moi ça ! Allez, donne-le-moi ! »

Dans le jardin, en contrebas, une pelouse d'un vert irréel s'étendait derrière deux acacias. L'arrosage automatique était en marche. Assise sur la terrasse, une adolescente d'environ quatorze ans tapotait sur son téléphone portable. Ça devait être la fille. Plus à gauche poussaient trois arbres fruitiers, des citronniers ou des mandariniers, en tout cas des agrumes, à en juger par leur feuillage et leur forme. Chaque arbre était entouré d'une petite butte de terre disposée en cercle à environ un mètre du tronc ; le renfoncement ainsi formé recueillait l'eau qui s'écoulait d'un tuyau d'arrosage. Un homme vêtu d'un short délavé et d'un tee-shirt blanc trop serré au niveau du ventre tenait ce tuyau d'une main nonchalante. Son cou et son visage étaient bouffis et congestionnés, ses yeux cachés par la visière d'une casquette de base-ball descendue bas sur le front. Aucun doute possible, cependant : c'était bien lui, sa victime.

Il s'essuya les mains une nouvelle fois et saisit la kalachnikov. En l'épaulant, il eut envie de crier quelque chose à cet homme, là, en bas. De lui crier que, tôt ou tard, il fallait payer ses factures. Qu'il y avait dans la mort bien plus de vérité que dans la vie. Et que cette fichue gamine, au moins, devrait filer, rentrer dans la maison.

Évidemment, il ne dit rien, ne fit que tousser brièvement. Le soleil avait enfin disparu, laissant seulement un pâle éclat orangé au-dessus de la colline. Il sentit une étrange colère monter en lui, une colère contre lui-même, contre la vie, et contre le gros homme, là, en bas. Pourquoi fallait-il qu'il porte un tee-shirt blanc, justement aujourd'hui ? Pourquoi pas rouge foncé ou noir ? Quand on porte un tee-shirt blanc, on ne peut s'en prendre qu'à soi-même si…

Il raffermit sa prise sur la crosse de l'AK-47, visa, puis appuya sur la détente et la maintint enfoncée. Tir automatique. Avant même qu'il ait relâché la pression, sa victime s'effondra sur elle-même, sans un cri. Le tuyau d'arrosage lui échappa de la main, se contorsionna, puis se dressa comme un cobra prêt à attaquer. L'eau gicla vers la terrasse. L'adolescente avait bondi de son siège pour se plaquer contre le mur de briques, le visage tourné vers la paroi.

Ce fut la dernière chose qu'il vit. Il retourna à la voiture, déposa l'arme sur le siège passager, monta et démarra. Au croisement, il bifurqua à gauche. Il ne se sentait ni mieux ni pire que d'habitude, même son cœur battait normalement. La colère avait disparu sans que rien vienne la remplacer. Il avait déjà tiré sur des hommes, par le passé, mais à l'époque, il était soldat ; quand un soldat en tue un autre, on n'appelle pas cela un meurtre. Aujourd'hui, il était devenu un tueur, et ça ne l'affectait pas ; il s'était pourtant imaginé qu'il ressentirait autre chose, même sans vraiment savoir quoi. Il toussa une fois, puis deux, et alluma les phares de la Toyota.

Il était 22 h 27 lorsque l'inspectrice Clemencia Garises fut informée du meurtre sur son téléphone portable.

Lorsqu'elle reçut l'appel, elle se trouvait chez elle, à Katutura*, et, comme le volume de la télévision était monté au maximum, elle dut hurler dans le téléphone pour demander qu'on lui envoie une voiture. Son collègue du standard, maussade, lui rappela qu'on était dimanche soir, mais qu'il allait quand même voir ce qu'il pouvait faire. Cela signifiait qu'il ne ferait strictement rien et sous-entendait qu'elle serait bien avisée de se prendre un peu moins au sérieux. De toute façon, on l'avait sans doute prévenue uniquement parce que ses collègues plus âgés n'avaient pas la moindre envie de se rendre où que ce soit un dimanche soir pour ramasser le cadavre d'un Blanc. Clemencia, au contraire, était bien contente de sortir de chez elle. Après le dîner, toute sa famille s'était regroupée devant la télé avec la moitié du voisinage pour regarder les meilleurs moments de la troisième saison de *Big Brother Africa*. La candidate namibienne qualifiée pour un séjour de trois mois dans un container à Johannesburg avait été éliminée dès le deuxième tour, et tous étaient du même avis : elle n'avait pas fait honneur à son pays. Elle s'était montrée bien trop timide, trop ennuyeuse, paraissant ne jamais être elle-même.

« Clemencia s'en serait beaucoup mieux sortie, dit *miki** Matilda.

— Moi ? demanda Clemencia.

— Tu es bien plus jolie qu'elle. Pourquoi est-ce que tu ne te présentes pas ? »

Clemencia se contenta de rejeter l'idée d'un geste, mais *miki* Selma protesta vigoureusement :

« Tu veux peut-être que Clemencia aille faire des mamours à de parfaits inconnus pendant que toute l'Afrique la regarde ?

— Justement, toute l'Afrique ! renchérit Matilda. Après ça, ce serait bien le comble s'il n'y avait pas quelques hommes pour s'intéresser sérieusement à elle. Elle finira peut-être par trouver le bon.

— *Mikis*..., lança Clemencia, tentant une objection, mais en vain.

— Je sais, je sais, c'est ton affaire, mais on a tout de même le droit de donner son avis.

— Aucune femme n'a jamais trouvé le bonheur à la télé, dit Selma. Clemencia ferait mieux de chercher un homme du quartier qui ne boive pas, ne fume pas, et…

— Il ne faut laisser passer aucune chance, assena Matilda.

— Le feu brûle celui qui l'allume, contra Selma de l'un de ses proverbes favoris, mais Matilda ne se laissa pas démonter.

— Tu as quel âge, maintenant, Clemencia ? Vingt-neuf ans ? Trente ? » demanda-t-elle d'un ton innocent.

Elle connaissait bien sûr parfaitement l'âge de Clemencia, mais il aurait été inutile de s'énerver pour ça. Clemencia répondit :

« Trente et un.

— Trente et un ! répéta Matilda en allongeant les syllabes pour souligner la monstruosité du fait. Moi, à trente et un ans, j'étais déjà presque grand-mère !

— Quand tu avais trente et un ans, les Sud-Africains gouvernaient encore ce pays. Les temps ont changé. Maintenant, la Namibie est indépendante, et moi, je suis inspectrice de police », répliqua Clemencia.

Mais elle aurait tout aussi bien pu ne rien dire du tout : Matilda et Selma l'ignorèrent, continuant à débattre de la manière dont une femme de trente et un ans en général, et Clemencia en particulier, devait mener sa vie. Elle fut donc heureuse d'entendre sonner son téléphone.

Elle enjamba les membres de sa famille étalés dans le passage et sortit. Le mur de briques libérait la chaleur accumulée pendant la journée. L'air enveloppa Clemencia comme une eau chaude et douce ; un ciel rempli d'étoiles s'étendait au-dessus d'elle. Le clocher de l'église Holy Redeemer Parish s'y découpait, noir. Quelque part dans l'obscurité, entre les maisons à un étage et les cabanes en tôle bâties tout autour, elle entendit des palabres incompréhensibles qui se terminèrent en rires sonores. À l'autre bout de la rue vibraient des basses sourdes : de la musique kwaito* s'échappait à flots du bar Mshasho*. Son petit frère, Melvin, était probablement en train de s'y saouler à la bière de millet, la *tombo*. Un jour ou l'autre, il faudrait qu'elle essaie encore une fois de lui remettre les idées en place.

Sur le trottoir d'en face, son voisin gara la Ford brinquebalante qu'il avait transformée en taxi grâce à l'achat d'une plaque adéquate – achat illégal, bien entendu, mais, à cet instant, Clemencia ne s'en souciait guère. L'homme, qui venait de travailler douze heures d'affilée, accepta de mauvaise grâce de la conduire à l'autre bout de la ville lorsqu'elle lui rappela qu'elle était inspectrice de police. À Katutura, il fallait encore faire attention aux passants, mais les quartiers blancs de Windhoek étaient comme morts, à cette heure-ci. En ignorant les feux rouges, on avançait vite. Sur Nelson Mandela Avenue, Clemencia demanda à son chauffeur d'accélérer. Moins de dix minutes plus tard, la Ford gravit péniblement la colline de Ludwigsdorf, et ils arrivèrent. Deux véhicules de la police municipale étaient garés devant une porte cochère fermée. La rue n'avait pas été barrée, pas un seul officier n'était en vue.

Clemencia descendit de voiture et trouva la sonnette à droite de la porte ; elle ne portait aucun nom. La jeune femme appuya sur le bouton. L'air était toujours chaud et doux, mais il sentait la mort ; peut-être cette impression venait-elle du calme irréel qui régnait ici, inimaginable à Katutura même aux heures les plus sombres de la nuit. Clemencia sonna de nouveau.

Un policier en uniforme lui ouvrit enfin. Après s'être présentée, l'inspectrice lui demanda de la conduire au salon, qui était au moins deux fois plus grand que la maison où logeait sa propre famille. Malgré les fenêtres et la porte de la terrasse grandes ouvertes, protégées par des moustiquaires, il régnait là la même température que si le soleil venait de se coucher au beau milieu de la pièce. En dépit de la chaleur, une adolescente était recroquevillée sur le canapé, les genoux ramenés contre la poitrine. Elle se cramponnait à un coussin de cuir et gloussait doucement – ou bien étaient-ce des gémissements de détresse ?

« Le médecin lui a fait une piqûre de calmants, souffla le policier à Clemencia, mais elle ne se calme pas du tout. Elle ne répond à aucune question et se met à hurler dès qu'on la touche. Même sa propre mère ne peut pas l'approcher. »

Un homme et quatre femmes, tous blancs, étaient assis à la table de la salle à manger. Clemencia devina aussitôt qui était la mère. Blême, le visage pétrifié, elle fixait des yeux le cendrier posé devant elle. On ne remarquait les tremblements de ses mains que lorsqu'elle portait sa cigarette à ses lèvres pour en tirer des bouffées avides. Quand Clemencia se présenta, la femme leva à peine les yeux.

« C'est *vous* qui menez les investigations ? lança en afrikaans l'homme assis près d'elle, détaillant Clemencia de la tête aux pieds.

— C'est bien que vous soyez déjà là, trois heures et demie plus tard », lâcha, amère, l'une des femmes.

Clemencia demanda qu'on lui rapporte brièvement les faits.

« Écoutez, *Mevrou** van Zyl n'a rien vu, dit l'homme. Vous n'allez pas lui reposer exactement les mêmes *fokken* questions que les policiers de patrouille ; elle y a déjà répondu pendant des heures. »

Clemencia regarda Mme van Zyl écraser nerveusement sa cigarette et s'en allumer aussitôt une autre. Elle aussi aurait préféré arriver bien plus tôt. Évidemment, la situation était très dure pour l'entourage de la victime, mais ne pouvait-on tout de même espérer un peu de coopération ? Elle demanda au policier de lui montrer l'endroit où on avait trouvé le corps, et il la mena sur la terrasse, où deux de ses collègues attendaient en faisant mine de monter la garde. Lorsqu'ils furent hors de portée de voix de la maison, elle exigea des explications : pourquoi ne l'avaient-ils pas prévenue plus tôt ? Mais les trois hommes se contentèrent de hausser les épaules.

« Là, derrière ! »

Le policier désigna du doigt un recoin sombre du jardin. Clemencia enjamba maladroitement quelques arbrisseaux et l'un des policiers qui la suivaient alluma une lampe de poche. Un tuyau d'arrosage était déroulé sur la pelouse ; la vaste tache sombre qui apparut dans le faisceau de lumière était vraisemblablement du sang séché. Elle ne vit aucun marquage de la scène du crime, et encore moins de cadavre.

« On ne peut pas laisser un cadavre comme ça, dehors, pendant des heures, dit le policier d'un ton d'excuse.

— Ah non ? rétorqua Clemencia.

— Ça porte malheur, dit l'homme.

— Parce que ça attire les esprits ? » demanda-t-elle.

Le policier pinça les lèvres.

Évidemment, si ça portait malheur, il était hors de question de sécuriser correctement la scène du crime. Mieux valait appeler un corbillard et faire enlever le corps de la victime avant même d'avoir informé l'inspectrice responsable.

« Le tueur a tiré de là-haut. »

Le policier éclaira le talus au-dessus du mur du jardin. Le rayon de lumière se perdit dans les buissons grisâtres.

« Sans doute avec une arme automatique », ajouta son collègue.

Il extirpa un sac en plastique rempli de douilles de la poche de son pantalon. Au moins, il ne les a pas fourrées en vrac dans sa poche, pensa Clemencia, mais je préfère ne pas savoir comment il les a ramassées. Elle demanda s'il y avait des témoins.

« La fille était là, mais elle ne parle pas, dit l'un des policiers.

— On voulait vous laisser le soin d'interroger les voisins », ajouta l'autre.

Autant qu'on puisse en juger, les maisons voisines étaient plongées dans l'obscurité. Les Blancs se couchaient tôt, parce qu'ils avaient une bonne raison de se lever tôt. À Katutura, le township de Clemencia, on estimait le taux de chômage à cinquante pour cent, mais personne ne connaissait les chiffres exacts.

Clemencia observa le mur du jardin ; il devait mesurer environ deux mètres cinquante de haut. À la lumière de la lampe de poche, elle vit les fils électrifiés qui couraient au sommet. Ils n'avaient pas davantage protégé van Zyl que le système d'alarme.

Tout était silencieux, seul un vent léger faisait bruisser les feuilles des citronniers. Clemencia retourna dans la maison. La fille de la victime la regarda entrer, les yeux écarquillés. Lorsque Clemencia lui demanda son nom, elle se remit à gémir doucement. L'inspectrice se tourna vers sa mère.

« Si vous avez besoin d'aide, j'ai le numéro d'une psychologue qui…

— Je suis moi-même médecin, interrompit l'homme assis à la table.

— … est spécialisée dans ce genre de traumatisme, termina Clemencia.

— Cette enfant a seulement besoin de calme ! » s'exclama le médecin.

Il semblait vouloir dire : « Disparaissez enfin d'ici ! »

Clemencia s'assit en face de Mme van Zyl.

« Je suis désolée, je dois vous poser quelques questions. »

Mme van Zyl tira sur sa cigarette.

« Seule », ajouta Clemencia.

Elle attendit que le médecin et les autres femmes aient disparu dans la cuisine pour demander :

« Est-ce que votre mari a été menacé ? »

Mme van Zyl secoua brièvement la tête, écrasa sa cigarette deux ou trois fois dans le cendrier et observa le mégot. Il s'en élevait un mince filet de fumée qui, arrivé à environ vingt centimètres de hauteur, se recroquevillait, comme saisi de douleur, puis s'effilochait avant de s'estomper en lentes traînées.

Clemencia poursuivit son interrogatoire, qui se révéla particulièrement laborieux. Elle devait pousser Mme van Zyl dans ses derniers retranchements pour lui arracher le moindre mot et, même ainsi, elle n'en tirait presque aucune information utile. La femme de la victime affirmait que son mari avait mené une vie tout à fait normale. Naissance à Pretoria, école, service militaire, université. Comme elle-même ne voulait pas quitter son pays natal, il était venu s'installer à Windhoek. Ils y avaient fondé une famille, lui avait gravi les échelons professionnels jusqu'à devenir cadre dirigeant ; le soir, il s'occupait de son jardin, et le dimanche, il allait à la messe à la NG Kerk*.

« Quels étaient ses centres d'intérêt, ses goûts, ses passions ?

— Il aimait la chasse, dit-elle en haussant les épaules, et il regardait les matchs de rugby des Springboks* à la télévision.

— Et sinon ?

— C'est tout.

— Pas d'engagement politique, de spéculations boursières, de jeux d'argent, de problèmes avec la justice ?

— Non, non, non et encore non. »

Mme van Zyl semblait espérer pouvoir ramener son mari à la vie en refusant catégoriquement d'imaginer un motif au meurtre.

« Pourtant, quelqu'un pensait avoir une raison de le tuer », dit calmement Clemencia.

Mme van Zyl s'alluma une nouvelle cigarette, une Benson & Hedges. Elle reposa le paquet sur la table puis regarda la jeune femme dans les yeux pour la première fois. Ce bref coup d'œil suffit à l'inspectrice pour saisir que *Mevrou* van Zyl lui mentait, ou du moins lui cachait un élément décisif. Et elle continuerait à le lui cacher, parce qu'elle avait jaugé Clemencia et l'avait trouvée inapte : elle était trop jeune, pas assez expérimentée, membre d'une police peu digne de confiance, et avait la mauvaise couleur de peau. Ça faisait vraiment trop d'un coup, et Clemencia savait qu'elle ne pourrait rien y changer.

Elle dit, aussi doucement qu'elle le put :

« Madame van Zyl, je vous promets que nous ferons tout ce qui est en notre pouvoir pour que le coupable…

— Descendez-le ! souffla Mme van Zyl.

— Nous allons…

— Je me fous de savoir qui il est et pourquoi il a fait ça ! »

Mme van Zyl se leva brusquement et se mit à crier d'une voix hachée :

« Trouvez-le et descendez-le ! Tout de suite ! Qu'est-ce que vous foutez encore ici ? Allez, bougez-vous ! Descendez ce salopard ! »

Sa fille, sur le canapé, gémit plus fort, puis se mit à pousser des cris hystériques qui lui coupèrent presque le souffle avant de s'achever en un gargouillement. Le médecin qui avait rabroué Clemencia ouvrit brutalement la porte de la cuisine et se précipita vers le sofa. Les trois femmes le suivirent et tentèrent de calmer Mme van Zyl.

Tout cela sonnait faux aux oreilles de Clemencia, même si elle savait que c'était injuste de sa part. Jour après jour, les Blancs se plaignaient de ce que les droits constitutionnels n'étaient pas suffisamment respectés, mais, dès qu'ils devenaient eux-mêmes victimes d'un crime, ils oubliaient tout et criaient vengeance, voulaient voir le sang couler. Le risque de mourir assassiné restait pourtant dix fois plus élevé pour un Noir que pour un Blanc. Seulement, quand à Katutura une fille de seize ans se faisait violer et tuer en allant aux toilettes, personne n'en parlait, pas plus que lorsqu'une vieille femme était poignardée parce qu'elle avait trop tardé à sortir les 30 dollars namibiens avec lesquels elle espérait tenir la semaine. Le meurtre de *Meneer** van Zyl, lui, allait faire les gros titres des journaux.

« Et maintenant ? » demanda à voix basse l'un des policiers.

Clemencia savait mener une enquête. Elle était non seulement sortie major de l'école de police de Iyambo, mais était aussi la seule policière du pays à posséder un master de criminologie, obtenu en Afrique du Sud grâce à une bourse. Elle venait également de passer six mois à Helsinki dans le cadre d'un programme du gouvernement finlandais destiné à soutenir la professionnalisation des fonctionnaires des pays du tiers-monde. Elle y avait parcouru les différents services de la police criminelle, effectué des stages de technique criminalistique et de médecine légale, assisté à des interventions sur le terrain et étudié le travail des commissions d'enquête pour meurtre. Mais toutes ces connaissances ne lui servaient à rien. Elle ne se trouvait plus en Finlande, mais à Windhoek, dans le sud de l'Afrique – dans un autre monde.

« On a presque fini notre service, lui souffla le policier. Ici, on ne peut plus rien faire, de toute façon. »

Clemencia composa le numéro de l'Unité de scène de crime, chargée du relevé des empreintes. Ils allaient probablement lui répondre que, après avoir perdu autant de temps, on pouvait aussi bien attendre jusqu'au lendemain matin. Mais elle n'eut même pas à entendre cette excuse : ils ne décrochèrent tout simplement pas le téléphone. Clemencia se demanda ce qu'elle détestait le plus : le manque de professionnalisme de ses collègues ou la méfiance et le racisme à peine masqué des Blancs.

Il était assis dans le hall d'attente de l'aéroport de Hosea-Kutako, sur une des chaises vissées ensemble en une longue rangée. Il avait choisi une des places du milieu parce qu'elles semblaient attirer moins de monde que les autres. Si cela en avait valu la peine, il se serait demandé pourquoi ceux-là mêmes qui, dans la vie, adoraient être au centre de l'attention optaient dans les halls d'aéroports pour les sièges situés en bord de rangée – et pourquoi ils dévisageaient d'un air si réprobateur tous ceux qui leur prenaient ces places.

Lui ne voulait pas être dévisagé, et il se moquait de la place où il était assis. De toute façon, appeler une place *sa* place, comme si elle n'avait pas déjà accueilli des milliers de personnes, comme si des milliers d'autres ne s'y installeraient pas ensuite, était complètement présomptueux. Tout le monde s'agitait en permanence, avançant à l'aveuglette à droite et à gauche, et pourtant, seule la destination était claire. Personne n'échappait à la mort.

Il toussa. Il ne s'était pas assis parce qu'il se sentait fatigué ou affaibli, mais uniquement parce qu'il aurait été plus voyant en restant debout. Et, de sa place, il avait une bonne vue sur les portes de verre dont les battants s'ouvraient automatiquement dès qu'un voyageur avait passé la douane. À environ cinq mètres de ces portes, un cordon de sécurité maintenait à distance ceux qui attendaient quelqu'un. Certains portaient des affichettes mentionnant « SWA Safari », « Karivo Lodge » ou encore « Fam. Beyer ». Les jeunes hommes qui brandissaient leurs pancartes dès qu'un nouvel arrivant scrutait la foule se ressemblaient tous : chapeau de cow-boy, chemise kaki, short et chaussures en cuir de koudou beaucoup trop lourdes. Aucun ne portait d'uniforme de Group 4 Securicor.

Lui aussi avait inscrit un nom sur une grande feuille de papier. Elle était posée sur ses cuisses, l'inscription vers le bas. Le sac bleu de forme allongée reposait entre ses pieds.

« Idéal pour le tennis, avait dit le vendeur du magasin de sport. On peut y mettre jusqu'à trois raquettes, et il reste encore de la place pour tout ce qu'il vous faut en plus.

— Parfait », avait-il répondu.

Il attendit. Il vit quelques touristes-chasseurs au visage rougeaud passer les portes et se diriger d'un pas décidé vers le comptoir auquel ils récupéreraient leurs armes. Une mère de famille exténuée portait un enfant sur un bras et en traînait un autre derrière elle, suivant son mari qui poussait un chariot à bagages surchargé en direction du stand Avis. Les touristes venus faire un safari se rassemblaient peu à peu derrière le panneau de SWA Safari, tels des moutons, et s'examinaient mutuellement comme s'ils se demandaient lequel d'entre eux serait abattu le premier.

Puis arriva l'homme dont il avait inscrit le nom sur sa feuille de papier. Il traînait un sac à roulettes derrière lui et portait de l'autre main une petite valise en aluminium. Grand et musclé, il semblait en pleine forme, même s'il approchait certainement des cinquante ans. De toute évidence, il faisait régulièrement du sport ; probablement passait-il deux heures dans un studio de fitness chaque soir après le travail, toujours à la même heure, pour y effectuer toujours le même programme, pédaler, soulever des poids, nager vingt longueurs. Un homme de principes, ou du moins d'habitudes.

Lui était différent. Il n'accordait aucune valeur aux habitudes. Elles servaient uniquement à se persuader qu'on pouvait imposer des règles à la vie, telle une vaine tentative de rendre le futur prévisible en reproduisant perpétuellement le passé. Des mensonges, des illusions, tout ça. Lui ne s'intéressait qu'à la vérité, et on ne pouvait pas forcer la vérité. Elle restait aussi amère et aussi singulière qu'elle le voulait. Il toussa brièvement, se leva, balança son sac par-dessus de son épaule et se dirigea vers l'homme en tenant la feuille de papier devant sa poitrine.

L'homme observa l'inscription, le regarda dans les yeux et demanda :

« Qu'est-ce que vous voulez ?

— *Meneer* van Zyl m'a envoyé pour…

— Où est-il ?

— Il s'excuse, il n'a pas pu venir lui-même. Je dois vous conduire chez lui. »

L'homme lâcha son sac à roulettes et l'observa de haut en bas. Il demanda :

« Service de sécurité privé ?

— Windhoek est devenu dangereux. »

L'homme ricana.

« Eh bien, une chance que je vous aie avec moi, alors ! On y va ! »

L'homme attrapa la poignée de son sac à roulettes et, sans se retourner, se dirigea vers la sortie.

On y va ! Comme si on pouvait toujours décider soi-même du moment où les choses commençaient. La sensation éprouvée la veille monta de nouveau en lui, la même colère que lorsqu'il avait constaté que le gros Boer portait un tee-shirt blanc. Celui-ci était plus sportif, avait des habitudes et trimballait une petite valise d'aluminium, mais, à part ça, ils étaient identiques : des hommes quelconques qui ignoraient à quel point ils se trompaient sur ce qui comptait vraiment. À l'extérieur, sur le parking, il ouvrit le coffre de la Corolla et y chargea les bagages du voyageur, puis jeta son propre sac sur le siège arrière. Lorsqu'il eut payé et passé la barrière, son passager lui demanda depuis combien de temps il travaillait pour van Zyl.

« C'est juste un job pour aujourd'hui », dit-il.

Ce que van Zyl avait d'important à régler ? Il ne le savait pas. C'est vrai, la chaleur était terrible. Oui, cela allait encore empirer pendant l'après-midi. Non, il ignorait jusqu'où monterait la température. Oui, il pouvait allumer la climatisation.

« Vous n'êtes pas très bavard, remarqua l'homme.

— Un instant, s'il vous plaît », répondit-il.

Il gara la voiture sur la bande de sable du bas-côté et descendit. Puis il ouvrit le sac de sport posé sur le siège arrière, en sortit la kalachnikov, la pointa sur la tête de son passager et dit :

« Peut-être pouvez-vous conduire un moment, maintenant, *Meneer* Maree ? »

Du sang gouttait d'un tuyau d'arrosage. Le gazon était noir. Les douilles qui pendaient aux branches des citronniers, à la place des fruits, cliquetaient dans le vent. Une jeune fille blanche, cramponnée à un coussin de cuir, hurlait. Un homme, rictus aux lèvres, s'approchait de plus en plus. Il se pencha en avant, se rapprochant tellement que son visage devint flou puis disparut. Brusquement, la nuit aux ombres furtives prit sa place, et le grondement sourd de tambours tendus de peau de chèvre résonna dans le lointain. Leur rythme constant et répétitif semblait une exhortation à accompagner des rituels magiques, à danser des heures durant sous la nouvelle lune pour s'effondrer à l'aube, exténué, et s'endormir près des cendres d'un feu mort depuis longtemps.

Clemencia Garises ouvrit les yeux. Elle était étendue, nue, sur un lit. Il lui fallut quelques instants pour retrouver ses esprits. Elle ne se trouvait ni dans les grandes étendues du Kalahari ni près du feu d'un village du Kaokoveld, mais dans sa chambre, à la maison, là où elle avait grandi. Elle était à Katutura, un township de 170 000 habitants – vie trépidante et mort omniprésente. On y trouvait beaucoup de choses, presque tout, en fait, mais certainement personne frappant sur un tambour comme dans un film de safari hollywoodien tourné dans l'Afrique profonde. Clemencia se redressa. Le martèlement venait de la porte.

« Ouvre-moi ! » criait *miki* Matilda de l'extérieur tout en secouant la poignée.

Clemencia fermait toujours à clé, pas tellement par crainte d'une agression, mais plutôt pour défendre bec et ongles son petit univers contre les tentatives d'invasion de sa famille. Certes, leur maisonnette ne comportait que deux pièces, et il pouvait paraître vraiment présomptueux de sa part d'en exiger une pour elle seule, obligeant ainsi les huit à douze autres membres de sa famille à se partager l'autre pièce et les cabanes de tôle qui, au fil des années, avaient envahi le jardin et la courette. Mais il lui fallait quelque chose de bien à elle, tout simplement.

Lorsqu'elle avait obtenu son poste au sein de la police, elle leur avait donné le choix : soit elle louait un petit appartement au centre-ville, ce qui lui coûterait les deux tiers de son salaire, soit elle investissait la même somme dans le budget familial, mais alors, elle voulait une pièce pour elle seule. Le conseil de famille avait voté pour la seconde solution, mais sans réellement respecter la condition posée par Clemencia. Au contraire : elle devait mener un combat quotidien pour préserver son petit espace d'intimité. Ayant de plus en plus de mal à supporter cette situation, elle s'était déjà presque décidée à déménager, mais elle ne parvenait pas à s'y résoudre, car cela précipiterait sa famille dans la misère. Le petit stand de légumes que *miki* Selma tenait devant la maison ne rapportait pratiquement rien ; Constancia, la sœur de Clemencia, faisait le ménage deux fois par semaine à Klein Windhoek, mais personne d'autre n'avait de revenu régulier. Sans la contribution de Clemencia, la situation deviendrait catastrophique, et son frère finirait sans aucun doute par mal tourner – si ce n'était pas déjà fait.

« Mais ouvre enfin cette porte ! » cria Matilda.

Clemencia enfila ce qui lui tomba sous la main et ouvrit.

« Qu'est-ce qu'il y a ? »

Matilda complimenta Clemencia sur son sommeil de plomb, puis ajouta, sans reprendre son souffle :

« Je te signale qu'en cette saison les heures matinales sont les plus agréables, ou plus exactement les seules supportables. Au lieu de les gaspiller, il faut entamer son labeur quotidien avec vigueur, surtout quand a on la chance, comme toi et moi, de jouir d'une bonne santé, ce qui n'est hélas pas le cas de tout le monde.

— Mais qu'est-ce que tu veux ?

— C'est Joseph Tjironda, un bon ami de Petrus, tu ne le connais pas. Il habite avec sa famille juste à côté de Wanaheda*.

— Et qu'est-ce qu'il a ? demanda Clemencia.

— Ça, je ne sais pas exactement. Quelque chose de grave, apparemment, car son fils semblait très inquiet, au téléphone. Seulement, il n'a pas pu m'en dire plus, car il n'avait plus de crédit sur son portable ; il m'a demandé de le rappeler et m'a raccroché au nez.

— Et pourquoi est-ce que tu ne le rappelles pas ?

— Moi non plus, je n'ai plus de crédit », avoua Matilda.

Clemencia retourna dans sa chambre et attrapa son téléphone. Comme il lui arrivait de le laisser traîner sans surveillance, elle veilla à ce que Matilda ne voie pas le code d'accès qu'elle tapa pour l'allumer et pria sa tante de faire court.

Contre toute attente, Matilda s'abstint de se lancer dans d'interminables palabres et se contenta presque uniquement d'écouter. L'explication qu'elle donna après avoir raccroché n'en parut que plus lapidaire :

« Joseph Tjironda est malade.

— Mais qu'est-ce qu'il a ?

— Des douleurs.

— À la tête, à la poitrine, à l'estomac, à la cuisse gauche, à l'orteil droit ?

— Il faut d'abord que je le voie », dit Matilda.

Parmi ses connaissances adeptes des méthodes de guérison traditionnelles, elle avait plutôt bonne réputation, mais, lorsqu'un nouveau patient faisait appel à elle, il souhaitait en général commencer par tester ses capacités. L'épreuve décisive consistait à localiser elle-même les douleurs du malade – et non à en demander une description, comme le ferait un médecin classique. Elle avait droit à une erreur, mais si elle échouait une seconde fois à détecter le problème, on ne la jugeait pas capable de le résoudre, en toute logique.

Clemencia avait un jour demandé à sa tante comment elle pouvait deviner si son patient souffrait de la tête ou de l'estomac ; Matilda avait souri et répondu qu'avec un peu d'expérience, on le voyait. Clemencia préférait malgré tout consulter un médecin diplômé lorsqu'elle était malade.

Matilda lui rendit le portable et déclara :

« Je dois y aller tout de suite.

— Bonne chance ! » lança Clemencia avant de refermer la porte.

Elle aussi devait partir. Quand elle rouvrit la porte après s'être habillée, elle trouva Matilda toujours plantée là.

« Tu peux me prêter l'argent pour le taxi ? demanda-t-elle. Si j'y vais à pied, il sera sûrement mort quand j'arriverai. »

C'était probablement très exagéré, mais Clemencia n'avait aucune envie de se faire traiter pendant des semaines de meurtrière sans cœur et préféra sortir les 7,50 dollars que coûtait un trajet en ville. Elle prit ensuite elle aussi un taxi jusqu'au quartier général, dans Bahnhof Street. Comme aucun de ses collègues des homicides n'était encore arrivé, elle put emprunter une des voitures de service en état de marche et au réservoir plein pour se rendre à Ludwigsdorf.

Clemencia attendit ses collègues de l'Unité de scène de crime près de l'endroit depuis lequel le tueur avait tiré. Trouver quoi que ce soit ici relèverait du miracle, étant donné que les policiers avaient soigneusement piétiné d'éventuelles traces la veille au soir. Clemencia observa le jardin des van Zyl, en contrebas. À la lumière du jour, il faisait l'effet d'un petit paradis, avec sa grande terrasse ombragée et son gazon d'un vert éclatant. On avait trouvé le corps étendu sous les citronniers.

Une voix d'homme, derrière elle, lui demanda brusquement qui elle était et ce qu'elle faisait là. Clemencia se retourna. Dans l'entrée de la propriété aux palmiers se tenait un Blanc âgé, armé d'un fusil. Il tenait Clemencia en joue. Elle leva légèrement les bras et réussit, après quelques négociations, à le convaincre qu'elle pourrait lui prouver être inspectrice de police s'il ne lui tirait pas dessus dès qu'elle mettrait la main dans sa poche. Pendant que l'homme étudiait sa plaque, elle se souvint qu'elle devait absolument établir des patrouilles. Quelques agents en uniforme feraient acte de présence dans le quartier pendant au moins une semaine. Cela n'aiderait pas à élucider le meurtre, mais empêcherait éventuellement les voisins de s'obstiner à croire que l'État ne pouvait et ne voulait pas les protéger. Il était arrivé plus d'une fois qu'un des pauvres hères qui fouillaient les poubelles pendant la nuit soit abattu.

Lorsque l'équipe chargée de relever les empreintes arriva, Clemencia s'attela à l'interrogatoire des autres voisins. Bien sûr, tout le monde avait entendu les coups de feu tirés contre van Zyl, mais personne n'avait osé sortir, ce qui était compréhensible. Toutefois, l'un d'eux avait aperçu depuis sa terrasse un véhicule de Group 4 Securicor s'éloigner à vive allure juste après les faits. À cette distance, il n'avait pas pu distinguer la plaque d'immatriculation ni voir le ou les occupants de la voiture, mais c'était déjà un début.

Clemencia savait bien que les employés de l'entreprise de sécurité gagnaient tout juste 5,66 dollars namibiens de l'heure, soit environ le prix d'une boîte de Coca. Pour un tel salaire, on ne se jetait pas forcément sans réfléchir dans la ligne de tir d'un meurtrier. Mais le vigile aurait tout de même pu avertir la centrale par radio, et il ne l'avait pas fait, comme l'apprit Clemencia en téléphonant à l'entreprise. La seule alerte donnée après le meurtre avait été celle de Mme van Zyl. Lorsqu'elle avait entendu les coups de feu, elle s'était précipitée dans sa chambre et avait appuyé sur le bouton déclencheur de l'alarme. Le premier véhicule G4S était arrivé sur place sept minutes après, longtemps avant la police, mais trop tard pour pouvoir arrêter le tueur. Par ailleurs, il était impossible qu'une voiture de la société se soit trouvée près de là à l'heure du crime. La centrale se trouvait en contact radio permanent avec les véhicules de patrouille, et le moindre changement de position devait être signalé.

Évidemment, l'un des vigiles avait pu ignorer ces consignes pour des raisons plus ou moins avouables. Il faudrait éclaircir ce point et vérifier si un employé de G4S avait eu une prise de bec avec van Zyl par le passé. Clemencia pensait cependant que le véhicule n'avait servi que de camouflage et que le meurtrier s'était préparé de manière extrêmement méticuleuse. L'arme du crime, elle aussi, laissait supposer qu'on avait affaire à un professionnel. Tout le monde ne conserve pas un fusil automatique chez soi, dans un placard.

Il ne s'agissait certainement pas d'un cambrioleur surpris qui avait paniqué. Ce n'était pas non plus un acte guidé par une pulsion subite. Quelqu'un avait sciemment décidé d'éliminer Abraham van Zyl, puis implacablement organisé et exécuté toute l'opération. Il y avait forcément une raison grave à cela. Abraham van Zyl représentait-il une menace pour quelqu'un ? Et si oui, quel genre de menace ?

Le quartier général n'avait pas de dossier sur Abraham van Zyl, ou bien, s'il en existait un, il était introuvable – tout comme le cadavre. Lorsque le médecin légiste voulut l'autopsier pour constater officiellement l'évidence, à savoir que l'homme avait succombé à des blessures par balle, il trouva la chambre froide de la morgue vide. Ses collègues de service la nuit précédente expliquèrent qu'une panne du système de refroidissement les avait forcés à déplacer temporairement les corps déjà stockés là. Imaginez sinon les cochonneries que ça aurait provoquées ! Ce déménagement leur avait donné beaucoup de travail, et ils avaient refusé de prendre en plus le nouvel arrivant. Ils ignoraient où le mort avait ensuite été conduit, et qui s'en était chargé. Au bout de plusieurs heures, on finit par retrouver le sac contenant le cadavre dans un coin délaissé du garage de la police.

« Au moins, il n'était pas en plein soleil », commenta Clemencia d'un ton sarcastique en rapportant les détails à son chef.

Oshivelo écouta calmement tout ce qui était allé de travers, prenant à peine quelques notes. Clemencia savait qu'il partageait son avis : le travail devait être organisé de manière beaucoup plus efficace. À sa demande, elle avait préparé un résumé de ses idées sur les mesures les plus urgentes en matière de communication, d'organisation et de qualification. Évidemment, sans financement ni soutien politique, rien ne serait possible, mais Oshivelo avait promis de prendre les choses en main. Il ne devait pas uniquement son influence à son double poste de commissaire divisionnaire adjoint et de directeur du service des homicides. Il avait aussi été un des chefs de file des combattants de la SWAPO* dans les années 1970 et 1980, et conservait à ce titre d'étroits rapports personnels avec de nombreux cadres du parti qui occupaient désormais des positions-clés au sein de l'administration et du gouvernement.

Tout en présentant la manière dont elle envisageait de mener l'enquête, Clemencia observa les deux portraits accrochés au mur derrière son chef. Le premier représentait le président Hifikepunye Pohamba, le second, le père fondateur de la nation, Sam Nujoma.

« Je crois que nous devons nous concentrer sur le motif. Si nous trouvons pourquoi Abraham van Zyl a été abattu…

— Qui ?

— Abraham van Zyl. La victime. »

Oshivelo hocha la tête et tira sur sa barbe grise. Quand il s'enfonçait ainsi dans son fauteuil, il ressemblait un peu à l'ancien président Nujoma.

« Ce nom vous dit quelque chose ? demanda Clemencia.

— Non, rien. (Oshivelo secoua la tête.) Poursuivez ! »

Il n'y avait pas grand-chose à ajouter. Quelques collègues allaient devoir enquêter sur l'entourage de la victime, sa famille, ses amis, ses collègues, et contrôler ses transactions financières. La routine, quoi. Par ailleurs, il faudrait se renseigner dans les endroits habituels pour savoir si quelqu'un avait récemment acheté un fusil automatique. Oshivelo lui accorda quatre hommes – il ne pouvait pas faire mieux.

Une heure plus tard, l'équipe de Clemencia se tenait devant elle. Angula en faisait partie, c'était déjà ça. Les trois autres hommes cachaient difficilement leur mécontentement à l'idée de recevoir leurs ordres d'une femme. L'un d'eux, Bill Robinson, un Blanc, avait un jour signifié être entièrement d'accord avec la loi d'*Affirmative Action*, selon laquelle les membres du personnel ayant été discriminés par le passé à cause de leur appartenance ethnique devaient désormais être promus à des postes à responsabilités. Cependant, il tenait simplement à ce que le texte de loi soit respecté à la lettre : il stipulait que des Noirs *qualifiés* devaient avant tout en bénéficier. Et pour lui, la qualification d'un inspecteur incluait nécessairement quelques années passées sur le terrain (« là où il y a le feu », avait-il précisé) et pas uniquement un diplôme et de bonnes notes sur le papier. Clemencia parvenait à ignorer la jalousie qui suintait de ses propos ; en revanche, savoir que Robinson aurait effectivement pu tirer bien plus d'informations qu'elle de *Mevrou* van Zyl, et certainement pas parce qu'il était un meilleur policier, la rendait furieuse.

Clemencia donna ses instructions aux hommes en présence d'Oshivelo. Elle savait qu'il voulait contrôler sa capacité à diriger une équipe, mais ne modifia pas son comportement d'un iota pour autant. Elle commença par expliquer clairement ce qu'elle attendait : ne pas mener d'action en solitaire, toujours transmettre aux autres tous les renseignements récoltés, consigner tous les résultats sans exception et être joignable en permanence. Par ailleurs, elle seule déciderait, en accord avec le chef, de ce qui serait déclaré à la presse. Sentant que son petit discours avait un ton plus rude qu'elle ne l'aurait voulu, elle se hâta de passer au meurtre lui-même. Angula, le plus âgé de ses hommes, ne prit la parole que lorsqu'elle commença à répartir les tâches.

« La victime, ce ne serait pas Abraham "Slang" van Zyl, par hasard ? »

Slang, le serpent ?

« À l'époque, il faisait partie du Civil Cooperation Bureau* des services secrets sud-africains, et on dit qu'il a été mêlé au meurtre d'Anton Lubowski.

— Alors on devrait vraiment avoir un dossier sur lui, remarqua Clemencia.

— Lors des faits, on n'a pas pu l'interroger une seule fois. Il s'est barré en Afrique du Sud juste à temps. »

Clemencia avait douze ans lors de l'assassinat d'Anton Lubowski. À l'époque, elle n'avait pas compris le fond de l'affaire, mais elle se souvenait encore très bien de la cérémonie commémorative. Tout Katutura était dans la rue, et la cour de l'Ephesians

Lutheran Church n'avait pas pu accueillir tous les endeuillés. Des drapeaux de la SWAPO flottaient partout et l'air était chargé d'une sorte de grondement sourd, plus empreint de colère que de tristesse. Clemencia tenait elle aussi dans la main gauche un petit drapeau et chantait l'hymne africain, « Nkosi Sikelel'i Afrika », à pleine voix tout en dressant le poing droit vers le ciel, comme elle voyait les adultes le faire ; elle avait l'impression que quelque chose d'immense, d'extraordinaire, allait se produire d'un instant à l'autre. Theo-Ben Gurirab, qui deviendrait plus tard ministre des Affaires étrangères, fit l'oraison funèbre, entouré de toutes les têtes du parti. Clemencia voyait encore les enfants de Lubowski, son fils qui portait un tee-shirt de la SWAPO et surtout la petite fille, vêtue d'une jolie robe aux rayures rouges, bleues et vertes comme elle aurait tant aimé en posséder une elle-même.

« Et pourquoi est-ce que van Zyl serait revenu à Windhoek ? » demanda Robinson.

Angula essuya la sueur de son front et haussa les épaules.

« Peut-être que c'est devenu trop chaud pour lui en Afrique du Sud quand Mandela et l'ANC sont arrivés au pouvoir, en 1994. Van Zyl avait sûrement trempé là-bas aussi dans quelques actions qui auraient pu lui coûter la peau. Et puis, plus de cinq ans après, on ne parlait plus de l'affaire Lubowski depuis un moment.

— Et on lui a donné une autorisation de séjour ? »

Robinson secoua la tête, alors qu'il devait bien savoir que les services d'immigration étaient encore moins fiables que ceux de la police.

« La victime venait d'Afrique du Sud, et sa femme est namibienne. »

Clemencia sentait qu'ils étaient sur la bonne piste.

« Si je me souviens bien, Lubowski aussi a été tué avec un AK-47, dit Angula.

— À l'époque, n'importe qui pouvait s'en procurer un, intervint Robinson, les combattants de la SWAPO, les membres du Koevoet*, et tous ceux qui connaissaient quelqu'un dans l'un des deux camps.

— Mais aujourd'hui, ce n'est plus aussi simple, objecta Angula, et si quelqu'un est en train de ressusciter le passé…

— Nouvelle répartition des tâches ! s'exclama Clemencia. Angula et van Wyk, vous recherchez toutes les informations disponibles sur l'affaire Lubowski, en vous concentrant tout particulièrement sur Slang van Zyl. Robinson, tu vas chez la veuve et tu t'assures qu'il s'agit bien du même homme.

— Je pourrais simplement l'appeler pour lui demander la date de naissance de son mari, non ? bougonna Robinson.

— Non, ce ne serait pas suffisant : si notre supposition se confirme, il faudra très sérieusement tirer les vers du nez à *Mevrou* van Zyl, car on disposerait alors d'un motif possible, ou du moins d'un élément qui différencierait Abraham van Zyl de ses voisins. Je ne peux pas m'imaginer qu'aucun d'entre eux ait été mêlé au meurtre politique le plus médiatisé de l'histoire de la Namibie.

— Doucement, lança Oshivelo. Même s'il s'agit bien de Slang van Zyl, ça ne signifie pas automatiquement que son meurtre soit lié à l'affaire Lubowski. Cette histoire remonte tout de même à vingt ans. »

Il avait raison, évidemment. Clemencia leva les yeux. Le ventilateur du plafond tournait inutilement dans la chaleur. Seul le bureau du chef était équipé de l'air climatisé.

« Vingt ans, c'est long, reprit Oshivelo. Nous vivons aujourd'hui dans un pays différent ; les blessures de l'époque ne sont peut-être pas encore complètement guéries, mais elles ont au moins cicatrisé.

— C'est possible », dit Clemencia.

Elle se demandait pourquoi Oshivelo s'en mêlait ; ce n'était pourtant pas son genre. Elle reprit :

« Mais c'est tout de même une piste que nous…

— Évidemment, dit Oshivelo. Vous devez juste garder en tête qu'un meurtre peut avoir de nombreux mobiles ; pourquoi un ancien raciste ne pourrait-il pas en être victime aussi, par hasard ? »

Peut-être à cause du silence obstiné de *Mevrou* van Zyl quant au passé de son mari ? Peut-être parce que le passé n'était pas aussi passé qu'on le croyait ? Ou peut-être parce que les van Zyl, de même que leurs amis proches et, en fait, tout le milieu dans lequel ils évoluaient, étaient restés aussi racistes qu'à l'époque de l'apartheid ? Clemencia ne répondit rien.

Bill Robinson se leva pour partir. Il n'avait pas atteint la porte qu'un collègue de la centrale téléphonique fit irruption dans la pièce, annonçant devoir parler au chef de toute urgence. L'entreprise Group 4 Securicor venait d'appeler. Un de leurs véhicules avait été retrouvé calciné dans la savane, près du Heja Lodge. La patrouille envoyée sur place avait découvert un cadavre carbonisé sur le siège du conducteur. Le plus étrange était qu'aucun de leurs véhicules ne manquait à l'appel, et pas un de leurs employés non plus.

« Bon Dieu ! s'exclama Oshivelo. Est-ce qu'on a déjà identifié le mort ? »

L'homme secoua la tête.

Il faisait une chaleur étouffante dans le bureau 214 du commissariat. Un cadavre dans une fausse voiture de G4S, exactement le type de véhicule dans lequel on supposait que le meurtrier de van Zyl s'était enfui ! Clemencia enregistra l'information, mais elle avait la tête ailleurs. Son entretien avec son chef la perturbait. Était-il vraiment possible qu'Oshivelo n'ait jamais entendu le nom d'Abraham van Zyl, lui qui, à l'époque de l'assassinat de Lubowski, était au premier rang du combat politique ? Lui qui, depuis l'indépendance du pays, occupait un poste élevé dans la police criminelle et avait sans l'ombre d'un doute suivi de très près l'enquête Lubowski ? Pouvait-on tout simplement oublier une chose pareille ?

Ndangi Oshivelo, commissaire divisionnaire adjoint de la police namibienne :

J'ai rencontré Anton Lubowski pour la première fois en 1983, au camp d'internement d'Osire. Les Sud-Africains m'accusaient d'avoir perpétré un attentat à la bombe à Klein Windhoek et m'avaient emmené à Osire pour pouvoir me tabasser en toute tranquillité jusqu'à ce que je crache des aveux. Évidemment, je n'avais pas pu prévenir d'avocat, mais les camarades s'en étaient chargés pour moi. J'ignore comment Lubowski a réussi à venir jusqu'à moi. Je suppose que les Sud-Africains, pour des raisons politiques, voulaient condamner quelqu'un le plus rapidement possible, mais qu'ils pouvaient difficilement se permettre d'ouvrir le procès sans défenseur tout en souhaitant conserver une façade un tant soit peu constitutionnelle.

Quand Lubowski est entré, j'ai bien sûr été content de le voir, de voir quelqu'un, tout simplement, mais j'ai aussi pensé qu'un homme pareil ne pourrait jamais m'aider. On voyait bien qu'il venait d'un autre monde, avec son costume gris coupé à la perfection et la cravate assortie, sa chevalière au doigt et son attaché-case à la main… Ses cheveux bouclés, un peu trop longs, ne collaient pas vraiment avec le reste, comme s'il voulait montrer par là qu'il n'était pas uniquement avocat. Il avait tout juste trente et un ans et donnait l'impression que tout lui réussissait de bon droit, comme si son occupation principale était de profiter pleinement des plaisirs de la vie.

Je découvris plus tard qu'il avait aussi une tout autre facette. Quand il le fallait, il prenait des risques que les personnes de son genre évitaient normalement à tout prix. Les Sud-Africains l'ont arrêté six fois, au total. En 1987, il a lui-même été enfermé au camp d'Osire. Il a passé plus de trois semaines à l'isolement dans une cabane de métal rouillé, et ce n'est pas une partie de plaisir, je peux vous l'assurer. Là-dedans, une petite fenêtre sous le toit laissait filtrer juste assez de lumière pour qu'on puisse différencier le jour de la nuit. Pendant la journée, les murs de la cellule devenaient insupportablement brûlants, et la nuit, il faisait un froid glacial. On ne te donnait qu'une couverture et on te confisquait tous tes vêtements, à part ton slip. Tu restais assis là, jour après jour, nuit après nuit, le regard fixe, en sentant ton corps trembler et frissonner, et tu n'avais qu'une envie, celle de devenir fou, mais tu ne le faisais pas, car c'était exactement ce que recherchaient tes tortionnaires.

Quoi qu'il en soit, Lubowski, ce jour-là, à Osire, est venu vers moi et s'est planté là. Avant même de me saluer, il a pointé du doigt les marques bleues sur mon visage et a demandé au gardien qui surveillait notre entretien :

« Il s'est cogné contre une porte, là, c'est ça ? »

Le gardien a hésité puis a simplement haussé les épaules.

« J'aimerais avoir le nom, le prénom et le grade de la porte », a dit Lubowski.

Le gardien n'a rien dit, mais plus tard, j'ignore comment, Lubowski est tout de même parvenu à identifier deux de mes tortionnaires et à les faire comparaître à mon procès. Il les harcela copieusement et parvint à prouver que j'avais été torturé, ce qui invalida les aveux tout préparés que j'avais signés. Ajouté à mon alibi pour l'heure de l'attentat, cela suffit à les obliger à me relâcher.

Ensuite, Lubowski et moi sommes devenus amis, bien que son univers me soit toujours resté étranger. Les costumes chics, les chemises de soie, le peignoir blanc comme neige dans lequel il se baladait souvent quand j'allais le voir le matin... Lubowski, il lui fallait plus qu'une piscine dans son jardin. Peu avant sa mort, alors qu'on travaillait tous vingt heures par jour pour le parti, lui y compris, il s'est fait construire un sauna en plus. C'est avec lui que je suis monté dans une Mercedes pour la première fois, chez lui que j'ai mangé des huîtres pour la première fois, des huîtres de la baie de Lüderitz, sa ville natale. Il disait que c'étaient les meilleures. En 1984, il est devenu officiellement membre de la SWAPO. Et comme il était le premier Blanc à franchir ce pas, cela a éveillé un immense intérêt médiatique.

Les chefs du parti, eux aussi, buvaient du petit-lait. Lubowski n'avait pas de prix : il représentait la preuve vivante que la SWAPO ne défendait pas des intérêts particuliers purement raciaux, et il nous permettait d'établir des contacts avec des groupes blancs aux idées libérales. Il intégra donc directement la haute hiérarchie du parti, devint membre de la direction exilée à Luanda, participa à des congrès internationaux et fut sans doute, après Sam Nujoma, le représentant du parti qui donna le plus d'interviews. Dans son milieu, Lubowski était considéré comme un traître ; ses amis l'abandonnèrent, ses confrères le boycottèrent. Quelques semaines avant sa mort, il m'a dit avoir arrêté de compter les menaces de mort anonymes après la trentième.

Les meurtres politiques sont toujours condamnables, mais ce qu'ils ont fait à Anton Lubowski le 12 septembre 1989 était en plus complètement inutile. À ce moment-là, tout était déjà décidé depuis *longtemps. Les Sud-Africains avaient enfin accepté la résolution 435 des Nations unies*, la voie de l'indépendance était ouverte, le calendrier défini, et on se trouvait à deux doigts des élections de l'Assemblée constituante. Est-ce que quelqu'un croyait réellement pouvoir encore changer le cours de l'Histoire ?*

Le sac avec l'AK-47 était posé devant lui. Il avait démonté l'arme puis emballé les pièces dans des couvertures et des vêtements crasseux. L'argent, il le portait à même le corps, soixante-dix mille rands* sud-africains. Jamais auparavant il n'avait vu, et encore moins possédé, autant d'argent à la fois. Il se demandait quel genre d'avenir représentaient soixante-dix mille rands. Pour une personne normale, c'était sans doute vraiment beaucoup, mais lui n'était pas une personne normale. Lui, il était autre chose.

Accroupi sur le parking surplombant Independence Avenue, à Windhoek, adossé à une Land Rover qui le protégeait du soleil, il attendait le Mainliner Intercape à destination d'Upington, en Afrique du Sud. Le bus aurait dû partir à 18 heures, et il était déjà 18 h 45, mais attendre ne le dérangeait pas. Une ou deux heures de plus ne changeraient vraiment rien. La vérité, la mort et lui avaient une chose en commun : ils pouvaient se montrer patients, car ils savaient qu'ils finissaient toujours par l'emporter.

La façade ajourée de la Cour suprême, qui dominait le parking, semblait rougeoyer dans la chaleur du soir, mais le bâtiment évoquait tout de même le tombeau d'un prince de l'au-delà. Le feu et la mort. Il hocha la tête. La vraie justice ne connaît aucune pitié. Le ciel, au-dessus du palais de justice, était sans nuages, d'un bleu impitoyable. Peut-être pleuvrait-il quand il reviendrait, dans deux, trois, quatre jours.

Une employée de la compagnie de transport s'approcha de lui, un bloc-notes à la main, annonça que le bus allait arriver, puis lui proposa d'enregistrer son bagage, mais il secoua la tête. Il devait garder le sac avec lui ; il ne contenait qu'une couverture, un peu d'eau et ses médicaments. La femme lui demanda s'il était malade.

« Juste un rhume, dit-il avant de tousser.

— Il y a un virus qui se balade, commenta l'employée.

— Ça ira bientôt mieux.

— Là-haut, dans le Nord, le choléra est revenu, dit la femme.

— J'ai juste un rhume », répéta-t-il.

Il essaya de sourire et sentit la sueur lui dégouliner sur le front. C'est seulement à cause de la chaleur, pensa-t-il, simplement, uniquement à cause de la chaleur. À part cette petite toux, il n'avait rien. Il se sentait fort et disposait d'assez de temps pour pouvoir être patient.

Lorsque le soleil eut disparu derrière l'hôtel Sands Kalahari, le bus entra dans le parking. Il avait un étage et une remorque pour les bagages. Il regarda les employés y transférer la montagne de sacs et de valises qu'ils venaient d'empiler au sol. La plupart des passagers se pressaient pour passer devant le contrôleur et monter à l'étage, dont les places semblaient très prisées. En bas, de nombreux sièges restaient libres. Il fourra son sac sous un siège près de la porte et s'assit à la fenêtre. De l'autre côté de l'allée, une jeune femme avec une petite fille s'installa. Quand elle regarda vers lui, il détourna les yeux et se concentra sur les voitures qui circulaient sur Independence Avenue. De nombreux conducteurs avaient déjà allumé leurs phares.

La lumière du jour s'estompait rapidement. Elle s'évaporait entre les maisons, se perdait dans l'air, disparaissait. Il prit soudain conscience que la nuit était l'état originel, parce qu'il ne fallait rien pour la créer. Le jour avait besoin du soleil, mais, dès que celui-ci abandonnait la partie, apparaissait ce qui dominait réellement : l'obscurité.

Le bus partit, glissant lentement dans les rues peu animées de Windhoek. Lorsqu'ils eurent dépassé le poste de police, à la hauteur de Heroes' Acre*, et que le bus se mit à grimper péniblement la côte des monts Auas, la lueur de la ville s'effaça derrière eux. Vers l'avant, on distinguait un morceau de route dans le faisceau des phares, mais sur les côtés, à quelques mètres, la lumière était avalée par un noir impénétrable.

« Je vais à Keetmanshoop, voir ma famille », lança la femme nama* assise de l'autre côté de l'allée.

La petite fille, la tête posée sur les genoux de sa mère, le regardait avec des yeux écarquillés.

« Hmm, fit-il.
— Et vous ? demanda la femme.
— Afrique du Sud, répondit-il.
— Pour travailler ?
— Hmm », marmonna-t-il.

Il n'avait aucune raison de ne pas lui parler ; elle ne lui avait rien fait, après tout, et sa fille encore moins. Il aurait pu lui demander si elles allaient voir le père de la petite, ou même s'il y avait vraiment un père, et pas juste un type qui l'avait mise enceinte. Mais il ferma les yeux et appuya la tête contre la vitre. La femme ne dit plus rien.

Il finit par s'assoupir. Lorsqu'il se réveilla, il frissonnait dans le souffle de l'air climatisé. Il toussa. La couverture, dans son sac, lui aurait été bien utile. La femme et la petite fille dormaient, bien emmitouflées. La vitre tremblait, et, au-dehors, la nuit régnait. Les étoiles étaient loin, tellement loin qu'elles n'existaient peut-être même pas.

Le matin suivant se révéla aussi étouffant que le précédent. Le soleil brûlait au-dessus de Windhoek comme s'il voulait en éradiquer toute forme de vie, et les seules bonnes nouvelles étaient les résultats obtenus jusque-là par Clemencia et son équipe. Ils étaient désormais pratiquement sûrs que le mort retrouvé dans la Corolla carbonisée s'appelait Leon André Maree. Le cadavre était certes tellement calciné que même sa famille n'aurait pas pu le reconnaître, mais, dans le coffre de la voiture, une petite valise d'aluminium avait résisté aux flammes. Elle contenait entre autres un passeport sud-africain et un billet d'avion au nom de Maree.

Selma, la tante de Clemencia, aurait fait remarquer aux enquêteurs que le meurtrier avait peut-être abandonné la valise à dessein pour brouiller les pistes, ou même faire croire à sa propre mort, mais ce genre de chose n'arrivait que dans les romans d'Agatha Christie défraîchis que *miki* Selma empruntait à la bibliothèque municipale. Pour éliminer le moindre doute, Clemencia avait envoyé un échantillon de tissus organiques en Afrique du Sud et demandé à ses collègues de Bloemfontein d'aller à l'adresse indiquée dans le passeport pour y prélever des échantillons à comparer. Les résultats du test ADN ne seraient cependant pas livrés avant une dizaine de jours.

Clemencia était certaine que l'identité du mort serait confirmée, car un autre indice lui semblait encore plus important que la valise en aluminium. Grâce au point de repère dont ils disposaient désormais, ils avaient facilement découvert que Leon André Maree, tout comme Abraham van Zyl, avait appartenu au groupe du CCB soupçonné d'avoir abattu Anton Lubowski. Il portait alors le surnom de « Chappies », parce qu'il ne sortait apparemment jamais de chez lui sans mastiquer un chewing-gum de cette marque, à l'époque très populaire en Afrique du Sud.

Le billet d'avion fut une trouvaille encore plus révélatrice que le passeport. Maree était parti de Francfort deux nuits plus tôt par le vol Air Namibia SW 286 et avait forcément franchi le contrôle des passeports de l'aéroport de Hosea-Kutako vers 9 heures du matin, la veille. Le Heja Lodge, sur le terrain duquel on avait découvert le corps, se situait à mi-chemin entre l'aéroport et la ville, juste avant le barrage routier qui inspectait les voitures roulant en direction de Windhoek. Cette information, ajoutée au fait que le bagage enregistré par Maree avant son départ se trouvait dans la voiture calcinée, semblait indiquer que le meurtrier était allé chercher sa victime à l'aéroport et l'avait directement conduite sur le lieu du crime. Et si Chappies Maree était monté dans la voiture de quelqu'un en un lieu aussi animé que l'aéroport international, c'est certainement qu'il n'avait eu aucune raison de se méfier, qu'il connaissait même peut-être son assassin.

La surveillance vidéo de l'aéroport de Hosea-Kutako respectait les normes internationales. Selon la direction, elle fonctionnait parfaitement, mais les enregistrements de la journée précédente avaient hélas déjà été effacés. L'interrogatoire du personnel de sécurité ne donna rien non plus, les gardiens n'ayant probablement eu d'yeux que pour les touristes européennes en train d'ôter leurs manteaux d'hiver. En tout cas, personne ne se souvenait de Maree, et encore moins d'une personne qui l'aurait accueilli. On informa tout de même Clemencia que les passagers étaient tenus d'indiquer, sur le formulaire d'entrée sur le territoire, le but de leur visite en Namibie, ce qui pouvait être intéressant. Au bout de presque une heure, les employés du service d'immigration retrouvèrent le formulaire de Maree, mais celui-ci avait tout simplement coché la case « Tourisme ». Cependant, Clemencia remarqua par hasard l'adresse de destination, indiquée elle aussi sur le questionnaire. Et cette adresse, elle la connaissait ! C'est là qu'elle s'était rendue deux jours plus tôt, et elle allait y retourner sur-le-champ.

Le médecin légiste l'appela alors qu'elle était déjà en chemin. Cette fois-ci, non seulement le corps n'avait pas été perdu, mais en plus on avait déjà procédé à l'autopsie. Lorsque la voiture avait été incendiée, Chappies Maree était déjà mort, tué de cinq balles dans la poitrine. Il faudrait encore analyser ces balles, mais on savait déjà qu'elles étaient du même calibre que celles tirées sur van Zyl.

Évidemment qu'elles provenaient de la même arme. Clemencia passa en revue le déroulement des événements. Le vol de Francfort à Windhoek durait dix heures. Au moment du meurtre de van Zyl, Maree avait déjà enregistré ses bagages, peut-être même était-il déjà assis dans l'avion, son téléphone portable éteint. Le tueur avait voulu s'assurer que personne ne pourrait informer sa deuxième victime.

Clemencia traversa Ludwigsdorf et gara sa voiture devant l'entrée de la maison. *Mevrou* van Zyl l'accueillit avec autant d'enthousiasme qu'elle en aurait montré pour un moustique venu lui bourdonner aux oreilles pendant la nuit, mais lorsqu'elle affirma n'avoir pas pensé à mettre en garde qui que ce soit, Clemencia la crut : entre son mari mort et sa fille à deux doigts de sombrer dans la folie, elle avait eu bien autre chose en tête. Quand l'inspectrice lui demanda si elle connaissait Chappies Maree, elle répondit que c'était un vieil ami de son mari qui devait leur rendre une courte visite.

« Pour évoquer le bon vieux temps du Civil Cooperation Bureau ? » demanda Clemencia.

Mme van Zyl ne pouvait plus nier l'évidence ; elle admit que Maree avait servi dans le CCB, tout comme son mari, mais ils n'avaient jamais été convoqués par aucun tribunal dans le cadre de l'affaire Lubowski et devaient donc être considérés comme innocents. Elle ne pouvait pas donner plus de détails à Clemencia, n'ayant pas eu l'habitude de parler travail avec son mari.

« “Travail” ? lâcha Clemencia.

— Mon mari n’a jamais été un meurtrier, continua Mme van Zyl, imperturbable. Dans les années 1980, il a défendu son pays sur ordre de son gouvernement. On n’était pas uniquement menacés par des terroristes de l’intérieur. Les Cubains de Fidel Castro s’étaient implantés en Angola, les communistes étaient aussi au pouvoir au Mozambique, et, à cette époque, pratiquement tous les pays voisins, jusqu’à l’équateur, se considéraient comme des États tampons, un front uni contre la République d’Afrique du Sud. C’était la guerre, alors, expliqua-t-elle à Clemencia comme si celle-ci avait grandi sur une autre planète, avant d’ajouter d’un ton de défi : On a perdu la guerre, mais ça ne signifie pas pour autant qu’on avait tort.

— Vous aviez eu bien assez des décennies précédentes pour prouver que vous aviez tort », ne put s’empêcher de rétorquer Clemencia.

Pas très professionnel, aurait commenté Matti Jurmela, son instructeur finlandais. Mais la Finlande n’avait pas eu à subir l’apartheid. Mme van Zyl se tut, et Clemencia observa les photos accrochées au mur au-dessus du canapé. Abraham van Zyl en uniforme, un grand sourire aux lèvres. Van Zyl, l’arme à l’épaule, debout au-dessus d’un cadavre d’antilope. Van Zyl avec des amis de beuverie. Abraham van Zyl, Abraham van Zyl. Sa femme n’apparaissait nulle part, pas même une photo de mariage n’était accrochée là.

Les photos de mariage de ses parents étaient les seules sur lesquelles apparaissait la mère de Clemencia. Ce jour-là, bien qu’il n’en ait pas eu les moyens, son père avait payé un photographe pour prendre ces clichés en noir et blanc devant l’église, puis sous les jacarandas du jardin du Tintenpalast. Clemencia se demandait toujours si ses souvenirs du visage de sa mère étaient réels ou si elle les avait reconstitués dans sa tête d’après les photos. Elle n’avait que quatre ans lorsque sa mère était morte, tuée par une balle perdue. On n’avait jamais su qui avait tiré ; c’étaient des tirs d’avertissement, leur avait-on dit alors. L’unité sud-africaine qui ratissait Katutura à la recherche de terroristes de la SWAPO subissait une pression énorme, avait-on expliqué à sa tante. Le père de Clemencia n'avait pas pu aller voir la police. Il était resté pendant des jours sur le banc devant la maison, muet, immobile, le visage figé, et ne s'en était finalement jamais vraiment remis.

Clemencia se demanda brièvement si elle devait raconter cela à *Mevrou* van Zyl, puis elle dit :

« Le passé, c'est le passé. Nous recherchons un double meurtrier.

— Vraiment ? répliqua *Mevrou* van Zyl avec un sourire incrédule.

— Oui », répondit Clemencia.

Mais plusieurs heures plus tard, en lisant sur Internet des renseignements sur le Civil Cooperation Bureau, elle n'en fut plus aussi certaine. Le CCB était une bande de tueurs sans scrupule ayant eu pour objectif principal l'élimination d'activistes anti-apartheid. Ils se vouaient par ailleurs à la destruction d'installations de l'ANC et au contournement de l'embargo de l'ONU frappant la livraison d'armes à l'Afrique du Sud. On estimait le nombre des opérations criminelles menées par le Bureau durant les cinq années de son existence à environ une centaine, et bien d'autres étaient prévues : exécutions en pleine rue, attentats à la bombe contre des jardins d'enfants de l'ANC ou encore tentatives d'intimidation particulièrement perverses. Ainsi l'évêque Desmond Tutu découvrit-il en 1989 un fœtus de babouin suspendu dans le jardin de sa maison, au Cap.

Le CCB avait été fondé en 1986 par le ministre de la Défense de l'époque, Magnus Malan, mais avait agi caché et de manière presque entièrement indépendante : le groupe se servait d'entreprises écrans, et les commandos opéraient en civil. Certains des membres recrutés semblaient même ignorer qu'ils travaillaient pour les Forces spéciales sud-africaines ; ceux-là tuaient donc uniquement pour l'argent ou au nom de leurs convictions racistes, ce qui rendait la chose encore plus révoltante. L'idée que quelqu'un ait désormais décidé de jouer les justiciers en devenait encore plus plausible.

Clemencia ne voyait pas les règlements de comptes d'un bon œil, mais dans ce cas précis, il semblait évident qu'aucune des victimes n'était innocente. Le tueur faisait le ménage chez les méchants, et pas chez n'importe quels criminels ; les troupes coloniales, les nazis, Idi Amin Dada ou Pol Pot avaient sans doute été encore pires, mais Clemencia considérait l'apartheid comme l'incarnation ultime du mépris de l'être humain. C'était l'enfer dans lequel elle était née, qui avait tenu toute sa famille sous sa coupe et dont sa mère avait été l'une des innombrables victimes.

On attribua le meurtre d'Anton Lubowski au groupe régional 6 du CCB, celui d'Afrique du Sud. En plus de Slang van Zyl, Chappies Maree et quelques autres, un mercenaire irlandais du nom de Donald Acheson appartenait à cette troupe. Soupçonné d'avoir commis le meurtre, il avait été arrêté peu après mais apparemment relâché par la suite. Clemencia avait espéré en apprendre davantage grâce aux dossiers de la police et du tribunal, mais elle se sentit assommée par la masse de documents récoltés par son équipe : mis côte à côte, les classeurs formaient un muret d'environ deux mètres cinquante de long.

« 1989, 1990, 1994, 1998, 2001, voilà tout ce qui touche à l'affaire Lubowski, annonça Angula. On a eu de la chance : le parquet vérifie en ce moment une fois de plus si la procédure doit être rouverte, et ils avaient déjà regroupé tous les dossiers. »

Clemencia ouvrit le premier classeur et tomba directement sur le rapport d'autopsie. Bien qu'Anton Lubowski ait reçu sept balles d'AK-47, on lui avait aussi tiré une balle en pleine tête, à bout portant, avec une autre arme d'un calibre plus petit. Ce détail évoquait une action de groupe, et non un tueur solitaire : pourquoi quelqu'un reposerait-il sa kalachnikov pour saisir un pistolet, en ôter la sécurité et tirer de nouveau ? Pourquoi l'assassin ne se serait-il pas tout simplement rapproché de quelques pas, la même arme à la main, s'il voulait être vraiment sûr de son coup ?

Clemencia feuilleta un autre classeur. Dans un document datant de 1990, un juge expliquait sur vingt-quatre pages tapées à la machine pourquoi Donald Acheson devait être libéré de sa détention provisoire, sous caution et avec une obligation de suivi judiciaire. On pouvait lire entre les lignes que les preuves étaient minces et que seules les déclarations de témoins supplémentaires pourraient faire avancer l'accusation. Cette situation avait été provoquée par une polémique entre le ministère public et le représentant de l'accusé pour déterminer s'il serait possible de convaincre les membres du CCB 6, réfugiés en Afrique du Sud, de venir faire volontairement une déposition devant le tribunal. En effet, la Namibie étant entre-temps devenue indépendante, il était légalement impossible de faire comparaître de force des citoyens étrangers ne résidant pas dans le pays. Sans leur déposition, une demande de mise en accusation d'Acheson semblait vouée à l'échec, et le juge, malgré le considérable intérêt public soulevé par cette affaire, ne voulait pas prendre la responsabilité de laisser Acheson moisir en détention provisoire *ad vitam aeternam.*

« Évidemment, Acheson a fui en Afrique du Sud dès qu'il a pu », commenta Angula lorsque Clemencia eut terminé sa lecture.

Elle remit le classeur à sa place. Il leur faudrait des jours pour simplement survoler tous les documents. Elle empila les cinq premiers classeurs sur son bureau et distribua les autres à son équipe. Angula suggéra qu'on arriverait peut-être plus rapidement à l'essentiel si Clemencia interrogeait personnellement le juge de l'époque ; désormais retraité, il vivait retiré dans sa ferme de Lewensvrede, à une demi-heure de voiture de Windhoek.

Clemencia hocha la tête.

« Tu peux peut-être me donner le numéro de ce…

— Fourie. Hendrik Fourie », précisa Angula.

Il tendit à Clemencia un bout de papier avec un numéro de téléphone et précisa, en semblant presque s'excuser, avoir pris l'initiative de le demander à la Cour suprême.

Clemencia savait qu'Angula nourrissait des sentiments réservés envers la SWAPO, mais ce seul argument n'expliquait pas pourquoi il n'avait jamais dépassé le grade de simple agent. Il ne jouissait peut-être pas de facultés intellectuelles hors du commun, mais bien d'autres avaient fait carrière en en étant tout aussi dépourvus. Angula, au moins, était fiable ; il possédait une mémoire d'éléphant et un solide bon sens. Clemencia pouvait s'estimer heureuse de l'avoir dans son équipe.

Elle appela l'ancien juge Fourie.

« C'est au sujet de Lubowski, n'est-ce pas ? demanda Fourie.

— Comment le savez-vous ?

— J'ai entendu à la radio que Slang van Zyl a été abattu.

— Oui, et Chappies Maree aussi, depuis. »

Le silence régna quelques instants à l'autre bout du fil, puis Fourie lança :

« Venez donc me voir ! »

Clemencia emprunta la B1 en direction du sud. La climatisation ne fonctionnait pas, mais tant qu'elle roulait rapidement sur la route goudronnée, toutes fenêtres ouvertes, elle recevait un peu d'air. Alors qu'elle bifurquait à gauche pour prendre une piste sablonneuse, son téléphone lui signala l'arrivée d'un SMS. *Miki* Matilda écrivait : « Appelle-moi ! ».

Clemencia sélectionna le numéro en traversant lentement le lit asséché d'une rivière. *Miki* Matilda lui expliqua que son patient, Joseph Tjironda, se trouvait dans un état plus sérieux qu'elle ne l'avait craint. Elle ignorait encore qui se cachait derrière tout cela, mais on avait jeté un mauvais sort à sa maison entière. Elle avait déjà pris des mesures pour contrer la malédiction, mais Tjironda ne pouvait en aucun cas rester là en attendant qu'elles fassent leur effet. Il était très faible, avait besoin de calme, et Matilda s'était dit que Clemencia, tant qu'elle serait absente, pourrait peut-être exceptionnellement, pour cette seule et unique fois, mettre sa chambre à sa disposition, pour une bonne cause…

« Non ! » cria Clemencia avant de raccrocher.

Un mauvais sort, bon sang ! Elle secoua la tête.

La silhouette des montagnes Auas, devant elle, se découpait nettement dans le ciel ; le verre foncé de ses lunettes de soleil rendait le bleu encore plus plein, plus intense. Après des kilomètres de piste bordés d'une clôture antigibier, elle finit par atteindre le portail de la ferme. Elle le franchit puis raccrocha la chaîne qui le fermait. Personne en vue, nulle part. La piste devint une montée raide et caillouteuse ; le peu de gazon subsistant, desséché, avait perdu toute couleur, et les buissons bas et grisâtres qui bordaient le chemin semblaient ne se nourrir que de poussière depuis des semaines. Ici et là, un acacia à girafes dépassait, opiniâtre, des escarpements rocheux.

Le bruit du moteur effraya un groupe de pintades. Au lieu de se cacher dans les buissons, elles se jetèrent devant la voiture, paniquées, et n'échappèrent aux roues que de justesse en voletant vers le bas-côté. Un oiseau de proie, peut-être un circaète, s'élança de la cime d'un arbre et s'éloigna à lourds battements d'ailes. S'il était resté immobile, posé sur sa branche, Clemencia ne l'aurait même pas remarqué.

Lorsqu'elle atteignit le sommet de la colline, elle aperçut au loin deux cyprès qui s'élevaient sur un terrain en pente douce. Derrière eux s'étendait une végétation dense, d'un vert plus clair que les arbres, à travers laquelle on devinait par endroits les murs d'un blanc éclatant de la ferme ou des bâtiments voisins. Cette oasis semblait se dissoudre juste au-dessus du sol en une mince bande d'air vacillant, comme si elle flottait dans le néant, tel un mirage créé là par la chaleur.

Les contours se firent plus nets à mesure que Clemencia se rapprochait. Juste avant les premiers arbres, une nouvelle barrière coupait la piste. Deux enfants aux pieds nus l'ouvrirent et coururent derrière la voiture jusqu'à la maison. Sur la véranda couverte, un Blanc d'un certain âge, très mince, se leva. Il avait le visage bronzé et des cheveux blancs qui tiraient sur le jaune.

« Juge Hendrik Fourie ? demanda Clemencia en lui tendant la main.

— Ex-juge », précisa Fourie.

Il serra la main de Clemencia et se tourna vers les deux enfants, qui étaient restés près de la voiture de police.

« Allez, demandez-lui ! »

La fillette devait avoir environ cinq ans, le garçon un peu plus. Il baissa la tête et contempla ses pieds nus.

« Allez, l'inspectrice ne va pas vous manger ! »

Clemencia esquissa un sourire un peu forcé. La fillette la dévisagea fixement, tandis que le garçon enfonçait le bout de ses orteils dans le sable. Tous deux avaient la peau très foncée. Clemencia demanda :

« Est-ce que je peux… ? »

Fourie l'arrêta, disant qu'ils devaient faire leur demande eux-mêmes. Il fallait qu'ils apprennent que, dans la vie, on n'obtenait rien sans effort. Il expliqua que, malgré les quinze mille hectares de sa ferme, il n'avait que peu d'employés, parce qu'il ne recherchait pas le profit. De toute façon, l'élevage bovin n'était plus rentable. Mais comme Taleni et Nangolo étaient les seuls enfants, ici, il s'occupait un peu de leur éducation. Ils étaient loin d'être bêtes, l'un comme l'autre, et il réfléchissait même à les envoyer dans une bonne école de Windhoek.

« Et leurs parents ? demanda Clemencia.

— Leur mère s'occupe de la maison ; ils vivent dans la première de ces trois maisonnettes, là, derrière le bâtiment principal. Quant à leur père, personne ne sait où il traîne, ni même s'il est encore en vie. Il a toujours eu l'habitude de disparaître de temps en temps pendant quelques jours, mais cette fois, on ne l'a pas revu depuis une éternité.

— Et ce n'est peut-être pas plus mal », commenta la mère des enfants, qui venait d'apporter deux verres de thé glacé sur la véranda.

Le petit garçon était toujours près de la voiture de police. La fillette avait perdu tout intérêt pour Clemencia et s'amusait à tirer les poils du gros braque de Weimar étalé à l'ombre des arbres fruitiers. Le chien remua mollement la queue. Le thé glacé était désaltérant, et l'air, sous le toit de la véranda, relativement frais. Dans la haie de rosiers, un oiseau pépiait. Plus loin, des paons et des dindons se pavanaient près d'une petite mare. On aurait presque pu croire qu'ici, le monde tournait rond.

Clemencia se lança :

« Je sais que les preuves étaient insuffisantes, à l'époque, mais je voudrais votre avis personnel, monsieur Fourie : est-ce que van Zyl et Maree ont vraiment Anton Lubowski sur la conscience ? »

Fourie posa son verre sur la balustrade de la véranda, regarda Clemencia dans les yeux et répondit :

« Van Zyl et Maree, oui, mais ils n'étaient pas seuls : Donald Acheson, Staal Burger, Ferdi Barnard et encore au moins un homme dont j'ignore le véritable nom. Ce sont eux qui se chargeaient du sale boulot, ici, à Windhoek. Et puis il y avait aussi les commanditaires de Pretoria, bien sûr, là où était basé le groupe régional 6 du CCB. Croyez-moi, si on avait pu faire un procès, je les aurais tous condamnés. »

Fourie paraissait absolument certain de son fait ; c'était exactement l'homme qu'il fallait à Clemencia. L'affaire Lubowski avait sans doute été la plus importante de toute sa carrière, et il n'en avait pas oublié le moindre détail. Elle devait juste lui poser les bonnes questions. Elle commença par l'interroger sur les membres du commando chargé du meurtre ; deux d'entre eux avaient été assassinés, les autres se trouvaient donc aussi en danger de mort. Fourie haussa les épaules.

« Staal Burger, peut-être. Il vit quelque part en Afrique du Sud en se faisant passer pour un innocent fermier. En revanche, je ne vois pas comment votre tueur pourrait atteindre les autres. »

On savait où se trouvait Ferdi Barnard, mais cette information ne serait d'aucune utilité à un meurtrier potentiel, à moins qu'il ne sache comment traverser les murs de la prison de haute sécurité de Pretoria : Barnard avait été condamné à perpétuité en 1998 pour le meurtre de l'activiste anti-apartheid David Webster. L'Afrique du Sud avait expulsé Acheson vers Londres en 1991, et il n'était jamais réapparu depuis. Quant au mystérieux sixième homme, Fourie ne connaissait que son surnom, Donkerkop, et savait qu'il résidait probablement à Windhoek à l'époque des faits.

« Qu'est-ce qui vous fait croire cela ?

— Le CCB avait aussi créé un groupe régional, portant le numéro 8, pour s'occuper de ce qu'on appelait alors le Sud-Ouest africain[1]. Apparemment, ses membres n'étaient pas considérés comme suffisamment fiables pour une opération d'un tel calibre, et on avait fait venir des tueurs de Pretoria. Cependant, il est très improbable qu'ils aient pu complètement se passer d'un soutien local. Quelqu'un devait trouver des armes et une voiture, quelqu'un qui connaissait les lieux et qui pourrait les loger discrètement. Ils avaient même trouvé un job à Donald Acheson au *Windhoek Observer.* »

Donald Acheson. Et Donkerkop, la Tête noire. Peut-être vivait-il toujours à Windhoek.

« Vous allez vous moquer de moi, dit Fourie en essuyant la sueur de son front, mais pendant des années, chaque fois que j'ai croisé dans la rue un homme aux cheveux noirs, je me suis demandé si ça n'était pas lui. »

Mais Clemencia ne rit pas ; elle lui demanda s'il avait une idée de qui pouvait bien s'être lancé dans cette vengeance sanglante.

---

1. La Namibie, lorsqu'elle était encore un protectorat sud-africain, portait le nom de « Sud-Ouest africain », nom que les partisans de l'apartheid voulaient évidemment la voir conserver.

« Pas la famille de Lubowski, en tout cas. Je les ai tous rencontrés, ses parents, ses sœurs, son ex-femme et ses enfants. Ils n'ont jamais arrêté de se battre pour que la lumière soit faite sur toute l'affaire. Ils veulent la justice, pas la vengeance, et souhaitent non seulement connaître la vérité, mais aussi que cette vérité soit rendue officielle par un procès. Ils ne vont pas se mettre à abattre les suspects juste au moment où les parquets d'Afrique du Sud et de Namibie veulent rouvrir le dossier ! Sans accusés, la procédure sera immédiatement suspendue, et sans procédure, on ne connaîtra jamais le fin mot de l'histoire.

— Mais alors, qui ? répéta Clemencia. Qui pourrait être tellement aigri... ?

— Aucune idée. »

Fourie regarda la petite fille ; elle avait forcé le chien à se lever et essayait désormais de grimper sur son dos.

« Vingt ans ont passé, après tout. Peut-être qu'il ne s'agit vraiment pas d'une vengeance.

— Mais de quoi, alors ? » demanda Clemencia.

Son portable émit un bip. Un nouveau SMS de Matilda exigeait qu'elle la rappelle d'urgence. Pas maintenant, *mikis*, pas maintenant !

« Vous allez trouver, dit Fourie. Je suis prêt à vous raconter tout ce que je sais.

— Bon, alors commençons par... »

Son portable bipa de nouveau. « C'est vraiment important !! » Clemencia pria le juge de l'excuser et descendit les trois marches de la véranda avant de sélectionner le numéro. Elle se tourna vers la gauche ; des poinsettias poussaient dans la rocaille. Juste devant elle, des plantes grasses ressemblant à des beignets collants, verts et pleins d'épines, avaient envahi le jardin. Quand Matilda décrocha, Clemencia s'exclama :

« Tu peux me le demander dix fois, tu n'auras pas ma chambre ! On a passé un accord, et...

— C'est ton frère.

— Quoi ?

— La police l'a arrêté. »

Bon sang ! Clemencia l'avait senti venir. Melvin était peu à peu parti à la dérive, et elle n'avait rien fait pour le rattraper.

« Qu'est-ce qu'il a fabriqué ?

— Les policiers ont parlé de coups et blessures aggravés ; apparemment, il a tabassé quelqu'un dans un bar, mais je n'en sais pas plus. Tu vas le sortir de là, hein, Clemencia ? »

Matilda espérait de toute évidence que Clemencia allait enfin tirer profit de sa position au commissariat, mais la jeune femme entendit aussi dans sa voix un léger reproche, ou au moins une trace d'incompréhension : comment pouvait-elle s'être choisi des collègues capables d'arrêter son propre frère ?

Clemencia ne savait pas quoi dire. Elle baissa les yeux vers les poinsettias. Entre les plantes qui ressemblaient à des beignets, d'autres arbustes faisaient penser à des oreilles de cochon. À l'arrière poussait un petit dragonnier dont l'écorce pelait par endroits.

« Melvin est dans une cellule, ici, au commissariat de Katutura, dit encore Matilda.

— OK », répondit Clemencia.

Elle expliqua à l'ancien juge qu'elle était malheureusement forcée de partir, mais qu'elle souhaitait reprendre son entretien avec lui le plus tôt possible. Comme Fourie devait venir à Windhoek le jour suivant, ils se donnèrent rendez-vous à la terrasse d'un café, à l'entrée du quartier piétonnier de Post Street Mall.

Lorsque Clemencia retourna à sa voiture, le petit garçon aux pieds nus se tenait devant la portière du conducteur. Il lui demanda :

« Est-ce que je peux monter un peu avec vous, s'il vous plaît, m'dame ? Et est-ce que vous pouvez allumer le gyrophare et la sirène ? »

Donkerkop :

La nuit où Lubowski est mort a tout changé pour moi. Après ça, je n'ai plus voulu entendre parler de politique, je me suis mis à éviter les cercles que je fréquentais avant. C'était comme si je devais effacer toute mon ancienne vie parce que je n'arrivais pas à oublier les images de cette nuit-là. Pendant près de vingt ans, je me suis réveillé trempé de sueur presque chaque nuit ; j'entendais l'écho des coups de feu dans l'obscurité de ma chambre. Et même si je réalisais aussitôt que ce n'était qu'un cauchemar, que tout était fini depuis longtemps, je ne pouvais pas m'empêcher d'allumer la lumière pour vérifier si j'avais du sang sur les mains. Pourtant, je n'ai jamais pensé sérieusement à me livrer à la police. Ça aurait aidé qui ? Lubowski n'aurait pas ressuscité pour autant, et je ne pouvais pas annuler ce que j'avais fait.

Bon sang, j'avais vingt-deux ans, à l'époque, et, à part les voitures de sport, je n'avais dans la tête que des idées complètement floues, une bonne dose de colère rentrée et pas grand-chose d'autre. Je ne connaissais que ça : mes amis, mes parents et les amis de mes parents, tout le monde répétait que la seule chose pire que les négros en train de conduire le pays à la ruine, c'étaient les Blancs qui les y aidaient, parce qu'eux, au moins, étaient censés savoir ce qu'ils faisaient. Ils disaient : qu'est-ce qu'il y avait, ici, avant que les Blancs se mettent au boulot ? Pas d'écoles, pas d'hôpitaux, pas de chemin de fer, pas de rues, pas d'électricité, pas même une maison en dur. Rien que des chèvres, des bœufs et quelques tribus d'indigènes qui passaient leur temps à se fracasser la tête les uns aux autres, si la moitié de leur clan ne crevait pas à la première sécheresse. Personne ne pouvait réellement souhaiter revenir à de telles conditions de vie, et certainement pas les Blancs.

Seuls les veaux les plus stupides choisissent eux-mêmes leur boucher, voilà le genre de dicton qui avait cours chez nous. Mais tout le monde voyait bien que Lubowski était tout sauf stupide, et ça rendait la situation encore pire. Il ne se contentait pas de cracher dans la soupe puis de faire dans son froc comme un lâche. Il savait ce qu'il faisait. C'était un traître et un renégat, et la sentence s'était prononcée d'elle-même. Aucune armée au monde ne peut se permettre de laisser ses membres passer à l'ennemi.

Personnellement, ce qui m'énervait le plus chez lui, c'était l'arrogance avec laquelle il parlait, comme s'il avait la science infuse. Il était là, dans ses costards chics, et se moquait de ces imbéciles de Boers qui n'avaient pas le courage de faire changer les choses ! Une fois, je ne sais plus à quel meeting, il a parlé de l'avenir, quand Blancs et Noirs seraient égaux en droits, dans une Namibie libre et indépendante. Depuis le fond de la salle, j'ai crié :

« Sud-Ouest ! »

Il a répliqué calmement, au micro :

« Le sud-ouest est un point cardinal, pas le nom d'un pays. »

C'est la seule fois que nous avons échangé quelques mots. Après ça, je ne l'ai plus vu que deux ou trois fois, mais, bien sûr, je savais tout sur lui ; pas seulement parce qu'il apparaissait en permanence dans les journaux et que, de toute façon, les Blancs nés dans le pays se connaissent tous, mais aussi parce que mon père avait été le voisin des Lubowski, à Lüderitz ; il avait vécu à quelques maisons de chez eux avant d'emménager à Windhoek.

Quoi qu'il en soit, je me suis lancé à corps perdu dans la campagne anti-Lubowski, et j'ai vite eu ras le bol des éternelles jérémiades du genre « il faudrait faire quelque chose... ». J'ai rejoint quelques types sur la même longueur d'onde que moi, prêts à envoyer des lettres anonymes ou même à faire le coup de poing s'ils tombaient sur un sympathisant de la SWAPO qui se baladait tout seul. Après deux ou trois actions, le CCB a commencé à me considérer comme une sorte de collaborateur indépendant, avant même que je connaisse son existence.

J'ai fait la connaissance de Ferdi Barnard et de Slang van Zyl en août 1989. C'était une soirée d'hiver très froide et j'étais allé jouer aux fléchettes avec quelques copains à l'Alten Wirt. Je ne sais plus qui me les a présentés, mais je me souviens qu'on a bu tellement de Windhoek Lager et de Jägermeister qu'à la fin on ne touchait plus la cible que par hasard. Alors un type a crié que c'était à cause de ces saloperies de cercles qui se brouillaient devant nos yeux, et qu'il nous fallait une cible vraiment motivante, par exemple une photo de Lubowski. Alors il nous montrerait qu'il pouvait balancer une fléchette pile entre les deux yeux de ce connard. Tout le monde s'est mis à beugler, mais moi, je suis resté calme et j'ai dit :

« C'est facile de parler.

— Ah oui, parce que toi, tu ne fais pas que parler ? m'a demandé Ferdi Barnard d'un ton ironique.

— Exactement.

— C'est toi qui le dis !

— Tu savais que Lubowski venait de recevoir par la poste son propre portrait en photo grand format ? j'ai dit. Peut-être même

qu'il a réussi à s'y reconnaître, malgré la décharge de chevrotines que quelqu'un a tirée dessus.

— Et tu es sûr de ça ? a demandé Slang van Zyl.

— On parie ? j'ai dit.

— Bien joué, mec », a dit van Zyl.

Il m'a tapé sur l'épaule et a commandé une tournée de Jägermeister. Ce soir-là, il ne s'est rien passé de plus, et, les fois suivantes aussi, van Zyl et Barnard sont restés prudents. Ils me testaient sur mes opinions politiques, me faisaient parler et m'écoutaient avec un petit sourire quand, avec mes amis, je dressais des listes noires de types à faire disparaître le plus rapidement possible. Enfin, plutôt des listes noir et blanc, parce que Lubowski et un ou deux autres traîtres y figuraient toujours.

Plus tard, j'ai fait la connaissance de Donald Acheson, puis de Chappies Maree et de Staal Burger. C'est lui qui m'a demandé un jour si je conduisais aussi bien qu'on le prétendait.

« Mon gars, j'ai dit, c'est tout simple, j'ai le feeling avec les moteurs. Quand je mets le contact, je sens tout de suite le genre de machine qu'il y a sous le capot, où elle a mal, ce qu'elle sait faire et ce que je peux en tirer. Une fois que j'ai roulé quelques mètres, la bagnole et moi, on ne fait plus qu'un. C'est au point que je me demande parfois pourquoi je picole pas de l'essence.

— C'est bien, a dit Burger, parce qu'on aurait besoin d'un chauffeur. »

C'était deux jours avant l'attaque. Ils m'ont seulement dit le soir même, juste avant qu'on y aille, qu'ils voulaient descendre Lubowski.

« Le descendre ? j'ai répété.

— Qu'est-ce qu'il y a, petit, tu te dégonfles, maintenant ? » a demandé Ferdi Barnard.

Staal Burger rigolait, et j'ai crié :

« Putain de merde, ce connard l'a bien cherché ! »

Dans la lumière claire de la matinée, le poste de police de Mugunda Street paraissait un peu plus amical que pendant la nuit. Son mur de briques haut d'environ deux mètres était crépi avec soin, la peinture et les ornements semblaient avoir été rénovés récemment. Les grilles des deux entrées étaient grandes ouvertes. Clemencia s'arrêta devant celle de droite, au-dessus de laquelle pendait une lanterne mauve portant l'inscription « Police ». Quand il faisait sombre, sa lumière diffuse évoquait bien autre chose qu'une promesse de protection et de sécurité. Près de la porte, sur le mur, on distinguait nettement une empreinte de botte, à près d'un mètre cinquante de hauteur. Clemencia préférait de pas savoir comme elle était arrivée là.

Elle attendit. Von Fleckenstein avait promis d'être là à 9 heures. Clemencia ignorait ce qu'il valait comme avocat, mais quand il s'agissait de faire libérer les gens sous caution, il était le meilleur. La veille, au téléphone, elle lui avait assuré que son frère n'avait jamais été condamné et que son adversaire était encore en vie. Il avait alors confirmé que, dans ces conditions, l'affaire ne serait pas bien compliquée, mais que Melvin devrait toutefois patienter une nuit. Il pouvait s'estimer heureux : grâce à la campagne de sécurité routière des vacances d'été, on avait augmenté la fréquence des audiences de maintien en détention, sans quoi les cellules n'auraient jamais suffi à contenir tous les automobilistes arrêtés en état d'ivresse. Mais Clemencia le savait d'expérience : personne ne s'était jamais inquiété de voir vingt ou trente prévenus entassés dans ces minuscules cellules. Les juges d'instruction faisaient surtout des heures supplémentaires pour pouvoir libérer le plus rapidement possible les quelques VIP que leurs collègues de la sécurité routière avaient embarqués avec un peu trop de zèle.

La veille au soir, elle n'était pas parvenue à voir Melvin. Le chef d'unité en personne devait autoriser les visites, et il n'était bien entendu plus joignable à ce moment-là. Clemencia aurait pu jouer de sa position, comme la plupart de ses collègues l'auraient fait à sa place, mais eux ne répétaient pas comme elle à longueur de journée que les règles étaient faites pour être respectées. Elle avait prié les gardiens d'au moins transmettre à Melvin la poudre antipuces qu'elle avait apportée, ce qu'ils lui avaient solennellement promis.

Trois jeunes filles en minijupe et chaussées de talons hauts sortirent du commissariat. Elles n'étaient certainement pas âgées de plus de vingt ans, mais paraissaient déjà compter quelques années d'expérience professionnelle sur le trottoir.

Juste au moment où Clemencia attrapait son portable pour appeler l'avocat, von Fleckenstein apparut dans une antique Mercedes 200 à sièges de cuir rouge et au tableau de bord plaqué de bois. Il se gara devant la porte, extirpa sa pesante carcasse de son siège et passa devant Clemencia à une vitesse surprenante pour pénétrer dans le commissariat. Lorsqu'elle voulut l'y rejoindre, il en ressortait déjà, suivi d'un agent stagiaire auquel il ordonna de veiller sur sa précieuse voiture. Alors seulement, il se tourna vers la jeune femme et lança :

« Allez, au boulot ! »

Un quart d'heure plus tard, Melvin était assis en face d'eux, dans un des bureaux. Il avait l'œil gauche tellement gonflé qu'il ne pouvait plus l'ouvrir, et la lèvre fendue. À part cela, il affichait exactement la même expression têtue que lorsque, enfant, il s'estimait injustement traité. Bon sang, petit frère ! pensa Clemencia. La vie est déjà bien assez dure comme ça sans qu'on ait besoin en plus de faire des conneries en permanence.

« Ça va ? demanda von Fleckenstein.

— Dans ce trou à rats ? » répliqua Melvin en se grattant le creux du coude.

Jusqu'à la lisière des manches courtes de son tee-shirt de foot, ses bras étaient couverts de morsures infectées.

« Ils ne t'ont pas donné la poudre ? s'exclama Clemencia.

— Quelle poudre ?

— La p'tite bête qui monte, qui monte…, chantonna gaiement von Fleckenstein avant d'annoncer : Ton ami le boxeur a deux côtes cassées.

— C'est tout ? demanda Melvin.

— Ça suffit pour un K.-O. technique, en tout cas.

— Je l'aurais tué s'ils m'avaient pas retenu, marmonna Melvin.

— Écoute-moi bien, mon garçon ! lança von Fleckenstein en croisant ses bras replets sur son ventre. Si la taule te plaît tant que ça, tu n'as qu'à continuer sur ce ton ! »

Melvin fixait des yeux le réservoir d'eau potable situé dans un coin de la pièce. Des gobelets de plastique étaient empilés sur une tablette juste à côté ; à gauche se tenait un policier en uniforme.

« Et maintenant, raconte ! dit von Fleckenstein. Et dans l'ordre, hein !

— Je peux avoir un verre d'eau ?

— Non. »

Melvin commença son récit d'une voix hachée. Il était arrivé au bar Mshasho vers 11 heures du matin, avait picolé, discuté, repicolé. À un moment, un type s'était installé près de lui, au comptoir, et lui avait demandé s'il avait besoin d'argent.

« J'ai commencé à me marrer – on voit pourtant bien que je suis millionnaire ! Mais l'autre, au lieu de rire, a sorti de sa poche deux billets de cent, les a agités sous mon nez et les a rangés. Alors je lui ai demandé ce qu'il voulait. Le type a commandé deux bières et a commencé à me demander des nouvelles de ma famille.

« "Comment va ton père, comment vont tes sœurs ?

« — Ça va, j'ai répondu.

« — Une de tes sœurs a deux enfants, non ?

« — Oui, Jessica et Timothy.

« — Et Jessica, elle a déjà un copain ?" il m'a demandé.

« Moi, j'ai rigolé.

« "Jessica vient tout juste d'avoir onze ans ! je lui ai dit.

« — Ah oui ? a dit l'autre en hochant la tête. Et toi, leur oncle, tu t'occupes un peu des petits, de temps en temps ?

« — Pourquoi ? j'ai demandé.

« — Eh bien, je sais pas, peut-être que parfois tu vas te promener avec eux, ou que tu les emmènes au foot quand les Black Africa jouent.

« — Euh, non, en fait", j'ai répondu.

« Alors l'autre a bu une grande gorgée de bière et il m'a proposé de s'occuper de Jessica de temps en temps, pendant une heure ou deux. Il a ajouté : "Deux cents dollars !" C'est là que je l'ai frappé. Comme mon premier coup n'a fait que l'effleurer, j'en ai récolté quelques-uns aussi, mais l'autre a fini par tomber, alors je l'ai bourré de coups de pied. Si les autres ne m'avaient pas retenu, j'aurais continué jusqu'à ce que ce salaud…

— Oui, c'est bon, ça, on le sait déjà », interrompit von Fleckenstein.

Melvin se gratta le bras. Il portait un tee-shirt jaune avec des manches vertes, comme le maillot de l'équipe de foot du Brésil, avec sur le dos l'inscription « Kaká ». Il avait découpé lui-même les lettres dans un quelconque lambeau de tissu vert, et Constancia, la mère de Jessica, les avait cousues pour lui.

« Est-ce que ce garçon peut avoir un peu d'eau ? » demanda von Fleckenstein.

Le gardien attrapa un gobelet et le remplit.

« Au bar, ils disent qu'on peut guérir du virus HIV si on baise une fille vierge, mais c'est pas vrai, non ?

— Non, c'est complètement n'importe quoi, confirma Clemencia.

— Et même, même si c'était vrai, ils feront pas ça avec Jessica !

— Il ne lui arrivera rien », dit Clemencia, même si elle savait parfaitement que ni elle ni personne ne pouvait garantir une chose pareille.

À Katutura, on ne pouvait pas enfermer les enfants toute la journée ; il n'y avait même pas assez de place pour ça dans les maisons. Ils étaient obligés d'aller dans la rue, retrouvaient leurs amis ici et là, traînaient dans le lit asséché du fleuve, vadrouillaient jusqu'à la place de l'ONU. Malgré tout, il fallait recommander à Jessica de se méfier des hommes, et la tenir à l'œil. Pendant les deux jours durant lesquels Constancia allait faire le ménage, un autre membre de la famille devait s'en charger.

« Est-ce que j'ai l'air de quelqu'un qui vendrait sa nièce ? cracha Melvin, les lèvres tremblantes de colère.

— Non », répondit Clemencia.

Melvin avait simplement l'air d'un très jeune homme déguenillé et couvert de morsures de puces, qui avait quitté l'école sans diplôme et, depuis, tournait en rond. Un garçon qui gagnait parfois quelques dollars grâce à des jobs douteux dont il refusait toujours de parler, allait aussitôt les dépenser dans son bar préféré et ne rentrait à la maison que le lendemain matin en titubant, complètement saoul. Un garçon, aussi, qui, dès qu'il était de nouveau à jeun, construisait des petites voitures en fil de fer pour son neveu. Il avait un jour avoué à Clemencia n'avoir aucune idée de ce que le mot « avenir » signifiait. Son plus grand rêve était de voir jouer l'équipe du Brésil lors de la Coupe du monde de football, en Afrique du Sud, même s'il savait parfaitement que cela resterait un rêve. Melvin était le petit frère de Clemencia, et rien ne changerait jamais cela.

« L'audience de maintien en détention est demain, à midi, annonça von Fleckenstein. Le juge va fixer ta caution entre trois cents et cinq cents dollars, et, à midi et demi, tu seras dehors, à condition…

— J'ai pas trois cents dollars, rétorqua Melvin.

— … à condition que tu promettes de laisser l'autre type tranquille. Il a très bien compris ce qu'il en est, de toute façon. »

Lui, peut-être, pensa Clemencia, mais les autres, les milliers d'autres qui ne recevaient pas de médicaments antirétroviraux ? Ceux qui essayaient vainement de se soigner avec du jus de betterave et des remèdes miracles en tout genre, qui s'accrochaient à n'importe quel espoir, même complètement stupide, parce qu'ils n'avaient plus rien à perdre ?

« J'ai même pas dix dollars, marmonna Melvin.

— S'il le faut, je te prêterai l'argent », dit von Fleckenstein en se levant péniblement de sa chaise.

Arrivé à la porte, il se retourna :

« Et prêter, ça veut dire que tu devras me le rendre. »

Melvin ne dit rien lorsqu'on le reconduisit à sa cellule, mais il paraissait tellement perdu que Clemencia lui promit de venir assister à l'audience de maintien en détention. Elle devrait simplement repousser son rendez-vous avec Fourie. Elle ne put joindre l'ancien juge au téléphone, mais laissa un message sur sa boîte vocale.

Sur le chemin du commissariat, Clemencia passa voir sa famille. Sur l'étal, devant la maison, des oignons, des tomates et des papayes étaient alignés avec soin près d'une rangée de petits sachets de chips, les restes d'un plein carton que Melvin avait rapporté quelques semaines auparavant en jurant qu'il était tombé d'un camion. *Miki* Selma décala son tabouret pour le remettre dans l'ombre parcimonieuse de la bâche tendue au-dessus de la table. Elle expliqua que Constancia était au travail, à Klein Windhoek, et que ses enfants traînaient quelque part, puis se leva pour se mettre à leur recherche. Elle en profiterait pour faire la quête chez les voisins afin de payer la caution de Melvin. Le père de Clemencia tiendrait le stand pendant ce temps-là.

Clemencia repartit. Le quartier était comme d'habitude. Rien ne laissait penser qu'ici une petite fille valait deux cents dollars, que la police volait de la poudre antipuces et qu'on ne pouvait même pas laisser un moment sans surveillance un stand avec quelques tomates. Partout, des enfants jouaient dans la rue, comme si c'était la chose la plus normale du monde. Elle ne vit pas trace de Jessica et Timothy, mais cela ne signifiait rien, rien du tout. Elle ne devait surtout pas se rendre folle. Au feu rouge d'Independence Avenue, Clemencia ferma un instant les yeux, cherchant en vain à se clarifier les idées.

Ce n'est qu'à l'intérieur du bureau des homicides que le vaste monde la rattrapa, celui dans lequel on tuait les gens à la kalachnikov. Elle trouva sur son bureau l'édition du jour du *Namibian*, ornée du gros titre « Vengeance tardive pour Lubowski ? ». À côté était posé le rapport de l'Unité de scène de crime, qui confirmait que van Zyl et Maree avaient été tués avec la même arme. Le meurtrier avait arrosé la Corolla d'essence avant d'y mettre le feu, et on n'avait trouvé ni empreintes digitales ni indice d'aucune sorte. Il ne restait donc plus qu'une piste à suivre, celle qu'ils avaient de toute façon déjà empruntée : celle des victimes. Qui savait que Chappies Maree viendrait à Windhoek en avion ? Qu'est-ce que l'ancien agent était allé faire en Allemagne ? Et pourquoi voulait-il voir van Zyl ? Peut-être les autres membres du groupe avaient-ils l'intention de les rejoindre aussi, du moins ceux d'entre eux qui ne croupissaient pas en prison ? Il fallait de toute urgence trouver Staal Burger, en Afrique du Sud. Peut-être qu'il déballerait tout si on parvenait à lui faire comprendre que sa vie était en jeu.

Lors de la réunion de service, Oshivelo déclara qu'il trouvait l'approche de Clemencia parfaitement juste et les incita à employer tout le personnel disponible pour éclaircir ces questions et toutes celles qui apparaîtraient dans la foulée. L'examen des vieux dossiers Lubowski pouvait attendre. Selon son expérience, un meurtre vieux de vingt ans ne constituait pas un motif suffisant, et il serait plus judicieux de concentrer les efforts sur le passé plus récent des victimes. Il ajouta :

« J'ai du mal à croire que des hommes ayant un tel passé criminel se sont soudain mués en citoyens respectueux de la loi uniquement parce que la situation politique a changé. Il faudra vérifier si cette bande d'anciens agents s'est lancée dans des affaires louches pour son propre compte.

— Trafic d'armes, diamants, drogue, suggéra Robinson. Leurs anciennes relations leur auraient été bien utiles. Peut-être qu'une grosse somme d'argent était en jeu et que l'un d'eux ne voulait pas partager avec les autres ? Staal Burger ? Donald Acheson ? Ou ce Donkerkop ?

— Ou bien un partenaire d'affaires qui se serait senti floué », renchérit Oshivelo.

Clemencia ne dit rien, écoutant Robinson avancer hypothèse sur hypothèse et Oshivelo tracer résolument la voie à suivre. À mesure qu'il parlait, le contexte politique qu'ils avaient pris pour point de départ s'évaporait. Chacune de ses phrases rendait plus invraisemblable l'idée qu'un meurtre entré depuis longtemps dans les livres d'histoire puisse constituer un motif de vengeance sérieux, et même la photo d'Anton Lubowski que Clemencia avait sortie du dossier lui parut encore plus jaunie que les deux décennies écoulées ne pouvaient le justifier.

Est-ce que tout ça pouvait vraiment n'être qu'une violente explication entre criminels ? Clemencia ne pouvait nier que bon nombre d'indices le laissaient supposer. Peut-être restait-elle sceptique parce qu'elle n'aimait pas se sentir ainsi poussée contre son gré dans une direction précise. Évidemment, le double meurtre avait éveillé l'attention, le public voulait des résultats, et Oshivelo était sous pression, mais c'était tout de même bien à elle qu'il avait confié l'affaire, et elle était en droit de la mener comme elle l'entendait.

Clemencia jeta un coup d'œil à Angula. Il ne remuait pas un cil, mais son visage semblait hurler « non ». Clemencia se força à sourire. Allez, ne sois pas vexée ! Ne montre pas de faiblesse ! Contrôle-toi ! Elle reprit la parole :

« Messieurs, je vous remercie de toutes vos précieuses suggestions. On commence tout de suite à chercher des indices de criminalité en bande organisée. Je suis certaine que nous obtiendrons bientôt des résultats concrets. Au travail ! »

Oshivelo hocha la tête, et tout le monde se leva. Clemencia attendit qu'ils aient presque atteint la porte.

« Par acquit de conscience, Angula et moi allons continuer à fouiller le dossier Lubowski, dit-elle en tapotant du doigt la une du *Namibian*. La presse a pris goût à l'affaire, pas question qu'ils viennent nous reprocher de ne suivre qu'une seule piste. »

En prononçant cette dernière phrase, elle regarda Oshivelo droit dans les yeux. S'il la contredisait maintenant, devant les hommes, il pouvait tout aussi bien lui retirer directement l'affaire. Soit il la laissait continuer, soit il la lâchait – à lui de décider de la valeur qu'il accordait à son travail.

Oshivelo hésita un moment, puis lança :

« Vous me tenez au courant, inspecteur ! »

Quand ils furent enfin tous sortis, le portable de Clemencia indiquait 11 h 43. Elle devait partir tout de suite pour pouvoir assister à l'audience sur l'établissement de la caution de Melvin, mais il fallait avant cela qu'elle joigne Fourie. Elle laissa sonner jusqu'à ce que se déclenche la boîte vocale. Personne, une fois de plus. On frappa à la porte, et Angula entra de nouveau dans le bureau : il avait trouvé quelque chose qui pouvait être important. Comme il n'avait pas dit un traître mot durant toute la réunion de service, elle en conclut qu'il s'agissait d'un détail qu'il ne voulait révéler qu'à elle.

« Eh bien ? demanda-t-elle.

— Magnus Malan, l'ancien ministre de la Défense sud-africain, a prétendu en 1990 devant le Parlement qu'Anton Lubowski travaillait pour les services secrets de l'apartheid. Il leur aurait livré des informations sur la SWAPO, des renseignements militaires et politiques extrêmement importants. Ces accusations ont été reprises plus tard par un ancien membre de la police d'Afrique du Sud-Ouest et par un célèbre journaliste sud-africain bénéficiant d'excellents contacts avec la police.

— Lubowski aurait été un indicateur ? répéta Clemencia, incrédule.

— Évidemment, il y a aussi une flopée de gens qui affirment le contraire.

— Mais les Sud-Africains n'ont pas arrêté de le mettre en prison.

— Six fois, précisa Angula en hochant la tête.

— Mais... ? demanda Clemencia.

— Six fois jusqu'à 1987, et après, plus du tout.

— Angula, qu'est-ce que ça signifie ? Qu'est-ce que tu veux dire ?

— Rien. Juste qu'on ne doit négliger aucune possibilité. Si, en vingt ans, on n'a jamais réussi à prouver que le Civil Cooperation Bureau était coupable du meurtre de Lubowski, ça pourrait théoriquement tout simplement signifier qu'il n'y a rien à prouver.

— Mais alors, qui aurait pu... ? »

Clemencia ne termina pas sa phrase. Angula leva les mains en un geste défensif, laissant voir ses paumes plus claires.

« Oh, moi, je ne suis qu'un petit agent. »

Ce qu'Angula sous-entendait était de la folie pure et simple. Il semblait pourtant évident que Malan avait essayé de se laver de tout soupçon face au Parlement, lui-même et la bande de meurtriers qu'il avait formée. S'il avait réussi à faire passer Lubowski pour un agent sud-africain, on en aurait évidemment déduit que le CCB n'avait aucun intérêt à l'éliminer, bien au contraire. C'est l'ennemi, donc la SWAPO, qui aurait alors en toute logique liquidé le traître infiltré dans ses rangs. La déclaration de Malan n'était qu'une répugnante astuce politique, un petit coup vicieux dans la campagne de déstabilisation menée contre le gouvernement de la SWAPO tout juste arrivé au pouvoir.

« On suit plutôt la piste du trafic de diamants ? » demanda Angula innocemment.

La SWAPO avait gagné l'indépendance en se battant et en utilisant la violence et les intrigues, certes, mais pas plus que nécessaire dans cette guerre contre une idéologie qui prônait le mépris de l'être humain. Clemencia en était fermement convaincue. La seule chose qui la dérangeait, c'était la manière dont Oshivelo minimisait l'importance de la piste Lubowski. Il avait lui-même joué un rôle majeur dans la guerre d'indépendance, avait été l'une des têtes du parti, l'un de ceux qui connaissaient l'envers du décor. Le meurtre de Lubowski avait eu un énorme retentissement, et Oshivelo savait forcément ce qui s'était passé à l'époque. S'il prétendait maintenant entendre les noms des membres du CCB pour la première fois, il devait avoir une excellente raison de le faire.

« Tu restes sur le coup, Angula, dit Clemencia, et si tu trouves quoi que ce soit, n'en parle à personne d'autre que moi !

— Ça pourrait devenir chaud, chef », répliqua Angula.

Clemencia aurait bien aimé trouver une réplique cinglante – qu'on dégoulinait de toute façon déjà de sueur, dans ce putain de bureau. Que la saison des pluies allait heureusement bientôt commencer. Qu'on ne se brûlait les doigts que si on agissait sans réfléchir. Que...

« Ça se pourrait bien, Angula », répondit-elle.

Elle partit finalement bien trop tard, évidemment. Pas trace de Melvin au tribunal. L'avocat, von Fleckenstein, était occupé à tirer d'affaire un autre délinquant. Lorsqu'il eut terminé, il glissa sa carte à Clemencia en lui murmurant :

« Vous me devez deux cent cinquante dollars ! »

Clemencia retourna à Katutura. Son père était assis sur le banc, devant la maison. Jessica et Timothy, pendus à lui, le suppliaient en vain de leur raconter une histoire de sa jeunesse, et *miki* Selma annonça fièrement qu'elle avait récolté quarante-trois dollars et vingt-cinq cents pour la caution de Melvin.

« Et Melvin, où est-il ? » demanda Clemencia.

Selma désigna du pouce le haut de la rue – la direction du bar Mshasho, dont sourdait une musique kwaito qui faisait vibrer tout le quartier.

« Il fête sa libération », dit-elle.

L'ancien juge Hendrik Fourie :

Libérer Donald Acheson sous caution, en 1990, a probablement été la plus grosse erreur de toute ma carrière. Mais avec les éléments dont je disposais à l'époque, je n'avais pas vraiment d'autre choix. J'ignorais que nos propres instances officielles, le parquet comme la police, laissaient traîner l'enquête judiciaire d'une manière qui frisait le sabotage. Le ministère public avait demandé plusieurs fois de suite le report de l'ouverture du procès contre Acheson, et, au début, j'avais mis cela sur le compte de la négligence. Je l'ai donc autorisé une fois, puis deux, mais, à la troisième, j'ai perdu patience. Ils devaient tout de même finir par s'y mettre ! J'ai donc établi la date à laquelle l'acte d'accusation devait être déposé.

Je suis tombé des nues quand le procureur a ensuite retiré la plainte en expliquant simplement que les preuves réunies contre Acheson étaient insuffisantes. Cependant, je n'ai pris conscience de la véritable ampleur du désastre que des années plus tard, lorsque des voix s'élevèrent dans la presse pour accuser des officiers de police haut placés d'avoir été mêlés au meurtre de Lubowski. Je menai alors l'enquête préliminaire obligatoire et, en étudiant les dossiers plus en détail, je m'aperçus que les preuves, non seulement contre Acheson mais aussi contre le reste du groupe du CCB, auraient largement suffi à une demande de mise en accusation et même, à mon avis, à une condamnation. À l'époque, on m'a reproché à plusieurs reprises d'avoir qualifié le travail du parquet de « sommet d'incompétence » ; pourtant, au vu des circonstances, c'était une expression extrêmement indulgente.

Quoi qu'il en soit, j'ai rendu toute l'affaire publique. Dans mon rapport final, j'ai donné des noms, établi sans équivoque que c'était bien Acheson, et lui seul, qui avait tiré, mais avec la complicité active de van Zyl, Maree, Burger et les autres, et que les commanditaires appartenaient à la direction du CCB, à Pretoria. J'y ajoutai mes réflexions sur le caractère politique du meurtre, révélai que Malan avait menti lors de sa tristement célèbre intervention au Parlement et décrivis quelques autres manœuvres de diversion mises en scène par les différents partis. Je réussis même à prouver que l'un de nos officiers de police avait dissimulé des indices importants concernant le meurtre.

En bref, je leur mis tous les faits sous le nez, de sorte qu'ils n'auraient pas dû avoir d'autre choix que de rouvrir le dossier. Mais je me trompais lourdement ; en fait, ils avaient parfaitement le choix. Une fois que la première vague d'excitation se fut calmée, le procureur réagit. Il ne trouvait pas mon argumentation réellement convaincante ; bien au contraire, il pensait que Donald Acheson, dont le surnom « the Cleaner », « le Nettoyeur », était entre-temps devenu notoire, était innocent. Les indices récoltés contre lui prouvaient plutôt qu'il s'était fait avoir : des inconnus essayaient apparemment de lui coller le meurtre sur le dos.

Cela paraissait impossible à croire, mais le parquet refusa purement et simplement de procéder à une mise en accusation, du moins tant qu'une partie des accusés se trouveraient en Afrique du Sud et ne seraient pas extradés. Le ministre délégué à la Justice promit de s'en charger, mais l'affaire finit par être enterrée. Jamais le gouvernement namibien ne rédigea de demande officielle d'extradition.

Quant au reste, il est vite raconté. En 1998, la Cour suprême ouvrit une nouvelle information judiciaire qui n'apporta ni plus ni moins de conclusions que la mienne. La famille Lubowski finit par porter l'affaire devant la Truth and Reconciliation Commission d'Afrique du Sud. Des années plus tard, l'Autorité nationale judiciaire de ce pays vérifia les résultats de cette commission dans l'éventualité d'une réouverture de l'affaire, et maintenant, c'est de nouveau le parquet général namibien qui a les dossiers. Il n'y a jamais eu de procès, ni ici ni en Afrique du Sud.*

Comment une chose pareille est-elle possible ? Eh bien, en théorie, j'ai réellement pu me tromper. Peut-être les preuves étaient-elles vraiment insuffisantes. Ou alors, trop de gens avaient trop de choses à perdre si la vérité finissait par éclater au grand jour.

2

Voix

Il n'avait pratiquement plus rien mangé depuis vingt-quatre heures. À Upington, avant de monter dans le bus de liaison pour Johannesburg, il avait commandé des *chicken wings*, mais n'avait pas pu en avaler plus d'une bouchée. Alors il s'était contenté d'eau. Cela lui suffisait amplement ; que lui fallait-il de plus ? Il n'avait pas faim et se sentait bien, vif et léger comme une plume portée par le vent.

À la gare routière de Johannesburg, il emprunta un annuaire téléphonique dans un magasin de souvenirs, mais n'y trouva pas le nom de la femme ; il s'y était attendu. Il savait seulement qu'elle s'appelait Mandisa Khawuta, qu'elle vivait à Soweto et que son mari avait l'habitude d'abattre les caissiers des stations-service qu'il dévalisait. Il poursuivit tout de même sa route jusqu'à Soweto et descendit du bus au pied des tours de refroidissement multicolores. Il s'adressa à quelques adolescents qui traînaient près de la gare et leur offrit mille rands pour qu'ils le conduisent à Mandisa Khawuta.

« Eh, on est à Soweto, *man*, répondit un jeune coiffé d'un bonnet de laine noir. Il y a un million de personnes, ici.

— Deux mille rands », répliqua-t-il.

Il leur fallut trois heures pour la trouver. Après s'être assuré qu'il s'agissait bien de la bonne Mandisa Khawuta, il fit sortir ses quatre enfants de la cabane et lui dit ce qu'il était venu lui dire. Levant à peine les yeux du feu sur lequel elle faisait cuire de la bouillie de maïs, elle demanda :

« Et comment je peux être sûre que c'est pas une blague ? »

Il toussa. Les blagues, ce n'était vraiment pas son genre ; c'était bon pour les gens qui tenaient à la vie et préféraient oublier que la mort les attendait au coin de la rue. La mort ne rit pas des blagues ; elle rit de tout ce que les gens qui tiennent à la vie prennent au sérieux, d'un ricanement sauvage, sans pitié, qui finit toujours par les emporter tous.

Il sortit la kalachnikov de son sac bleu, se plaça devant la porte de la cabane de tôle et rétorqua :

« Tu veux que je tue le vieux, là, en face ? »

Elle le dévisagea avec attention puis secoua la tête

« Sans avance, y aura rien. »

Il compta trois mille rands, laissa tomber les billets sur le sol de terre battue et rempocha le reste. Puis il arma l'AK-47 et dit ·

« Je t'ai trouvée une fois, je te trouverai encore. Mandisa Khawuta. »

Elle hocha la tête, ayant apparemment compris qu'il ne plaisantait pas. Il lui conseilla de ne pas perdre de temps : toutes les douze heures, il déduirait deux mille rands.

« C'est clair ?

— C'est clair. »

À l'extérieur, il caressa la tête d'un des petits garçons ; il n'eut pas besoin de se retourner pour savoir qu'elle l'observait. Ensuite, il rejoignit le centre de Johannesburg et prit le premier bus en partance pour le sud. Bien qu'il fasse nettement plus frais ici qu'à Windhock, il transpirait. À un des arrêts, un homme monta dans le bus et commença à prêcher – Caïn et Abel, Genèse, 4.

« Dieu dit à Caïn : *"Vervloek is jy dan nou…"* Qu'il soit maudit et banni de la terre qui a bu le sang de son frère. Que le sol qu'il cultive ne porte jamais aucun fruit. Que son destin soit d'errer sans but sur la terre. Caïn, le lâche, craignait d'être tué par le premier venu. Et le Seigneur dit : "Non ! Celui qui tuera Caïn sera puni sept fois." »

À ce moment, il aurait volontiers éclaté de rire, si la douleur dans sa poitrine l'avait moins torturé. Le Seigneur ne faisait que les choses à moitié, lui aussi. Pas plus que ses créatures, il n'avait compris qu'il fallait terminer ce qu'on commençait, aller jusqu'au bout. Ils finiraient tous par mourir, lui, Dieu, et quelques autres avant ça.

Ils arrivèrent dans la province de kwazulu-Natal. Il n'était jamais venu ici, mais le chauffeur du bus, se sentant apparemment une vocation de guide touristique, bavardait dans son micro sans discontinuer. Il apprit ainsi que tous les peuples possibles et imaginables s'étaient mutuellement massacrés dans la région. C'est pour cela qu'on trouvait ici une ville nommée Vryheid, « Liberté », et un fleuve baptisé Blood River. D'une certaine manière, cela lui parut tout à fait logique.

Fourie était parti pour l'Afrique du Sud. Son employée de maison ne savait pas exactement quand il rentrerait, mais il ne paraissait pas avoir emporté beaucoup de bagages. Clemencia lui demanda comment allaient ses enfants.

« Mon garçon veut devenir policier, maintenant, annonça la femme au téléphone.

— Oh, ça lui passera », lui assura Clemencia, avant de la prier de l'appeler dès que Fourie rentrerait.

Elle s'installa ensuite à son bureau pour préparer la conférence de presse. Elle en avait établi la ligne générale avec Oshivelo : on suivait toutes les pistes possibles, mais il était encore trop tôt pour faire des suppositions. Ils comptaient adoucir le mécontentement prévisible des journalistes en les priant d'apporter leur aide à l'enquête. Peut-être quelqu'un avait-il tout de même vu qui avait attendu Chappies Maree à l'aéroport.

Robinson entra pour faire son rapport, un tel sourire aux lèvres qu'il semblait sur le point d'annoncer que le tueur était venu se rendre directement à lui, dans son bureau. Mais ce que lui et les autres avaient découvert était nettement moins spectaculaire : van Zyl avait pris une semaine de congés qui commençait pile le jour de l'arrivée à Windhoek de Chappies Maree. Selon une de ses collègues, van Zyl avait l'intention d'aller chasser avec un ami quelque part dans le Kalahari. Sa veuve avait confirmé ce projet, affirmant toutefois qu'il comptait se rendre dans une ferme de chasse située près des montagnes Erongo, donc dans une tout autre région.

« Et donc ? » demanda Clemencia.

Robinson s'adossa confortablement et croisa les jambes.

« Premièrement, à cette époque, la chasse est fermée pour la plupart du gibier. Deuxièmement, j'ai vérifié à l'aéroport de Hosea-Kutako : Maree n'a fait entrer aucune arme de chasse sur le territoire. Troisièmement, aucun van Zyl ni aucun Maree n'était inscrit dans la ferme en question. Une partie de chasse, commenta Robinson avec un air de profonde satisfaction. Moi aussi, c'est ce que je raconterais si je voulais laisser ma femme et mes enfants à la maison pour aller régler tranquillement des affaires criminelles. »

Le reste n'était que pures spéculations. Robinson, convaincu par l'hypothèse du trafic de diamants, avait déjà commencé à contrôler les réservations d'hôtels de Lüderitz, Klein-Aus et des alentours du parc national du Sperrgebiet – jusqu'ici sans résultat. Il voulait à présent contacter l'Unité des ressources protégées, responsable de la sécurité des mines de diamants. Si quelques poignées de brillants avaient disparu récemment, on pourrait peut-être attaquer l'affaire sous un autre angle. Clemencia n'y voyait qu'une perte de temps, mais comme Oshivelo semblait avoir déjà donné son accord, elle hocha seulement la tête. Cependant, quand Robinson commença à réfléchir à haute voix à la nécessité d'un déplacement professionnel dans le Sperrgebiet, elle le chassa de son bureau.

Les participants habituels assistèrent à la conférence de presse : NBC Radio, *The Namibian, The Sun, Die Republikein*. Il faudrait tenir à l'œil l'envoyée du *Windhoek Observer* : elle avait l'art de complètement sortir de leur contexte les propos qu'elle citait. Quant au jeune journaliste dépêché par le quotidien germanophone *Allgemeine Zeitung*, il était le seul à ne pas appeler Clemencia « inspecteur » ou « M'dame », mais « Miss Garises ». Pour une raison inconnue, il paraissait lui vouloir du bien ; il s'était toujours montré bienveillant envers elle, l'interrogeant avec une politesse dont ses confrères faisaient rarement preuve. Clemencia avait presque l'impression qu'il venait consciemment à son secours lorsque certaines questions risquaient de la mettre dans une situation délicate.

Après quelques mots de bienvenue, Oshivelo laissa la parole à Clemencia. Elle resta concise et objective : on avait deux meurtres, une arme, un coupable. Elle donna quelques détails sur les faits, confirma que les deux victimes avaient appartenu au CCB et précisa qu'on suivait aussi d'autres pistes sur lesquelles elle ne pouvait encore rien révéler, pour des raisons tactiques. Enfin, elle offrit à la presse le petit cadeau prévu : sa demande d'assistance. Coopération du public, sens des responsabilités, société civile, collaboration des citoyens et de l'État – le discours habituel. Elle distribua les photos de Chappies Maree préparées à cette intention et n'eut aucun mal à parer les rares questions relatives aux négligences policières et aux dessous politiques de l'affaire. La conférence fut bouclée en moins d'une demi-heure, et Oshivelo adressa un hochement de tête satisfait à Clemencia.

Le journaliste de l'*Allgemeine Zeitung*, Claus Tiedtke, l'attendait à l'extérieur ; il voulait lui parler. Sa silhouette dégingandée dépassait Clemencia d'une tête, et il avait la peau si blanche qu'il était probablement obligé de se mettre de la crème solaire même la nuit. Passant rapidement sa main dans ses cheveux blonds, il en vint au fait.

« Il y a quelques mois, un homme assez âgé, parlant allemand, est venu me voir à la rédaction ; il prétendait avoir vu Donald Acheson en plein Windhoek.

— Acheson, le Cleaner ? » s'exclama Clemencia, incrédule.

Il avait disparu en 1991 après avoir été extradé à Londres par les Sud-Africains. Depuis, il pouvait aussi bien se trouver en Australie qu'en Amérique du Sud ou dans n'importe quelle autre région du monde, à condition même qu'il vive toujours.

« Je lui ai conseillé de prévenir la police, mais il y était déjà allé. Vos collègues l'ont fait attendre un moment, puis lui ont annoncé qu'aucune plainte n'était enregistrée contre un Donald Acheson. Il a alors commencé à en discuter avec eux, essayant de leur expliquer qu'Acheson avait été un des tueurs les plus tristement célèbres du CCB, mais ils l'ont tout simplement mis dehors. Il est alors venu nous voir à la rédaction, furieux, hurlant qu'un tel scandale devait absolument être diffusé par la presse. Apparemment, le plus important pour lui n'était pas tant de révéler la présence d'Acheson que de dénoncer l'incompétence de la police namibienne.

— Ce que vous avez refusé de faire, bien entendu », conclut Clemencia.

Elle ne lisait pas la presse germanophone, mais pouvait parfaitement s'imaginer la manière donc l'efficacité de la police y était commentée.

« Exactement, Miss Garises. (Claus Tiedtke sourit.) Il y a pour cela bien assez d'autres occasions plus appropriées. Quoi qu'il en soit, la chose me paraissait trop incertaine et, pour être honnête, pas assez en prise avec l'actualité pour être rapportée dans le journal. En plus, l'homme refusait que l'on cite son nom. Je lui ai expliqué que nous ne pouvions rien faire sans une confirmation venant d'une autre source, puis j'ai vite oublié cette histoire.

— Jusqu'à ce que van Zyl et Maree soient assassinés », compléta Clemencia.

Elle se demandait pourquoi aucun des policiers qui avaient renvoyé cet homme chez lui n'avait entre-temps eu l'idée de venir lui en parler à elle.

« Enfin, peut-être n'est-ce pas si important, dit Claus Tiedtke.

— Mais si, au contraire, merci beaucoup ! Vous ne vous souvenez plus du nom de ce témoin, par hasard ?

— Non, je sais seulement qu'il prétendait avoir vu Acheson dans un magasin d'armes, en allant acheter des munitions : Rosenthal Guns. »

Un tueur disparu refaisant surface chez un armurier, ça semblait trop beau pour être vrai. Ce n'étaient probablement que des affabulations ; ce soi-disant témoin devait être un vieux donneur de leçons qui passait ses journées à rabâcher ses obsessions. De plus, il aurait dû vraiment bien connaître Donald Acheson pour l'identifier sur-le-champ en le rencontrant par hasard au bout de dix-neuf ans. D'un autre côté, ce genre de fêlé en manque d'attention faisait généralement son apparition une fois qu'une affaire était rendue publique. Si cet homme s'était manifesté le jour même ou la veille, Clemencia ne lui aurait probablement prêté aucune attention, mais, quelques mois plus tôt, personne ne parlait encore de Lubowski, du CCB, ni d'Acheson.

« Je m'occupe de cette histoire », conclut-elle.

Elle adressa un signe de tête à Claus Tiedtke, le planta là et passa voir ses hommes. Angula, assis entre des montagnes de classeurs, tournait les pages avec acharnement. Lorsqu'elle lui demanda s'il avançait, il répondit de manière assez énigmatique que le problème résidait dans les interconnexions, mais qu'il ne pouvait pas en dire plus pour le moment. Robinson se plaignait amèrement auprès de van Wyk de ce que leurs collègues des diamants se croyaient toujours supérieurs aux autres. Quant à Tjikundu, il faisait tellement d'efforts pour donner un ton professionnel à sa conversation téléphonique qu'il ne pouvait s'agir que d'un appel personnel.

« Tu n'as qu'à raccrocher ! » lui murmura Clemencia avant de quitter le commissariat.

Elle partit à pied, malgré le soleil brûlant de la mi-journée : cela irait aussi vite que de remplir la paperasse nécessaire à l'emprunt d'un véhicule, et elle aurait ainsi au moins le temps de réfléchir tranquillement. Si Acheson était vraiment de retour dans le pays, il fallait absolument le trouver, et si possible avant qu'il soit à son tour victime d'une rafale d'AK-47. Lors du deuxième meurtre, le tueur avait prouvé qu'il était bien informé. Savait-il aussi où se terrait Acheson ?

Donald Acheson avait été mercenaire en Rhodésie à l'époque coloniale, policier du régime pro-apartheid sud-africain, et plus tard, sans doute parce que tout cela n'était pas encore assez sanglant pour lui, tueur pour le compte du CCB. Cet homme, qui s'était régulièrement retrouvé du côté des perdants de l'Histoire, qui était tombé plusieurs fois pour toujours se relever, ne s'embarrassait certainement pas de l'ombre d'un scrupule.

Et s'il n'était pas une victime potentielle ? Peut-être van Zyl et Maree avaient-ils finalement décidé de témoigner, pour une raison quelconque. S'ils n'avaient été impliqués qu'indirectement dans le meurtre de Lubowski, l'affaire était pour eux prescrite – mais pas pour l'homme qui avait appuyé sur la détente. Peut-être que ses complices avaient voulu faire chanter Acheson ! Maree était-il venu à Windhoek pour discuter avec van Zyl des derniers détails de la remise de l'argent, et pour encaisser sa part ? Peut-être ne s'agissait-il vraiment pas d'une vengeance, et que le coupable principal voulait se débarrasser de ses anciens complices qui risquaient de le mettre en danger. Tueur un jour, tueur toujours ?

Clemencia traversa le carrefour et passa devant le monument au koudou. Elle rasa les murs des bâtiments d'Independence Avenue, bien que seules quelques rares marquises de magasins offrent une maigre protection contre le soleil. Boutiques de téléphones portables et de photo, bijouteries et agences de voyage... Devant le Kentucky Fried Chicken, un vendeur de billets de loterie lui proposa quelques tickets. Les marchands de journaux avaient déjà disparu, mais le rastafari qui vendait de petits animaux faits de fil de fer et de perles de verre bon marché était accroupi à son poste, devant le bâtiment des Télécoms. Le feu pour piétons de Post Street Mall était rouge, mais une femme herero* traversa tout de même, traînant son enfant derrière elle. Un gardien de parking vêtu d'une veste de protection délavée glissa une pièce dans un parcmètre, bien qu'aucune contractuelle ne soit en vue. Il expliquerait sans doute au propriétaire de l'Isuzu flambant neuve garée là qu'il ferait encore une bonne affaire en lui donnant dix dollars, puisqu'il avait économisé trente dollars de contravention.

Clemencia se coula dans l'ombre du caoutchouc géant qui poussait devant le café du zoo. Dans le jardin attenant, des retraités lisaient le journal, assis sur des bancs. Un jeune enfant se roulait sur le gazon, et, sous les arbres, quelques employés de bureau faisaient leur sieste de midi. Le parc évoquait un petit paradis, mais quelque chose y sonnait faux : non pas les sacs plastique flottant au milieu du bassin, mais la pelouse d'un vert éclatant, qui n'existait que parce qu'on l'arrosait tous les jours. Sous une telle canicule, cette pelouse n'avait aucune raison d'être et rappelait douloureusement qu'une vie plus belle, plus douce, plus animée était possible – ailleurs, en tout cas. Dans un pays où il pleuvait régulièrement, où on ne passait pas des mois de sécheresse à attendre désespérément le premier orage...

Clemencia secoua la tête. Au croisement de Fidel Castro Street, elle traversa et continua son chemin sous les arcades. Des touristes en chemise de safari faisaient la queue devant un distributeur de billets de la Nedbank ; quelques mètres plus loin stationnait une voiture de Group 4 Securicor. Clemencia rejoignit Venning Street et tourna à droite. Elle aperçut le bâtiment de Rosenthal Guns à une trentaine de mètres devant elle. La façade sans fenêtres donnant sur Talstrasse évoquait un bunker. Au coin, un gardien était assis sur le bord du trottoir, son arme posée à la verticale entre ses genoux. Quelques mètres plus loin était garée une Golf Citi. Claus Tiedtke, le journaliste, adossé à la portière du côté conducteur, transpirait.

« J'aurais pu vous emmener si vous m'aviez dit que vous veniez ici, Miss Garises.

— C'est censé être un test ? demanda Clemencia.

— On finit par se faire une certaine idée des fonctionnaires, mais je pensais bien que vous étiez d'un autre genre.

— Si vous comptez rester ici encore un moment, vous devriez vous mettre de la crème solaire, rétorqua-t-elle.

— *Black is beautiful.*

— Oh, mais vous, vous deviendrez seulement rouge écrevisse. »

Elle monta les quelques marches menant à la boutique, sonna, puis tira la porte grillagée lorsque le signal d'ouverture retentit. Sans un mot, elle montra son badge de police à l'employé debout derrière le comptoir.

« Laissez-moi deviner, m'dame, vous venez pour vous entraîner sur notre stand de tir parce que la police est à court de munitions ?

— Je voudrais parler au directeur, répondit-elle.

— Je blaguais, c'est tout », dit-il avant de la conduire à son chef.

L'homme lui assura que les listes légales étaient enregistrées sur ordinateur et que rien en Namibie n'était tenu de manière plus soignée, à l'exception peut-être des statistiques de pluviométrie. Aucun Donald Acheson n'avait acheté quoi que ce soit dans ce magasin ces dernières années, mais cela ne signifiait peut-être rien. Un homme qui souhaitait se faire discret se procurait en général une fausse identité, avec les papiers correspondants.

« Pouvez-vous vérifier qui, dans les mois passés, vous a acheté des cartouches de calibre 7,62 mm ? demanda Clemencia.

— Oui, mais ce type de balles est très répandu, et on ne les utilise pas uniquement sur des AK-47. La liste des acheteurs est longue. »

Clemencia la fit envoyer par e-mail au commissariat, puis elle appela Tjikundu pour lui demander de prendre contact avec tous les clients y figurant ayant un nom anglo-saxon. Elle supposait qu'un Irlandais de souche comme Acheson ne se serait pas choisi un faux nom afrikaans ou allemand ; cela valait au moins la peine d'essayer.

« Et comment je suis censé deviner au téléphone si l'un d'eux est notre homme ? demanda Tjikundu qui, ne parlant lui-même qu'un anglais approximatif, serait bien incapable de reconnaître un accent irlandais.

— Adresse-toi à eux en afrikaans ! conseilla Clemencia. Personne ne peut avoir travaillé pour les services secrets sud-africains sans parler cette langue. Commence par leur demander leur date de naissance et élimine tous ceux qui ont moins de soixante ans. Acheson devrait avoir soixante-neuf ans, aujourd'hui, il n'a pas pu se donner beaucoup moins sur ses faux papiers. Ceux dont le permis de port d'arme date d'avant 1991 ne nous intéressent pas non plus. Une fois que tu auras éliminé tous ceux-là, demande à ceux qui restent où ils se trouvaient au moment de chacun des deux meurtres.

— Tu parles d'un boulot », grommela Tjikundu.

Clemencia se retint de rétorquer qu'il semblait pourtant adorer téléphoner et se contenta de préciser qu'elle repasserait au commissariat dans l'après-midi. Lorsqu'elle quitta le magasin d'armes, Claus Tiedtke était toujours dehors, désormais réfugié dans l'ombre parcimonieuse d'un panneau routier. Il jeta sur Clemencia un regard plein d'espoir.

« Si vous n'avez rien de mieux à faire, vous pourriez me ramener chez moi », lui dit-elle.

Sur le chemin de Katutura, il essaya de lui tirer les vers du nez, mais la jeune femme ne répondit que par monosyllabes. Elle devait d'abord vérifier toute l'histoire. Une fois dans Frans-Hoesenab Straat, Tiedtke éteignit le moteur et descendit avec elle.

Le stand de légumes, devant la maison, était abandonné, débarrassé de ses marchandises. Une musique assourdissante provenait du bar Mshasho, le voisin d'en face bricolait son taxi, et on entendait *miki* Matilda se plaindre de l'autre côté de la clôture du jardin. Le médecin de l'hôpital de Katutura se contentait de traiter son patient, Joseph Tjironda, aux antibiotiques, sans se demander – ni même, encore mieux, sans lui demander à elle – pourquoi un homme en parfaite santé attrapait soudainement une pneumonie. Clemencia proposa à Tiedtke d'entrer ; un verre d'eau ne serait sans doute pas du luxe. Il verrouilla sa voiture et la suivit.

Melvin était là, et pour une fois si sobre qu'il avait entrepris d'enseigner à Jessica et Timothy des mouvements de kung-fu de son cru. *Miki* Selma avait simplement exigé qu'ils ne fassent pas s'effondrer la lessive qu'elle venait de mettre à sécher, et même Constancia ne semblait rien avoir à redire à la formation de ses enfants au combat rapproché. Certes, ce n'était pas une solution, mais savoir se défendre un minimum ne pouvait pas faire de mal, quand on vivait à Katutura.

Tiedtke, un peu perdu, resta debout dans la courette jusqu'à ce que Clemencia lui dise de s'asseoir sur le banc à côté de son père. Lorsqu'elle ressortit avec un verre d'eau, toute la famille s'était alignée contre le mur de la maison et observait l'homme blanc en train de suer. Claus Tiedtke fit un clin d'œil à Timothy et lui demanda son nom, mais le jeune garçon se blottit contre *miki* Matilda ; la petite tape que celle-ci lui donna sur l'arrière de la tête ne lui fit pas davantage ouvrir la bouche.

« Mais dis au *Meneer* comment tu t'appelles ! »

Clemencia tendit le verre d'eau à Tiedtke, et toute la famille le regarda boire, comme s'ils n'avaient jamais pensé que les Blancs pouvaient, eux aussi, avoir besoin de se désaltérer. Tiedtke posa le verre sur le banc, près de lui, et dit :

« Ça fait du bien.

— Oui, il fait tellement chaud, aujourd'hui, nota Matilda.

— Insupportable, dit Tiedtke.

— C'est parce que c'est l'été, commenta Selma.

— Espérons que la pluie viendra bientôt, ajouta Tiedtke.

— Espérons », répéta Matilda.

Et la conversation s'arrêta là.

« Vous n'avez rien à faire, aujourd'hui ? intervint Clemencia.

— Si, répondit *miki* Selma.

— Un tas de choses, confirma Matilda sans bouger d'un centimètre.

— Bon, eh bien… », fit Tiedtke en se levant.

Clemencia le raccompagna jusqu'à sa voiture ; les autres se mirent en rang le long de la clôture.

« Gentille famille », dit-il sans une once d'ironie.

Clemencia se demandait encore que répondre quand son portable sonna. C'était la centrale. On avait découvert où vivait Staal Burger : il exploitait une plantation de canne à sucre en Afrique du Sud, dans la province de Kwazulu-Natal. Son collègue proposa à Clemencia de l'appeler en personne.

Tiedtke était déjà assis dans sa Golf Citi. Clemencia se pencha vers la fenêtre ouverte :

« Ça vous ennuierait de me déposer au commissariat ? »

La maison se trouvait à l'extérieur de Hluhluwe. Il devrait marcher plus d'une heure, d'abord sur une route goudronnée, puis sur un chemin de terre, mais cela ne le dérangeait pas, au contraire : il était resté assis bien trop longtemps, dans le bus. Il avait rempli sa bouteille d'eau et en buvait une gorgée chaque fois que la douleur lui brûlait les entrailles. Cela le soulageait. Quant aux frissons qui le traversaient de temps en temps, ils étaient presque agréables, sous ce soleil de plomb. Seule sa toux avait changé. Elle était devenue plus… creuse ? plus profonde ? Un médecin l'aurait certainement déclaré malade, mais lui connaissait la vérité. Il n'était pas malade et ne le serait jamais. Il resterait en bonne santé jusqu'à la fin, puis il mourrait, tout simplement.

Il avait dépassé une plantation d'ananas et avançait maintenant au milieu de champs de canne à sucre. Les plantes, plus hautes que lui, s'élevaient à droite et à gauche en rangs serrés. Leurs cimes se courbaient dans le vent chaud, leur bruissement évoquant une mer lointaine.

Il était déjà allé à l'hôpital et savait bien ce qui s'y passait : des gens allongés sur des lits déglingués crevaient lentement dans la puanteur mêlée de la sueur, du désespoir et du désinfectant. Tout le monde devait mourir, oui, mais pas comme ça ! Il avait fichu le camp, se jurant de ne plus jamais y remettre les pieds. Pourquoi le devrait-il ? Il ne tomberait pas malade, il mourrait, c'est tout. Il toussa.

Il s'arrêta en voyant apparaître la maison au bout du chemin. Il but quelques gorgées d'eau, balança le sac bleu sur son épaule et fit un quart de tour pour s'enfoncer dans le champ. Il progressa prudemment au milieu de la jungle d'épaisses cannes, posant les pieds sans à-coups. Là où poussait de la canne à sucre vivaient forcément des souris, et qui dit souris dit serpents. Il préférait se tenir à distance respectueuse des reptiles. Une fois, en Ovamboland, il avait vu un mamba noir attaquer, trois, quatre fois. À l'époque, il avait été convaincu que son camarade était mort de peur, et pas d'empoisonnement. Aujourd'hui, c'était lui qui répandait la peur – et la mort. Il se demanda si les serpents aussi le considéraient avec respect.

En entendant des rires, il s'immobilisa et épia la scène qui se jouait de l'autre côté des cannes. Devant lui passait un chemin de traverse bordé d'une haie basse ; derrière la haie, une pelouse verdoyante s'étendait presque jusqu'à la vieille maison. Une véranda couverte courait sur toute la largeur du bâtiment ; on y avait dressé une longue table à laquelle une vingtaine de personnes étaient assises, hommes, femmes et enfants. En tête de table, un homme, debout, tenait un discours. Il observa attentivement les traits de son visage. Aucun doute possible. Il posa le sac bleu à ses pieds et s'accroupit. Quarante mètres, pas plus. Une rafale, et avant que les convives aient eu le temps de comprendre qu'ils étaient encore en vie, il aurait déjà disparu dans l'épaisseur du champ de cannes. Ça serait vraiment facile, à condition d'agir sans précipitation.

La porte de la véranda était grande ouverte, tout comme les fenêtres. Peut-être en était-il de même sur les autres côtés de la maison. Il avança vers la droite, passant entre les plantes en essayant de ne pas faire frémir les feuilles et de ne pas courber les cannes dans le sens opposé au vent. À l'endroit où la haie faisait un coude à angle droit vers l'ouest, il émergea des cannes à sucre, traversa le chemin plié en deux et plongea à l'abri de la haie. Il continua à quatre pattes jusqu'à pouvoir encore tout juste apercevoir la véranda du coin de l'œil. Sur tout le côté de la maison poussaient des arbres fruitiers ; il allait profiter de leur ombre. Il choisit une fenêtre à escalader : dix pas rapides, un rebord à enjamber, et il y serait. Il ferma les yeux et fit se dérouler en pensée tous les mouvements nécessaires. Si une nuit d'encre était soudain tombée, il aurait tout de même atteint son but avec l'infaillibilité d'un somnambule. Il assembla la kalachnikov en quelques gestes rapides, puis attendit le bon moment. Lorsqu'on est patient, une occasion finit toujours par se présenter. Il faut simplement être prêt à la saisir.

L'homme en bout de table termina son discours. Il y eut des applaudissements, une voix s'exclama qu'il fallait fêter ça tant qu'on le pouvait encore. Il passa la main le long du canon de la kalachnikov. Brouhaha, bavardages. Quelqu'un qui lui était complètement égal racontait des histoires inintéressantes à propos d'une personne dont il se moquait. Finis, les mensonges, s'était-il juré. La mort était la vérité ; une fois ce fait établi, aucune histoire ne valait plus la peine d'être écoutée.

Il ignorait combien de temps s'écoula ainsi, mais il sut que sa chance était venue lorsque le téléphone sonna dans la maison, car la sonnerie retentit à travers la fenêtre par laquelle il avait décidé d'entrer. Sur la véranda, quelqu'un lança : « Téléphone ! » Quand l'homme qui avait tenu le discours se leva et se dirigea vers la porte de la terrasse, il se mit lui aussi en mouvement, filant le long de la haie jusqu'à ce que l'angle de la maison se trouve entre lui et les convives attablés. Il sauta par-dessus les buissons et, penché vers l'avant, courut jusqu'à la fenêtre. Lorsque la sonnerie cessa et qu'une voix grave répondit « Oui ? », il risqua la tête par-dessus le rebord. L'homme lui tournait le dos, le regard dirigé vers la véranda à travers la porte ouverte. Le téléphone posé sur un meuble bas, près de la porte, était un antique appareil noir relié au combiné par un long câble torsadé.

« Oui, je suis Daniel du Toit Burger, dit l'homme. Qui le demande ? »

Il n'eut pas d'autre choix que de déposer un instant la kalachnikov sur le rebord de la fenêtre. Prenant appui sur les deux mains, il se hissa au-dessus du cadre, puis se glissa silencieusement à l'intérieur.

« Service des homicides de Windhoek ? » dit l'homme en tendant la main gauche pour attraper la poignée et fermer la porte.

Daniel du Toit Burger, plus connu autrefois sous le nom de Staal Burger. Une émission de radio, en Afrique du Sud, avait porté ce titre, mais son surnom venait plus certainement de la manière dont il effectuait ses missions pour les criminels du régime de l'apartheid : comme un homme d'acier, *staal*, si implacable et dénué de scrupules qu'on ne pouvait imaginer qu'un être de chair existait en lui.

« Vous connaissiez Chappies Maree et Slang van Zyl ? » lui demanda Clemencia.

À l'autre bout de la ligne, l'homme sembla réfléchir un moment, puis il répondit :

« Ça fait longtemps. »

Clemencia avait mis le haut-parleur pour que van Wyk et Robinson puissent écouter avec elle. Ce dernier attira son attention d'un geste et articula silencieusement le mot « diamant ». La jeune femme reprit :

« Vos deux collègues du CCB ont été abattus à Windhoek, monsieur Burger.

— C'est impossible.

— Comment ça, impossible ?

— Au moins pour Maree ; je lui ai parlé au téléphone lundi matin, vers 10 heures. Il était en Afrique du Sud, à Upington. »

Upington se trouvait à huit cents kilomètres de Windhoek et encore un peu plus loin du Heja Lodge, là où Maree avait été assassiné lundi matin.

« Je croyais que vous n'étiez plus en contact avec lui depuis longtemps.

— C'est Maree qui m'a appelé. Il ne m'avait donné aucun signe de vie pendant des années, et je dois dire que je n'en étais pas malheureux. J'ai commencé une nouvelle vie, je n'ai pas la moindre envie de faire remonter de vieilles histoires.

— Êtes-vous certain d'avoir bien parlé à Maree en personne ?

— Évidemment. (Il hésita un instant puis précisa :) À une époque, j'ai eu pas mal affaire à lui. »

L'état du cadavre de Maree avait empêché d'établir avec certitude l'heure de sa mort. Clemencia supposait que le tueur n'avait pas discuté avec sa victime pendant des heures ; en tout cas, à 10 heures du matin, Maree se trouvait déjà entre ses mains, et il semblait plus qu'improbable qu'il ait lui-même décidé d'appeler son ancien camarade des services secrets. Clemencia demanda :

« Est-ce que Maree voulait que vous alliez le retrouver à Upington ?

— Comment le savez-vous ?

— Ce n'était pas son idée ; quelqu'un lui braquait un AK-47 sur la poitrine et l'a tué juste après, quelqu'un qui voulait vous attirer dans un piège, vous aussi. »

Si Burger était parti pour Upington, elle n'aurait pas pu le joindre si facilement ; il se serait jeté dans les bras du tueur et serait maintenant sans doute déjà mort. Clemencia sentit qu'il prenait progressivement conscience du danger dans lequel il se trouvait ; peut-être tenait-elle là l'occasion de lui soutirer quelques informations qu'il risquait de lui refuser par la suite.

« Qu'est-ce que Maree voulait de vous ? S'il vous a demandé de faire une journée de route pour le retrouver, ce n'était sûrement pas simplement pour boire un café en papotant du bon vieux temps. »

Burger se tut pendant quelques secondes puis expliqua :

« C'était soi-disant à propos d'une affaire.

— Quel genre d'affaire ?

— Aucune idée. Je lui ai dit que rien de ce qu'il pourrait me proposer ne m'intéressait. »

Sur une feuille de papier, Robinson griffonna le mot DIAMANTS suivi de trois points d'exclamation.

« Et Maree s'est contenté de cette réponse ? demanda Clemencia. Est-ce que vous ne vous donneriez pas un peu plus de mal si quelqu'un vous braquait une kalachnikov sous le nez ? Maree devait réussir à organiser un rendez-vous avec vous, sa vie en dépendait.

— Je ne peux pas vous aider, répliqua Burger.

— Est-ce qu'il a évoqué le nom d'Anton Lubowski, par hasard ? »

Robinson attrapa la feuille sur laquelle il venait d'écrire DIAMANTS !!! et sembla sur le point de la rouler en boule, mais il se ravisa et la lissa du plat de la main.

« Mais qu'est-ce que…, s'exclama Burger.

— Vous feriez mieux de nous dire la vérité, lui conseilla Clemencia. C'est dans votre propre intérêt. Après le coup de fil de Maree, il est plus que probable que le tueur…

— Il est là, dit simplement Burger.

— Quoi ? Qui est là ? Monsieur Burger ? »

La pièce semblait dater d'une autre époque. Dans des cadres suspendus entre les fenêtres, des images représentaient des scènes avec des chars à bœufs et des missionnaires au travail. Sur le mur du fond, des gobelets en cuivre et des livres reliés de cuir reposaient sur une étagère. Un secrétaire de bois rouge poli servait de support à un coupe-papier et à un flacon d'encre contenant une plume. Le fauteuil à bascule, dans le coin, grincerait sûrement quand il s'y assiérait, mais c'était sans importance. L'homme au téléphone devait bien comprendre qu'il avait un visiteur qu'on ne faisait pas attendre.

Comme il s'y était attendu, le fauteuil gémit en basculant vers l'arrière. L'homme au téléphone se retourna, se figea puis s'exclama :

« Mais qu'est-ce que...

— Il faut qu'on parle, Staal Burger », dit-il doucement.

La kalachnikov se balançait avec lui, de haut en bas. S'il lâchait une rafale maintenant, les balles transperceraient Burger du bas-ventre jusqu'au cou.

« Il est là », marmonna Burger.

Évidemment qu'il était là. Il ordonna à voix basse :

« Raccrochez !

— L'homme à la kalachnikov », balbutia Burger.

Blanc comme un linge, il pressait le combiné du téléphone contre son oreille comme si cela pouvait le protéger, comme s'il ne serait pas tué aussi longtemps qu'il parlerait à quelqu'un d'autre, aussi longtemps qu'il entendrait une voix venant d'on ne savait où et qui ne pouvait rien, vraiment rien faire pour le sauver.

« Raccrochez, Staal Burger ! » répéta-t-il.

Il sentit la colère monter de nouveau en lui. Étaient-ils vraiment tous aussi stupides ? Pourquoi ne comprenaient-ils pas que leur vie ne tenait plus qu'à un mouvement de son index, posé sur la détente ?

« C'est la police, dit Burger. Une inspectrice qui vous recherche. »

Mais pourquoi imaginaient-ils tous des combines et des prétextes ? Pourquoi étaient-ils incapables, même face à la mort, de rendre justice à la vérité ? Il fallait toujours qu'ils esquivent, qu'ils mentent et qu'ils trompent.

« Oui, dit Staal Burger au téléphone, oui. »

Pourquoi ne pouvaient-ils pas simplement faire ce qu'il leur demandait ?

« Pour la dernière fois : raccrochez !

— L'inspectrice veut vous parler », dit Burger en lui tendant le téléphone.

En voilà assez ! Il se releva dans l'élan de la chaise à bascule. Ses pieds n'étaient pas encore au sol qu'un violent élancement lui traversa les entrailles. Il se recroquevilla sur la kalachnikov et sentit la douleur faire tressaillir tout son corps. Ses muscles s'engourdirent, ses jambes se dérobèrent sous lui, ses doigts s'ouvrir et l'arme tomba lourdement sur le parquet. Au ralenti, il vit le combiné s'échapper de la main de Burger et le fil du téléphone décrire doucement un élégant arc de cercle. Alors Burger se mit à hurler, non pas pour appeler de l'aide ni la police, mais à hurler tout simplement, à pleins poumons, en se tournant vers la porte, pendant que lui cherchait à tâtons la crosse de la kalachnikov. La douleur diminuait, il pouvait de nouveau remuer les doigts. Cela n'avait duré qu'un instant, un instant tellement court qu'il aurait aussi bien pu ne jamais avoir lieu, et c'était passé, désormais. Tout passait toujours bien plus vite qu'on ne l'imaginait.

Burger, toujours hurlant, ouvrit la porte à la volée. La lumière du soleil venue de la véranda inonda la pièce. Il avait la kalachnikov bien en main, le canon ne tremblait pas.

« Monsieur Burger ! » cria Clemencia.

Malgré les cris qu'il poussait, elle entendit le combiné heurter quelque chose.

« Monsieur Burger ?

— Qu'est-ce qui se passe ? Mais qu'est-ce qui se passe ? chuchota Robinson, tout excité.

— Mais enfin, tu entends la même chose que moi ! Comment veux-tu que je sache ce qui se passe à mille cinq cents kilomètres d'ici ? Tout ce que je comprends, c'est que ça va très mal. (Clemencia se força à reprendre son calme.) Allô ! Vous m'entendez ? »

Elle ne comprenait pas pourquoi le tueur ne voulait pas répondre au téléphone. Il ne risquait rien ! Il était loin, dans un autre État, un pays dans lequel elle n'aurait pas eu le droit d'intervenir même si elle s'était trouvée sur place.

« Nous savons parfaitement qu'une injustice flagrante a été commise dans l'affaire Lubowski, dit-elle. Croyez-moi, je… »

Ça n'avait aucun sens. Le tueur ne laisserait pas la police entendre sa voix de son plein gré. Et pourquoi dirait-il quoi que ce soit alors qu'il était évident qu'ils utiliseraient le moindre indice contre lui ? Qu'aurait-il à gagner à parler avec Clemencia ?

« Vous pouvez me faire confiance. Ma mère aussi a été abattue, exactement comme Lubowski. Peut-être pas par les mêmes types, mais par la même espèce de criminels, et eux non plus n'ont jamais été… »

Les coups de feu retentirent à ce moment précis. La rafale résonna si clairement à travers le haut-parleur du téléphone que tous rentrèrent instinctivement la tête dans les épaules.

« Et merde ! siffla Robinson.

— Ne faites pas ça ! »

Clemencia avait chuchoté dans le téléphone, tout en sachant qu'il était déjà trop tard.

« AK-47, au moins quinze coups, commenta van Wyk.

— Le salaud ! s'écria Robinson.

— Allô ? Est-ce que vous m'entendez ? » lança Clemencia.

Le corps de Burger était étendu dans le couloir. Il l'enjamba et alla jusqu'à la porte de la véranda. Il n'eut pas besoin de lancer de seconde rafale : tous les invités s'étaient volatilisés. Quelques-unes des chaises disposées autour de la table avaient été renversées, des vestes et des gilets pendaient encore à d'autres. Il fouilla les poches et trouva une clé de voiture ; lorsqu'il appuya sur le bouton de déverrouillage, les feux d'une BMW blanche clignotèrent. Ce serait bien suffisant pour filer rapidement d'ici. Il volerait une autre voiture à la première occasion.

Il retourna dans la maison et, en contournant la flaque de sang répandue dans le couloir, pénétra encore dans la pièce au fauteuil à bascule. Il emballa de nouveau la kalachnikov dans le sac bleu qu'il avait laissé là. Une brève toux le secoua. Le combiné du téléphone gisait sur le parquet, le micro légèrement soulevé par le câble torsadé. Il se pencha et le ramassa.

Quelqu'un venait de tousser ! Une toux creuse, rauque, assassine. Le tueur était toujours là. Clemencia dit :

« Écoutez-moi !

— Raccroche ! lança Robinson. Les Sud-Africains… »

Elle savait bien qu'il fallait tout de suite appeler leurs collègues sud-africains, boucler le lieu du crime, établir des barrages routiers, oui, là, tout de suite ! Mais Clemencia écouta. Elle n'entendait plus de toux, pas même de respiration étouffée, elle n'entendait absolument rien, mais elle savait qu'il était là. Il était là-bas, au Kwazulu-Natal, debout à côté du cadavre de Staal Burger, un combiné téléphonique appuyé contre l'oreille. Elle dit :

« Je suis Clemencia Garises, inspectrice de la police de Windhoek. Vous n'allez pas me donner votre nom, je suppose ? »

Robinson tapotait sur son portable.

« Inutile, nous finirons de toute façon par le découvrir, poursuivit-elle. Mais je voudrais bien savoir une chose…

— Les renseignements ? chuchota Robinson. Il me faut le numéro de la police de Hluhluwe, Kwazulu-Natal, Afrique du Sud, et tout de suite !

— Pourquoi ? demanda Clemencia. Pourquoi ce massacre ?

— Hluhluwe, H-L-U-H-L-U-W-E, en Afrique du Sud !

— Pourquoi maintenant, vingt ans après la mort de Lubowski ? »

Le tueur était au bout du fil. Elle sentait sa présence, imaginait la sueur dans la main avec laquelle il tenait le combiné. Elle devait trouver un moyen de le faire sortir de sa réserve, le provoquer pour qu'il réagisse. Même s'il ne faisait que ricaner, elle voulait l'entendre, entendre la voix de quelqu'un qui vient d'abattre un homme.

« Mais pourquoi vous me demandez d'épeler si…, s'énerva Robinson. Alors passez-moi tout de suite les renseignements internationaux ! »

Clemencia se demanda s'il serait judicieux de mentir au tueur. Elle pourrait lui raconter que van Zyl avait survécu à l'attaque, puis lui proposer d'un ton ironique de revenir terminer le boulot ou lui conseiller d'acheter un trépied pour son arme, étant donné qu'il avait manqué sa cible à vingt mètres avec une kalachnikov… Mais elle dit :

« Personnellement, je suis incapable de comprendre comment on peut tuer trois personnes, mais je sais que vous avez une raison, une raison meilleure que la vengeance. Ou bien est-ce que quelque chose vous y force ?

— Musique d'attente ! Mais c'est pas possible ! murmura Robinson. Ah, enfin…

— Peut-être que nous ne vous attraperons jamais, dit Clemencia, mais peut-être aussi que dans dix minutes vous serez abattu par nos collègues sud-africains. Je suis peut-être la dernière personne avec laquelle vous pouvez parler, votre dernière chance de raconter votre vérité à quelqu'un. »

Clemencia entendit sa propre voix résonner et attendit une réponse, une réaction, n'importe quoi – et n'entendit qu'un faible claquement.

« Vous m'entendez ? » demanda-t-elle.

Le silence était devenu différent. Le tueur avait posé le combiné sur la table, lentement, avec soin. Il sembla à Clemencia voir le téléphone à travers ses yeux à lui. Avec lui, elle se demanda s'il devait essuyer ses empreintes digitales sur l'appareil. Non, il s'en moquait. Cela n'avait aucune importance.

« H-L-U-H-L-U-W-E, épela Robinson en contenant mal son énervement.

— Ça n'aurait pas été très malin de sa part de répondre, chef », dit van Wyk.

Clemencia hocha la tête, mais elle n'était pas complètement de son avis. Le tueur avait réagi. Ce n'était sûrement pas un hasard s'il avait posé le combiné au moment où elle lui avait demandé sa vérité. Il ne s'agissait pas d'un professionnel qui faisait le sale boulot des autres pour de l'argent ; au contraire, il avait une raison d'agir, un mobile personnel important qui, selon lui, ne regardait personne, et certainement pas la police. Peut-être parce que ce mobile lui pesait tellement qu'il ne supportait pas d'y être confronté directement ?

Évidemment, ce n'étaient que des suppositions, qui, même si elles étaient justes, ne lui apporteraient strictement rien. Robinson avait raison d'enjoindre leurs collègues de Hluhluwe de ne pas perdre une seule seconde. Il fallait absolument qu'ils examinent le lieu du crime, qu'ils en passent chaque centimètre carré au peigne fin, et, avant cela, ils devaient bloquer toutes les routes, sans exception aucune. Chaque chemin de traverse devait être fermé. Le meurtre avait été commis à peine dix minutes auparavant, le coupable se trouvait encore dans la maison il y a deux minutes, il ne pouvait pas être loin.

« Comment ça, vous n'avez pas assez de personnel ? Mais emmenez donc les pompiers, votre équipe de rugby, la chorale de l'église, qu'est-ce que j'en sais ! Il faut à tout prix que vous... Ils ont raccroché. (Robinson était estomaqué.) Ils m'ont raccroché au nez !

— Avec de la chance, ils vont envoyer une malheureuse voiture à la maison de Burger, dit van Wyk.

— À condition qu'ils en aient une », maugréa Robinson.

Il enfonça la touche de répétition du numéro, et Clemencia parla à son tour avec ses collègues sud-africains, sans pouvoir rien obtenir de plus qu'une vague assurance que toutes les mesures nécessaires seraient prises. Une heure et demie plus tard, ils reçurent confirmation que Staal Burger était bien mort, tué d'au moins dix balles dans la poitrine et le ventre. On savait dans quelle voiture le coupable avait pris la fuite, on montait actuellement des barrages routiers. Mais au bout de trois heures, toujours sans nouvelles, ils comprirent que le tueur s'était échappé.

Clemencia rentra à Katutura en taxi. Lorsqu'elle ouvrit le portillon du jardin, la moitié de sa famille se précipita à sa rencontre. Voilà qui était inhabituel.

« Il s'est passé quelque chose ? »

Depuis la bagarre de Melvin, elle redoutait en permanence une nouvelle catastrophe. Mais *miki* Matilda scruta la rue des deux côtés et demanda :

« Ce n'est pas lui qui t'a ramenée à la maison ?

— Qui ça ?

— Mais l'Allemand blond ! »

Matilda lui fit un clin d'œil et gloussa, ravie.

« Il faut vraiment que ce soit un Blanc ? demanda Selma.

— Et pourquoi pas ? rétorqua vivement Matilda. Les Blancs sont des hommes comme les autres. Il y a chez eux des gens bien et des vauriens, autant que chez nous.

— Vous êtes allés au cinéma ? demanda Jessica.

— Toi, rentre à la maison ! Tu es bien trop jeune pour tout ça, ordonna Selma avant de se retourner vers Clemencia. Ce n'est pas parce qu'il est blond et grand et qu'il te vénère qu'il...

— À moi, il me plairait bien aussi, l'interrompit Matilda, surexcitée.

— Touche pas à la chair fraîche, espèce de vieille sorcière ! » piailla la voisine d'en face.

Jessica tira sur la manche de Clemencia :

« Est-ce que vous vous êtes embrassés dans le noir ?

— Jessica ! s'écria Selma en lui lançant une gifle qui la manqua de peu.

— Mais vous êtes complètement dingues ! s'exclama Clemencia. Vous ne croyez pas que j'ai d'autres problèmes que... »

Jessica gloussa, Matilda explosa de rire, et Selma fit remarquer qu'un peu de retenue ne ferait certainement pas de mal, au début. Car, comme le dit si justement le dicton, il ne faut pas confondre le début et la fin. Quant à la voisine d'en face, elle se lança dans une chanson en oshivambo dont les paroles étaient principalement constituées des termes « peines de cœur » et « délices d'amour ».

Donkerkop :

Ça s'est passé le soir du 12 septembre 1989. J'étais au volant, Acheson assis à côté de moi avec l'AK-47 ; Chappies Maree et Ferdi

Barnard, à l'arrière, avaient des pistolets. Van Zyl et Staal Burger ne sont pas venus avec nous. Ils devaient nous prévenir par radio dès que Lubowski quitterait son bureau. On a donc attendu dans l'entrée d'un terrain vague, à quelques centaines de mètres de la maison de Lubowski, en haut de la colline résidentielle de luxe, face au sud. À l'ouest, derrière le plateau de Khomas, le soleil s'était déjà couché.

C'est Acheson qui avait loué la voiture, une Toyota Conquest rouge. J'ai fait remarquer que c'était pas vraiment la bagnole de James Bond, et Ferdi Barnard s'est lancé dans un discours lourdingue : il fallait absolument qu'on passe inaperçus, on n'était pas dans un film d'action mais à Windhoek, cette bonne vieille ville endormie, et si on laissait une Porsche ou une Jaguar garée là…

« C'est bon, j'ai compris. Je blaguais, j'ai dit.

— Eh ben, c'était pas drôle, il a rétorqué. C'est vraiment pas le moment de faire des blagues. C'est du sérieux, ici, et du sanglant, gamin ! »

Je n'ai plus rien dit. Maree regardait par la fenêtre en mastiquant son chewing-gum. Acheson n'arrêtait pas de tripoter la kalachnikov. Il était complètement fou, ce type, il avait une relation dix fois plus intime avec les armes qu'avec n'importe quel être humain. Ferdi Barnard était le seul à parler ; il déblatérait encore et encore que, dans une action pareille, on ne pouvait pas se permettre la moindre erreur, qu'il fallait rester entièrement concentré, ne penser à rien d'autre qu'au job, ne penser à rien du tout, en fait, et ne faire qu'un avec sa mission.

« Tu es *le job ! il a dit. C'est pas vrai, Chappies ?*

— Mmmm…, a fait Maree.

— C'est bon, j'ai compris, j'ai répondu.

— Il dit qu'il a compris ! (Barnard a rigolé.) Tu as compris quoi ? Rien du tout ! Tu as mené combien de fois ce genre de mission, hein ? Le gamin fait comme s'il avait gagné deux guerres mondiales à lui tout seul. Écoute, on n'en a rien à foutre, de tes belles paroles ! On doit pouvoir compter sur toi !

— Vous pouvez », j'ai dit.

Mon boulot, c'était de conduire la voiture, et c'est exactement ce que je comptais faire. Barnard me tapait sur le système.

« Ouais, et tout le temps. Maintenant, demain, et dans dix ans. Tu sais ce qui se passera si, après, tu te mets à pleurnicher, hein ? Si tu vas tout raconter à un curé ou à je ne sais qui ?

— Hé, je suis pas un traître, j'ai dit.

— Je vais te dire ce que tu es, petit, a fait Barnard, t'es qu'une mauviette, voilà ! Une mauviette qui se contente d'ouvrir sa grande gueule pour dégager tout de suite après, la queue entre les jambes ! Tu sais comment on devient un traître ? Tu le sais ? Dis-lui, Chappies !

— Dis-lui toi-même, a répondu Maree.

— Soit parce qu'on te file un paquet de pognon pour ça, soit parce que t'es une chialeuse. Et voilà ce que t'es, toi, une chialeuse !

— Va te faire foutre », j'ai répondu.

Mais Barnard a continué à m'insulter sur le même ton en essayant de me ridiculiser, de me traîner dans la boue. Lâche, grande gueule, froussard, couille molle, fifils à sa maman... Il n'arrêtait plus. Je ne savais pas pourquoi il se comportait comme ça, et à ce moment-là, je ne me suis pas posé la question. Sinon, je me serais sûrement dit que c'était simplement sa manière de réagir au stress.

J'ai compris seulement plus tard qu'il avait froidement calculé toutes ses insultes et qu'il était en train de me bourrer le crâne, de me préparer à ce qu'ils voulaient m'obliger à faire. Et ça a fonctionné à la perfection. Ils cherchaient à m'empêcher de réfléchir clairement, et c'est exactement ce qui s'est passé. J'étais complètement sur les nerfs ; je me suis retourné et lui ai hurlé que s'il ne la fermait pas tout de suite, ils devraient se démerder sans moi.

« Tu vois, Chappies, je te l'avais bien dit ! (La voix de Barnard était pleine de mépris.) Le gamin veut nous lâcher avant même qu'on ait commencé. Et qu'est-ce que tu crois qu'il va faire quand le sang va gicler ? Il va chier dans son froc, et après ça, s'il arrive encore à passer la première, il va nous conduire directement chez les flics et pleurnicher en disant qu'il n'a jamais voulu tout ça !

— Mais non, il va pas nous lâcher, a dit Maree. Tu vas voir, il va pas nous lâcher.

— J'ai vu des gars bien plus costauds gerber leurs tripes !
— Ta gueule ! » j'ai hurlé vers l'arrière.
Acheson a enlevé la sécurité de l'AK-47 et a dit à tout le monde de la fermer. Je l'ai dit, ce type était complètement fou, capable de n'importe quoi. Même Barnard avait peur de lui ; à partir de là, il s'est contenté de grommeler je ne sais quoi dans sa barbe, en ricanant de temps en temps. Dans le rétroviseur, je le voyais me sourire comme un abruti ; pour un peu, ça m'aurait foutu encore plus en rogne que ses hurlements. Et puis van Zyl et Burger ont appelé pour nous annoncer que Lubowski allait arriver chez lui dans quelques minutes. J'ai démarré le moteur, j'étais déjà prêt à lancer la voiture en faisant crisser les pneus, mais Chappies Maree a dit :
« Attends encore ! »
Il a baissé la vitre, a craché son chewing-gum, s'en est aussitôt mis un nouveau dans la bouche, et il m'a posé un pistolet sur les genoux.
« Le cran de sûreté est déjà enlevé.
— Qu'est-ce que tu veux que j'en fasse ? j'ai demandé.
— Juste au cas où, a dit Maree.
— Fais gaffe à pas te dégommer les couilles, gamin ! Enfin, si tu en as », a lancé Barnard depuis l'arrière.

Robinson était fou de joie. Le visage encore plus cramoisi que d'habitude, il ne cessait de répéter qu'il avait attrapé le tueur, qu'il en était certain, qu'il le sentait dans ses tripes, et que tout collait si parfaitement que ça lui en donnait presque le frisson.

On avait arrêté l'homme à Ariamsvlei alors qu'il voulait entrer en Namibie. Il transportait une kalachnikov dans ses bagages.

Robinson clamait avoir deviné que le tueur reviendrait juste après le meurtre de Staal Burger. Il avait donc donné l'alerte aux postes-frontières du Sud, d'où on l'avait aussitôt averti. Robinson était alors parvenu, en remuant ciel et terre, à faire amener le suspect à Windhoek la nuit même, dans l'unique hélicoptère de la police namibienne.

« Et comment est-il arrivé si vite de Kwazulu-Natal à la frontière ? demanda Clemencia.

— Ça, il va bien finir par nous l'expliquer », répondit Robinson.

Il savait déjà que, sept ans plus tôt, le suspect avait travaillé comme agent de surveillance pour la société Proforce, devenue depuis Group 4 Securicor. On l'avait renvoyé après qu'une plainte eut été déposée contre lui pour trafic de diamants, bien qu'il n'ait pas été condamné, et il ne disposait d'aucun alibi digne de ce nom pour les dates des meurtres.

« Reste à établir si sa kalachnikov est bien l'arme du crime ; j'attends le résultat des analyses.

— Est-ce qu'il a des liens avec les agents du CCB ?

— Ça aussi, il va nous le raconter, je te le garantis », dit Robinson.

Clemencia le suivit dans la salle d'interrogatoire. Le suspect, un Angolais, était un petit homme fluet, vêtu de haillons. Effondré sur sa chaise, il semblait exténué. Évidemment, il est impossible de reconnaître un meurtrier à l'expression de son visage, mais Clemencia ne pouvait croire une seule seconde que cet homme possédait la froide détermination nécessaire pour exécuter trois personnes. Il paraissait plutôt du genre à mener une vie de bricolage et de débrouille, tout en sachant d'expérience que tout ce qu'il commençait finissait mal. Clemencia se demanda si dans vingt ans son frère, Melvin, serait lui aussi dans un état aussi pitoyable, forcé de répondre aux questions d'un inspecteur.

« Comment ça va ? demanda-t-elle.

— Je ne comprends pas ce que vous voulez de moi, répondit-il dans un anglais teinté d'un accent portugais.

— Vous avez appelé un avocat ?

— Un avocat ?

— Il n'en a pas demandé, précisa Robinson avec un rictus. De toute façon, à deux, on peut discuter beaucoup plus tranquillement, et plus intensément, aussi. »

Mais « discuter » ne servirait à rien. Cet homme ne savait rien et n'avait probablement rien fait qui puisse concerner le service des homicides. Un aveugle s'en serait aperçu. Clemencia chuchota à Robinson :

« Si tu veux, tu peux continuer jusqu'à ce qu'on ait le résultat de l'analyse balistique, mais je te préviens : si tu essaies de lui faire avouer quoi que ce soit en lui tapant dessus, si tu touches même à un seul de ses cheveux, je t'envoie en taule jusqu'à ce que tu en deviennes noir.

— Moi ? Jamais de la vie ! » protesta Robinson d'un air outré, sans qu'elle soit certaine qu'il se référait à l'idée de taper sur le suspect ou à celle de devenir noir.

Dans la pièce voisine, Tjikundu avait terminé d'appeler les clients du magasin d'armes ayant acheté des cartouches de 7,62 mm. Tous n'avaient pas encore pu être éliminés avec certitude de la liste des suspects potentiels, mais aucune piste ne semblait sérieuse. Van Wyk, assis à côté de lui, tapait le rapport sur les meurtres de van Zyl et Maree demandé par leurs collègues de Hluhluwe. Il irait ensuite prendre la relève de Robinson. Il s'était enfui du bureau qu'il partageait avec Angula – légitime défense, expliqua-t-il.

En y entrant, Clemencia comprit ce qu'il voulait dire. Angula était accroupi, adossé au mur. Il avait non seulement recouvert les deux tables de dossiers, mais aussi étalé sur toute la surface du sol un nombre incalculable de classeurs. Seuls quelques étroits sentiers permettaient de se frayer un passage jusqu'aux piles de papier les plus éloignées. La chaleur s'était accumulée dans la pièce.

« Je ne peux pas ouvrir la fenêtre ; si quelqu'un ouvre la porte sans faire attention, le courant d'air détruira tout le classement de mes documents, dit Angula en jetant à Clemencia un regard désapprobateur.

— Mais ce ne sont pas *tes* documents, Angula ! s'exclama Clemencia.

— Oui, enfin, en tout cas, il y a pas mal de choses intéressantes, là-dedans. Et ce qui n'y est pas est presque encore plus intéressant.

— C'est-à-dire ?

— Par exemple, pourquoi Donald Acheson a été arrêté dès le jour suivant le meurtre. D'une façon ou d'une autre, nos collègues de l'époque en sont venus à l'idée qu'il pouvait avoir tué Lubowski. Apparemment, sa logeuse a raconté à la police que, le soir du meurtre, il était sorti de chez lui en portant un objet lourd emballé dans un sac plastique. Elle a d'abord cru que c'était un cric pour sa voiture, mais après coup elle s'est dit que ça pouvait aussi bien être une kalachnikov. Et c'est tout. C'est la seule chose qui ressemble de près ou de loin à un indice. Mais personne ne me fera croire que c'est une information pareille qui les a mis sur la piste d'Acheson, et encore moins qu'ils se sont dépêchés d'aller prévenir la presse après l'avoir arrêté sur la foi d'un indice aussi pitoyable. À l'époque, personne ne savait encore qu'il travaillait pour le CCB ; en fait, personne ne savait même que le CCB existait.

— Et qu'est-ce que tu en conclus ?

— Quelqu'un a mis la police au courant. Seulement, je ne peux pas imaginer que ses complices du CCB, ceux avec qui il passait tout son temps, aient voulu se débarrasser de lui comme ça. Ils devaient bien se douter que, s'il était arrêté, ils atterriraient directement sur la liste des suspects, eux aussi, et c'est exactement ce qui s'est passé. Mais si... »

Angula saisit une pile, en rajusta soigneusement les feuilles et reposa le paquet à angle droit avec une dalle du carrelage.

« Mais dis-moi enfin ce que tu penses ! s'écria Clemencia.

— ... Si c'est quelqu'un d'autre qui a descendu Lubowski, cette histoire devient beaucoup plus logique. Avant même que la police ait la moindre idée de ce qui se trame, on lui offre un meurtrier sur un plateau, un ancien mercenaire rhodésien tout à fait convaincant dans le rôle du tueur. Le monde entier est scandalisé par le meurtre, qui pourrait remettre en question le déroulement pacifique du passage à l'indépendance, et hop, on résout l'affaire à toute vitesse ! Personne ne va aller vérifier les détails ! Au contraire : la police est reconnaissante de ce "cadeau" et fait tout pour confondre Acheson et ses comparses. Personne ne songe à enquêter ailleurs, et les vrais coupables se frottent les mains. »

Clemencia s'accroupit pour regarder Angula dans les yeux. Son visage était aussi inexpressif que d'habitude. Elle lui demanda :

« Angula, on enquête sur quoi, en ce moment ?

— Comment ça ?

— Notre enquête ! Trois meurtres ! Janvier 2009 !

— Janvier 2009 ! répéta Angula en hochant la tête. Et les vrais coupables de l'époque continuent à se frotter les mains. »

Il déraille complètement, pensa Clemencia. Ils étaient partis de la supposition que les membres du CCB avaient été abattus parce qu'ils avaient eux-mêmes tué Lubowski. S'ils n'étaient pas coupables, ce motif n'était plus valable, et il n'y avait donc plus de raison de se plonger dans des histoires datant du siècle précédent ; en tout cas pas maintenant, pas tant qu'un tueur se baladait dehors avec une kalachnikov. Plus tard, il serait toujours temps de…

Angula commença à fredonner la première mesure de l'hymne national namibien, *Land of the Brave*, « Le Pays des braves ».

« Angula ? » risqua Clemencia.

Il s'interrompit.

« Cette mélodie a été jouée pour la première fois aux funérailles de Lubowski, dit-il.

— Mais qu'est-ce qui t'arrive, Angula ?

— … *whose blood waters our freedom*[1]…, reprit-il, avant d'ajouter : Les nations naissent dans le sang, comme les bébés. La différence, c'est que le sang d'une nation est beaucoup plus difficile à nettoyer. Il colle et colle et…

— Je veux le meurtrier de van Zyl, Maree et Burger, rien de plus ! » s'exclama Clemencia.

Angula la dévisagea, inexpressif.

« On s'est bien compris ?

— Oui, chef », répondit Angula avant de reprendre une pile de classeurs.

Clemencia se dit qu'elle allait devoir garder Angula à l'œil. Lui et les méthodes d'interrogatoire de Robinson, la tendance d'Oshivelo à vouloir diriger l'enquête, la manie du standard de signaler les appels d'urgence avec des heures de retard, les problèmes de Melvin avec la justice, la sécurité de Timothy et Jessica, et tant d'autres choses encore. Ça commençait à faire beaucoup. Et il faisait une chaleur étouffante, bien qu'elle ait ouvert en grand la porte et la fenêtre de son bureau. Le courant d'air qui traversait la pièce semblait sortir tout droit d'un sèche-cheveux.

Clemencia aurait donné n'importe quoi pour plonger dans l'eau fraîche et nager quelques longueurs. Deux semaines plus tôt, elle était allée à la piscine municipale, mais comme le maître nageur n'était pas venu travailler ce jour-là, les portes avaient dû rester

1. « Dont le sang abreuve notre liberté. »

fermées pour raisons de sécurité. Elle pensa à la Finlande, à ses piscines dont les maîtres nageurs étaient toujours là, à ses lacs gelés et à ses immenses étendues de neige, et au pare-brise de sa voiture dont elle devait gratter le gel tous les matins. Elle voulait juste s'accorder un moment, cinq minutes pour voyager en pensée vers ce froid et lointain pays, dont les habitants, après l'interminable hiver, mettaient aussi longtemps que la nature à s'éveiller.

Non qu'elle aurait souhaité vivre là-bas. « Tu es chez toi là où tes morts sont enterrés », lui avait dit son père. La mère de Clemencia reposait au cimetière de Katutura, sous le sable brûlant, dans ce pays des braves calciné par le soleil, qui attendait désespérément la saison des pluies.

Bien qu'elle ait rembarré Angula, Clemencia ne pouvait s'empêcher de penser à ce qu'il avait dit. Les nations naissent dans le sang, comme les bébés. Mais la Namibie avait grandi, elle fêterait ses dix-neuf ans le 21 mars. N'était-il pas temps d'oublier les douleurs de l'accouchement, la peine, les victimes ?

Angula avait-il raison ? Les ombres du passé hantaient-elles toujours le pays ? N'était-il pas insupportable d'imaginer que certains puissent continuer à se frotter de contentement des mains qu'ils avaient eux-mêmes couvertes de sang ? Tu es chez toi là où tes morts sont enterrés. Anton Lubowski aussi était enterré au cimetière de Katutura, sans doute pas très loin de la tombe de la mère de Clemencia. Sa mort à elle n'avait jamais fait l'objet d'aucune recherche. Elle n'était qu'une femme modeste qui avait reçu par hasard une balle perdue. Cela n'avait pas généré des kilomètres de dossiers, on n'avait même pas ouvert d'enquête. Une unité de soldats sud-africains dont personne ne connaissait les noms, une balle perdue infortunée, un haussement d'épaules, et basta.

Son portable sonnait depuis un moment lorsqu'elle entendit enfin la sonnerie. Au bout du fil, von Fleckenstein, l'avocat, lui rappela qu'elle lui devait toujours les deux cent cinquante dollars de la caution de son frère. Ce fut ensuite le tour de *miki* Selma, qui avait probablement rechargé son téléphone portable avec l'argent récolté auprès des voisins pour payer ladite caution. Elle appelait simplement pour prendre des nouvelles de Clemencia, et de ce grand Allemand blond dont le nom lui échappait.

Lorsqu'elle commença à raconter qu'elle venait de voir à la télévision une émission recommandant d'utiliser des préservatifs pour se protéger du virus du sida, Clemencia lui raccrocha au nez.

Le téléphone de son bureau prit aussitôt le relais.

« C'est un miracle de réussir à vous joindre ! s'exclama son collègue sud-africain quand elle décrocha. J'ai déjà appelé trois fois et la centrale m'a systématiquement répondu que vous n'étiez pas là, mais qu'on vous transmettrait le message dès que vous reviendriez. Apparemment, votre standardiste a eu la flemme de me rabrouer une quatrième fois et a enfin décidé de vous passer l'appel. »

Clemencia supposa que l'homme l'appelait au sujet du meurtre de Staal Burger, mais il n'en avait même pas entendu parler ; il était du commissariat de Pretoria, dans la province de Gauteng, et non de Kwazulu-Natal.

« Mais alors, comment connaissez-vous mon nom ?

— Je joue au rugby avec le collègue de Bloemfontein chargé des analyses d'ADN comparatives que vous avez demandées dans l'affaire Chappies Maree, expliqua-t-il. C'est comme ça que j'ai entendu parler des deux meurtres qui se sont produits chez vous. Comme on vient de retrouver Ferdi Barnard mort dans sa cellule de la prison de Pretoria, ça fait le troisième ex-membre du CCB en peu de temps, et je me suis dit que ce serait une bonne idée de vous contacter. Ça tombe à pic, parce que l'affaire de Staal Burger correspond...

— Quoi ? Ferdi Barnard a été tué en prison ?

— Ça ressemble à un suicide, du moins au premier coup d'œil, expliqua son collègue. Son drap a été déchiré en longues bandelettes puis noué en une corde. Si quelqu'un a donné un coup de main à Barnard, il ne peut s'agir que de son compagnon de cellule, un certain Thomas Khawuta, voleur et meurtrier récidiviste. Le nom ne vous dit rien, par hasard ?

— Non, rien du tout. Mais tout de même, que ce soit un suicide ou un meurtre, la coïncidence avec les deux assassinats commis en Namibie et celui de Burger est plus qu'étrange.

— En effet, confirma l'inspecteur sud-africain. Et il y a quelque chose d'encore plus bizarre. La dernière personne qui a rendu visite à Barnard venait de Namibie. Il s'appelle... Attendez une seconde... (Clemencia entendit un froissement de papiers, puis de nouveau la voix grave de son collègue.) Hendrik Fourie.

— Comment ? s'écria Clemencia, stupéfaite.

— Fourie, un juge, qui est venu voir Barnard à titre professionnel.

— Il n'est plus juge, il est à la retraite depuis un bon moment », expliqua Clemencia.

C'était impossible ! Qu'est-ce que Fourie pouvait bien avoir à faire avec Barnard ?

« Ah bon, il est à la retraite ? En tout cas, vous le connaissez ! Ça tombe bien, parce qu'on aimerait lui poser quelques questions. Après la visite de Fourie, Barnard a raconté aux surveillants que le juge l'avait menacé de mort, d'une mort violente. Évidemment, personne ne l'a pris au sérieux, mais, quelques heures plus tard, Barnard était bel et bien mort. Ne vous méprenez pas, nous ne voulons pas insinuer quoi que ce soit contre votre juge...

— Ex-juge, précisa Clemencia.

— ... mais nous aimerions bien savoir ce qui s'est vraiment passé entre lui et Barnard.

— Moi aussi, ça m'intéresserait beaucoup, vous pouvez me croire.

— Malheureusement, M. Fourie a semblé très pressé de quitter notre beau pays, dit l'inspecteur sud-africain. Si j'avais réussi à vous joindre plus tôt, vous auriez peut-être eu une chance de le cueillir à l'aéroport de Windhoek.

— Je vous tiens au courant », promit Clemencia.

Elle nota le numéro de ligne directe de son collègue, raccrocha et composa aussitôt le numéro de la ferme de Fourie. C'est l'employée de maison qui répondit.

« Il est rentré il y a à peine un quart d'heure, il est sous la douche. C'est vraiment si important que ça ?

— Non, non, je rappellerai plus tard », dit Clemencia.

Elle retourna voir Angula, mais il la pria d'emmener quelqu'un d'autre, car il devait absolument lire encore quelques documents qui... Clemencia se précipita hors du bureau. Robinson interrogeait toujours l'Angolais, van Wyk était introuvable, il ne restait donc plus que Tjikundu.

« Prends ton arme et viens avec moi ! » enjoignit-elle.

Lors de sa première visite, l'ancien juge Fourie ne lui avait vraiment pas semblé dangereux, mais, à présent, l'idée de se retrouver seule face à lui la mettait mal à l'aise.

La table était un vieux meuble de camping au rebut dont on avait rafistolé le rabat à l'aide de deux morceaux de bois. Il balaya du bras les quelques assiettes en plastique qui s'y trouvaient et déposa son sac bleu sur le plateau éraflé puis, il compta l'argent en formant soigneusement des tas de dix billets de cent rands. Il tourna la tête vers le côté pour tousser.

Mandisa Khawuta se tenait à deux mètres de lui et le regardait faire en silence. Les bras autour des épaules de ses enfants, elle les serrait contre elle, deux à gauche et deux à droite, comme pour les protéger de quelque chose ou leur faire croire qu'ils seraient toujours ensemble, quoi qu'il arrive. Évidemment, c'était faux, mais il n'était pas là pour expliquer le sens de la vie à une famille xhosa*, à une femme et ses quatre enfants dont le destin ne l'intéressait pas davantage que celui de n'importe quel stupide Boer. Il avait seulement une affaire à régler.

Il avait appris la mort de Ferdi Barnard aux informations diffusées à la gare routière. Le reportage montrait des images de la prison centrale de Pretoria, filmées à travers ses deux clôtures. L'espace vide qui s'étendait entre elles formait un champ de tir pour les gardes postés dans les tourelles de béton bâties au-dessus de la façade. Le toit plat était entouré de grillage, et, bien entendu, les fenêtres étaient munies de barreaux.

Les prisonniers enfermés là étaient mieux surveillés que n'importe quel chef d'État. Aucune chance de s'évader, aucune chance d'entrer en douce ! Mais on pouvait mourir partout, et cet endroit-là en valait bien un autre. La mort venait chercher qui elle voulait, là où elle le voulait.

« *Brother…* », dit la femme, hésitante.

Il se posa un index sur les lèvres. Peu importe ce qu'elle avait à dire, il ne voulait pas l'entendre. Il vérifia des yeux les piles de billets posées sur la table. Vingt-six, vingt-sept, vingt-huit. Encore deux mille rands. Lui, il n'était qu'un messager.

« Thomas, mon mari, a toujours été un salaud, dit la femme. Il ne cherchait jamais de travail, buvait comme un trou et nous frappait, les enfants et moi, quand ça le chantait. »

Il toussa puis empila dix autres billets de cent. Il était le messager de la mort. Que les gens soient heureux ou malheureux, ce n'était pas son affaire. Il était l'ange qui surgissait brièvement de l'au-delà comme une ombre noire, et parfois, inexplicablement, il apportait la lumière dans des chaumières misérables. L'idée lui plaisait.

« J'aurais jamais pensé que Thomas ferait ça pour nous. »

Soudain, elle lui fit tout de même de la peine.

« Écoute, dit-il. Ils vont venir ; ils vont te poser des questions, vont vouloir savoir pourquoi tu es devenue si riche, d'un coup. Ils comprendront vite ce qui s'est passé et ils confisqueront l'argent, comme pièce à conviction. »

Il déposa les mille derniers rands sur la table et jeta un œil à la misère qui l'entourait : les matelas déchirés sur le sol en terre battue, le sachet de farine de maïs à côté d'un jerrican plein d'une eau saumâtre, les caisses de contreplaqué retournées pour servir de chaises. Il avança de deux pas et, d'un coup de pied, fit s'effondrer une paroi de tôle montée entre deux piquets. La lumière du soleil de la fin de journée inonda la pièce. Il dit :

« Tu ferais peut-être mieux de prendre l'argent et tes enfants et de fiche le camp d'ici avant qu'ils arrivent. »

« Si on en croit les fermiers, il est plus que temps que la pluie arrive enfin, et une vraie belle pluie, pas seulement quelques gouttes qui s'évaporent dans l'air sec avant d'avoir pu pénétrer dans la terre. Ils disent qu'il faudrait de gros nuages gris, que les vannes du ciel devraient s'ouvrir pour envoyer un petit déluge. Il devrait pleuvoir pendant une ou deux semaines avant que l'herbe puisse commencer à pousser, que les carex jaunes fleurissent et que le bétail et les bêtes sauvages trouvent de quoi manger.

« Chaque jour sans pluie fait empirer le désespoir et les superstitions ; les fermiers croient de plus en plus aux signes prétendument infaillibles censés annoncer la fin de la sécheresse. N'est-ce pas le coucou didric qui chante là, oiseau de pluie par excellence ? Est-ce que les coassements de crapauds qu'on entend partout ont une signification ? Certains sont persuadés que le changement de temps viendra avec la première pleine lune de la nouvelle année, d'autant plus qu'elle était entourée d'un halo bien visible, ces dernières nuits. Et si rien de tout cela ne fonctionne, il restera toujours l'anniversaire de l'empereur, le 27 janvier – en tout cas pour les vieux "Sud-Ouestiens" de souche allemande qui rêvent toujours secrètement en noir-blanc-rouge[1].

« Mais même lorsqu'il commencera à pleuvoir, rien ne sera encore gagné. Comme tous les agriculteurs vous le diront, la pluie ne tombe que sur les fermes des voisins, sans exception, car chacun prétend que ses propres terres sont touchées par une malédiction. Donc, en toute logique, même s'il se met à pleuvoir, en fait, il ne pleuvra nulle part. On se demande comment tant de fermes tiennent encore debout et pourquoi les koudous, les oryx et les springboks n'ont pas tous disparu depuis des siècles. En parlant de springboks… »

Fourie demanda à son employée de maison d'aller chercher un peu de gibier fumé pour leurs hôtes, puis poursuivit son bavardage sur le manque de pluie et sur les jérémiades des voisins, qui cultivaient leurs terres depuis des générations mais n'avaient toujours pas accepté le fait qu'ils vivaient dans un semi-désert et non dans une grasse prairie de Frise orientale ou des Alpes bavaroises.

Tjikundu, assis un peu à l'écart, tenait des deux mains son verre de thé glacé. Le gamin aux pieds nus, perché sur la balustrade de la véranda, ne le quittait pas des yeux. Sa sœur ne s'était pas montrée aujourd'hui, mais lui leur avait ouvert le portail, les yeux

1. Le « Sud-Ouest africain allemand » fut le nom officiel de la Namibie de 1884 à 1915 ; le pays était alors une colonie de l'empire allemand, et son drapeau portait ces trois couleurs.

brillants, comme s'il était certain que Clemencia ne revenait que pour lui. Cependant, lorsqu'il avait vu que Tjikundu portait un vrai pistolet, son intérêt pour l'inspectrice avait nettement décru. Le policier n'avait tout d'abord pas su comment se comporter face à tant d'admiration, puis il avait opté pour une attitude réservée-mais-cool à la John Wayne ; après tout, cela correspondait aussi au rôle que Clemencia lui avait assigné, à savoir se tenir en retrait et la laisser agir.

Jusqu'ici, cependant, elle n'avait encore rien fait, se contentant d'écouter calmement le flot de paroles du juge. Mais à présent, ça suffisait : il aurait eu amplement le temps d'éclaircir certains détails s'il l'avait estimé nécessaire. Il savait parfaitement de quelle enquête elle était chargée et ne pouvait pas prétendre que sa visite à Ferdi Barnard ne la regardait en rien. Alors qu'il reprenait son souffle, Clemencia demanda :

« C'était comment, en Afrique du Sud ?

— Trop de gens, trop de voitures, trop de boucan. Enfin, au moins, là-bas, il a plu, et…

— Vous êtes aussi allé au Kwazulu-Natal ?

— Pretoria m'a suffi.

— Vous avez rendu visite à des amis ?

— Des amis ? Plutôt une connaissance, mais…

— Monsieur Fourie, je voudrais connaître chaque mot de votre conversation avec Ferdi Barnard. »

L'espace d'un instant, le vieil homme sembla surpris, puis il sourit. De la main droite, il saisit le couteau à viande que son employée avait apporté avec la viande fumée. Tjikundu posa son verre de thé sur la balustrade. Son pistolet était toujours dans son holster. Le petit garçon aux pieds nus avait les yeux braqués dessus ; il semblait vouloir demander au policier la permission de l'essayer. Fourie commença à découper la viande presque noire dans le sens contraire des fibres, formant des tranches si fines qu'on voyait presque à travers. Ses mains ne tremblaient pas.

« Eh bien, dit-il, quand j'ai entendu la nouvelle des meurtres de Maree et de van Zyl, puis quand nous avons parlé de Lubowski, toutes ces histoires sont soudain réapparues. Cette vieille affaire jamais conclue, ma frustration, mes décisions et mes négligences, tout cela s'est remis à me tourner dans la tête. J'ai recommencé à me demander, comme il y a des années, si l'échec de l'enquête n'avait pas aussi été ma faute, et puis, d'un coup, j'ai compris que la recherche de la vérité peut être un travail de très longue haleine. Ça risque de vous paraître étrange, mais le meurtre de ces deux anciens agents a ravivé la flamme. L'assassinat de Lubowski est de nouveau d'actualité, et pas seulement pour moi. Si deux des coupables ont déjà été tués, peut-être que le troisième...

— Monsieur Fourie, l'interrompit Clemencia, vous êtes retraité ! Qu'est-ce que vous...

— Justement ! Je ne sais pas quoi faire de mon temps, et ce n'est pas un petit voyage en Afrique du Sud qui allait me mettre sur la paille. J'ai appelé un ancien collègue de Pretoria, et il m'a assuré que je n'aurais aucune difficulté à obtenir une autorisation de visite, qu'il allait s'en occuper et qu'il me suffirait de me présenter à la prison. Du coup, j'ai fait ma valise sans hésiter plus longtemps. »

Fourie reposa le couteau sur la table et, d'un geste de la main, les invita à se servir. Tjikundu prit une tranche de venaison, et le petit garçon l'imita, reproduisant exactement son mouvement. Clemencia secoua la tête et demanda :

« Et qu'est-ce que Barnard a dit ?

— Rien. Il s'est moqué de moi, a prétendu ne connaître aucun Lubowski, aucun Chappies Maree, aucun Slang van Zyl, et a dit que si je continuais à l'énerver il ne connaîtrait même plus de Ferdi Barnard. »

Fourie paraissait très calme. Tjikundu reprit deux tranches de viande et en tendit une au gamin assis près de lui.

« Et ensuite ? demanda Clemencia.

— Ensuite ? Il a demandé qu'on le ramène dans sa cellule, et je suis parti. »

Clemencia hocha la tête.

« D'accord. Et maintenant, la vérité ! Qu'est-ce qui s'est *vraiment* passé ?

— Comment ça ?

— Qu'est-ce que vous avez à voir avec la mort de Barnard ?

— Quoi ?

— Ah bon, vous ne saviez pas qu'on avait retrouvé Barnard pendu dans sa cellule la nuit suivant votre visite ? »

Fourie ne répondit rien. Il avait pourtant la langue bien pendue – du moins quand il s'agissait de parler de fermiers et de saison des pluies. Calmement, Clemencia ajouta :

« Peu avant de mourir, Barnard s'est plaint aux surveillants de la prison, affirmant que vous l'aviez menacé de mort. »

Fourie se pencha vers l'avant comme pour bondir. Le couteau était posé près de la planche sur laquelle il avait découpé la viande. Tjikundu cessa de mastiquer et déplaça la main vers le holster de son arme. Fourie se renfonça dans son siège et dit :

« C'est absolument ridicule.

— Comment expliquez-vous les accusations de Barnard ?

— Je crois que, dans ces circonstances, poursuivre cet entretien n'aurait aucun sens », répliqua froidement le juge.

Il n'était pas différent des clients habituels de Clemencia. La vérité était une bonne chose tant qu'elle concernait les autres, mais dès que quelqu'un venait mettre le nez dans ses sales histoires à lui, il prenait ses grands airs et estimait que, dans ces circonstances, poursuivre l'entretien n'aurait aucun sens.

« On allait partir, de toute façon. »

Clemencia se leva. Tjikundu lança un regard plein de regret à la viande fumée mais n'osa pas se resservir. L'inspectrice ajouta :

« Malheureusement, je dois vous demander de nous accompagner, monsieur Fourie. »

Le juge explosa de rire.

« Vous voulez m'arrêter ? »

C'était bien ce qu'elle avait l'intention de faire. Et pourquoi pas ? Juste parce qu'il avait la peau blanche, avait été juge et disposait sans doute d'un tas d'amis très influents ? Elle répondit :

« Oui, pour incitation au meurtre de Ferdi Barnard.

— Vous n'êtes pas sérieuse.

— Je suis extrêmement sérieuse.

— Vous allez avoir des problèmes.

— C'est bien possible.

— Non, ce n'est pas possible, c'est certain !

— D'accord, c'est certain, rétorqua-t-elle. Vous voulez prendre quelques affaires avec vous ?

— Ça ne servirait à rien, je vais ressortir aussitôt. Je voudrais juste passer un coup de fil. »

Clemencia fit signe à Tjikundu de le suivre dans la maison. Le gamin aux pieds nus resta avec elle sur la véranda. Elle lui fit un petit sourire, mais il secoua la tête en disant :

« *Meneer* Fourie est le *baas** ! »

Il ne semblait pas lui faire de reproches, mais était éberlué que Clemencia ignore une telle évidence. Si elle l'avait su, il ne lui serait jamais venu à l'idée d'arrêter le *baas*, lui qui nourrissait tout le monde à la ferme, qui décidait de tout, lui dont la parole avait force de loi, dont tout et tout le monde dépendaient !

Clemencia s'accroupit et attrapa l'enfant par les épaules.

« Tu sais, face à la loi, nous sommes tous égaux : toi, ta mère, *Meneer* Fourie. Nous sommes tous des êtres humains et des citoyens, et nous avons tous les mêmes devoirs et les mêmes droits. C'est très, très important. Beaucoup de gens se sont battus pendant des années pour ça, et beaucoup sont même morts dans ce combat. N'oublie jamais ça, d'accord ? »

Le gamin se pinça les lèvres. Clemencia ne pouvait qu'espérer qu'il avait compris son explication. Lorsqu'elle se releva, Fourie se tenait près d'elle. Elle lui indiqua d'un geste la voiture garée sous les cyprès. Tjikundu les précéda et ouvrit la portière du côté passager. Avant de le suivre, l'ancien juge caressa la tête du petit garçon et lui dit :

« Fais tes exercices de maths ! Je reviens très bientôt. »

Lorsqu'ils arrivèrent devant le commissariat principal de Windhoek, von Fleckenstein les y attendait déjà, adossé à sa vieille Mercedes. Il informa Fourie que, vu le caractère exceptionnel de la situation, le juge d'instruction s'était déclaré prêt à venir le soir même.

« Moi, je reste ici jusqu'à ce que les policiers aient rédigé le procès-verbal de l'arrestation, puis j'appelle le juge, et un quart d'heure plus tard, c'est réglé. (Il ajouta à l'intention de Clemencia :) Un petit tour et puis s'en va ! Vous alors, vous n'en ratez pas une !

— Je ne suis pas sûre qu'on arrivera à boucler le procès-verbal aujourd'hui, dit-elle. Autant que je sache, on a vingt-quatre heures pour le faire. »

Von Fleckenstein gloussa ; la situation semblait l'amuser au plus haut point. Tjikundu conduisit Fourie au deuxième étage, dans les bureaux du service des homicides. Il commencerait par l'installer dans la salle d'interrogatoire pour l'y laisser patienter.

Clemencia savait bien qu'elle ne disposait pas de grand-chose de concret contre l'ancien juge. Elle serait obligée de le laisser repartir le lendemain, au plus tard, mais il devrait au moins passer une nuit à mijoter, comme n'importe quel autre suspect.

Ce n'est pas professionnel, aurait commenté Matti Jurmela depuis sa lointaine Helsinki. Il ne faut pas considérer son travail comme une question de principe, mais mener sa mission à bien de la manière la plus efficace possible. Elle en était consciente ; cependant, elle savait aussi que la Namibie n'était pas la Finlande, mais un État très jeune, dans lequel des gamins aux pieds nus croyaient toujours qu'on ne pouvait pas arrêter leur *baas*, tout simplement parce qu'il était le *baas*.

Clemencia salua quelques collègues de la section des fraudes qui terminaient leur service. Ils traversèrent la Bahnhof Street et se dirigèrent vers une gargote mobile garée sur le parking d'en face. Des canettes de boisson flottaient dans une bassine dont les glaçons s'étaient changés en eau depuis un bon moment. Sur le gril, de petits morceaux de viande grésillaient. Dans la lumière du soir, la sauce rouge pimentée qui les accompagnait semblait flamboyer. Le ciel était sans nuages.

L'ancien juge Hendrik Fourie :

Je n'aurais jamais cru que la police m'arrêterait, mais, même si j'avais pu lire l'avenir, je n'aurais pas agi différemment. La question n'est pas de savoir si on est prêt à courir un risque, mais si l'objectif qu'on s'est fixé vaut la peine d'assumer aussi, le cas échéant, les pires conséquences qu'il peut avoir. Une fois que l'on a pris cette décision, ce que j'avais fait, on n'a plus d'autre choix que d'intervenir.

L'un des principes de la justice pénale est que tout acte a des conséquences qui sont déterminées dans le cadre d'une certaine marge d'appréciation, et donc prévisibles. Quand on tue quelqu'un, on sait à quoi s'attendre. Il ne peut pas y avoir d'exception, pas seulement à cause des victimes et de leur famille, pas seulement à cause d'un idéal de justice quelconque, mais parce que sans cela, une règle toute simple et pourtant élémentaire de notre vie en communauté perdrait tout son sens : il faut assumer les conséquences de ses actes. Et ceux qui ne le font pas eux-mêmes doivent impérativement y être forcés par d'autres. Sinon, c'est le début de la fin.

Bien sûr, ni la police ni le procureur ne sont des dieux ; souvent, ils n'avancent qu'à tâtons, et parfois, malgré tous leurs efforts, ils ne parviennent pas à trouver le coupable. C'est grave, mais cela ne remet pas en cause les fondements de la loi – ce qui arrive en revanche lorsque, comme dans l'affaire Lubowski, les coupables sont parfaitement connus, leurs motifs et leurs actes peuvent, malgré toutes les tentatives de sabotage, être établis, et qu'il n'en découle pourtant aucune conséquence.

Oui, c'est bien de sabotage dont je parle. Saviez-vous qu'on avait retrouvé une sorte de journal des missions dans lequel toutes les actions du groupe régional 6 du CCB avaient été méticuleusement relevées ? Lorsque j'ai reçu cette pièce à conviction, en 1994, il y manquait exactement deux feuillets. On ne sait pas précisément ce qu'il y avait sur le premier, mais le second était celui du 12 septembre 1989, le jour où Anton Lubowski a été tué. On essaya de me faire croire que les membres du CCB avaient eux-mêmes détruit les passages compromettants, mais alors, pourquoi seulement ces deux feuillets ? Pourquoi ne pas se débarrasser de tout le carnet, qui contenait les preuves de bien d'autres crimes révoltants commis par ce groupe ? Je pense que quelqu'un a essayé d'empêcher la résolution de l'affaire Lubowski, et je suis certain que ce quelqu'un ne faisait pas partie des services secrets sud-africains.

À l'époque, je n'ai caché ni cet élément ni les autres, mais je ne les ai peut-être pas présentés de manière suffisamment explicite. Ce qui est sûr, c'est que je n'ai pas agi avec suffisamment de détermination, soit parce que la signification profonde de cette affaire m'échappait, soit parce que je redoutais les conséquences personnelles qui pourraient en découler pour moi. Mais tout cela s'est produit il y a quinze ans. Aujourd'hui, je suis un vieil homme, et l'importance de ce que j'ai à perdre diminue avec chaque année qui passe.

Qu'est-ce que tout cela a à voir avec ma visite à la prison de Pretoria ? Eh bien, j'avais pris la décision d'intervenir, de réparer les erreurs commises lorsque j'étais encore en activité. Je voulais la vérité, toute la vérité et rien que la vérité. Alors, j'ai montré à Ferdi Barnard les articles de presse relatant les meurtres de ses deux anciens comparses. Je lui ai dit qu'il était le prochain sur la liste, et que son unique chance de survivre était de faire tout de suite des aveux complets, avec chaque détail de chaque minute du 12 septembre 1989, les noms des coupables et de tous ceux qui étaient au courant, et l'explication des dessous de l'affaire.

« Et si je ne vous raconte rien, je serai abattu ? a-t-il demandé.

— Oui, ai-je répondu.

— Est-ce que ça veut dire que vous êtes responsable de la mort de Maree et de van Zyl, votre honneur ?

— Évidemment, ai-je dit, mais il ne m'a pas cru, je n'ai pas été assez crédible.

— C'était qui, déjà, ce Lubowski ? » a-t-il demandé, puis il a éclaté de rire.

Clemencia aurait bien voulu simplement s'asseoir devant la télévision. Elle aurait supporté les interminables infos de NBC et écouté patiemment un fonctionnaire expliquer, en des termes aussi flous que le film lui-même, qu'il fallait absolument atteindre les objectifs du projet Vision 2030*. Elle aurait enduré les commentaires sans queue ni tête de *miki* Matilda, du moins tant que celle-ci ne lui aurait pas adressé directement la parole. Elle ne se serait pas préoccupée de l'heure à laquelle Constancia aurait envoyé ses enfants au lit, aurait ignoré les basses du bar Mshasho qui faisaient trembler toute la rue, se serait même moquée que Melvin soit en train de s'y saouler. Clemencia avait désespérément besoin d'un peu de normalité, mais la soirée était en train de virer à la catastrophe.

Avant même qu'elle arrive à Katutura, Claus Tiedtke l'appela sur son portable et lui demanda si elle connaissait une certaine Selma. Cette Selma l'avait contacté à la rédaction de son journal, soi-disant « de la part de Clemencia », pour lui demander s'il était catholique.

« Je ne suis pas catholique, je suis protestant luthérien, précisa-t-il. Je n'ai absolument rien contre les autres formes de religion, mais la question m'a tout de même paru assez étrange. »

Clemencia ne la trouvait pas étrange, elle la trouvait d'un sans-gêne intolérable.

Demander des explications à *miki* Selma se révéla difficile : il lui fallut pour cela commencer par la trouver. Avant même d'atteindre la maison, Clemencia entendit des hurlements de rire, et lorsqu'elle eut franchi le portail, elle découvrit la moitié de la chorale de gospel de la Holy Redeemer Parish pressée dans la courette. Apparemment, le groupe s'était réuni là après un concert, car les femmes portaient encore leurs longues robes lie-de-vin aux ornements dorés. Les rares hommes, en chemises assorties, étaient assis à l'écart, sur le banc appuyé contre le mur. Les chanteuses débattaient pour savoir si une mariée avait le droit de choisir seule la tenue de ses demoiselles d'honneur, particulièrement lorsque c'étaient ces dernières qui devaient en supporter le coût. Lorsqu'elles s'aperçurent de la présence de Clemencia, elles se turent l'une après l'autre.

« Bonsoir, petite », dit une des femmes les plus âgées.

Son nom échappait à Clemencia, probablement parce que *miki* Selma ne l'appelait jamais autrement que « la Corneille ». Jusqu'à la semaine précédente du moins, les deux femmes s'étaient livré une âpre bataille au sujet de la direction vocale du chœur. Selma prétendait que la Corneille ne savait absolument pas chanter et qu'on ne devait jamais la laisser entrer dans une maison, car elle faisait pourrir les fruits rien qu'en ouvrant la bouche.

« Tu es déjà là, Clemencia ? demanda une autre femme.

— Il est 21 h 30 ! J'ai le droit de rentrer du travail, non ? Où est Selma ? »

La Corneille désigna du doigt le passage sombre entre la maison et les cabanes adjacentes. Clemencia passa sous la bâche qui, pendant la journée, servait de parasol. Près de la deuxième porte, des braises rougeoyaient dans l'âtre protégé du vent. À côté, le gros *potjie* en fonte ne contenait plus que quelques restes collants de *mieliepap**. La porte, sur la gauche, était grande ouverte.

Dans la pièce, la télévision était allumée, mais personne ne la regardait. *Miki* Selma, encore vêtue de sa tenue de concert, trônait sur l'un des lits, entourée du reste de la famille et de la seconde moitié des chanteuses du chœur. Un crayon à papier à la main, elle gribouillait sur le bord d'un prospectus publicitaire. Elle dit :

« Si on a six demoiselles d'honneur, il faudra aussi six hommes.

— Mais qu'est-ce qui se passe, ici ? demanda Clemencia depuis l'embrasure de la porte.

— Rien du tout. »

Selma replia soigneusement le prospectus. Apparemment, c'était la liste des offres spéciales de Woermann Brock.

« Bon, ben j'y vais, dit Melvin en essayant de contourner Clemencia.

— Tu vas picoler ? » demanda-t-elle.

C'était déjà un miracle qu'il soit encore là.

« Je vais travailler.

— À cette heure ?

— De nos jours, on ne peut pas vraiment faire la fine bouche.

— Et c'est quel genre de travail ? »

Melvin fixa des yeux le cadre de la porte, réfléchit, puis répondit avec un grand sourire :

« Décharger des camions.

— Melvin, je ne t'ai pas tiré de ta cellule pour que tu... »

Elle s'interrompit. Une dizaine des membres du chœur de gospel de la Holy Reedemer Parish l'observaient avec curiosité. Elle sortit son portefeuille de son sac, en tira un billet de vingt dollars et le tendit à Melvin en disant :

« Va boire un coup, mais ne fais pas n'importe quoi ! »

Melvin disparu. Les choristes gardèrent le silence jusqu'à ce que *miki* Selma dise :

« Il faut qu'on discute d'encore une petite chose. Tu ne voudrais pas aller te dégourdir les jambes quelque part ?

— Tu as appelé le journaliste en prétendant le faire de ma part ? demanda Clemencia d'un ton tranchant.

— De ta part ? Je n'ai jamais dit ça ! répondit *miki* Selma, scandalisée.

— Tu lui as dit que tu appelais "à cause de Clemencia", précisa quelqu'un.

— C'était vraiment à cause de Clemencia. Il faut bien que quelqu'un s'occupe d'elle.

— Personne ne doit s'occuper de moi, et toi encore moins ! » cracha la jeune femme.

Miki Selma se dressa de tout son mètre cinquante-six et croisa les bras :

« Chaque animal hurle dans sa propre tanière, et ici, c'est encore la mienne ! Un peu plus de respect, ma petite ! »

Le chœur eut un murmure approbateur, et Clemencia inspira profondément plusieurs fois. Selma était sa tante, une des sœurs cadettes de son père, elle faisait partie de la famille. De plus, elle était un être humain, et donc théoriquement douée de raison. On pouvait essayer de discuter avec elle. Après avoir retrouvé son calme, Clemencia dit :

« Tu ne peux pas appeler un inconnu, comme ça, pour lui demander de quelle religion il est !

— Enfin, ce n'est vraiment pas si grave, répondit Selma.

— On a demandé au pasteur, dit une des femmes.

— Vous devez seulement faire un mariage catholique, indiqua une autre.

— Et vous engager à faire baptiser vos enfants catholiquement », précisa *miki* Selma avec satisfaction.

C'en était vraiment trop. Clemencia tourna les talons, ouvrit la porte de sa chambre, y entra et ferma à clé derrière elle. Une chaleur étouffante régnait dans la pièce. Elle se débarrassa de ses vêtements et se laissa tomber sur le lit. La musique du bar Mshasho faisait vibrer la vitre de sa fenêtre, et les gloussements des choristes traversaient la cloison. Peut-être devrait-elle y retourner et leur annoncer son intention de se convertir à l'islam.

Mais les sarcasmes ne serviraient à rien. Il fallait qu'elle trouve une solution, une solution claire et nette : elle allait dès le lendemain se mettre en quête d'un appartement. Et si possible à l'autre bout de la ville, à Avis ou Kleine Kuppe. Famille ou pas, la situation n'était plus tenable. Dans la pièce voisine, Selma hurla de rire ; Clemencia s'enfonça la tête sous l'oreiller, mais elle entendit tout de même sonner son portable. C'était Claus Tiedtke.

« Bonsoir ! Je voulais juste savoir si tout allait bien. Vous aimeriez m'accompagner au Blitzkrieg ? Le groupe Submission joue, ce soir ; il va sûrement y avoir de l'ambiance.

— Oh, merci, mais non, pas aujourd'hui. Amusez-vous bien. »

Le lendemain matin, elle eut tout de même l'impression d'avoir passé la nuit collée aux baffles d'un concert de hard rock. Elle se prépara une tasse de thé rouge, y ajouta une cuillerée de sucre, puis deux. *Miki* Selma avait préparé des œufs au plat. Elle en servit deux à Clemencia sans lui demander son avis, marmonna un peu dans sa barbe et expliqua finalement à sa nièce qu'elle ne voulait que son bien.

Clemencia ignora cette offre de paix. Elle prit son assiette, retourna dans sa chambre et chercha dans l'annuaire le numéro de téléphone d'un agent immobilier. Celui-ci lui rit au nez quand elle lui annonça ce qu'elle était en mesure de payer pour un petit appartement tranquille loin de Katutura.

Je finirai bien par trouver, se dit-elle sans se laisser abattre, même si je dois me faire entretenir par je ne sais quel type plein aux as !

Elle frissonna en pensant que *miki* Selma et sa chorale avaient déjà organisé tout son mariage avec un homme qu'elle avait vu à peine deux fois et dont elle ne savait pratiquement rien, sinon qu'il s'appelait Claus, travaillait dans un journal allemand et avait la peau de la couleur du fromage de chèvre frais. *Miki* Matilda lui rétorquerait certainement qu'elle aimait pourtant ça, le fromage frais, ce à quoi Clemencia répondrait qu'elle l'aimait dans son assiette et pas à l'église, sur quoi Selma protesterait en disant qu'il ne fallait pas rire des saints sacrements, et…

Selma passa la tête par la porte et, d'un ton mielleux, demanda à Clemencia si elle voulait encore un toast. À l'extérieur, Timothy pleurnichait : sa mère essayait de lui faire enfiler ses chaussures pour l'emmener acheter des fournitures scolaires en vue de la rentrée prochaine, mais il aurait préféré assister au sacrifice du poulet dont *miki* Matilda utiliserait le foie pour contrer le mauvais sort jeté sur la maison de son patient. Quant à Melvin, il criait qu'il avait besoin de calme. Il n'avait pas été arrêté lors d'un cambriolage nocturne, c'était déjà ça. Clemencia quitta la maison dès qu'elle eut terminé ses œufs.

La voisine d'en face chantonnait en étendant sa lessive. Son mari était en train de raccorder la batterie de son vieux taxi. Depuis le vol de l'une des deux autres voitures du voisinage, il était devenu prudent : comme il ne pouvait pas se payer de système antidémarrage, il démontait la batterie tous les soirs. Clemencia attendit qu'il ait terminé et se fit conduire en ville.

Au commissariat, Robinson cuisinait toujours l'Angolais ; ayant décidé de ne pas faire confiance au service balistique selon lequel l'AK-47 du suspect n'était pas l'arme du crime, il avait convaincu Oshivelo d'autoriser un nouvel interrogatoire. Lorsque Clemencia arriva, Robinson en était à la phase « bon flic » : il s'obstinait à appeler le suspect « mon ami » et lui offrait une cigarette après l'autre. L'homme, sur sa chaise en plastique, paraissait résigné à son sort.

Le juge retraité, lui, avait disparu. Clemencia dut questionner ses collègues avec insistance pour apprendre qu'il avait été libéré la veille, juste après qu'elle-même eut quitté les lieux. Tjikundu n'avait pas eu le choix : après deux coups de fil de von Fleckenstein, l'ordre était venu de tout en haut de le relâcher immédiatement – un ordre pour le moins énergique.

« Oshivelo ? demanda Clemencia.

— Non, de *vraiment* tout en haut ! » répondit Tjikundu en secouant la tête.

Le juge d'instruction avait survolé le compte rendu, puis demandé à entendre le prévenu. Fourie avait regretté la menace de mort formulée devant Barnard et expliqué qu'il avait simplement voulu aider à faire avancer l'affaire Lubowski, peut-être en des termes un peu trop énergiques. Le juge d'instruction avait hoché la tête sans émettre de doutes ni poser de questions. Les loups ne se mangent pas entre eux, même quand l'un est blanc et l'autre noir, pensa Clemencia.

Dans ces circonstances, elle ne fut pas surprise d'être convoquée par son chef, mais s'étonna qu'Oshivelo ne la sermonne pas. En faisant les cent pas dans son bureau agréablement rafraîchi par l'air climatisé, il pria Clemencia de prendre un siège et lui lança un regard paternel.

« Vous avez un peu agacé les étages supérieurs, mais je vous soutiens, bien entendu. Cependant, il m'aurait été plus facile d'argumenter si vous m'aviez informé à temps de la situation. Soit dit entre nous, je trouve tout à fait correct que Fourie ait reçu un petit avertissement ; les retraités n'ont pas à jouer les flics. Mais maintenant, ça suffit. Vous n'avez pas l'intention de continuer à lui coller au train, j'espère ?

— Fourie sait tout de l'affaire Lubowski, répondit Clemencia.

— Vous croyez toujours que nos meurtres y sont liés ?

— Plus que jamais. D'abord Maree et van Zyl ici, ensuite Burger et Barnard en Afrique du Sud. D'ailleurs, Barnard a passé les douze dernières années en prison : je ne vois donc pas comment il aurait pu participer ces derniers temps à un trafic de diamants ou à d'autres activités criminelles. »

Mais cela rendait tout aussi improbable la thèse selon laquelle il aurait, avec ses complices, fait chanter le principal coupable de l'affaire Lubowski, pensa-t-elle. Tant qu'elle ne connaîtrait pas ce satané motif, toutes ses idées en resteraient au stade de suppositions.

« Autant que je sache, Barnard s'est suicidé, et pas avec une kalachnikov, répliqua Oshivelo. De plus, ça s'est passé à Pretoria, à douze mille kilomètres de Windhoek. Ça ne relève pas de notre responsabilité.

— Après tout, nous avons nos propres meurtres à élucider.

— Exactement. »

Oshivelo ne sembla pas relever l'ironie des propos de Clemencia. Depuis quelques jours, il paraissait n'entendre et ne comprendre que ce qu'il voulait, et la piste Lubowski ne faisait de toute évidence pas partie de cette sélection.

Clemencia se leva et demanda :

« Vous croyez aux coïncidences, chef ? »

Oshivelo caressa sa barbe grise. Il se posta devant la fenêtre et observa la rue, sa silhouette massive découpée dans le contre-jour. Sans se retourner, il répondit :

« Vous savez, quand on reconstruit une histoire longtemps après les faits, les coïncidences n'ont pas belle allure : on connaît le début et la fin, et on aimerait bien aller de l'un à l'autre en une jolie ligne droite. Mais quand on est coincé en plein milieu, la fin est incertaine, de nombreuses solutions sont possibles. Dans ce genre de situation, les coïncidences se différencient à peine des relations de cause à effet qui paraissent si logiques rétrospectivement. Tout ce qu'on a alors, ce sont des événements qui nous font avancer lentement vers un futur obscur, vers une conclusion dont nous n'avons pas la moindre idée. »

Clemencia fut frappée de l'entendre passer ainsi de « on » à « nous », et aurait donné cher pour savoir de qui il parlait exactement.

Ndangi Oshivelo, commissaire divisionnaire adjoint de la police namibienne :

Je pense que je connaissais plutôt bien Anton Lubowski, mais j'ai tout de même du mal à dire qui il était réellement. Parfois, il se comportait comme un enfant gâté, un fils de riches qui ne prend des risques que parce qu'il s'ennuie. À quelques occasions, je l'ai même suspecté d'intervenir par pur calcul. N'importe qui de suffisamment clairvoyant savait que nous finirions par gagner. Peut-être Lubowski avait-il juste décidé de se mettre le plus tôt possible du côté des vainqueurs ?

Cependant, la plupart du temps, il semblait littéralement possédé par un idéalisme effréné. Des mots comme « liberté », « justice », « dignité humaine » l'exaltaient. Le fait que, dénués ainsi de tout contexte, ils ne soient que des clichés éculés lui était complètement égal. Le problème, c'est que ces mots, il fallait les appliquer à un monde qui existait déjà et qui reposait sur des bases entièrement différentes. Pour y parvenir, on était obligés d'avoir recours non seulement à des compromis douteux, mais aussi à des coups tordus et à des opérations brutales. La fin justifie vraiment les moyens, et seul quelqu'un qui n'a aucune notion de politique, qui ignore tout du combat d'une nation pour son indépendance, peut prétendre le contraire.

Lorsque nous avons envoyé des commandos de guérilla en Namibie du Nord, à travers la frontière angolaise, pour attaquer des positions sud-africaines, nous savions exactement ce que nous faisions. D'un point de vue militaire, c'était parfaitement inutile. Nous avons envoyé nos troupes à une mort quasi certaine uniquement pour montrer que nous existions, que nous étions une force avec laquelle il fallait compter. Finalement, nos hommes sont morts pour que la SWAPO soit de nouveau évoquée dans la presse internationale. On peut trouver ça cynique, mais c'était vraiment indispensable.

Quand on l'interviewait, ce qui arriva très souvent pendant ses dernières années, Lubowski justifiait bien le combat armé, mais on sentait que le sujet le mettait mal à l'aise et qu'il le faisait uniquement pour soutenir ses camarades. C'était pourtant vraiment un combattant, lui aussi, mais à sa manière. Je me souviens qu'un soir il m'a parlé d'une pièce de théâtre allemande dans laquelle quelqu'un veut traduire la Bible, mais ne sait pas comment rendre la première phrase : Au commencement était le mot, le sens, la force, l'acte ? Je ne sais plus quelle version il préférait, probablement le mot, mais je trouve frappant que le commencement ait été tellement important pour lui. Nous, on ne s'intéressait qu'au résultat.

Une fois, après une escarmouche sur la rive du Kunene, on a trafiqué le nombre de victimes dans notre communiqué de presse. Selon nos informations, un ou deux soldats sud-africains avaient probablement été touchés ; on en a fait quatre morts et onze blessés dans le camp ennemi et, en plus, on a corrigé nos propres pertes à la baisse. Lubowski a alors demandé si c'était vraiment nécessaire.

À mon avis, il était fermement convaincu que, aussi longtemps qu'on est du bon côté, on peut dire la vérité, et la vérité, pour lui, c'étaient des faits, des chiffres, des données, des relations de cause à effet. Nous n'en avons jamais parlé, à l'époque, mais pour moi il était évident que ce genre de réalité ne pouvait nous servir que de matière première ; il nous fallait déterminer si elle pouvait servir la cause de la vérité supérieure, celle que nous voulions voir triompher.

Après tout, nous étions en train d'écrire l'Histoire, et l'Histoire, ce n'est pas simplement la somme des événements. Elle ne devient racontable qu'au travers de choix, d'interprétations, de valeurs ; ce qui n'est pas raconté, ce n'est pas de l'Histoire, ce n'est même jamais arrivé.

Quoi qu'il en soit, Lubowski s'est mêlé de politique sans être politicien. Il y serait donc forcément resté, tôt ou tard, et sans doute plus tôt que tard. Loin de moi l'idée de minimiser son mérite. Il a fait sortir un grand nombre de nos camarades de prison, moi y compris, il savait convaincre et organiser, a récolté énormément d'argent en tant que directeur de campagne adjoint, et nous a attiré beaucoup d'attention et de sympathie bien au-delà des frontières de la Namibie. Même sa mort a servi notre cause ; je peux le dire ouvertement, je n'en ai pas honte. Et même si ôter la vie à quelqu'un de manière violente restera toujours impardonnable, il m'arrive de penser qu'Anton Lubowski est mort au bon moment. Être le dernier martyr célèbre à verser son sang pour l'indépendance, c'était peut-être son destin.

3

Frontières

Robinson vociférait.

« J'ai tout mon temps, tu sais ? J'ai tout le temps du monde ! Tu pourrais faire l'aller-retour d'ici à l'Angola à quatre pattes, avec tellement de temps ! Enfin, en théorie, parce que tant que tu n'auras pas ouvert la bouche, tu n'iras nulle part, ni à quatre pattes ni autrement. T'as compris ? »

Le suspect l'avait en tout cas au moins entendu, car Robinson hurlait si fort qu'on comprenait distinctement chacun de ses mots depuis le couloir. Clemencia ouvrit la porte de la salle d'interrogatoire. Son collègue était penché en avant, les jointures des doigts appuyées sur la table. L'Angolais, semblait vouloir y disparaître dans son siège en plastique.

Clemencia lança à Robinson un regard d'avertissement. Il ôta ses poings de la table et leva les mains, paumes tournées vers elle, comme pour dire : « Moi ? Jamais de la vie ! » Puis il grimaça un sourire, se rassit en croisant les jambes et répéta d'un ton normal :

« J'ai tout mon temps. »

La jeune femme referma la porte et se dirigea vers son bureau. Claus Tiedtke était adossé au mur, face à sa porte. Il sourit et expliqua avec un soupçon d'embarras :

« J'ai essayé vous joindre, mais votre portable était éteint.

— C'était bien, ce concert au Blitzkrieg ?

— Je n'ai pas eu envie d'y aller tout seul », répondit-il avec un haussement d'épaules.

Miki Selma aurait été très satisfaite de cette réponse, se dit Clemencia, car il faut se méfier des hommes qui traînent seuls dans les bars ; c'était donc une bonne chose que Claus Tiedtke ne soit pas de ce genre-là. Certes, il n'aurait peut-être pas eu besoin d'être *aussi* différent : après tout, il y avait aussi des hommes bien chez les Damara*. Mais Selma ne pouvait que respecter le choix de sa nièce. Dommage que le pauvre Tiedtke ignore encore qu'il était désormais son fiancé officiel et que *miki* Selma et ses collègues de la chorale étaient probablement en train de lui choisir un témoin.

Clemencia avait dû sourire à cette idée, car la mine de Claus Tiedtke s'éclaira soudain. Pour l'empêcher de croire que son sourire lui était destiné, elle ouvrit sa porte d'un coup de pied et demanda en se retournant à peine :

« Vous n'avez rien à faire, à la rédaction ?

— On donne toujours la priorité aux événements exceptionnels, répondit-il. Si je n'écris pas aujourd'hui, eh bien, il y aura un ou deux textes d'actualité en moins, et on pourra remplir les pages avec des photos de pluie grand format ; les lecteurs nous en envoient par centaines. Ça fidélise le lectorat, c'est important. Et s'il ne pleut pas, comme maintenant, on peut aussi publier quelques jolies photos de vacances à Swakopmund. Dans l'édition de demain, par exemple, vous pourrez admirer deux magnifiques couchers de soleil, un sur le Jetty, l'autre avec des enfants jouant sur la plage, et...

— Et quels sont les événements exceptionnels qui vous amènent ici ? demanda Clemencia.

— D'abord, évidemment, l'impression inoubliable que vous avez faite sur moi...

— ... laquelle a bien entendu priorité sur l'information du public, acheva-t-elle.

— Bien entendu. (Tiedtke sourit.) Sérieusement, c'est à cause de Donald Acheson.

— On a déjà tiré ça au clair », répliqua-t-elle.

Elle n'avait aucune idée du résultat des recherches menées par Tjikundu ; il s'était passé trop de choses entre-temps.

« J'ai retrouvé le témoin qui prétend avoir vu Acheson, reprit Tiedtke.

— Ah bon ? »

D'un geste, Clemencia l'invita à entrer dans son bureau. Tiedtke lui posa une main dans le dos et la poussa doucement dans la pièce. Voilà qui aurait plu à *miki* Matilda : un homme doit être un homme et pas une lavette, il doit savoir s'imposer. D'un autre côté, aurait-elle sans doute ajouté, il existe un endroit bien plus approprié qu'une embrasure de porte pour permettre à un homme de prouver qu'il sait ce qui plaît vraiment aux femmes. Clemencia sourit de nouveau.

Elle retrouva son sérieux quand Claus Tiedtke lui raconta son histoire. Il avait longuement interrogé le fameux témoin. Celui-ci avait passé plusieurs semaines en détention provisoire avec Acheson, en 1990. « Ça n'inspire pas forcément confiance, mais cela explique au moins pourquoi il l'a reconnu au bout de vingt ans, dit Tiedtke.

— Pourquoi ça ? demanda Clemencia.

— Il était terrifié par Acheson et, dans la cellule, il ne l'a pas quitté des yeux, nuit et jour. Sa manière de bouger et de marcher, ses mimiques, tout ça s'est gravé dans sa mémoire.

— Continuez !

— Le témoin se souvenait du jour exact où il avait vu Acheson. Je suis retourné chez Rosenthal Guns. L'adjoint du patron est un ancien camarade de l'école privée allemande que j'ai fréquentée, et il a accepté de me laisser jeter un œil à la liste de ceux qui avaient acheté des munitions ce jour-là. Ensuite, j'ai comparé ces noms avec ceux des permis de port d'arme du fichier central de la police.

— Et comment avez-vous accès à ça ?

— Oh, vous savez, en tant que journaliste, on a des relations… Lors d'un reportage, j'ai fait la connaissance de la jeune dame qui y travaille et je l'ai ensuite revue plusieurs fois, par hasard. »

Probablement à cause de l'impression inoubliable qu'elle lui avait laissée, pensa Clemencia. Elle reprit :

« Et donc…

— Et donc, il n'est plus resté sur ma liste qu'un seul nom qui n'était relié à aucun permis de port d'arme : un certain James P. Doyle. »

Clemencia comprit où il voulait en venir. En Namibie, pour acheter des munitions, on était obligé de présenter son permis de port d'arme. Pour en obtenir un de manière officielle, il fallait donner une empreinte digitale – de ses dix doigts. Et comme les empreintes d'Acheson avaient été portées à son casier judiciaire lors de son premier séjour en prison, en 1989, il savait que sa fausse identité serait automatiquement dévoilée en cas de contrôle. Il s'était donc procuré un faux permis, lequel n'était bien entendu pas enregistré au fichier de la police.

Elle aurait pu y penser elle-même. Elle regarda Tiedtke.

« Vous auriez dû devenir inspecteur de police.

— À cause des charmantes collègues ?

— Je vous serais très reconnaissante si tout ça ne paraissait pas dans l'*Allgemeine Zeitung* de demain.

— Rien que des couchers de soleil, promis ! répondit Tiedtke avec ferveur. Je ne publierai pas un mot sans votre autorisation.

— Bien. Donc, ce nom, c'est James P. Doyle ? »

Tiedtke hocha la tête sans rien dire, et elle eut l'impression qu'il n'en avait pas encore terminé : son visage avait pris une teinte rosée qui n'était certainement pas due à la seule présence de Clemencia.

« Vous savez déjà où il se terre ?

— À la ferme Rooisand, dans le Kalahari, entre Gobabis et Leonardville. C'est à environ trois heures d'ici. »

Est-ce que Maree n'avait pas voulu emmener son copain van Zyl à une partie de chasse dans le Kalahari ?

« Enfin, c'est là qu'habite James P. Doyle, rectifia Tiedtke. On ne sera certain que c'est bien Acheson que lorsqu'on aura ses empreintes digitales.

— "On" ? répéta Clemencia.

— Je n'ai jamais promis d'abandonner mes recherches. Je préférerais que vous veniez avec moi, mais s'il le faut, j'irai tout seul.

— C'est hors de question. Vous restez ici ! » répliqua-t-elle.

Acheson, le Cleaner, le tueur le plus tristement célèbre des services secrets de l'apartheid ! L'homme qui avait probablement tué Anton Lubowski, même si on n'avait alors rien pu prouver, et qui avait complètement disparu depuis dix-huit ans. Il avait bien connu van Zyl, Maree, Burger et Barnard, et, s'il ne les avait pas tués lui-même, il était très certainement le prochain sur la liste. Et lui, bon sang, lui au moins devait avoir une idée de ce qui se cachait derrière tout ça.

« Mais ça pourrait devenir le reportage de ma vie ! s'exclama-t-il.

— C'est trop dangereux, et en plus c'est contraire au règlement.

— Miss Garises…

— Et ne vous mettez pas en tête d'y aller tout seul !

— Miss Garises, sans moi, Donald Acheson serait devenu bien tranquillement centenaire, là-bas dans le Kalahari, avant que vous… »

Clemencia savait qu'elle lui devait une fière chandelle, mais elle ne le laisserait pas pour autant lui traîner dans les pattes pendant une action de cette envergure.

« On pourrait aller prendre un verre ensemble au Blitzkrieg », proposa-t-elle.

À en juger par son expression, ce n'était pas la réponse qu'il avait espérée.

« Je ne peux vraiment pas vous emmener », dit Clemencia en le poussant hors de son bureau.

Elle se mit un instant à la fenêtre, se forçant à réfléchir calmement. Elle n'avait pas le droit à l'erreur, pas maintenant ! Elle devait mobiliser toute son équipe, et surtout informer Oshivelo ; l'affaire était bien trop importante pour être menée en solitaire. S'ils avaient une chance de mettre la main sur Acheson, son chef ne pourrait tout de même pas s'y opposer. Mais un doute lui vint : pour tout ce qui touchait de près ou de loin à l'affaire Lubowski, elle le croyait capable de tout.

Que ferait-elle s'il refusait de croire qu'il s'agissait bien d'Acheson et n'acceptait d'envoyer à la ferme que deux policiers sans expérience du village de Gobabis ? Ils feraient très probablement tout rater : incapables de voir que les papiers de James P. Doyle étaient faux, ils poseraient les mauvaises questions puis quitteraient les lieux avec la satisfaction du devoir accompli, après avoir, au mieux, relevé ses empreintes. Le temps qu'ils rentrent à Gobabis, Acheson aurait déjà disparu derrière la frontière du Botswana.

Elle devait aller elle-même chercher cet homme et le ramener à Windhoek. Informer son équipe reviendrait à tout raconter directement à Oshivelo ; seul Angula saurait se montrer assez discret.

Elle sortit dans le couloir ; un peu plus loin, Angula avait entreposé une partie des archives Lubowski sur le palier, devant sa porte. Ces classeurs-là étaient aussi importants que les autres, expliqua-t-il, mais peut-être juste un peu moins utiles à ce moment précis, et il avait besoin de place afin d'y voir plus clair.

La place paraissait effectivement poser problème. À l'intérieur de la pièce, les montagnes de papier n'avaient pas diminué d'un pouce, au contraire : des dizaines de livres et de nouveaux classeurs marqués du cachet des Archives nationales s'entassaient sur le bureau. Au sol, le chaos était aussi impressionnant que la veille, mais Angula avait pourtant jugé nécessaire de lui ajouter une dimension : un fil à linge, retenu aux murs par des clous, traversait plusieurs fois la pièce. Des feuillets y étaient suspendus en rangs serrés, certains tirés des classeurs, d'autres portant ses propres notes, reconnaissables à son écriture maladroite. La poussière flottant dans l'air chaud et sec provoquait des quintes de toux difficilement maîtrisables. Même si l'ensemble ne donnait pas exactement l'impression de pouvoir mener à un résultat quelconque, Angula prétendait faire des avancées considérables dans ses recherches et se plaignait d'être dérangé en permanence.

Clemencia lui rappela qu'elle était sa supérieure et lui annonça qu'elle avait besoin de lui sur-le-champ. Angula écouta sans broncher sa brève explication sur Donald Acheson, puis hocha la tête et la suivit, non sans se caler quelques classeurs sous le bras. Au service de prêt des véhicules, Clemencia remplit un formulaire et reçut en échange une vieille Golf Citi qui devait bien avoir cinquante pour cent de chances d'atteindre Gobabis sans encombre.

Pour empêcher Angula de consulter ses classeurs trois heures durant, elle lui demanda de prendre le volant. Il ne protesta pas, mais bouda pendant toute la première heure de route. Il ne reprit la parole que lorsqu'ils eurent presque atteint Witvlei et que Clemencia se mit à réfléchir à voix haute :

« Je me demande quelle raison aurait Acheson de liquider ses anciens comparses.

— Cette piste est complètement fausse, intervint Angula. Je crois qu'Acheson n'a rien à voir avec le meurtre de Lubowski et qu'il était censé servir de bouc émissaire. Si le parquet, à l'époque, ne s'était pas interposé de façon aussi inattendue, ça aurait parfaitement fonctionné.

— Arrête de raconter n'importe quoi, répliqua Clemencia.

— Mais chef, c'est clair comme de l'eau de roche ! Il ne me manque plus que quelques preuves.

— Tu ne crois quand même pas sérieusement que la SWAPO a descendu elle-même Lubowski ?

— On ne peut pas encore l'affirmer de manière définitive...

— Et on ne le pourra jamais ! » conclut Clemencia.

Elle aurait peut-être mieux fait de se passer de la compagnie d'Angula. Un homme obsédé à ce point-là par ses théories fumeuses ne lui serait pas d'une grande utilité.

« Pourquoi pas ? demanda Angula.

— Parce que Lubowski était loyal et qu'il se battait pour l'indépendance, donc pour la SWAPO. Et parce que c'est le CCB qui l'a tué. »

Les mains d'Angula se crispèrent sur le volant. Du coin de l'œil, Clemencia le vit essayer de se maîtriser, sans succès. Il finit par éclater :

« Je les aurai tous ! Cette fois, je les aurai ! Et Oshivelo le premier !

— Oshivelo ? »

Angula se lança dans une interminable tirade, crachant les phrases comme si elles s'étaient accumulées en lui depuis une éternité. Rien de ce qu'il racontait n'avait de rapport avec le tueur à la kalachnikov ; apparemment, il avait passé les derniers jours à ressasser des événements vieux de vingt ans n'ayant strictement rien à voir avec leur affaire. Il était capable de réciter les développements politiques de la fin des années 1980 au jour et à l'heure près, avait reconstruit la structure interne de la SWAPO à partir de sources diverses et établi un registre complet de ses membres.

Selon lui, par exemple, Oshivelo n'avait pas le moins du monde affronté l'ennemi directement sur le terrain, mais commencé au plus tard en 1986 à travailler pour les renseignements internes de la SWAPO – en clair, il espionnait ses camarades. Évidemment, il n'était pas le seul ; il régnait à l'époque à la direction du parti une peur panique des trahisons. Angula comptait déterminer dès qu'il en aurait le temps combien de membres de la SWAPO avaient disparu définitivement dans les camps d'internement de leur propre parti. Leur nombre pourrait bien approcher celui des partisans tombés au combat – tout allait tellement vite, à l'époque ! Un simple mot de critique vous changeait en suspect, un suspect représentait un danger, et tout danger devait être éliminé.

C'était déjà le cas entre camarades originaires du même village du fin fond de l'Ovamboland, qui avaient grandi ensemble, dont les familles avaient toutes souffert de l'occupation sud-africaine, et qui étaient donc pratiquement nés au sein de la SWAPO ; que dire donc de cet Anton Lubowski, venu d'un autre monde et pour ainsi dire issu des rangs ennemis ! Un tel personnage avait forcément été contrôlé plus que minutieusement. Alors pourquoi personne, lors de ces contrôles, n'avait relevé les versements suspects effectués sur le compte en banque de Lubowski, par exemple ? Trois virements, entre février et août 1989, d'un montant total de cent mille rands, faits par un homme de paille des services secrets sud-africains. Même la commission Harms* l'avait ensuite découvert sans problème, et, sans vouloir rabaisser les commissions d'enquête gouvernementales, les camarades de la SWAPO disposaient de méthodes de recherche autrement plus efficaces. Angula avait aussi trouvé plusieurs preuves indiscutables que quelques pontes de la SWAPO étaient au courant de ces paiements. Ce n'était pas un hasard si Lubowski avait passé l'après-midi précédant son assassinat à vérifier ses finances, comme l'avait confirmé son comptable.

Certains avaient été éliminés pour bien moins que ça, mais, comme Lubowski était une célébrité, on ne pouvait pas simplement le balancer dans un trou quelque part au fin fond de l'Angola. Il fallait trouver mieux, et si possible se débrouiller pour se débarrasser de lui sans rendre sa trahison publique : une telle révélation aurait entraîné le chaos au sein du parti et nui à son image. On ne pouvait pas se permettre cela deux mois avant des élections décisives. Il fallait donc trouver quelqu'un à qui attribuer le meurtre, et Acheson tombait à pic.

Angula n'en avait pas encore terminé. Il reprit son souffle et déclara :

« Mais je reviens à ce cher Ndangi Oshivelo ! Lubowski l'avait défendu, ils étaient devenus amis, Oshivelo était toujours le bienvenu chez lui. Quoi de plus logique que de le mettre sur le coup ? Et ce n'est pas tout : à qui la direction de la SWAPO pouvait-elle confier l'exécution d'un meurtre tout en révélant au moins de monde possible la trahison de Lubowski ? À quelqu'un qui était de toute façon déjà au courant, qui connaissait les habitudes de la victime, et qui pouvait l'approcher sans éveiller les soupçons. Quelqu'un comme Oshivelo ! »

Angula dépassait les bornes : accuser de meurtre le chef du service des homicides ! C'était monstrueux. Clemencia, ne conservant son calme qu'à grand-peine, demanda :

« Est-ce que tu as la moindre preuve de ce que tu avances, Angula ?

— Je suis certain que si je pouvais avoir accès aux documents top secrets de la SWAPO, je...

— Donc, tu n'en as pas ?

— Pourquoi Oshivelo a-t-il obtenu un poste si important dès que la SWAPO est arrivée au pouvoir ? Parce qu'il avait mérité une récompense, et parce qu'on garde mieux un secret quand on a gros à perdre.

— Angula, ça ne suffit pas, pas du tout !

— Et pourquoi, chef, est-ce qu'il essaie maintenant par tous les moyens de nous détourner de la piste Lubowski ? »

Clemencia s'était déjà posé la question plus d'une fois, mais on ne pouvait tout de même pas pour autant accuser Oshivelo d'un tel crime. Tout ça n'avait aucun sens.

« Tu sais où tu te trompes, Angula ? Tu oublies à quoi on a affaire, ici : à quatre anciens agents du Civil Cooperation Bureau qui, selon ta théorie, sont innocents. Pourtant, quelqu'un vient de les exécuter. »

Angula hocha la tête.

« Un tueur à gages extrêmement bien informé, peut-être par quelqu'un qui surveillait van Zyl et les autres depuis longtemps.

— OK, Angula, répliqua Clemencia. Tu craches le morceau maintenant et tu me racontes toute la belle théorie que tu as échafaudée, on en rigole ensemble un bon coup et on oublie toute l'affaire.

— Il y a environ deux ans, un paquet d'armes confisquées ont disparu de notre réserve ; on a expliqué ça par un cambriolage, qui n'a évidemment jamais été élucidé. J'ai vérifié la liste : il y avait aussi une kalachnikov, dans le tas.

— Tu prétends qu'Oshivelo...

— Je ne dis pas que, cette fois, c'est lui qui a tiré », répondit Angula.

Ce n'était plus une obsession, c'était tout simplement grotesque ! Clemencia refusa d'en entendre davantage.

« Maree est venu en avion spécialement pour retrouver van Zyl, et, apparemment, ils voulaient rendre visite ensemble à Acheson. Ils mijotaient quelque chose ; peut-être qu'ils avaient fini par découvrir qui leur avait mis le meurtre de Lubowski sur le dos, à l'époque, et voulaient...

— Ça suffit ! s'écria Clemencia. Tu sais que je t'apprécie, Angula, mais si tu continues avec ce genre d'insinuation, je te jure que j'irai faire un rapport à Oshivelo. »

Angula ne répondit rien, gardant les yeux fixés sur la route devant lui, cette B6 qui se déroulait en ligne droite à travers la plaine. À droite et à gauche, de maigres buissons poussaient péniblement dans le sable. Le paysage était le même à perte de vue.

« Tu t'es accroché trop obstinément à cette idée, reprit-elle d'un ton plus conciliant. Ça peut arriver, mais je ne vais pas te laisser continuer à courir droit dans le mur. »

Angula rétrograda, enfonça l'accélérateur d'un air crispé et doubla un camion immatriculé au Botswana.

« Angula ?

— Je ne suis qu'un petit policier », répliqua-t-il.

Il ne dit plus rien pendant tout le reste du trajet. À Gobabis, Clemencia alla se présenter au poste de police local, expliqua que la situation pouvait devenir dangereuse et demanda de l'aide. Elle confia au commandant que l'affaire était classée top secret et qu'elle n'avait donc pas pu le prévenir de leur arrivée. Impressionné, il lui fournit huit hommes armés dans deux voitures.

En conservant assez d'écart les uns des autres pour rester hors des nuages de poussière, les trois véhicules suivirent la piste menant vers le sud, le long du Nossob noir. La route surplombait la vallée sur quarante kilomètres, au bord d'un plateau presque dénué de végétation. Les fermes isolées, camouflées derrière des cyprès et des palmiers plantés en rangs serrés, évoquaient des îles tropicales dans une mer de sable et de pierre. Loin vers l'est, quelques nuages blancs flottaient si bas qu'ils paraissaient posés sur l'horizon. Sans doute s'évaporeraient-ils avant d'avoir pu apporter la pluie au Kalahari, mais c'étaient pourtant bien les premiers depuis des mois. Il en viendrait d'autres, plus gris, plus denses, plus lourds, qui finiraient par laisser tomber les premières gouttes. Elles éclateraient dans le sable avant que les écluses du ciel s'ouvrent d'un seul coup pour laisser tomber une pluie torrentielle, comme destinée à noyer le monde entier. Quelques jours plus tard, le Nossob coulerait peut-être de nouveau. Pour le moment, son lit était évidemment à sec, et son cours sinueux n'était identifiable qu'aux rangées d'arbres qui le bordaient.

Après Hoaseb, la piste se poursuivait en contrebas du plateau, dont le bord devenait progressivement plus découpé. La vallée s'étrécissait, et la végétation se faisait de plus en plus dense. Même si la sécheresse dominait toujours, les arbres hauts d'un bon mètre qui survivaient malgré tout ici depuis des décennies rendaient la vallée fluviale presque idyllique.

« Rien que des prosopis, une saloperie importée », grommela Angula.

Clemencia ignorait qu'il s'y connaissait en botanique. Elle ne répondit rien et continua à regarder par la fenêtre. Ici et là, des bœufs faméliques étaient allongés à l'ombre. Un phacochère traversa la piste poussiéreuse en trottant, la queue dressée, et, un peu plus loin, le grondement des moteurs effraya un petit troupeau de springboks. Ils s'enfuirent en quelques bonds, ralentirent, puis se figèrent, la tête tournée en direction des voitures. Mais que se passerait-il si le vrai danger venait d'ailleurs ?

La bifurcation vers Rooisand était indiquée par un échafaudage de bois muni d'un panneau : « Ferme de chasse et trophées » et, dessous, en lettres plus petites, le nom du propriétaire, James P. Doyle.

On pouvait franchir la clôture antigibier haute de près de deux mètres en passant un portail simplement retenu par une chaîne. La piste, longue et courbe, menait vers le haut de la colline, et on apercevait déjà les bâtiments de la ferme, perchés sur une langue rocheuse surplombant le lit de la rivière. De là-haut, on avait une vue dégagée sur la vallée du Nossob et sur la route dans les deux directions.

Les arbres offrant de l'ombre étaient plutôt rares, en comparaison, et dominés par un réservoir d'eau bâti non loin de là. Le bâtiment allongé de la ferme semblait avoir été agrandi plusieurs fois sans souci d'une quelconque uniformité. La disposition en L des dépendances formait une cour ouverte ; toutes les portes en étaient fermées, de sorte qu'on ne pouvait voir s'il s'agissait de garages, d'ateliers, d'entrepôts ou de chambres froides. Angula arrêta la voiture juste avant la cour.

Trois voitures de police arrivant par la route ne pouvaient pas être passées inaperçues ; il semblait donc qu'on les ignorait délibérément. Clemencia ne vit aucun Blanc ; seuls une bonne dizaine d'employés noirs étaient occupés à tendre un grillage autour des bâtiments, ou plus exactement deux grillages qui couraient en parallèle à quelques mètres de distance l'un de l'autre. La ferme était déjà clôturée aux deux tiers environ, et seul le côté donnant sur la rivière asséchée était encore ouvert. D'énormes rouleaux de barbelés attendaient sur le plateau d'un *farmbakkie** de venir parachever le bord extérieur de l'enceinte.

« Comme dans les années 1980 ! » grommela Angula.

Clemencia n'était jamais sortie de Katutura pendant son enfance, mais elle savait de quoi parlait Angula grâce aux histoires de son grand-père, qui avait travaillé dans une ferme des environs de Tsumeb. Au plus fort de la guerre d'indépendance, les fermiers blancs, craignant d'être attaqués par la guérilla de la SWAPO ou par des bandits en tout genre, avaient transformé leurs propriétés en forteresses. Ces doubles clôtures antiterroristes étaient alors très courantes ; pendant la nuit, on lâchait des chiens dans l'étroit couloir ménagé entre les deux rangées de grillage. Évidemment, les animaux offraient des cibles relativement faciles aux armes des éventuels assaillants, mais les fermiers évitaient ainsi au moins d'être surpris dans leur sommeil.

Jusqu'ici, Clemencia n'avait vu qu'une fois un tronçon d'une telle construction, qu'on avait toutefois transformé en basse-cour. Après 1990, les quelques clôtures restantes avaient vite été détruites. Personne n'aime vivre dans une prison de haute sécurité, pas plus qu'au milieu des souvenirs d'une guerre sale. Seul un certain James P. Doyle paraissait trouver indispensable de les ressusciter, mais ce n'était sûrement pas par nostalgie.

Clemencia descendit de voiture. Incroyable tout ce qu'une clôture pouvait révéler ! Elle croyait presque l'entendre lui parler, en phrases simples et claires ne laissant de place ni aux incertitudes ni aux suppositions.

Ici habite Donald Acheson.

Ce n'est pas lui le tueur.

Il sait qu'il arrive.

Et il a peur pour sa vie.

Rentrer en Namibie en passant par le Botswana était risqué : il devrait franchir deux postes-frontières au lieu d'un, avec une kalachnikov en pièces détachées dans son sac. Mais en prenant l'autre route, il aurait mis deux fois plus de temps à atteindre Gobabis, et cela aussi représentait un risque : plus longtemps il voyageait, plus les choses pouvaient mal tourner. Et puis, il n'avait rien contre l'idée de terminer son travail le plus tôt possible, même s'il savait qu'ensuite tout s'arrêterait. Il se sentait un peu las, et ses quintes de toux lui tapaient sur le système. Elles étaient devenues si violentes qu'il lui semblait sentir le goût de ses poumons dans sa bouche. C'était sûrement à cause de ce fichu climat sud-africain.

C'est dans un fast-food Hungry Lion, près de la gare routière de Joburg, qu'il avait décidé de passer par le Botswana. Il n'avait réussi qu'à grand-peine à avaler la moitié de sa portion de cuisses de poulet panées, mais cela lui avait au moins permis d'entendre la conversation des hommes assis à la table voisine. L'un d'eux, évoquant une de ses tournées à Windhoek, s'était plaint de se faire escroquer sans pitié par la police du Botswana au moindre excès de vitesse. Il avait ensuite compris que l'homme livrait les filiales namibiennes du magasin de meubles House & Home.

Un camion fermé, personne avec qui parler et dont il faudrait se méfier, et peut-être même un canapé de cuir pour dormir ! Pour un peu, il aurait cru à un coup de chance, à un heureux hasard, mais il savait que ni la chance ni le hasard n'existaient. Le destin, à la rigueur, car le destin se contentait de s'accomplir. Il n'y avait là aucun hasard, aucun besoin d'explication, et donc aucune raison de réfléchir au rôle de la chance ou de la malchance. Ce qui devait arriver arrivait, rien de plus, et lui, il venait simplement d'entendre ce chauffeur de poids lourd discuter à la table voisine.

Il l'avait suivi puis abordé, lui proposant deux mille rands pour le voyage, mille rands supplémentaires pour ne pas poser de questions, et encore deux mille de plus pour oublier complètement avoir fait franchir en douce deux frontières à quelqu'un. L'homme avait hoché la tête et lui avait tendu la main pour se présenter.

« Je m'appelle Morgan. Comme Tsvangirai, le nouveau Premier ministre du Zimbabwe.

— Joli nom », avait-il répondu en lui serrant la main.

Ensuite, il avait acheté une lampe de poche et un bidon d'eau potable, puis était monté dans le camion dès que le chauffeur avait quitté l'entrepôt. Au premier parking, ils s'étaient arrêtés et avaient ouvert la porte de la remorque. Les cartons y étaient empilés jusqu'à cinquante centimètres du plafond : meubles de jardin, parasols, balancelles, ventilateurs. Après les avoir escaladés, il s'était glissé tout au fond du camion. Il n'y avait pas de canapé de cuir, mais il put tout de même s'installer assez confortablement sur un tas de matelas emballés. Morgan avait ensuite refermé la porte, et, depuis, une obscurité totale régnait.

Il n'alluma la lampe de poche qu'au début, pour assembler la kalachnikov, puis uniquement pour boire. L'opération était assez délicate, car il pouvait à peine se redresser sans se cogner la tête au plafond, mais il devait absolument boire pour ne pas se dessécher complètement dans la canicule.

Mis à part cela, il se sentait bien. Il trouvait agréable d'être enfermé dans le noir. Tout y était au même niveau. Qu'on ait les yeux ouverts ou fermés, qu'on soit endormi ou éveillé, mort ou vivant, cela ne faisait pas réellement de différence. Il se demanda pourquoi les gens avaient tellement peur de la mort, et encore plus d'être enterrés vivants, mais il ne trouva pas d'explication. Il ne parvenait même pas à se souvenir s'il avait lui aussi ressenti cette peur, autrefois.

Entre les quintes de toux, il dormait ou somnolait, dans cet état entre l'éveil et le sommeil qui rendait les pensées dolentes, lourdes, les figeant en des images étranges dépourvues de sens. Il ne remarqua même pas le passage de la frontière entre l'Afrique du Sud et le Botswana, et se réveilla en sursaut en entendant quelqu'un marteler la paroi du camion. Morgan lui proposa de se dégourdir les jambes ; ils avaient dépassé Sekoma et n'étaient entourés que de déserts et de flaques de sel. Aucun danger.

« Non, merci, répondit-il.

— Tu veux pas une bière ? Ou même juste aller pisser ? »

Il ne répondit rien, et ils redémarrèrent quelques minutes plus tard. Il dormait, toussait, buvait de l'eau devenue chaude. Le camion finit par s'arrêter de nouveau. Le moteur s'éteignit ; Morgan ouvrit les portes et annonça qu'il devait dormir quelques heures. Le poste-frontière vers la Namibie n'ouvrait de toute façon qu'à 7 heures du matin.

Rien à faire contre ça. Laissant la kalachnikov sur les matelas, il escalada les cartons pour sortir. La nuit lui parut claire en comparaison de l'obscurité qui régnait dans la remorque. Morgan avait ouvert une bière et commença à bavarder.

« J'ai presque plus de tournées à faire au Zimbabwe ; ça va tellement mal, chez eux, que plus personne n'achète de meubles. C'est vraiment dommage, parce que les filles sont vraiment belles et pas chères, là-bas. J'ai déjà vécu de ces trucs, personne me croirait. Une fois, à Bulawayo…

— Ça m'intéresse pas, trancha-t-il.

— C'est bon, *man*, répondit Morgan.

— J'ai pas envie d'entendre tout ça », dit-il encore.

Lorsque Morgan, après une seconde bière, se fut enfin allongé dans sa cabine, il s'éloigna de quelques centaines de mètres dans le désert. Le ciel était constellé d'étoiles jusqu'à l'horizon. Il régnait un silence de mort, on n'entendait pas même d'animaux nocturnes.

Il s'assit par terre et attendit. Peut-être un lion du Kalahari viendrait-il à passer. Avec lui, il pourrait discuter.

« Comment vont les affaires ?

— Ça peut aller. Et pour toi ?

— Y a encore du boulot.

— Bonne chasse, alors !

— À toi aussi ! »

Une quinte de toux prolongée le tordit en deux, mais il se sentit mieux ensuite. Quand il commença à avoir froid, il s'allongea et couvrit ses jambes et son corps de sable, le pelletant avec les mains. Lorsque, loin vers l'est, la première lueur du jour fit enfin pâlir les étoiles, aucun lion ne s'était encore montré. Tant pis ! Il retourna au camion et réveilla Morgan.

« Il est temps », dit-il.

Puis il se fit de nouveau enfermer dans la remorque. Ils roulèrent pendant plusieurs heures. La température augmentait lentement. Puis le camion s'arrêta, resta immobile une vingtaine de minutes, avança encore sur une centaine de mètres puis fit de nouveau halte. Il supposa qu'ils avaient atteint Buitepos, le poste-frontière avec la Namibie.

La lumière du jour, éblouissante, inonda l'intérieur lorsque s'ouvrit la porte de la remorque. Il s'aplatit sur les cartons et tâtonna à la recherche de sa kalachnikov. Il entendit Morgan dire :

« C'est rien que des meubles pour Windhoek, monsieur.

— Il faut contrôler tout ça, dit une autre voix.

— Comme vous voudrez, répondit Morgan.

— Déchargez ça, là !

— Je peux pas, j'ai des problèmes de dos. »

Des pas, le bruit d'un carton qu'on déchire, de papier qu'on froisse.

« C'est bon, des meubles pour Windhoek », conclut la voix inconnue.

La porte se referma, et, peu après, ils reprirent la route. Plus qu'une heure et demie jusqu'à Gobabis. Morgan le déposerait juste avant l'entrée de la ville, il poursuivrait à pied et se débrouillerait pour voler une voiture. Il ne pouvait de toute façon rien faire avant la nuit, il avait donc tout son temps.

Le camion s'arrêta de nouveau. Gobabis, déjà ? Il n'avait même pas encore démonté la kalachnikov. Il alluma la lampe de poche et la coinça entre deux cartons pour avoir les mains libres. Il avait à peine commencé à dévisser le canon de l'arme qu'une voix retentit à l'extérieur :

« Permis de conduire ! »

Un contrôle routier.

Il revissa le canon.

Le policier se tenait sans doute directement à la hauteur de la cabine du chauffeur, et Morgan devait toujours être assis au volant, car sa réponse lui parvint nettement plus étouffée.

« Qu'est-ce que j'ai fait, monsieur l'agent ?

— Vous savez à quelle vitesse vous rouliez ?

— Mais j'ai seulement...

— Cent sept kilomètres heure. C'est limité à quatre-vingts, ici.

— J'ai pas vu de panneau.

— Il est sur le bord de la route, comme tous les panneaux. Vous l'avez dépassé il y a trois kilomètres, et, un kilomètre plus loin, mon collègue a mesuré votre vitesse.

— Mais il n'y avait personne, et...

— Les papiers du véhicule, s'il vous plaît ! »

Il éteignit la lampe de poche, pour le cas où le policier voudrait inspecter le chargement. Mais pourquoi le ferait-il ? Et quand bien même, il ne le verrait pas, pas plus que le douanier ne l'avait découvert. Il devait simplement rester calme. Il inspira et expira profondément. Sa trachée trembla légèrement, comme si quelque chose y était coincé et vibrait au passage de l'air, un corps étranger perturbateur qui provoquait une irritation. Pas maintenant, pensa-t-il en sentant déjà le besoin de tousser monter en lui.

« Vous savez ce que c'est, monsieur l'agent, disait Morgan. Si j'arrive trop tard à Windhoek, j'aurai des problèmes, et tout ça parce qu'on se met à limiter la vitesse partout, maintenant. »

On peut réprimer une envie de tousser. Personne n'est obligé de tousser s'il en a décidé autrement. En tout cas pas tout de suite, pas avant que cet imbécile de Morgan ait enfin payé sa ridicule contravention.

« Pour un job comme le mien, il y a cent types qui font la queue. Si tu arrives trop tard pour décharger, le chef embauche quelqu'un d'autre, quelqu'un de moins pointilleux. »

Ses poumons semblaient s'être contractés en deux petites boules dures, mais il savait que ce n'était que le fruit de son imagination, laquelle lui soufflait aussi que ses bronches étaient à deux doigts d'exploser et que les mucosités, dans sa trachée, avaient épaissi au point d'empêcher presque complètement l'air de passer. Il ne faisait que s'imaginer tout ça. Écrasant sa bouche sur son avant-bras, il y planta les dents. Il n'allait certainement pas tousser maintenant.

« Vous pouvez me croire, monsieur l'agent, je suis un chauffeur responsable, je respecte les règles. Mais enfin, ça peut arriver à tout le monde de ne pas voir un panneau, surtout ici, sur une route vide et droite, là où on ne s'y attend pas. Si encore il y avait eu un village, j'aurais compris, mais...

— Il y avait des travaux.

— Mais personne ne travaillait là ! »

Et s'il se contentait de relâcher l'air, silencieusement ? Rien qu'une expiration rapide et vigoureuse par la bouche, juste pour libérer sa gorge, pour ne pas étouffer, pour que la crampe qui s'étendait dans sa poitrine ne le tue pas.

« Écoutez, monsieur l'agent, est-ce que vous ne pouvez pas fermer les yeux, juste pour cette fois ? »

Il ne tousserait pas. Il se défendit de toutes ses forces, même quand il sentit la douleur se concentrer dans ses poumons, se contracter, puis se changer en une bête sauvage qui se mit à grimper à coups de griffes et de crocs. Une gorgée d'eau ! Ça le sauverait. Il tâtonna à la recherche de son bidon, en dévissa le bouchon fébrilement et comprit qu'il n'y arriverait pas, que le monstre d'épines remontait le long de sa gorge en la dévorant. Il savait que, s'il n'abandonnait pas, la bête lui déchirerait la gorge, mais il continua à se battre alors même qu'il était trop tard : le fauve s'était déjà échappé, et c'est de sa bouche à lui qu'il lança son premier rugissement.

Il avait perdu. Le haut de son corps fut projeté vers le haut et il se cogna violemment le sommet du crâne contre le plafond de tôle du camion, mais il ne sentit que sa toux, sentit chaque fibre de son corps tousser, comme si ses entrailles s'apprêtaient à se retourner comme un gant. Il toussait comme pour vomir son âme. L'air bourdonnait, résonnait, grondait et sifflait dans sa gorge, et ça n'arrêtait pas ; aucune libération, aucun apaisement. La toux continuait à jaillir de lui, toujours plus violente, et il pensa étouffer, incapable de reprendre son souffle.

Comme à travers de la ouate, il entendit la voix du policier, dehors, demander ce qui se passait. Percevant la saveur du sang sur sa langue, il parvint enfin à inspirer, mais seulement pour se remettre ensuite à tousser, plus profondément, plus douloureusement encore. À l'extérieur, Morgan reçut l'ordre de descendre tout de suite du camion. La portière s'ouvrit et se referma sans que la quinte ne cesse, bien qu'il ait encore à peine assez de force pour tousser. Son palais avait un goût d'acide sulfurique, sa gorge brûlait, des aiguilles chauffées à blanc transperçaient ses poumons. Il passa le dos de sa main sur ses lèvres ; elles étaient sèches et râpeuses.

« J'en sais rien du tout », dit Morgan, alors que la porte de la remorque s'ouvrait à la volée.

La lumière inonda la remorque. La kalachnikov était posée à côté de lui. Il toussa une fois, faiblement.

« Sors de là ! cria une voix inconnue, celle d'un policier qui croyait sans doute avoir arrêté un immigrant clandestin.

— OK », répondit-il.

Il attrapa son arme et rampa sur les cartons en direction de la lumière du jour. Il espérait presque que le policier ait sorti son arme de service, mais non, il se tenait simplement là, deux mètres en contrebas, fixant d'un air incrédule la bouche du canon de la kalachnikov. Peut-être que tout se serait passé autrement si le climat d'Afrique du Sud n'avait pas été aussi pourri, ou si Morgan avait respecté la limitation de vitesse. Mais il ne sert à rien de chercher des coupables pour tout. Certaines choses se produisent, tout simplement.

Il replia l'index posé sur la détente de l'AK-47.

Les deux bull-terriers étaient enchaînés, mais avec suffisamment de jeu pour pouvoir bloquer l'accès à la maison. Dressés sur leurs pattes, ils montraient les crocs, des crocs capables de trancher une gorge d'un seul claquement de mâchoires. Les Boers les appelaient *varkhonde*, les chiens-porcs, à cause de leur apparence, mais c'étaient des porcs sans un gramme de graisse ; leur pelage d'un blanc sale n'était tendu que par des muscles. Ils avaient de toute évidence été élevés pour devenir des chiens de combat, et Clemencia n'aurait pas été surprise qu'on les ait dressés pour attaquer des Noirs – pour « flairer les négros », comme le disait sans doute un homme tel qu'Acheson à ses semblables. Clemencia cria en direction de la porte :

« Il y a quelqu'un ? »

Les chiens grognèrent.

Derrière la maison, la double clôture était déjà terminée ; personne ne pourrait s'enfuir de ce côté-là, mais la jeune femme y avait tout de même posté deux des policiers de Gobabis. Deux autres étaient restés près des voitures, le reste de la troupe couvrait les arrières de Clemencia et Angula.

« Police ! cria-t-elle. Ouvrez ! »

Rien ne bougea, bien que les ouvriers leur aient assuré que le *baas* était chez lui. Angula ramassa un caillou et le jeta contre la porte. Sans un cri, l'un des bull-terriers se lança en avant et fit deux bonds avant d'être stoppé net par sa chaîne. L'autre chien tressaillit puis retrouva aussitôt son immobilité. Ses petits yeux étincelaient de méchanceté. On entendit alors une clé tourner dans une serrure. La porte de la maison tourna sur ses gonds, et un homme apparut, une arme sur l'épaule.

Voilà donc à quoi il ressemblait ! Il avait près de soixante-dix ans mais en paraissait moins. Ses cheveux gris étaient coupés en une brosse courte, son visage brûlé par le soleil et traversé de rides profondes. Le regard vif et un peu méfiant, il n'avait pas un visage antipathique. Il paraissait en bonne forme physique et se déplaçait avec les mouvements assurés et posés d'un homme en paix avec lui-même. Rien ne le différenciait des autres fermiers blancs qui avaient passé leur vie à construire et à gouverner leur petit royaume – sinon que lui était un assassin raciste.

« Monsieur Donald Acheson ? » demanda Clemencia.

S'il fut surpris d'entendre ce nom, il n'en laissa rien paraître.

« Il n'y a personne qui porte ce nom là, ici. Je m'appelle Doyle. Qu'est-ce que vous voulez ? »

De la tête, Clemencia désigna la clôture.

« Vous vous barricadez ?

— Des *tsotsis**, des criminels noirs, répondit l'homme. Il s'est passé pas mal de choses dans la région, ces derniers temps.

— Est-ce qu'on peut voir votre permis de port d'arme ? » demanda Angula.

L'homme ne réagit pas.

« En fait, ce qu'on aimerait surtout, c'est discuter un peu avec vous, ajouta Clemencia. Est-ce que nous pouvons entrer, monsieur Acheson ?

— Combien de fois faudra-t-il que je vous dise que je m'appelle James Doyle ?

— Vous perdez votre temps. Nous avons vos empreintes digitales de 1990, répliqua Clemencia.

— On va commencer par vous embarquer pour port illégal d'arme à feu et falsification de documents, et puis on verra ce qu'on pourra encore trouver, ajouta Angula.

— De toute façon, vous serez plus en sécurité dans une cellule de Windhoek qu'ici, lança Clemencia.

— Oui, comme Ferdi Barnard ! »

L'homme éclata de rire. Il avait apparemment décidé d'arrêter de jouer à cache-cache. Il tapota la crosse de son arme et dit :

« Je m'occupe moi-même de ma sécurité.

— Est-ce que nous pouvons discuter, monsieur Acheson ?

— Comme vous voudrez », concéda-t-il.

Il se retourna et hurla :

« Couchés ! »

Les deux bull-terriers s'allongèrent aussitôt, mais en gardant la tête dressée, prêts, au moindre signe de leur maître, à sauter à la gorge de quiconque passerait à leur portée. Clemencia et Angula restèrent tout près d'Acheson pendant qu'il les guidait vers la maison. La pièce dans laquelle ils entrèrent était éclairée d'une lampe, car sa seule fenêtre était barrée de planches. Dans le mur d'en face, on avait aménagé une cheminée ; au-dessus et autour d'elle, tous les animaux cornus d'Afrique fixaient le vide de leurs yeux de verre. Les modèles d'exposition de James P. Doyle, fournisseur de trophées. Le râtelier d'armes placé juste à côté était le plus gros que Clemencia ait jamais vu. Sur la table trônait un poste émetteur-récepteur près d'une canette de Windhoek Lager écrasée, d'un cendrier plein et d'une assiette avec des restes de viande en sauce. Clemencia s'assit sur l'une des chaises libres.

« Alors ? » demanda-t-elle.

Acheson leur raconta son histoire comme s'il parlait à des touristes venus faire un safari sans avoir aucune idée de la situation. Il était revenu dans le sud de l'Afrique en 1997 parce qu'il en avait eu marre de l'Europe – trop d'imbéciles, pas de place, pas de liberté. La Namibie n'avait pas été son premier choix, mais les choses étaient encore pires au Zimbabwe, en Angola et en Afrique du Sud. Quand des amis l'avaient informé qu'une concession à vie était disponible sur cette ferme, il avait donc sauté sur l'occasion. Ici, il pouvait être son propre chef, les Noirs avaient encore du respect, et, en organisant des safaris, il s'en sortait plutôt bien.

Il expliqua ne vivre sous un faux nom que pour éviter les ennuis. Même s'il n'avait strictement rien à voir avec l'affaire Lubowski, on savait bien comment travaillaient la presse et la police : une fois dans leur collimateur, on n'avait plus aucune chance de s'en sortir. On voyait bien aujourd'hui le résultat des appels au meurtre lancés alors contre lui et ses anciens collègues.

« Mais je ne vais pas faire dans mon froc, conclut-il. Ce putain de tueur n'a qu'à se montrer, et on verra bien qui descendra qui.

— Vous vous êtes fait avoir, à l'époque, dit Angula.

— Ça, vous pouvez le dire ! s'exclama Acheson après un instant de surprise.

— Par la SWAPO ? »

Angula n'abandonnait pas son idée fixe. Clemencia lui lança un regard d'avertissement.

« Bien essayé ! répondit Acheson en riant. Si je l'avais su, je l'aurais dit, à l'époque. Mais je n'en ai jamais eu aucune idée, étant donné que je n'ai rien à voir avec l'affaire Lubowski.

— La SWAPO..., commença Angula.

— Nous avons appris que Chappies Maree et Slang van Zyl voulaient venir vous voir ici, intervint Clemencia en lui coupant la parole.

— Alors vous en savez plus que moi. »

Acheson appuya son arme contre la table, alla dans la cuisine et ouvrit une nouvelle canette de bière, sans rien offrir à ses visiteurs. Il s'alluma une cigarette d'un geste brusque. Clemencia lui expliqua calmement qu'ils recherchaient un tueur et que connaître son identité leur serait certes très utile, mais que, sans quelques informations sur ses motivations, ils ne le trouveraient jamais. Elle ajouta que si Acheson ne tenait pas lui-même à la vie, il pourrait au moins se dire que d'autres étaient peut-être aussi en danger. Il se contenta de hausser les épaules.

Elle comprit qu'il ne parlerait jamais, convaincu de s'en tirer – après tout, il s'en était toujours tiré, jusqu'à présent. Il ne craignait pas d'être la prochaine victime potentielle du tueur, pas plus que d'être mis sur le gril par la police de Windhoek. En 1990, il avait joué les innocents pendant sept mois, sans rien lâcher ni jamais commettre la moindre petite erreur. Et cette fois, ils ne pourraient en aucun cas l'enfermer aussi longtemps ; il n'aurait même pas besoin d'un avocat comme von Fleckenstein pour sortir. Elle décida de l'arrêter tout de même – que pouvait-elle faire d'autre ?

« Inspecteur ! » cria un des policiers postés à l'extérieur.

Angula se dirigea vers la porte.

Acheson tira sur sa cigarette et en fit tomber les cendres du bout du doigt. À l'époque, lui et ses collègues des services secrets de l'apartheid n'avaient pas hésité à torturer leurs prisonniers pour leur extorquer des aveux. Victime après victime, leurs interrogatoires avaient laissé des flaques de sang sur le sol, mais ces brutes avaient tout de même fini par perdre, parce que la dignité humaine, la vérité et la justice étaient des armes plus puissantes que leur violence. Et il fallait que cela reste ainsi. Même un but si noble, si important, ne justifiait pas l'emploi de n'importe quel moyen. Pourtant, Clemencia sentit monter en elle une colère sourde à l'idée qu'un homme comme Acheson se croie toujours autorisé à faire exactement ce qu'il voulait, sans se soucier d'aucune conséquence ; la vérité lui importait aussi peu que la vie humaine.

« Vous voulez que j'abatte ces foutus clébards ? » cria Angula depuis le pas de la porte.

Acheson sourit, écrasa sa cigarette et sortit. Il revint avec un policier qui annonça :

« On doit partir sur-le-champ : on a besoin de tous les hommes disponibles, un collègue vient d'être abattu !

— Quoi ? Mais qu'est-ce qui s'est passé ? s'écria Clemencia.

— Il a reçu une rafale d'arme automatique, peut-être de kalachnikov. On l'a trouvé dans un camion abandonné immatriculé en Afrique du Sud.

— Vous n'avez besoin d'aller nulle part, répondit-elle. Le tueur est en route, il vient ici.

— J'ai des ordres clairs, dit le policier en secouant la tête. On doit tous retourner à Gobabis. Si vous voulez arrêter cet homme, ajouta-t-il en désignant Acheson, il faut le faire tout de suite.

— Donnez-moi encore dix minutes ! (Elle se tourna vers Acheson.) Il est là, quelque part, dehors. »

Acheson se rassit en souriant et tira une nouvelle cigarette de son paquet d'un geste machinal. Rien ne semblait avoir changé, son expression et ses gestes étaient les mêmes, et pourtant il paraissait soudain rajeuni de vingt ans. On ressentait littéralement l'énergie émaner de lui, comme si elle crépitait dans l'air. Elle lui venait de cette situation, de ce danger ! D'autres auraient été paralysés de peur, mais Acheson, impatient de se retrouver face au tueur, l'arme à la main, ne voyait là qu'un défi à relever. Lui ou moi, voilà la question, voilà l'unique chose qui lui donnait goût à la vie. Pour lui, tout se résumait à tuer ou être tué. C'était aussi simple que cela, ça l'avait toujours été, qu'il soit mercenaire, tortionnaire ou tueur à gages. Et la satisfaction qu'il en retirait était à la mesure du risque encouru.

La politique ne l'avait probablement jamais intéressé. Il n'avait combattu dans les rangs du régime de l'apartheid que parce que les missions qu'on lui confiait lui permettaient de se livrer à son activité favorite : tuer. Mais cela remontait à une éternité. Ensuite, pendant de longues années, il avait dû se contenter de tirer sur des springboks et des koudous. Bien sûr, à la chasse aussi, on tuait, on pouvait observer la vie s'échapper en un souffle d'une créature tremblante, mais ce n'était pas vraiment la même chose. Et aujourd'hui, après tellement de temps, il retrouvait enfin un opposant à sa hauteur ! Lui ou moi.

Clemencia savait qu'on pouvait être assoiffé de sang, mais ce fauve sur deux pattes était déjà saoul avant même le début du massacre. Elle comprit soudain qu'elle avait un atout en main ; il lui suffisait d'en rajouter un peu avant de le jouer. Elle dit :

« Je ne sais pas ce que je préférerais : que le tueur vous abatte ou que ce soit vous qui l'emportiez. Les deux, sans doute.

— Ne vous mêlez pas de ça !

— Je me représente très bien la scène : vous avancez l'un vers l'autre, vous tirez, vous êtes touché, vous tirez encore, et vous ne ressentez ni la douleur ni la mort approchant, car tout ce qui vous intéresse, c'est de mettre une balle de plus dans le corps de l'autre. Je vous vois déjà tomber et continuer à tirer jusqu'à ce que…

— Vous croyez en Dieu, *lady* ? » demanda Acheson.

Il souriait toujours, mais son visage s'était durci.

« Alors remerciez-le de ne pas avoir croisé mon chemin à une autre époque ! »

On y était. Clemencia répondit :

« Ah oui, le bon vieux temps ! Mais de nos jours, vous savez, l'État considère comme un de ses devoirs d'élucider les meurtres et d'empêcher que d'autres se produisent. Mon rôle à moi, c'est de saisir votre arsenal et de vous emmener à Windhoek, où une jolie petite cellule vous attend. Et c'est exactement ce que je vais faire, à moins que… »

Acheson but une gorgée de bière et répéta :

« À moins que ?

— À moins qu'il ne soit plus utile à notre enquête que je ne le fasse pas. »

Acheson observa son arme appuyée contre la table. C'était un Browning New Elite, calibre 9.3 × 62. Il dit :

« J'ai une idée, et j'ai un nom, mais c'est tout ce que je peux vous offrir. Et je ne vous le dirai que si vous ne m'arrêtez pas.

— D'accord.

— Mais pour ça, vous devez retourner à Windhoek ; je vous appellerai et je vous dirai tout ça au téléphone. »

Clemencia se dit qu'à sa place elle ne lui aurait pas non plus fait confiance, mais elle ne se laissa pas fléchir ; c'était bien elle qui se trouvait en position de force.

« Hors de question. Soit vous me racontez tout maintenant, soit vous pouvez aller attendre dans une cellule de voir si le tueur vous retrouve. »

De l'extérieur, le policier cria qu'ils devaient partir. Clemencia se leva.

« Attendez ! dit Acheson. Comme je l'ai dit, je n'ai rien à voir avec l'affaire Lubowski. J'ai seulement entendu dire que Maree, Barnard, Burger et van Zyl auraient été impliqués. Et un autre homme, surnommé Donkerkop. Lui, il aurait eu des raisons d'être en colère contre les autres, à ce qu'on dit. »

« En colère » semblait un terme bien faible. Quant à Acheson, il mentait au moins sur son rôle dans l'affaire : même s'il disait vrai sur le reste, il n'aurait pas atterri sur la liste du tueur simplement parce qu'il avait entendu quelques rumeurs. Il avait donc forcément participé à l'assassinat de Lubowski. Clemencia répondit :

« Vous nous avez promis un nom, pas un surnom.

— Martinus Cloete, de Windhoek, répondit-il.

— Et pourquoi aurait-il eu des raisons d'être en colère ?

— Demandez-lui vous-même ! répliqua Acheson dans un haussement d'épaules.

— Beau travail, chef ! commenta Angula en tirant son revolver et en le braquant sur Acheson. Vous êtes provisoirement arrêté pour présomption de…

— Non, Angula, dit Clemencia.

— Chef ?

— Serez-vous assez aimable pour retenir vos chiens pendant que nous partons, monsieur Acheson ? »

À l'extérieur, ils virent une colonne de poussière s'élever de la piste de sable. Les policiers de Gobabis étaient repartis, apparemment en toute hâte. Avant de se mettre au volant de sa voiture, Clemencia se tourna vers Acheson et lui dit :

« Je mentirais en vous souhaitant bonne chance. »

Il ne répondit rien. Aussi longtemps qu'elle put le voir dans le rétroviseur, il resta debout dans la brèche de sa clôture antiterroriste, le Browning sur l'épaule, et suivit la voiture du regard. Lorsqu'ils furent arrivés dans la vallée du Nossob et, après le premier tournant, devenus invisibles depuis la ferme, elle s'arrêta.

« Angula, tu rentres à Windhoek et tu rassembles toutes les informations que tu pourras sur Martinus Cloete, alias Donkerkop. Peut-être qu'Acheson a menti, mais c'est la piste la plus sérieuse que nous ayons.

— Et toi, chef ?

— Moi, je reste ici. »

Elle était consciente qu'Acheson n'était pas un témoin vraiment fiable, mais, comme appât, il valait de l'or – pas dans une cellule de Windhoek, mais ici, retranché dans sa ferme, sans protection policière apparente. Le tueur se trouvait dans les parages et allait essayer de mener à bien son travail, Clemencia en était persuadée. Elle n'avait jamais été aussi proche de lui, jamais eu une meilleure chance de l'arrêter.

« Il a déjà tué un flic », objecta Angula.

Elle s'imagina ce que dirait Matti Jurmela : on est payés pour faire notre travail, pas pour jouer les héros. Les derniers héros sont morts il y a longtemps, leur métier a disparu avec eux – et c'est très bien comme ça !

Mais une fois de plus, un tel conseil était valable en Finlande, pas en Afrique. En Namibie, on mourait sans doute plus tôt qu'en Europe, mais pas de façon aussi définitive. On ne pouvait jamais être certain que les disparus étaient vraiment morts, et même dans ce cas, les esprits des héros se mêlaient volontiers de la vie de tous les jours. Jurmela était un excellent policier, mais il ne comprenait rien à tout cela. Clemencia sortit son arme de service et en vérifia le chargeur. Ses mains tremblaient.

Angula abaissa le dossier de son siège et dit :

« Vous devriez vous reposer un peu aussi, chef. On pourrait bien avoir une nuit agitée. »

Assis sur le siège passager de la voiture de police, il tenait la kalachnikov des deux mains. Morgan était au volant. Ils avaient hissé le corps du policier sur les cartons puis refermé les portes de la remorque, pour gagner un peu de temps.

Le policier chargé du radar avait certainement entendu les coups de feu, si aucun camion passant devant lui à ce moment-là n'en avait étouffé l'écho. Il essaierait de joindre son collègue par radio et, après deux ou trois tentatives infructueuses, se mettrait probablement en route, à pied. Il lui faudrait au maximum vingt minutes, sans doute un peu moins, pour parcourir les deux kilomètres. Il ferait alors le tour du camion abandonné, l'arme au poing, et verrait les traces de sang sur l'asphalte. Il demanderait alors du renfort à Gobabis et devrait attendre ses collègues pour pouvoir forcer la porte de la remorque. Ils lanceraient donc l'alarme générale au plus tôt deux heures après les faits.

Une heure et demie était passée. Ils avaient parcouru une route de traverse en cahotant et rejoint la D 1707, qu'ils avaient prise en direction de l'ouest avant de bifurquer vers le sud. Ils suivaient désormais la D 1715 et venaient de dépasser l'entrée de la ferme Marie Noord. Il voulait essayer d'arriver à quelques kilomètres de son but avec la voiture. La police n'avait aucune idée de son objectif et se contenterait de barrer les routes principales. Il pourrait attendre la tombée de la nuit n'importe où dans le veld. Il toussa.

« Ce qui est arrivé est arrivé », dit soudain Morgan.

C'était tellement exact qu'il ne servait à rien de le préciser. Jusque-là, Morgan avait obligeamment gardé le silence, obéissant à toutes ses instructions immédiatement et sans dire un mot, mais il semblait désormais sortir de son état de choc. Pourvu qu'il ne se remette pas à parler des putains de Bulawayo !

« Ce qui s'est passé, ça ne me regarde pas, poursuivit Morgan en tournant la tête vers lui. Je n'ai rien vu et rien entendu.

— Regarde la route ! » dit-il.

Morgan regarda droit devant lui mais continua de parler, précipitamment, d'une voix trop aiguë, comme s'il savait parfaitement que toute discussion était inutile.

« Pourquoi tu me laisses pas descendre ici, sur la route, et que tu continues pas tout seul ? S'ils m'interrogent, je dirai que j'ai perdu la mémoire, que je me souviens de rien, et que je sais même plus qui je suis. »

Mais qui d'entre nous savait vraiment qui il était ? Chacun se bricolait simplement une représentation de son identité, jusqu'à ce que cette image soit réduite en miettes par un événement ou un autre. Et, au lieu d'en tirer des leçons, on se mettait aussitôt à recoller les morceaux tant bien que mal, un peu différemment, mais pas moins faussement. Et ça continuait comme ça jusqu'à ce que...

« Je veux pas mourir ! piailla Morgan. J'ai une famille, des enfants ! Ils ont besoin de moi ! »

Ils avaient tous une famille, chacun la sienne. Ça n'intéressait pas la mort : elle prenait quand même qui elle voulait. Tôt ou tard, cela touchait tout le monde, le policier, Morgan et lui-même. Mais certaines personnes – la plupart, en fait – refusaient de l'accepter. Il dit :

« Pour autant que ça me concerne, tu peux bien vivre jusqu'à cent ans, Morgan. Réfléchis un peu : personne ne sait que j'existe. Quand les flics trouveront le mort dans ton camion, qui est-ce qu'ils soupçonneront ? »

Morgan secoua la tête.

« Toi, évidemment. Tu étais en excès de vitesse, le policier a découvert que tu transportais illégalement une arme et il a voulu t'arrêter. Alors, tu l'as descendu.

— Moi ?

— Quand ils t'attraperont, tu nieras. Tu accuseras un inconnu, un passager clandestin que tu avais pris dans ton camion. Tu leur décriras son apparence exacte, mais ils t'écouteront à peine, parce qu'il n'y aura aucune trace de cet inconnu. Ils ont juste besoin de passer un coup de fil à ton entreprise pour savoir qui tu es et, après ça, ils se mettront à ta poursuite. Et si j'y réfléchis bien, tu n'auras sûrement pas beaucoup l'occasion de nier. Ils n'aiment pas les tueurs de flics, tu sais, et ils ne vont pas y aller par quatre chemins. Il y a pas mal de choses qui peuvent aller de travers, pendant une arrestation : une balle perdue, un coup de semonce mal ajusté, ou peut-être même qu'ils croiront que tu essaies d'attraper ton arme. À ta place, j'essaierais vraiment de ne pas tomber entre leurs mains. Mais moi, moi je ne vais pas te tuer, Morgan.

— Ah non ? » répondit celui-ci, incrédule.

Morgan occuperait la police pendant un moment ; si tout se passait bien, deux jours suffiraient.

« Si j'ai une douzaine de balles dans le corps, reprit Morgan, il faut bien que quelqu'un les y ait mises, dit-il, d'un ton toujours désespéré, mais avec un commencement de compréhension dans la voix. Ça veut dire que ça ne peut pas être moi le tueur !

— Ou en tout cas pas le seul.

— Mais je suis le seul ! Toi, tu n'existes pas. C'est moi, le tueur, moi tout seul ! »

Morgan le regarda de nouveau, les yeux brillants. Un sourire éclaira son visage et il éclata de rire, soulagé, libéré, et heureux comme il ne l'avait probablement encore jamais été. Il n'aurait jamais cru qu'être un tueur était si merveilleux ! En tout cas si on tenait à la vie.

« Morgan, regarde la route ! » dit-il.

Ça en devenait ridicule. Il comprenait qu'il avait encore un avenir, si maigre soit-il, et il se réjouissait tellement qu'il se mettait aussitôt de nouveau en danger.

« Tu ne peux pas m'abattre, parce que sinon, c'est toi qui...

— Je le ferai quand même avant que tu nous tues tous les deux. »

Il pointa la kalachnikov sur Morgan, qui regarda de nouveau vers l'avant et réussit enfin à se reprendre. Il tint dès lors le volant plus calmement, évitant soigneusement de gros blocs de pierre, rétrogradant aux endroits où les inondations, lors d'anciennes saisons des pluies, avaient creusé de profondes ornières dans la route. Il tourna docilement à droite quand il en reçut l'ordre.

Le chemin de terre était dans un état déplorable, carrossable uniquement pour des véhicules tout-terrain. Morgan conduisait comme sur des œufs, caressant la pédale d'embrayage, faisant franchir les obstacles à la voiture roue après roue, n'enfonçant résolument l'accélérateur que lorsqu'une côte menaçait de les arrêter. À un endroit, ils durent même descendre pour assembler des pierres afin d'en faire une rampe de fortune, mais ils éraflèrent tout de même le réservoir d'huile contre un rocher. Peu après, le pneu arrière droit éclata, mais il n'aurait plus valu la peine de le changer : d'après la carte et le nombre de kilomètres au compteur, ils étaient presque arrivés. Ils roulèrent donc sur la jante pendant encore quelques centaines de mètres. Près d'un rocher plus gros que les autres, il dit à Morgan de descendre et de ramper sous la voiture pour ouvrir le bouchon de vidange. Dans le cas improbable où il lui viendrait l'idée de se rendre à la police, il ne pourrait ainsi pas le faire avant un bon moment.

« Je peux partir, maintenant ? demanda Morgan.

— Assieds-toi ! » répliqua-t-il en désignant le côté du rocher qui n'était pas exposé au soleil.

Il se laissa tomber près de lui et lui jura de l'abattre s'il disait un seul mot. Et ils restèrent assis là, côte à côte, heure après heure, regardant trottiner les lézards. Une grosse araignée jaune et noire tissa sa toile entre le rocher et un buisson asséché ; les ombres tournèrent lentement sur le sol rocailleux.

Enfin, le crépuscule arriva et les premières étoiles apparurent dans le ciel sombre. Il imagina des lignes les reliant, cherchant à voir si elles formaient des lettres, un mot, un nom peut-être, mais lorsque les points lumineux devinrent trop nombreux, il perdit le compte et abandonna. La Voie lactée scintillait dans le noir, et Morgan, près de lui, avait fini par s'endormir. Il se leva et déposa cinq mille rands à sa place, les alourdissant d'un caillou. Ensuite, il balança son sac par-dessus son épaule, ramassa l'AK-47 et partit. Pas besoin d'allumer sa lampe de poche : la nuit était assez claire. Pour lui, toutes les nuits étaient assez claires.

Donkerkop :

Après coup, beaucoup se sont demandé pourquoi les lampadaires de Sanderburgstrasse étaient tombés en panne pile le soir du meurtre de Lubowski. Certains y ont vu la preuve de complots, parce que ça ne pouvait pas avoir été un hasard. Mais c'en était bien un. En tout cas, les autres ont été aussi surpris que moi. Ferdi Barnard a gueulé :

« Mais qu'est-ce que c'est que cette merde ! Pourvu que les voisins s'en fichent ; il manquerait plus que des réparateurs se pointent. »

Il faisait donc complètement noir ; il était presque 20 h 30. J'ai laissé la voiture descendre lentement la colline. Il n'y avait personne dehors. Je me suis arrêté directement devant le portail de la maison de Lubowski. Donald Acheson est descendu, la kalachnikov à la main, et est allé se cacher dans les buissons de l'autre côté de la rue. Ensuite, j'ai reculé de dix mètres, je me suis garé le long du trottoir et j'ai éteint les phares et le moteur, mais en laissant la clé sur le contact.

Acheson était complètement invisible. Je devais allumer mes phares dès que Lubowski descendrait de sa voiture, pour qu'il puisse viser correctement, et remettre le moteur en marche dès le premier coup de feu. Il fallait que tout se passe très vite : avancer de dix mètres, laisser monter Acheson et dégager.

« Et arrange-toi pour ne pas rater le premier virage ! m'a lancé Barnard depuis le siège arrière.

— J'ai déjà conduit une voiture, j'ai dit, énervé.

— Et si un des voisins pointe son nez, on tire tout de suite, et on tire tous ! C'est compris, petit ?

— Fous-lui la paix ! a dit Maree.

— Tu pourras pleurnicher plus tard », a encore dit cet abruti de Barnard.

Il ne m'en aurait pas fallu beaucoup plus pour me retourner et le descendre ; le pistolet qu'ils m'avaient donné était toujours posé sur mes genoux.

Et puis j'ai entendu le bruit du moteur. J'ai levé les yeux, vu deux phares dans le rétroviseur, et j'ai su que c'était Lubowski avant même de reconnaître la marque de la voiture. D'habitude, son chauffeur le ramenait chez lui, mais van Zyl nous avait confirmé par radio que cette fois il était seul. Par la suite, j'ai appris que sa propre voiture n'avait été rapportée du garage que tard dans l'après-midi, et qu'il avait envoyé son chauffeur rendre la voiture de location. Je suis sûr que ça lui a sauvé la vie. Quand il a clignoté, a tourné dans l'entrée et s'est arrêté devant le portail, on a clairement reconnu la BMW blanche de Lubowski. La porte du conducteur s'est ouverte, quelqu'un est descendu, la porte s'est refermée.

Maree a murmuré « Que la lumière soit ! », j'ai allumé les phares, et, à ce moment-là, le temps s'est arrêté. Je ne sais pas combien de temps tout ça a duré, trente secondes, peut-être quarante, mais ça aurait aussi bien pu être quarante ans ou quarante millièmes de seconde. J'avais déjà entendu dire que les moments insupportables peuvent s'étirer à l'infini, mais je n'avais jamais vécu ça. Pour moi, c'était comme si l'action ne se déroulait pas, que rien ne se passait.

Bien sûr, j'ai entendu les coups de feu, les bruits bien connus du démarreur et du moteur quand j'ai redémarré, les cris des deux autres sur la banquette arrière, les aboiements des chiens de Lubowski, et même le craquement des branches quand Acheson est sorti des buissons pour revenir sur la route, mais je n'ai rien vu. Enfin, je voyais très clairement certaines séquences, mais sans aucun mouvement. C'étaient des scènes figées, comme celles d'un film diffusé si rapidement qu'on ne peut reconnaître les images qu'en appuyant sur la touche « pause ».

J'ai vu Lubowski, élégant comme toujours, debout devant le portail, son attaché-case dans la main gauche, penché vers l'avant. Lubowski était très grand, il mesurait presque deux mètres, et il était obligé de se pencher pour parler dans l'Interphone. Mais il avait la tête tournée sur le côté, directement vers les phares de ma voiture. Ses yeux étaient écarquillés, sans un tressaillement ni un battement de paupières, rien. À en juger par l'expression de son visage, il savait ce qui allait arriver.

Mais pour moi, il ne se passait rien. Je n'ai pas vu les balles de l'AK-47 le toucher. Dans l'image suivante que j'ai de lui, il est figé dans une pirouette, ses boucles noires rejetées sur le côté, un genou déjà au sol et l'autre jambe bizarrement tordue ; sa main a les doigts écartés, et sa mallette flotte en l'air à l'horizontale, comme si la pesanteur avait disparu. Cette saloperie de mallette volante, voilà ce que j'avais devant les yeux chaque fois que mes cauchemars me réveillaient, tard dans la nuit.

L'image suivante ne montre pas grand-chose. La lumière des phares sur la rue noire, les jambes d'Acheson au milieu ; son corps disparaît dans la nuit, au-dessus. Acheson portait un jean et des bottes de cuir, des bottines brunes. C'est le cow-boy Marlboro, j'ai pensé. Je ne sais pas pourquoi j'ai pensé ça. Le son continuait alors que ma vision des images était sur « pause ». Je voyais toujours les bottes d'Acheson sur l'asphalte de la rue alors qu'il avait déjà ouvert la portière de la voiture à la volée et crié :

« Je l'ai eu !

— Il est mort ? a demandé Barnard, complètement hystérique.

— Qu'est-ce que j'en sais ! a beuglé Acheson.

— Il faut que quelqu'un aille l'achever, a sifflé Barnard.

— Allez, vas-y, petit ! » a dit Maree d'un ton pressant.

J'ai entendu ma voix demander :

« Moi ?

— Il fait dans son froc ! a lancé Barnard.

— Si t'es pas avec nous, t'es contre nous », a dit Acheson d'un ton menaçant.

Et puis les bottines de cuir ont soudain disparu, et je n'étais plus au volant, mais debout dans la nuit, entre la BMW blanche et le portail avec l'Interphone. Comment j'avais bien pu arriver là, aucune idée ! Derrière la clôture, deux chiens aboyaient comme des fous, et j'ai vu ma main en gros plan, mes doigts serrés sur un revolver au canon dirigé vers le sol, vers les boucles noires étalées sur l'asphalte.

J'ai pensé : « Il ne bouge plus, il est mort, t'as pas besoin de tirer, on tire pas sur un mort ! » Mais, à l'époque, je ne savais pas s'il était vraiment mort, et je l'ignore encore aujourd'hui, parce que devant mes yeux, rien ne bougeait, absolument rien. Tout paraissait figé, gelé, moi y compris. Même mon doigt sur la détente restait immobile, et pourtant j'ai entendu le coup de feu, donc j'ai bien dû appuyer dessus.

Ensuite, je me suis retrouvé dans la voiture. Dès que j'ai démarré, le temps et l'action se sont remis à s'écouler normalement, sans aucun accroc. Je voyais ma main droite tourner le volant, ma main gauche changer les vitesses, j'accélérais, la voiture réagissait et dévorait la route mètre après mètre ; j'ai tourné une fois, deux fois, jeté un œil dans le rétroviseur. Personne ne nous suivait. Quelques minutes plus tard, on a atteint l'appartement d'Acheson, dans Love Street. Staal Burger et van Zyl attendaient devant la porte. Ils voulaient boire une bière et me proposèrent de monter avec eux, mais j'ai refusé. J'en avais assez, assez d'eux, assez de moi, assez de tout. J'en avais assez pour le reste de ma vie.

En guise d'adieu, Donald Acheson m'a dit :

« Si tout le monde tient sa langue, personne ne saura jamais qui a achevé Lubowski.

— C'était un sacré bon tir, en tout cas ! a dit Maree en me tapant sur l'épaule.

— Je crois que t'avais raison, Chappies, le gamin nous trahira pas, a ajouté Barnard en ricanant. Plus maintenant. »

J'aurais dû tous les tuer à ce moment-là et aller me livrer à la police. J'aurais été condamné à perpétuité, j'aurais sagement fait mes quinze ans de sûreté, ou peut-être vingt ans. Et l'an prochain, je serais devenu un homme libre.

Le vent soufflait dans la bonne direction : il venait de la ferme et était trop fort pour que les bull-terriers puissent les flairer. Clemencia avait d'abord craint qu'ils ne soient lâchés pendant la nuit, mais ils étaient restés enchaînés devant la porte, probablement parce qu'ils risquaient de s'enfuir pour chasser les chacals à travers le Kalahari. Acheson avait hermétiquement barricadé les fenêtres, et seul un mince rai de lumière au bas de la porte d'entrée trahissait une présence dans la maison.

La clôture n'avait pas été achevée pendant l'après-midi, elle béait toujours sur une longueur d'une dizaine de pas. Devant cette ouverture, à l'extérieur du grillage, se trouvait une carcasse de voiture sans roues qu'Angula avait rejointe en rampant. Clemencia ne pouvait pas le voir, mais elle l'imaginait adossé à la tôle, immobile, les yeux fermés, se concentrant pour percevoir le bruit de pas précautionneux, le souffle léger d'un tueur s'approchant tout doucement.

L'échafaudage du réservoir d'eau s'élevait un peu plus loin. Prudemment, Clemencia monta à l'échelle installée près de l'un des étais de métal. Elle se glissa sur une plateforme de planches située à environ cinq mètres de hauteur, ôta le cran de sûreté de son arme et la posa près d'elle. Au-dessus de sa tête, le massif réservoir faisait écran à la lumière de la lune. Ce n'était pas la position idéale pour une intervention rapide, mais elle offrait une vue panoramique sur la double clôture et les toits de tous les bâtiments de la ferme. Les grillons stridulaient. La nuit s'étendait, grise et immobile, sur le paysage. Entre les huttes du chantier où les travailleurs vivaient avec leurs familles, un feu de camp rougeoyait, seul signe de vie perceptible. Clemencia percevait parfois des bribes de conversation.

Il était peu probable que le tueur arrive par ce côté-là. Peut-être ne viendrait-il pas du tout. Il pourrait très bien découvrir la voiture de police qu'ils avaient laissée plus bas, dans la vallée du Nossob, un peu à l'écart de la route. Ils n'avaient trouvé ni le temps ni l'endroit idéal pour la camoufler correctement. Toute personne sensée qui se savait attendue par la police aurait abandonné, ou au moins repoussé, l'idée d'une attaque de la forteresse d'Acheson. Mais comment se fier à cette réflexion ? Une personne sensée ne traversait pas le pays avec une kalachnikov pour exécuter des gens, quand bien même ses victimes seraient d'anciens criminels de l'apartheid.

Clemencia essaya de se représenter le tueur, assis là, dehors, dans la nuit. Elle le vit accroupi, la crosse de son arme appuyée au sol. Il regardait patiemment les étoiles se déplacer dans le ciel et attendait que son heure arrive, exactement comme Angula et elle l'attendaient, lui, armés. Il ne se mettrait probablement en marche que lorsqu'il supposerait Acheson profondément endormi. Clemencia se dit qu'à sa place elle frapperait vers 3 heures, après avoir observé le périmètre pendant au moins une heure ; il ne se passerait rien avant 1 heure du matin.

Le concert incessant des grillons résonnait, monotone, dans la nuit. Il semblait littéralement tissé à l'obscurité, issu de nulle part et partout à la fois, et donnait l'impression que rien ne pouvait arriver : tout paraissait absorbé par les ténèbres, et toutes les créatures, possédées par ce chant envoûtant qui imprégnait le monde, vibraient avec lui. Et pourtant, la tuerie se poursuivait partout : manger ou être mangé, chasser ou être chassé.

Clemencia se demanda comment le tueur espérait pénétrer dans la maison sans se faire remarquer. Impossible d'éviter les chiens. Essaierait-il de passer par une des fenêtres barricadées ? Par la cheminée, sur le toit ? Avait-il même un plan ? Il ne pouvait plus compter sur l'effet de surprise, comme pour ses victimes précédentes : la double clôture presque terminée, les fenêtres barrées de planches et les bull-terriers devant la porte étaient la preuve évidente qu'on l'attendait. Et même s'il n'avait pas découvert leur voiture de patrouille, il devait au moins considérer la possibilité que la police, prévenue, lui tendait un piège. Autant qu'on puisse en juger, il n'oserait pas donner l'assaut.

Le feu de camp du chantier n'était plus qu'une faible lueur rouge. Clemencia fixait l'obscurité des yeux. Sans savoir pourquoi, elle était persuadée que le tueur tenterait malgré tout sa chance et parviendrait d'une manière ou d'une autre à atteindre Acheson. Aucun des deux hommes n'hésiterait un seul instant : ils tireraient jusqu'à ce que l'un d'eux tombe mort. Le mystérieux tueur avait prouvé qu'il était aussi impitoyable qu'Acheson, et pourtant, quelque chose en lui était différent ; il n'était pas guidé par la soif de destruction, mais par le besoin de faire rendre des comptes aux assassins de Lubowski. Une fois cela accompli, il enterrerait probablement sa kalachnikov et ne ferait plus jamais de mal à une mouche. Mais d'où tenait-il cette inflexible détermination, cette haine dévorante qui n'autorisait aucun autre dénouement que la mort ? Il s'agissait assurément d'un motif très personnel, la jeune femme en était désormais convaincue.

Elle pensa à sa mère, qu'elle avait à peine connue. Tout ce qu'elle savait d'elle lui venait des histoires de *miki* Selma et *miki* Matilda. Son père n'avait jamais parlé de sa femme, même après toutes ces années. L'avait-il revue, lui avait-il parlé une dernière fois avant qu'elle succombe à sa blessure ? Si Clemencia avait alors accompagné sa mère, s'en souviendrait-elle aujourd'hui ? Elle ignorait jusqu'à l'endroit où sa mère avait été touchée : à la tête, dans le dos ? Quand toute cette affaire serait terminée, elle irait…

Elle crut entendre une faible toux. Les secondes ayant suivi le meurtre de Staal Burger lui revinrent instantanément en mémoire : après les coups de feu, le tueur avait toussé. Mais cela n'avait-il pas produit un son différent, au téléphone, un son plus grave ? Peut-être était-ce seulement Angula ? Elle tourna les yeux vers la carcasse de voiture, sombre silhouette près de l'ouverture de la clôture. Pas un mouvement, pas un bruit. Le rai de lumière sous la porte de la maison avait disparu. La ferme et ses annexes évoquaient des rochers noirs aux contours indistincts. Clemencia saisit son pistolet. La lune avait disparu, le ciel scintillait d'innombrables étoiles ; plus une trace des nuages de l'après-midi. Les grillons poursuivaient leur chant éternel. Quelque chose ne collait pas.

Clemencia n'osait plus bouger. Elle ne ressentait pas seulement le danger, elle le percevait comme un souffle glacé passant dans la nuit d'été, un frisson pénétrant irrésistiblement sous la peau. Impossible de se défendre contre cela ; tout au plus pouvait-elle agripper la crosse de son arme, qui lui parut désagréablement glissante. Et si elle tirait tout simplement en l'air ? Est-ce que le tueur décamperait ou est-ce qu'il ouvrirait le feu sur elle ?

Elle imagina ses premières balles transpercer le réservoir au-dessus d'elle. L'eau chauffée par le soleil de la journée pleuvrait doucement sur elle en une douche agréable qui laverait la poussière, l'incertitude et la peur – et le sang, évidemment, si elle avait été touchée. Elle verrait le liquide rouge dilué tomber goutte à goutte vers le sol, penserait à sa mère qu'elle n'avait pas connue, et attendrait que la mort grimpe lentement à l'échelle, lui pose une main sur l'épaule et dise : « Le moment est venu ! »

Cela n'avait aucun sens ! Elle ne savait même pas si le tueur était vraiment là. Peut-être n'avait-elle pas entendu une toux, mais simplement le grognement d'un phacochère, l'ébrouement d'une des mules du chantier ou le grondement d'un bull-terrier devant la maison. Quoi qu'il en soit, elle ne percevait maintenant plus que le chant puissant des grillons. Clemencia déposa son arme sur les planches devant elle et essuya ses mains moites de sueur sur son pantalon.

Certains bruits sèment le doute, soit parce qu'ils sont trop indistincts, soit parce que quelque chose empêche de les identifier correctement. Quand on monte la garde par une chaude nuit d'été dans une ferme du Kalahari, un bruit ressemblant à une toux peut vraiment être n'importe quoi. D'autres sons, en revanche, sont aisément reconnaissables, par exemple celui d'un démarreur qui hoquette, renâcle puis s'enclenche enfin. Quelqu'un appuie sur l'accélérateur, le moteur hurle, des phares s'enflamment.

C'était le *bakkie** chargé de rouleaux de fil de fer barbelé. Un instant plus tôt, il était à moins de vingt mètres de Clemencia, mais il venait de se mettre en mouvement. Il avança en cahotant le long de la clôture extérieure et décrivit un arc de cercle vers la gauche. La lumière des phares caressa le sable et les pierres, effleura la carcasse de voiture derrière laquelle s'aplatit une silhouette qui ne pouvait être que celle d'Angula, puis trouva enfin la voie menant à l'entrée et s'y engagea. Le conducteur se dirigea droit vers le trou béant de la double clôture, accéléra et alluma les pleins phares. Leur faisceau illumina la façade de la ferme, le blanc de ses murs décolorés par le soleil, la porte d'entrée peinte en vert, et les deux bull-terriers qui, dressés sur leurs pattes, tendaient le cou vers la lumière en aboyant de toutes leurs forces.

Clemencia n'attrapa pas son pistolet, ne descendit pas non plus de l'échelle. Pétrifiée, elle ne put que regarder le *bakkie* foncer, moteur hurlant, sur les deux chiens ; l'un d'eux évita l'engin, l'autre bondit vers lui babines retroussées. Sa chaîne brilla dans la lumière, se tendit, puis il y eut un choc sourd, et l'animal ne fut plus qu'une masse de fourrure difforme. Le métal de la chaîne grinça, et un gémissement pathétique retentit, aussitôt étouffé par un second choc, encore plus sonore. Le bois craqua, le verre éclata. Les rouleaux de fil de fer, projetés vers l'avant par l'impact, éraflèrent la tôle du véhicule dans un horrible crissement.

L'un des phares s'était éteint, mais l'éclat du second suffisait pour voir que le *bakkie* avait fait sauter la porte. Il était désormais coincé, un peu de travers, dans l'ouverture. Le pare-buffles était à moitié replié sur le capot et la carrosserie, enfoncée de manière grotesque à l'avant et sur l'aile droite. Le second phare s'éteignit à son tour. Une des portes de la voiture, apparemment tordue, fut ouverte de force, et la voix d'Angula cria :

« Stop, ne bougez plus ! »

Comme ranimée par le son de cette voix humaine, Clemencia sortit de son engourdissement. Elle glissa son pistolet dans la ceinture de son pantalon, descendit de l'échelle à toute vitesse et courut le long de la clôture aussi vite que l'obscurité le lui permettait. Elle passa rapidement devant l'ouverture de la clôture et rejoignit la carcasse de voiture derrière laquelle Angula avait pris position. Une fois à couvert, elle tira son arme. Elle respirait trop vite et trop fort. Haletante, elle souffla :

« Angula ? »

Pas de réponse. Il n'était pas là. Elle risqua un œil au-dessus du capot, vers la maison. L'image du *bakkie* enfoncé dans l'embrasure de la porte s'était gravée si intensément dans sa mémoire qu'il lui semblait le voir dans ses moindres détails, mais en réalité, à la lumière des étoiles, elle ne distinguait que des ombres. Rien ne paraissait bouger ; dans la maison, tout était sombre et entièrement silencieux. Mais deux hommes étaient pourtant là, prêts à s'entre-tuer ! Elle aurait dû entendre quelque chose ! Et où pouvait bien être passé Angula ? S'était-il enfui dans le désert ?

Le chant des grillons emplissait l'air de la nuit. Clemencia ignorait s'il s'était poursuivi durant toute cette pagaille ; probablement. Les grillons du Kalahari se moquaient éperdument d'un tueur armé d'une kalachnikov. Mais Clemencia était un être humain, une inspectrice de police, elle devait intervenir. D'abord, avancer jusqu'au *bakkie* sans se faire remarquer, puis aviser. Allez, au boulot ! Elle hésita. Tu n'as pas peur, se dit-elle, tu veux juste éviter de te jeter dans la gueule du loup. C'est simplement plus prudent d'observer encore un instant les environs avant de quitter l'abri. Devant la ferme, elle n'aperçut que des formes sombres, immobiles et menaçantes.

Évidemment que j'ai peur, pensa-t-elle ensuite. Je tiens à la vie, moi, pas comme ces deux imbéciles, là, à l'intérieur. Je vais sagement rester ici jusqu'à ce qu'ils en aient terminé, attendre de voir si l'un d'eux s'en sort vivant et essayer de l'arrêter sans courir de risques. Il ne s'agit pas de courage, mais de logique, lui avait dit un jour Matti Jurmela. Si un suspect t'échappe, tu auras toujours une chance de l'attraper une autre fois, alors que si tu es morte, non.

Clemencia rentra instinctivement la tête dans les épaules lorsque les coups de feu résonnèrent, quatre, très rapprochés, quelque part au fond de la maison. Bien qu'étouffés par les murs, ils lui parurent nets et secs. Ce n'étaient pas des tirs de kalachnikov, plutôt ceux d'un pistolet. Acheson ? Apparemment, il ne s'était pas laissé surprendre. Un coup supplémentaire retentit, puis un autre, tous issus de la même arme, sans que la kalachnikov réponde, et Clemencia se mit presque à douter de la présence du tueur dans la maison. Peut-être Acheson tirait-il sur des fantômes désincarnés, sur un ennemi qui n'existait que dans sa tête, sur les ombres de son propre passé.

Soudain, quelqu'un poussa un hurlement de douleur insupportable, de terreur mortelle. Cela ne venait pas de la maison, mais de bien plus près. Juste à côté du *bakkie*, Clemencia aperçut des mouvements confus mais violents, sans pouvoir rien distinguer de précis. Un grondement rauque se mêla au cri strident. Alors seulement, Clemencia reconnut la voix déformée d'Angula. Elle jaillit de derrière la voiture et se précipita vers la maison. À l'intérieur, un nouveau coup de feu retentit, suivi d'une courte rafale. La kalachnikov. Mais Clemencia les ignora et franchit les derniers mètres en courant. Angula avait une jambe coincée dans l'un des rouleaux de fil de fer, et le bull-terrier survivant enfonçait profondément ses crocs dans sa main droite. Le policier hurlait, gémissait, se tortillait et frappait de l'autre main sur la gueule du chien, mais la bête ne desserrait pas sa mâchoire d'acier. Ses babines retroussées laissaient voir que ses dents étaient presque entièrement enfoncées dans la chair d'Angula. Clemencia leva son arme, entoura son poignet droit de sa main gauche pour la stabiliser et visa.

« Arrête de bouger, Angula ! » cria-t-elle.

Angula tira désespérément sa main vers lui et leva le bras, soulevant le chien en arc de cercle, mais sans pouvoir se libérer. Le bull-terrier était désormais dressé sur ses pattes arrière, le corps pressé contre celui d'Angula. Étroitement enlacés, ils semblaient presque danser en des mouvements violents, masse grondante et gémissante aux membres tressaillants et enchevêtrés. Impossible de tirer sans danger, impossible de tirer tout court.

« Bon sang, Angula ! » s'exclama Clemencia.

Il cria quelque chose et entoura le chien du bras gauche. Se penchant vers l'avant, il referma son bras libre autour du cou du bull-terrier et appuya, la main enfoncée dans la fourrure de sa nuque. Il essayait d'étrangler le chien.

« Et merde ! » hurla Clemencia.

Elle bondit par-dessus le rouleau de fil de fer et se retrouva soudain si proche qu'elle put sentir la sueur, le sang, l'odeur du chien. Ses yeux étaient fixés sur elle. Bien que sa mâchoire soit fermement refermée sur la main d'Angula, bien que le bras de celui-ci lui coupe certainement la respiration, il continuait à grogner. Il ne lâcherait pas. On l'avait dressé à attraper pour ne jamais lâcher. Clemencia posa le canon de son arme entre les yeux du chien puis corrigea son angle de tir pour qu'Angula ne soit pas touché si la balle traversait le corps de l'animal. Le policier gémissait et haletait, la bête grondait et râlait. Clemencia hurla « Non ! » et tira, une fois, puis deux.

Les pattes arrière du bull-terrier se détendirent d'un coup, et il se cabra, sans un cri, sans relâcher sa prise. Puis ses membres et ses muscles s'amollirent, et un dernier tressaillement parcourut sa fourrure. Le cadavre pendait désormais lourdement au bras d'Angula ; même mort, l'animal laissait ses crocs plantés dans sa main, ne desserrait pas les mâchoires. Clemencia dut user de toutes ses forces pour ouvrir la gueule du chien et libérer Angula. Sa paume et la base de son pouce n'étaient plus qu'une bouillie sanglante, mais elle n'avait pas le temps de s'en occuper maintenant. Elle s'accroupit pour libérer la jambe d'Angula des barbelés ; lui resta debout là, silencieux et immobile. De l'intérieur de la maison leur parvint, étouffé, le son d'une longue toux rauque. C'était le tueur.

« Allez, on dégage d'ici ! » siffla Clemencia.

Le tissu se déchira bruyamment lorsque le pantalon d'Angula se détacha enfin des barbelés. Alors seulement, il laissa tomber le cadavre du chien dans la poussière. La chaîne cliqueta.

« Mais dépêche-toi ! » chuchota-t-elle.

Angula se pencha et chercha son pistolet à tâtons sur le sol. Il le saisit maladroitement de la main gauche, puis désigna la porte :

« Ils sont encore là-dedans.

— Justement ! » répliqua Clemencia.

Elle le tira derrière elle pour l'entraîner loin de la maison, à travers l'ouverture de la clôture, jusqu'à ce qu'ils soient à l'abri, cachés derrière la carcasse de voiture. Angula s'assit, le dos et la tête appuyés contre la vieille carrosserie.

« C'est ma faute, dit-il en gémissant. Je croyais qu'il avait écrasé les deux chiens, mais le second a surgi de l'obscurité d'un coup, m'a sauté dessus, et…

— Est-ce que tu l'as vu ?

— Il avait déjà attrapé ma main avant même que j'aie compris ce qui se passait. Je n'ai pas eu la moindre chance de…

— Est-ce que tu as vu le tueur ?

— Le tueur ? »

Angula fixa des yeux sa main en charpie.

« Angula, reprends-toi !

— J'ai vu aucun tueur, seulement une ombre bondir au-dessus de l'avant du *bakkie* et disparaître dans la maison.

— Grand, petit, gros, maigre ? Un Noir, un Blanc ? demanda Clemencia.

— Un fantôme ! répondit Angula d'un ton sans réplique. Sinon, il n'aurait jamais pu échapper à ce chien de l'enfer.

— Le chien est mort. »

Elle doutait fortement qu'Acheson soit toujours en vie. Depuis la rafale de kalachnikov, le silence régnait, et Clemencia savait qu'elle aurait entendu d'autres coups de feu s'il y en avait eu, même alors qu'elle était occupée à libérer Angula. Elle ne quittait pas la ferme des yeux. Tout était sombre, rien ne bougeait.

« Tu tiens encore le coup ? demanda-t-elle sans regarder Angula.

— Acheson n'avait pas une chance, dit celui-ci, pas contre un fantôme. Et nous…

— Oui, et nous ? »

Angula se releva péniblement et appuya sa main gauche, celle qui tenait le pistolet, sur le toit de la carcasse.

« Nous, on le descend dès qu'il sort. »

Mais il ne sortit pas. Apparemment, il avait encore à faire à l'intérieur. Peut-être pillait-il la réserve d'armes d'Acheson, ou cherchait-il quelque chose : des documents ? Des preuves concernant l'affaire Lubowski ? Clemencia tendit l'oreille. Ils étaient désormais trop loin pour l'entendre tousser. Ils ne perçurent plus rien jusqu'à ce qu'éclate une seconde rafale de kalachnikov. Lorsque le vacarme s'estompa, Clemencia comprit qu'elle s'était trompée. Acheson avait survécu jusqu'à cet instant. Il n'y avait eu aucun bruit de lutte pendant un long moment pour une raison très simple : le tueur avait tenu Acheson à sa merci dès la fin du premier échange de coups de feu. Il l'avait d'abord désarmé, ou peut-être même blessé, et, à présent, il venait de l'exécuter.

« Il voulait encore demander quelque chose à Acheson, murmura Angula. Il l'a fait parler, c'est pour ça qu'il ne l'a pas tué tout de suite. »

Angula était toujours appuyé contre l'épave de voiture. Dans sa main gauche, le pistolet tremblait. Il tirerait dès qu'il percevrait un mouvement, mais il ne toucherait rien. Clemencia devrait s'en charger elle-même. Elle se sentit soudain très calme. Les yeux fixés sur la porte, elle se demanda si Acheson avait parlé. Il se doutait certainement que le tueur ne l'épargnerait pas, quoi qu'il fasse. D'un autre côté, elle se dit que, entre une mort certaine et une chance, même infime, de survie, elle-même n'hésiterait pas longtemps. Elle imagina le tueur poser ses questions à Acheson et ajouter incidemment : « Les autres n'ont pas voulu répondre, c'était leur décision. Et maintenant, c'est la tienne, Acheson. Je te donne cinq minutes, et je ne répéterai pas. »

Acheson avait forcément parlé ; le tueur n'avait sûrement même pas promis de lui laisser la vie sauve. Ce n'était pas le genre d'homme à faire cela. Clemencia avait l'impression de bien le connaître, même si elle ne l'avait jamais vu ; il suffisait de comprendre sa manière d'agir. Cet homme-là n'avait pas besoin de mentir. Il suivait son chemin, sans compromis, sans ménagement, ni pour lui-même ni pour les autres. Il savait qu'il courait à sa perte, et cela lui était complètement égal. Il n'avait pas d'avenir, uniquement une tâche à accomplir – et elle n'était pas encore terminée.

« Ne quitte pas la porte des yeux ! » dit-elle à Angula.

L'arme à la main, elle se glissa vers la gauche, le long de la clôture extérieure. Après avoir parcouru environ la moitié du périmètre, elle trouva une échelle appuyée au grillage. Sur l'arrière de la maison, les planches barrant l'une des fenêtres avaient été démontées. Clemencia se retourna et observa l'immensité du Kalahari. Le tapis d'étoiles s'étendait jusqu'à l'horizon.

Devant eux s'élevait l'escarpement rocheux bordant le côté ouest de la vallée du Nossob. Ils avaient avancé à travers champs, veillant à toujours conserver la croix du Sud sur leur gauche. Ils avaient escaladé des clôtures à bestiaux, traversé avec peine des buissons, et s'étaient traînés sur le sable mou du fleuve à sec. Il leur avait fallu une éternité pour faire deux kilomètres, et il ne serait jamais arrivé si loin seul. Mais à présent, il n'en pouvait plus.

En toussant, il laissa son sac, qu'il portait sur les épaules comme un sac à dos, glisser au sol. Le canon de la kalachnikov dépassait d'un des côtés. La blessure de sa cuisse semblait ne plus saigner ; en tout cas, le garrot de fortune qu'il avait confectionné avec sa chemise n'était plus qu'une croûte. Sa jambe le brûlait atrocement. S'il avait eu un couteau, il aurait pu tenter de retirer la balle.

« N'en fais pas tout un plat ! dit son compagnon dans l'obscurité. C'est juste une éraflure de rien du tout.

— Non, j'ai la balle dans la cuisse.

— Tu n'en mourras pas, répliqua l'autre.

— Ah non ?

— Non.

— Si tu le dis ! »

Son compagnon gloussa. Il était soudain apparu, là, près de la ferme, lui tenant l'échelle pendant qu'il y montait avec peine, et ne l'avait plus quitté depuis. Chaque fois que sa jambe avait lâché, manquant le faire s'effondrer, il l'avait exhorté à tenir le coup. Ils avaient encore du pain sur la planche, il fallait terminer le boulot.

« Tu parles ! C'est facile, pour toi, de dire ça ! avait-il répondu en gémissant.

— Ce n'est pas la question. Et, de toute façon, je suis toujours avec toi », avait répliqué son compagnon.

C'était vrai : il avait en fait été avec lui en permanence. Devant la maison de Ludwigsdorf, à l'aéroport de Windhoek, près de la voiture en flammes avec un cadavre à l'intérieur, dans le bus le menant en Afrique du Sud, à Hluhluwe, dans le camion lorsque la porte s'était ouverte. Il avait été depuis le début un compagnon fidèle, mais n'avait commencé à lui parler que ce soir.

« C'est trop risqué, ici. Il faut que tu montes cette pente et que tu t'enfonces un peu dans le veld. Là, tu pourras dormir quelques heures. »

Il hocha la tête. Monter la pente ! S'il se mettait à quatre pattes, sa jambe blessée aurait moins de poids à supporter. Il se jeta de nouveau le sac sur le dos et se mit à ramper, glissa, se hissa de nouveau vers le haut, sentit les épines dans ses paumes et la douleur cuisante dans sa cuisse. Tout en haut, il y avait du sable, du sable doux et presque moelleux. Il tomba sur le côté, toussa et resta allongé. Son compagnon se pencha sur lui.

« Allez, avance !

— J'en peux plus, dit-il en haletant.

— Il y a un chemin de traverse, juste là. Tu veux qu'ils te trouvent dès qu'il fera jour ?

— Il faut que je me repose.

— Tu auras bien le temps de te reposer plus tard. »

Il essaya de se redresser en prenant appui sur les mains, mais retomba lourdement. La blessure saignait toujours, ou alors elle avait recommencé.

« Il n'y a pas de "plus tard", pour moi.

— On n'en est pas encore là », répondit son compagnon.

Son visage était désormais tout proche du sien. Il ne ressemblait pas à ce qu'on s'imaginait : pas d'orbites vides ni d'os pâles dénués de chair, pas de rangées de dents grimaçantes à la place des lèvres décomposées. Ce visage ressemblait au sien, autant qu'il puisse se souvenir de sa propre apparence. Ils auraient pu être frères, son compagnon et lui, de vrais jumeaux.

Il ferma les yeux. Cette présence le réconfortait. Il s'estimait heureux d'avoir un ami qui veillait sur lui, pétrifiant d'une main glacée tous ceux qui s'approchaient. Il pouvait dormir, et même perdre connaissance ; et si son camarade lui avait menti, s'il devait mourir maintenant, il le ferait dans la meilleure des compagnies possible. Tout allait pour le mieux.

Malgré cela, il eut un sommeil agité, rêvant d'une aube fiévreuse, de la couleur rouge, d'un soleil brûlant bondissant en tous sens au-dessus de lui. Il vit des vautours décrire des cercles et entendit le lourd battement de leurs ailes lorsqu'ils se posèrent près de lui. Sa main leur adressa un petit signe tremblant. On n'en était pas encore là. Il ne sentait plus sa jambe, et même sa toux s'était calmée. En revanche, son compagnon avait disparu.

Enfin, alors que le soleil descendait déjà vers l'ouest, il réapparut. Sans doute avait-il eu quelque chose d'important à régler. Sa main lui tapota doucement la joue, son visage se rapprocha de lui. En une journée, il avait vieilli ; ses yeux étaient profondément enfoncés dans leurs orbites, sa peau était devenue cireuse, et ses gencives avaient plus de trous que de dents. Il évoquait désormais davantage le visage de la mort.

« Le moment est venu ? » demanda-t-il.

La mort lui répondit dans une langue parsemée de clics qu'il ne comprit pas. Il se demanda ce qui arrivait quand on ne suivait pas la mort juste parce qu'on n'avait pas compris son ordre. Est-ce qu'on devenait immortel ? Mais la mort avait de la ressource. L'attrapant sous les bras et au creux des genoux, elle le souleva péniblement de terre et le porta jusqu'à la piste. Là, une charrette multicolore à deux roues les attendait, attelée d'un âne et d'une mule. Trois petits enfants très sales étaient assis sur le banc. Ils étaient aussi du voyage, si jeunes !

La mort le déposa sur la surface plane de la charrette et dit quelque chose dans son langage incompréhensible. Le plus grand des enfants sauta à terre. Cours ! pensa-t-il, tu pourras peut-être en réchapper. Mais le jeune garçon revint peu après avec son sac de sport bleu, dont dépassait le canon de la kalachnikov. La mort claqua de la langue, et la charrette se mit en mouvement.

Ils avancèrent en cahotant à travers la canicule. Les enfants ne cessaient de lui jeter des regards à la dérobée. Il se dit que, une fois dans la carriole de la mort, il n'avait vraiment plus de scrupules à avoir ; plus rien n'importait, à présent. Il leur sourit.

« Elle arrive quand, cette civière ? » demanda Clemencia.

Le policier de Gobabis haussa les épaules. Le cadavre de Donald Acheson gisait dans sa chambre. Quelqu'un avait étendu une couverture sur son corps, et ses pieds nus en dépassaient, talons vers le haut, orteils tournés vers l'intérieur. La couverture, grise, était faite d'une laine grossière et feutrée.

Une commode haute d'environ un mètre était placée entre le corps et le lit ; Acheson l'avait sans doute traînée là pour s'en faire un abri supplémentaire. Il avait également disposé un grand miroir de telle sorte que, de la porte, on y voie le lit. Acheson avait de toute évidence compté abattre le tueur depuis le côté, pendant que celui-ci tirerait sur le reflet, mais son truc n'avait pas fonctionné.

Acheson était mort, les bull-terriers étaient morts, Angula avait été envoyé chez un médecin du coin, le tueur avait disparu sans laisser de trace, et les policiers de toute la région de Omaheke recherchaient un chauffeur de poids lourd du nom de Morgan Je-ne-sais-quoi qui ne pouvait pas être leur homme. C'était un désastre. Clemencia fixait des yeux la plante des pieds, la corne à la base des orteils. Si elle avait arrêté Acheson, il serait encore en vie.

Clemencia comprenait parfaitement la colère dans laquelle s'était mise son chef lorsqu'elle l'avait appelé pour lui faire part de la situation. Elle ne s'était pas défendue, l'écoutant silencieusement lui annoncer qu'il allait contacter personnellement les services appropriés de Gobabis pour décider avec eux de la suite des opérations. Il lui avait ensuite ordonné de rentrer immédiatement à Windhoek pour venir lui faire son rapport, mais elle n'était pas partie tout de suite. Elle ne le pouvait pas, pas tant que le cadavre d'Acheson serait étendu sur le plancher.

Il ne servait à rien de se répéter qu'elle n'avait tué personne – pas d'être humain, en tout cas. Elle se demanda comment les choses s'étaient passées pour Acheson, vingt ans plus tôt. Avait-il eu ne serait-ce qu'un dernier regard pour Lubowski après l'avoir abattu ? Avait-il eu une seconde d'hésitation, un soupçon non pas de pitié, mais peut-être de doute ?

Clemencia se dit qu'Acheson avait été un raciste, un meurtrier et un salopard. Qu'il ait maintenant lui-même été la victime d'un crime n'y changeait rien : il l'avait bien cherché. Qui sème la violence récolte la violence, même si, dans son cas, les graines avaient mis près de vingt ans à germer. Elle n'éprouvait pour lui qu'une compassion très limitée et, pourtant, elle ne parvenait pas à accepter sa mort. Elle voulait s'éloigner de ce corps sous sa couverture grise mais ne le pouvait pas.

Clemencia avait déjà vu plus d'un cadavre, tant en Finlande qu'en Namibie, dans la rue et à la morgue, des femmes, des hommes, des enfants, tués par balle ou à coups de couteau. Cela n'avait jamais été agréable, mais elle avait toujours réussi à conserver la distance indispensable à son travail. Pourquoi devait-il en être autrement aujourd'hui, justement avec Acheson ? Peut-être parce qu'elle avait discuté avec lui la veille ? Ou bien parce qu'elle avait été incapable d'empêcher le meurtre, et n'était pas même certaine d'avoir vraiment *voulu* l'empêcher ?

Elle examina les renflements de la couverture. Sans les pieds qui en dépassaient, on aurait pu s'imaginer qu'il n'y avait là qu'un tas de vêtements. Pour recouvrir les pieds, il aurait fallu dévoiler la tête. Cette couverture n'était pas faite pour cacher entièrement un mort étendu de tout son long. Et si on lui pliait les genoux ? Clemencia resta immobile.

À l'extérieur, les policiers cherchaient des indices ou surveillaient les ouvriers d'Acheson qui dégageaient le *bakkie* de la porte d'entrée. Il n'y avait personne d'autre dans la pièce que Clemencia et le mort, en tout cas personne de visible, mais elle avait tout de même l'impression qu'elle se cognerait dans quelqu'un si elle se déplaçait. Il lui semblait que la mort, plus que présente, presque palpable, dansait encore autour de sa victime. Et si elle tendait les doigts vers Clemencia ?

« Hé ! cria-t-elle vers la porte. Hé ! »

Tant qu'elle ne bougerait pas, il ne lui arriverait rien.

« Hé ! » cria-t-elle encore une fois.

Ne perds pas ton sang-froid ! s'ordonna-t-elle. Elle n'avait pas dormi de la nuit, avait été témoin d'une fusillade, abattu un bull-terrier fou furieux, pansé tant bien que mal une main déchiquetée et découvert le corps d'un tueur exécuté. Pas étonnant qu'elle soit dans tous ses états.

« Qu'est-ce qu'il y a ? » demanda un policier en entrant.

Il ne parut rien remarquer, se déplaça tout à fait normalement et ne se cogna bien entendu dans personne.

« Il faut sortir le corps, dit Clemencia d'une voix qu'elle ne reconnut pas.

— Mais la civière…

— Eh bien, portez-le directement, à la main ! » ordonna-t-elle.

Le policier ne répondit rien.

« Je dois examiner le sol », inventa-t-elle sans rien trouver de mieux.

Le policier sortit. Clemencia ne bougea pas jusqu'à ce qu'il ait réapparu avec un collègue pour porter le corps à l'extérieur. Alors seulement, elle se pencha. Les taches de sang, sur le parquet, avaient déjà séché. Elle ne trouverait aucun indice ici. Clemencia passa la main sur le bois. Le cadavre avait disparu, mais la mort était encore là ; elle percevait sa présence, sentait son odeur. La mort semblait s'être littéralement incrustée dans la pièce. Elle se releva. Au moins, maintenant, elle pouvait partir. Elle avança malgré tout prudemment, à tâtons, comme dans l'obscurité la plus totale, et sortit enfin de la maison.

De fait, elle se sentit un peu mieux dès qu'elle fut dehors. Dans le ciel d'un bleu sans nuages, le soleil brûlait. Clemencia laissa la scène de crime entre les mains de ses collègues de Gobabis et demanda à être ramenée à sa voiture, toujours garée dans la vallée du Nossob. Lorsqu'elle fut enfin sur la route de Windhoek, elle prit conscience que le sentiment d'oppression ne l'avait pas quittée. Quelque chose de sombre, de terrifiant l'accompagnait, conduisait la voiture avec elle, collait à ses mains et à son front, ricanait avec mépris quand elle en essayait la sueur. Un morceau de mort s'était logé en elle.

Peu avant Windhoek, elle tourna à droite en direction du barrage d'Avis. Elle gara la voiture sur le parking et prit le chemin courant sur la digue. Le niveau de l'eau était plus bas que lors de la saison sèche précédente, et Clemencia dut descendre de quelques mètres pour atteindre la rive. Sauter et nager lui auraient certainement fait du bien, nager jusqu'à l'autre bord ou tout simplement jusqu'à se noyer d'épuisement, mais elle se contenta de relever les jambes de son pantalon et de tremper ses pieds nus dans l'eau. Plus loin, un Blanc dans son kayak avançait à coups de pagaie. Le sentier longeant le lac de retenue était peu fréquenté, à cette heure ; les joggeurs n'apparaîtraient que le soir, lorsque les températures deviendraient plus supportables. Quelques personnes promenaient leurs chiens. Autant que Clemencia puisse le voir, aucune n'avait de bull-terrier.

Elle sortit son téléphone portable et lut ses nouveaux SMS. Matilda lui demandait de la rappeler d'urgence, et Selma l'informait que le pasteur avait tenu un très beau sermon dont elle souhaitait lui raconter les détails le plus tôt possible. Tous les autres messages étaient de Claus Tiedtke. « Avez-vous déjà trouvé quelque chose ? Claus Tiedtke » ; « Je vous serais très reconnaissant de bien vouloir me tenir au courant. Claus », et « Bon sang, mais réponds enfin ! Cl. ». Clemencia effaça tout et éteignit son portable.

Il fallait qu'elle reparte, aille écouter patiemment les réprimandes d'Oshivelo, puis se remette au travail. Cette ombre noire finirait bien par disparaître. Acheson était mort, mais la Terre continuait de tourner. Elle observa l'étendue d'eau lisse et calme devant elle. Les rochers escarpés de l'autre rive se reflétaient dans sa surface. À l'extrémité sud, plus plate, là où le lac de retenue s'était retiré encore plus loin, deux ouettes d'Égypte s'envolèrent, décrivirent un demi-cercle et se reposèrent. Dans le ciel, quelques petits nuages blancs voguaient paresseusement vers l'ouest – rien qui promette la pluie et l'apaisement. Clemencia souffla sur sa main pour en déloger une fourmi. Soudain, un teckel aux pattes tordues apparut devant elle et la regarda d'un air plein d'espoir. Puis une voix, derrière elle, demanda :

« Est-ce que vous êtes venue ici exprès pour me rendre mes deux cent cinquante dollars ? »

Von Fleckenstein ! Il ne manquait plus que lui. Elle essaya de sourire, sans succès.

« C'est très louable de votre part, ajouta-t-il.

— Je vais vous rendre votre argent, ne vous inquiétez pas. »

L'avocat hocha la tête, puis lui présenta son teckel, Ludwig II – Luggi pour les intimes. Clemencia se concentra sur le rythme des pagaies du kayak, de l'autre côté du lac.

« Il y a quelque chose qui ne va pas, Fräulein ? »

Von Fleckenstein se laissa lourdement tomber à côté d'elle pendant que son teckel gambadait sur la rive.

« Vous avez quelque chose sur le cœur », ajouta-t-il.

Ce qu'elle avait sur le cœur était son affaire ; elle n'avait pas la moindre envie de s'épancher auprès de qui que ce soit, et certainement pas auprès d'un avocat vaguement mielleux âgé de trente ans de plus qu'elle. Ce ne fut pas elle qui répondit. Quelque chose qu'elle ne put contrôler répliqua à sa place :

« Vous savez qui était Donald Acheson ? Il est mort. On lui a tiré dessus hier soir.

— C'est vous qui… ? demanda von Fleckenstein.

— Non », dit-elle.

Le kayak avait presque atteint la rive opposée du lac ; le rameur disposa son embarcation en travers et se laissa dériver jusqu'à la terre ferme.

« Du moins pas directement, ajouta-t-elle.

— Luggi, au pied ! hurla von Fleckenstein, avant d'expliquer : Il a déjà été mordu par une vipère. Heureusement, on était tout près de la voiture, et j'ai pu l'emmener à temps chez le vétérinaire.

— Heureusement ! » commenta Clemencia.

Le teckel revint à toute vitesse, remuant la queue. Von Fleckenstein le caressa et dit :

« C'est bien Acheson qui a descendu Lubowski, à l'époque. Celui qui l'a eu, quel qu'il soit, mérite une médaille. »

Clemencia regarda l'homme du kayak se lever prudemment, en équilibre instable.

L'avocat respira bruyamment et ajouta :

« Quand un type comme Acheson se fait descendre, c'est une bénédiction pour la nation, un acte de défense de la patrie, pour ainsi dire. Et c'est exactement ce pour quoi je m'engage depuis toujours, ne serait-ce que par tradition familiale. Voulez-vous que je vous raconte une histoire, Fräulein ?

— Non, répondit Clemencia.

— Celle de mon oncle maternel, poursuivit l'avocat en l'ignorant. Ça a dû se passer dans les années 1960, en 62 ou peut-être 63. Il était venu trouver de l'or sur la Skeleton Coast. Vous me direz que l'expression correcte serait plutôt *chercher* de l'or, mais ça ne s'appliquerait pas forcément à mon oncle ; il était décidé à en trouver sans en chercher, même là où il n'y en avait pas. Pour cela, il avait apporté des cartouches faites maison, saupoudrées de poussière d'or, qu'il comptait tirer dans le sol, dans des filons rocheux appropriés. Il aurait ensuite présenté ces filons à des investisseurs potentiels comme preuves de la présence de gisements de valeur sur ces terrains.

« Ne venez pas me parler d'escroquerie ! Rien que le chemin jusqu'à cette Terre promise lui avait coûté d'énormes efforts. De nos jours, il n'y a déjà pas grand-chose sur la Skeleton Coast, au nord de Terrace Bay, mais à l'époque, il n'y avait strictement rien. Pas de routes, pas d'essence, pas de boutiques, pas d'hommes, pas d'eau. Seulement quelques éléphants et pas mal d'antilopes, qui pouvaient faire office de repas si on savait à peu près se servir d'un fusil. Mon oncle n'a pas souffert de la faim, mais c'était quand même très dur.

« Quoi qu'il en soit, au soir d'une longue journée de travail, assis sur la plage, il regardait l'Atlantique. Il avait son arme avec lui, au cas où. Les vagues roulaient et le soleil disparaissait à l'horizon. La probabilité de rencontrer quelqu'un à moins de deux cents kilomètres à la ronde étant presque nulle, quelle ne fut pas sa surprise de voir jaillir de l'eau, à environ trois cents mètres de la plage, une chose grise qui n'appartenait assurément pas à la faune aquatique. Il n'en crut d'abord pas ses yeux, mais quand l'engin émergea encore un peu plus, son dernier doute disparut : c'était bien la tourelle d'un sous-marin ! Mon oncle plissa les yeux et reconnut, malgré la faible lumière du crépuscule, une étoile rouge peinte sur le métal. Un sous-marin de guerre soviétique !

« Fräulein, je ne sais pas si vous êtes au courant de la situation politique internationale de l'époque. La crise de Cuba venait de prendre fin, tout le monde savait qu'une guerre nucléaire entre les deux superpuissances avait été évitée de justesse. À la suite du blocus maritime de Kennedy, Khrouchtchev avait cédé à la dernière minute et retiré ses missiles de Cuba.

« Mais pour les mettre où ? Voilà ce que se demanda mon oncle, ce jour-là, sur la plage de la Skeleton Coast. Les Soviétiques voulaient-ils désormais installer leurs missiles nucléaires dans l'hémisphère sud ? Tant qu'il pouvait les rouler dans la farine, mon oncle supportait encore les Boers de l'Union, mais les communistes lui paraissaient vraiment suspects. S'ils arrivaient au pouvoir, c'en serait fini de sa préparation de terrains à vendre ensuite à l'idiot le plus offrant.

« Il fallait absolument faire quelque chose contre ce début d'invasion ! Mais Kennedy et ses marines se trouvaient de l'autre côté de l'Atlantique, et l'armée sud-africaine n'était pas beaucoup moins loin. Il aurait fallu plusieurs jours de marche à mon oncle rien que pour atteindre le téléphone le plus proche. Que pouvait-il faire ? Il observa le sous-marin qui flottait au-delà de la ligne de ressac, mais bel et bien à l'intérieur des eaux territoriales du pays. Mon oncle était seul, mais il avait une arme et était bien décidé à faire tout son possible. Il chargea sa carabine, l'épaula, visa et ouvrit le feu. Puis il rechargea et continua à tirer : huit tirs, huit fois dans le mille, huit fois dans l'étoile rouge qu'il avait prise pour cible.

« "Mais comment tu sais que tu n'as pas tiré à côté ?" ai-je demandé à mon oncle quand il m'a raconté l'histoire. Il admit qu'il était plus difficile de voir l'effet de ses tirs sur un sous-marin que sur un oryx, mais un tireur tel que lui, capable d'abattre une antilope à trois cents mètres de distance, ne pouvait pas manquer un bateau complètement immobile. Le succès de l'opération le lui confirma : après le huitième coup de feu, l'engin reprit lentement de la profondeur, sa tourelle disparut, et peu après, on ne vit plus rien à la surface de l'eau. Quant aux autres sous-marins de la flotte d'invasion, dont mon oncle était persuadé qu'ils accompagnaient forcément le premier, ils ne firent même pas surface. Il expliqua ça par l'effet de surprise. Les Russes n'avaient certainement jamais pensé devoir faire face à une résistance acharnée à un endroit si éloigné de tout, si abandonné que cette côte-là. »

Von Fleckenstein caressa le museau de son chien, qui éternua. Clemencia lança :

« C'est vraiment des bobards, votre histoire. »

L'avocat hocha la tête d'un air attristé.

« Presque personne n'a cru mon oncle non plus, à l'époque. Et vous ne connaissez pas encore la fin tragique de l'aventure ; il aurait finalement préféré ne jamais s'en être mêlé. Dans l'excitation du moment, une excitation bien compréhensible pour qui se retrouve chargé à l'improviste de la défense du monde libre, mon oncle avait pris dans sa poche non pas ses balles de chasse normales, mais celles qu'il avait "préparées". Le sous-marin russe avait donc à présent une étoile rouge plaquée or, et mon oncle se retrouvait les mains vides. Son investissement de départ avait disparu, son expédition était vouée à l'échec. Mon oncle aurait pu devenir riche à millions, aussi sûr que deux et deux font quatre, mais il ne se remit jamais de ce coup du sort. À sa mort, il n'a laissé que des dettes à sa famille, mais ce n'est pas de cela que je me plains. Je me plains de la cruelle ironie du destin. Pourquoi un homme qui accepte sans hésiter d'accomplir une tâche d'une importance historique doit-il le faire au prix de son bonheur personnel ? Où est la justice, là-dedans ? »

Clemencia regarda von Fleckenstein. Il jeta un caillou dans l'eau et dit :

« J'ai toujours trouvé fascinante la manière dont les ronds s'élargissent de plus en plus.

— Il ne s'agit pas du tout de votre oncle, n'est-ce pas ? Il s'agit d'Anton Lubowski, dit Clemencia. Il a injustement payé de sa vie ses prises de position. Est-ce que vous avez inventé toute cette histoire pour me dire ça ? Vous pensez que notre tueur a corrigé après coup une erreur du destin, et que j'ai bien fait de laisser Acheson se jeter dans la gueule du loup ? »

Von Fleckenstein secoua la tête.

« Non, je voulais vraiment seulement parler de mon oncle. Malheureusement, personne en dehors de notre famille ne se souvient plus de lui, et c'est vraiment injuste, si vous voulez mon avis. Je pourrais vous raconter des histoires…

— Merci ! » dit Clemencia.

On disait que toute tragédie trouvait son reflet dans une comédie, mais ce n'était pas le cas ici. Même si l'histoire de von Fleckenstein était vraie, on ne pouvait pas la comparer à celle de Lubowski, et elle n'avait absolument rien à voir avec ce que Clemencia avait fait ou omis de faire. C'était une tentative bien intentionnée de lui remonter le moral, mais cela ne l'aidait en rien. On ne faisait pas disparaître l'obscurité en allumant un cierge magique : dès qu'il avait fini de se consumer, la nuit semblait encore plus noire.

Clemencia retourna au commissariat et rendit la voiture empruntée. Dans l'escalier menant au bureau du service des homicides, Robinson la croisa sans même la saluer. Apparemment, Oshivelo n'avait pas jugé utile de parler avec elle avant de la descendre en flammes devant ses collègues. Elle pouvait donc bien le laisser attendre encore un peu. Elle passa dans le bureau d'Angula pour voir s'il était déjà revenu, mais n'y trouva que van Wyk qui se goinfrait de chips, les pieds sur la table. Les montagnes de classeurs qui envahissaient la pièce deux jours auparavant avaient disparu.

« Ordre du chef, dit-il. On a rendu les dossiers ; il a dit qu'il y avait eu assez de chaos et de temps perdu comme ça, et qu'il fallait enfin se concentrer sur l'essentiel. »

L'essentiel, très bien, pensa Clemencia. Mais c'est quoi, l'essentiel ? Et l'essentiel pour qui ? Elle ne dit rien. Van Wyk replia le sachet de chips à demi vide, puis se ravisa et en offrit à la jeune femme. Elle demanda :

« Des nouvelles d'Angula ? »

Van Wyk haussa les épaules.

« Et où en est Robinson ?

— Son interrogatoire a porté ses fruits au mauvais moment, répondit-il avec une satisfaction non dissimulée. L'Angolais qu'il interrogeait a fini par avouer les meurtres de van Zyl, Maree et Burger après un interrogatoire-marathon, la nuit dernière vers 1 heure, c'est-à-dire à peu près au moment où le vrai tueur abattait sa nouvelle victime à trois cents kilomètres d'ici. Robinson ne l'a appris que lorsque tu as appelé, ce matin, et, comme par hasard, le rapport définitif de la balistique a atterri sur son bureau juste après, confirmant que la kalachnikov de l'Angolais n'était pas l'arme des meurtres. Robinson a bredouillé je ne sais quoi à propos d'un meurtre d'imitation et d'une deuxième arme, et a fait amener son suspect pour un nouvel interrogatoire, histoire d'essayer de sauver les meubles. Au bout du compte, Oshivelo a mis fin à cette mascarade en libérant l'Angolais et en convoquant Robinson dans son bureau. Apparemment, leur petite discussion ne s'est pas très bien passée. »

Clemencia se dit que la conversation qui l'attendait ne serait certainement pas plus agréable. Elle se demanda si elle devait s'accorder encore quelques instants pour réfléchir à une stratégie, mais elle ne voyait aucune stratégie qui ne finirait pas en excuses alambiquées. Quelqu'un devait assumer la responsabilité de cette débâcle, et qui d'autre qu'elle était en position de le faire ? Elle quitta le bureau et alla frapper à la porte de son chef. Oshivelo l'invita à prendre place, lui-même restant debout à la fenêtre.

« Très bien, inspecteur, dit-il. Je vous félicite d'avoir découvert le vrai nom de ce Donkerkop. Nous avons vite trouvé l'appartement de Martinus Cloete, mais l'homme a disparu. Les recherches sont en cours. Il semble bien qu'Acheson ait dit la vérité. Martinus Cloete est notre tueur.

— Ou la prochaine victime potentielle, dit Clemencia. En tout cas, il paraît certain qu'il a été mêlé au meurtre de Lubowski.

— Mais pour le moment, ce n'est pas votre problème, inspecteur, commenta Oshivelo sans se tourner vers elle. Vous devez d'abord vous remettre de la fusillade et de toute cette histoire. Vous venez d'être mêlée à des événements très stressants et vous avez bien mérité une petite pause, tout comme votre collègue Angula. Les policiers ne sont pas des machines. C'est ce que je m'apprête à annoncer aux journalistes, et je pense que tout le monde comprendra parfaitement. Je m'occupe désormais personnellement de cette affaire, et vous, vous restez à la maison jusqu'à nouvel ordre.

— Jusqu'à nouvel ordre ? »

Oshivelo regardait fixement par la fenêtre. Clemencia se demanda ce qu'il pouvait bien y voir. Le soleil, des oiseaux, des passants, une affaire qu'il pouvait désormais manipuler comme il le voulait…

« D'autres questions, inspecteur ?

— Est-ce que ça veut dire que je suis officiellement suspendue ? demanda Clemencia en se levant.

— Vous rechargez vos batteries, c'est tout. »

La jeune femme se détourna. Alors qu'elle avait déjà atteint la porte, Oshivelo ajouta :

« Au fait, inspecteur, merci de bien vouloir rendre votre arme. C'est juste pour l'enquête interne, vous comprenez ; pas question qu'on aille vous soupçonner d'avoir descendu Acheson vous-même. »

Clemencia sortit sans un mot. Alors qu'elle descendait l'escalier, un SMS arriva sur son portable : Claus Tiedtke voulait savoir si elle était encore en vie. Elle répondit :

« On sort, ce soir ? »

« Content que vous ayez survécu ! Quand, où ? »

« N'importe où tant que la musique est trop forte pour qu'on puisse discuter », pianota Clemencia en retour.

Ndangi Oshivelo, commissaire divisionnaire adjoint de la police namibienne :

Évidemment, Lubowski était surveillé, comme tous ceux qui occupaient une position avec un tant soit peu de responsabilités. Et ceux qui les surveillaient étaient eux-mêmes contrôlés. C'est comme ça, quand on est au pouvoir. Il faut absolument savoir ce qui se passe dans ton propre camp, sinon tu as perdu d'avance, et tu gardes l'avantage tant que tu en sais plus sur ton adversaire que lui n'en sait sur toi. La tentation d'aller encore plus loin, par exemple en s'arrangeant pour que ton adversaire tire de fausses conclusions de ton comportement, est grande, mais risquée. Les Sud-Africains en ont donné une preuve éclatante avec l'histoire des chèques.

En 1989, Anton Lubowski était, entre autres, responsable financier adjoint de la SWAPO et, en tant que tel, amené à conclure de nombreuses affaires au nom du parti. Il avait aussi été chargé d'acheter une grande quantité de meubles pour les dirigeants qui rentraient d'exil et pour les nouveaux bureaux du parti, qui devaient être mis en place le plus vite possible en vue des élections imminentes. Les entreprises sud-africaines capables de répondre à une telle commande appartenaient toutes à des Blancs impliqués de près ou de loin dans le régime de l'apartheid, et Lubowski ne voulait pas faire affaire avec eux.

Par un heureux hasard, il avait fait la connaissance, par le biais de l'ambassade de France, d'un entrepreneur français vivant à Windhoek. Cet Alain Guenon était réputé être non seulement un proche de la famille Mitterrand, mais aussi de Winnie Mandela, et donc politiquement au-dessus de tout soupçon. Guenon proposa son aide : grâce à son entreprise, Gijima Express, il disposait des contacts nécessaires pour faire livrer rapidement des meubles bon marché. Il présenta à Lubowski son employé qui s'occuperait de l'affaire, Rob Colesky.

On s'accorda sur une somme de deux millions de rands, et un contrat fut signé. Les cent mille rands que Lubowski reçut en trois traites correspondaient à cinq pour cent du volume d'achat, la commission habituelle pour ce genre de marché. Bien sûr, on peut discuter de la légitimité morale qu'il y a à accepter une telle somme à titre privé, mais Lubowski ne s'est pas embarrassé de la question. Malgré toutes les informations qu'il avait récoltées sur ses nouveaux partenaires, il ne pouvait pas deviner que Gijima Express n'était qu'une couverture des services secrets sud-africains, et que Rob Colesky travaillait en fait pour eux.

Le fait que chacun faisait sa petite salade dans son coin compliqua encore plus l'affaire. Apparemment, l'objectif initial de cette opération avait été de placer dans les bureaux de la SWAPO et dans les habitations de nos dirigeants des meubles équipés de micros, afin d'obtenir des informations internes. Pour que cela fonctionne, il aurait fallu que la vente se fasse de la manière la plus correcte et la moins douteuse possible. Seulement, Guenon et Colesky avaient l'intention de profiter de l'affaire pour s'enrichir à titre personnel, en augmentant de quatre-vingts pour cent le prix initial et en présentant à la SWAPO des factures partielles en double.

En septembre 1989, nous avons fini par remarquer que quelque chose ne tournait pas rond dans cette histoire de meubles, et Lubowski faisait indubitablement partie de ce « nous ». On aurait peut-être pu lui reprocher d'avoir été trop confiant envers Guenon au début, mais rien de plus. Il n'avait jamais essayé de cacher les sommes reçues ni de dissimuler ses contacts. Il est absurde de l'accuser de nous avoir trahis : il s'est fait avoir, tout simplement. Malgré tout, on voulait éviter de rendre cette histoire publique. Des virements effectués par les services secrets sud-africains sur le compte personnel de Lubowski auraient jeté une lumière plus que douteuse sur lui et sur tout le parti.

Qu'est-ce que tout ça a à voir avec le meurtre de Lubowski ? Rien, rien du tout. Apparemment, du côté des Sud-Africains, la main droite ignorait complètement ce que faisait la main gauche. Le CCB et Acheson avaient leurs propres plans, qui étaient de troubler la campagne électorale de la SWAPO par des actes de violence et d'empêcher Sam Nujoma de revenir en Namibie comme prévu. Ce n'est qu'un pur hasard si l'épisode de l'achat de meubles s'est déroulé au même moment.

Bien entendu, par la suite, personne n'a cru à une coïncidence. Il a donc fallu trouver un moyen de faire s'emboîter les deux histoires de manière logique, tous les camps étaient au moins d'accord sur ce point. Quand le ministre de la Défense sud-africain, Magnus Malan, s'est retrouvé le dos au mur, il a brandi les justificatifs des virements faits à Lubowski pour prouver que lui et les membres de son parti n'auraient eu aucune raison d'abattre leur propre espion. Quant au parti adverse, il prétendit que les Sud-Africains avaient dès le début cherché un moyen de faire pression sur Lubowski ; lorsqu'il s'était révélé résistant à toute forme de chantage, on l'avait tué, et accusé la SWAPO du meurtre.

Que prouvent donc les cent mille rands versés sur le compte de Lubowski ? Absolument rien. Plus on s'efforce de soutenir sa propre version de la vérité avec des arguments concrets, plus cette vérité devient, étrangement, une question de conviction. On en arrive à monter un édifice intellectuel contre un autre : ils sont si solidement construits qu'ils paraissent indestructibles et, pourtant, ils ne peuvent pas être vrais tous les deux en même temps. Et peut-être aucun d'eux n'est-il réel. Peut-être vaudrait-il mieux s'abstenir de chercher des raisons là où il n'y en a pas.

4

Rêves

La matinée se révéla moins désagréable que Clemencia ne l'avait redouté en se réveillant. Elle se doucha, et, plus tard, ils prirent ensemble le petit déjeuner – même si elle ne but qu'un café, sans toucher aux œufs, aux toasts, à la confiture et au muesli. Claus s'excusa de ne pas avoir de *mieliepap*, il avait toujours détesté cela. Elle mentit :

« Ça ne fait rien, je ne prends jamais de petit déjeuner, de toute façon. »

Ils discutèrent ensuite de leurs habitudes alimentaires et de leurs plats préférés. Clemencia ne lui raconta pas ses cauchemars de la nuit. Étrangement, le cadavre d'Acheson n'y avait joué aucun rôle. La mort s'était déplacée pour se loger dans les yeux jaunes du bull-terrier, ceux entre lesquels Clemencia avait posé le canon de son arme. La seule expression de ces yeux si cruels était le regret, le regret que les crocs d'un chien de combat ne puissent saisir qu'une victime à la fois.

« Tu ne veux pas au moins un fruit ? » proposa Claus.

Lorsqu'elle secoua la tête, il poursuivit son bavardage en lui souriant. Il avait compris de lui-même qu'il serait bien avisé de ne pas la toucher, c'était déjà ça. Elle annonça devoir partir, mais refusa fermement qu'il la conduise à Katutura. Sa famille était déjà bien assez insupportable comme ça, si en plus elle se faisait ramener par un Blanc après deux nuits passées dehors…

« Mais à qui est-ce que tu dois des comptes ?

— À personne », répondit-elle, en pensant : « À moi-même, tout au plus. »

Elle ajouta :
« Mais quand même.
— Je t'appelle, dit Claus.
— Pas aujourd'hui.
— Un SMS ?
— Demain.
— Il y a quelque chose que je devrais savoir ?
— Non. »
Par précaution, Clemencia éteignit son portable dès qu'elle fut montée dans le taxi qui la ramena chez elle. Elle arriva dans Frans Hoesemab Straat peu après 10 heures. Elle aurait aussi bien pu laisser Claus la reconduire et même la porter au-dessus de la clôture, cela n'aurait fait aucune différence pour sa famille. Sous la bâche tendue au-dessus de la cour, Jessica et quelques enfants du voisinage sautillaient au rythme de la musique qui retentissait depuis le bar Mshasho. La fillette s'approcha de Clemencia en tortillant les hanches, gloussa et lui demanda :
« Alors, il est comment ?
— Pourquoi vous n'êtes pas à l'école ? répliqua Clemencia.
— Ils ont prolongé les vacances, il y a eu un problème avec les inscriptions… Mais on s'en fiche, raconte, toi !
— Ça ne te regarde pas », répondit Clemencia.
Son père était assis sur son banc, adossé au mur de la cabane de planches. Après un signe de tête à sa fille, il retomba dans sa somnolence. Elle n'échappa toutefois pas au commentaire de son frère.
« Le respect, ma sœur, il faut que tu exiges du respect ! lança Melvin. Justement parce qu'il est blanc. Si ce type te respecte pas, il aura affaire à moi. Il faut qu'il comprenne ça, petite sœur ! »
Sur ce, il lui tourna le dos et se remit à bricoler un vieux réfrigérateur ; Dieu seul savait où il l'avait acheté, volé ou trouvé.
En voyant Clemencia, Selma leva les bras au ciel.
« On s'est fait tellement de souci ! Et voilà que tu réapparais comme ça, au bout de presque une semaine !
— Ça fait deux jours, répliqua la jeune femme.
— Les deux jours les plus longs de ma vie, commenta Selma d'un ton plein de reproche, comme pour accuser Clemencia d'avoir elle-même déréglé l'écoulement du temps. Je ne sais pas ce

que j'aurais fait si le pasteur ne m'avait pas rassurée. Il paraît que c'est tout à fait normal, quand on vient juste de tomber amoureux. "Mais, mon révérend !" je lui ai dit. Et lui m'a répondu que je pouvais uniquement prier pour que vous ne fassiez pas de bêtises. Vous avez fait des bêtises ?

— Selma, aide-moi, enfin, il faut que j'y aille ! »

Matilda accorda à peine un regard à Clemencia. Elle avait enfilé plusieurs robes longues les unes au-dessus des autres et tenait à la main un journal roulé, comme ceux dont se servent les femmes herero pour renforcer leur coiffe traditionnelle. Elle devait encore enrouler sur ce châssis une pièce de tissu assortie à la robe du dessus, mais n'y parvenait pas toute seule.

« C'est normal, je n'ai pas appris ça étant petite, dit Matilda. Je suis une Damara, pas une Herero.

— C'est pour Joseph Tjironda, expliqua Selma. Il était herero.

— Était ? » demanda Clemencia.

Matilda se mit à gesticuler nerveusement en agitant son journal.

« Ça n'avançait à rien de le traiter pour une pneumonie avant que le mauvais esprit soit vaincu, je le savais depuis le début ! C'était même pas inutile, c'était pire encore : ils l'ont tué ! Voilà ce qu'ils ont fait, tous ces donneurs de leçons de l'hôpital, avec leurs diplômes, leurs pilules et leurs infusions, avec leurs machines qui couinent et qui ronronnent ! Et pourtant, j'avais les choses en main, je le tenais presque. Si j'avais eu juste quelques heures de plus, Tjironda aurait…

— Et maintenant ? l'interrompit Clemencia.

— Eh bien, je ne peux pas le ramener d'entre les morts, répondit Matilda.

— La famille veut une cérémonie traditionnelle avant la messe d'enterrement, précisa *miki* Selma.

— C'est bien le moins qu'ils puissent faire, après l'avoir livré comme ça aux médecins !

— Matilda doit être là-bas à 10 heures, dit Selma alors que le réveil, sur la commode, indiquait 10 h 20.

— Bah, de toute façon, je ne crois pas que Joseph Tjironda ait autre chose de prévu aujourd'hui, ajouta Matilda.

— Et c'est *toi* qu'ils ont engagée ? demanda Clemencia, incrédule.

— Évidemment, répondit Matilda. Les Herero aussi connaissent ma réputation. Je suis la meilleure, c'est tout. »

Miki Matilda exerçait aussi le métier de pleureuse professionnelle. Clemencia n'avait assisté à aucune de ses interventions, mais on lui avait raconté qu'elle ne se ménageait pas : elle s'arrachait les cheveux, se frappait la poitrine, se lamentait, gémissait, pleurait et hurlait jusqu'à en tomber d'épuisement, perdant parfois même connaissance. Elle restait ensuite aphone pendant des jours, à peine capable de produire un râle sifflant – état d'autant plus agréable pour son entourage que *miki* Selma, loin de profiter de la situation, se faisait alors elle aussi taciturne, par solidarité.

Clemencia se félicitait donc que *miki* Matilda contribue ainsi aux revenus de la famille, mais elle gardait une certaine réserve. Elle trouvait en effet douteux, d'un point de vue moral, que Matilda ne sépare pas clairement ses deux métiers.

« Quand même, te faire payer pour pleurer un mort que tu n'as pas pu sauver en tant que guérisseuse, ça ouvre la porte aux suppositions les plus folles ! Comme si tous ces tours de passe-passe avec tes foies de poulets ne servaient qu'à assurer la suite de tes affaires...

— Ce ne sont pas des tours de passe-passe ! protesta Matilda.

— Mais c'est la combinaison des deux qui me dérange, poursuivit Clemencia. C'est comme si moi, en plus de mon travail, j'avais une entreprise de pompes funèbres spécialisée dans les victimes de morts violentes...

— Ce serait pas bête du tout ! Tu verrais toujours la victime et les membres de sa famille avant la concurrence ! s'exclama Selma.

— ... si je tuais toutes les semaines quelques suspects dont l'enterrement me rapporterait de l'argent, on pourrait aussi penser que, peut-être, je...

— Tu pourrais proposer une offre complète à la famille après leur avoir annoncé la mauvaise nouvelle ! Cercueil, décoration florale, règlement des formalités ! dit Selma.

— Mais c'est une très bonne idée ! poursuivit Matilda. Il faut quoi, pour monter une boîte de pompes funèbres ?

— Quelques cercueils de démonstration, je suppose, mais les économies de Clemencia devraient suffire.

— En tout cas, on n'aurait pas besoin de faire de publicité.

— Il nous faudrait aussi un nom marquant, comme…

— "Au dernier voyage" !

— Mais non, ça fait boui-boui louche de banlieue. Il faudrait quelque chose de pieux. Pourquoi pas "In God We Trust" ?

— Il n'y a pas déjà un concurrent qui s'appelle comme ça ? Je crois que j'ai déjà vu…

— Ça suffit ! » hurla Clemencia.

Mais ses deux tantes ne comprirent absolument pas pourquoi elle se mettait en colère. Les guérisseurs guérissaient ce qu'ils pouvaient, les morts devaient être pleurés et enterrés, et les vivants n'avaient pas d'autre choix que de chaque jour se débrouiller pour continuer à survivre. C'était ainsi. Qu'y avait-il là de compliqué ou de blâmable ?

« Ma petite, si tu as un problème avec le monde, ça n'est pas forcément la faute du monde », énonça doctement *miki* Matilda.

Il y avait sûrement du vrai là-dedans. Peut-être Clemencia devrait-elle demander à Matilda de lui enseigner le métier de pleureuse. Elle pourrait en mettre la technique à profit pour son usage personnel ; cela lui ferait un bien fou de hurler toute la cruauté, l'obscurité et la mort qui s'étaient incrustées en elle, de hurler jusqu'à se sentir vide, jusqu'à être de nouveau capable d'affronter chaque journée…

Miki Matilda, une coiffe herero traditionnelle aux protubérances cornues désormais plantée sur la tête, lui dit quelque chose.

« Comment ?

— Est-ce que tu peux me prêter ton portable ? Je n'ai pas encore eu le temps de me racheter des unités. »

Clemencia écouta sa tante se faire préciser les noms des membres de la famille Tjironda qui assisteraient à la cérémonie.

« Ah, les tantes et les cousines d'Otjiwarongo ont fait le voyage aussi ? Il aurait été content. Oui, c'était un homme bon, avec le sens de la famille. Il a vraiment mérité des funérailles irréprochables.

— Sur un gros tas de fumier pousse une grande famille », souffla Selma à sa nièce.

Clemencia n'avait encore jamais entendu ce dicton, mais sa signification ne faisait aucun doute. S'il y a beaucoup de fumier, c'est qu'il y a beaucoup de bétail, et au vu d'une telle aisance financière, même les cousins les plus éloignés s'attendaient à un accueil princier. *Miki* Selma semblait pour sa part considérer que seules les tantes en lien direct étaient autorisées à saigner à blanc les membres de leur famille travaillant dans la police.

Matilda assurait pendant ce temps-là à son interlocuteur qu'elle arriverait d'un moment à l'autre ; d'ailleurs, elle était déjà dans le taxi. En entendant cela, Clemencia prépara la monnaie dont sa tante allait la soulager un instant après. Elle ne pouvait pas la laisser passer pour une menteuse face aux Tjironda, et traverser la ville à pied dans le lourd costume herero, par cette canicule, était impensable.

Matilda prit l'argent du taxi comme s'il s'agissait de sa juste rétribution pour avoir rendu son téléphone à sa nièce, puis sortit de la maison la tête haute. Clemencia se réfugia dans sa chambre sans laisser à Selma l'occasion de lui demander de détails sur la nuit passée. Dès le seuil de la porte, elle fut assaillie par une odeur pestilentielle. De la viande en décomposition ? Du lait renversé des jours plus tôt ? Elle ouvrit la fenêtre en grand et, dès qu'il lui fut de nouveau possible de respirer, se mit à chercher. L'origine de la puanteur ne fut pas bien difficile à découvrir : il lui suffit de suivre les mouches jusque sous son lit. Elle se pencha.

Sur le sol, au milieu d'un cercle d'osselets, un liquide indéfinissable croupissait dans une tasse en dégageant d'âcres relents. Les petits os paraissaient eux aussi attirer irrésistiblement les mouches ; Matilda les avait sans doute fait mariner dans le répugnant brouet. Un petit miroir au cadre de plastique rose et une photo de Claus Tiedtke étaient disposés contre la tasse, et un chapelet de bois gisant entre les osselets trahissait la participation de Selma à cette mise en scène.

Clemencia se releva, sortit pour rejoindre le stand de fruits devant la maison, attrapa *miki* Selma sans dire un mot et la poussa jusque dans sa chambre. Puis elle pointa un doigt vers le lit. Selma gonfla les narines, écarta les bras et s'exclama :

« Peut-être que ce n'est pas exactement la recette traditionnelle. Normalement, il aurait fallu faire brûler l'écorce ou les racines de je ne sais quel buisson, mais Matilda ne se souvenait plus duquel. Ça fait vraiment longtemps qu'elle n'a plus préparé de charme d'amour, tu sais ! On a donc dû improviser un peu. Mais, apparemment, ça a marché, non ?

— Enlève-moi cette cochonnerie tout de suite, *miki* ! gronda Clemencia.

— Matilda dit que si un charme ne fonctionne pas, c'est presque toujours parce qu'on ne l'a pas laissé agir assez longtemps. On s'habitue à l'odeur, et puis tu peux laisser la fenêtre ouverte pendant la nuit, et…

— Enlève cette cochonnerie ! siffla Clemencia d'un ton encore plus menaçant.

— Bon, bon, comme tu voudras ! »

Miki Selma alla chercher en grommelant une pelle et un balai, puis ramassa du bout des doigts le rosaire, le miroir et la photo avant de retirer la tasse. Tout en balayant le reste, elle expliqua :

« Tu sais, il ne faut pas faire confiance aux hommes trop vite. Ils sont capables de patienter un jour ou deux quand ils sont intéressés par une femme, mais pour découvrir qui ferait vraiment un bon mari, il faut attendre plus longtemps. Je ne veux pas contrecarrer ton projet de mariage, j'essaie juste de te mettre en garde. Tu ne devrais pas refuser comme ça l'aide de femmes accomplies et expérimentées. »

Sur la photo, Claus Tiedtke avait un sourire perplexe, comme s'il venait de découvrir la vérité sur la famille de Clemencia.

« Où est-ce que tu as trouvé ça ? demanda Clemencia.

— Ton fiancé me l'a donnée lui-même ! répondit Selma en écartant les mains. C'est vrai ! Il a dit que tu pouvais l'avoir, si ça te faisait plaisir. »

Clemencia secoua la tête.

« Mais comment est-ce que vous êtes entrées dans ma chambre ? »

Miki Selma emporta la pelle dehors et en jeta le contenu dans la benne à ordures, provoquant les cris de dégoût de Jessica et ses amies.

« C'est un ami de Melvin qui nous a aidées. Un garçon vraiment habile ! Tu aurais dû voir la vitesse à laquelle il a ouvert le verrou ! »

Melvin leva la tête de son réfrigérateur, un large sourire aux lèvres.

Était-il mort ou vivant ? L'absence de toute douleur semblait indiquer la mort, mais il toussait, ce qui était plutôt un signe de vie. Peut-être était-il déjà ressuscité, ou bien en train de mourir pour la énième fois. La vie, la mort, comment les distinguer vraiment ?

Un bras passa sous ses épaules et souleva le haut de son corps, mais sa tête retomba en arrière. S'il ouvrait les yeux maintenant, il verrait ce qui se trouvait derrière tout ce noir, un noir en fait pas complètement opaque, mais parsemé de milliers de couleurs superposées, qui scintillaient si fort qu'elles s'éteignaient presque mutuellement. Presque. Ce clignotement fébrile le rendait fou. Il ne voulait rien voir, rien du tout, mais il ignorait comment y parvenir. Que pouvait-il faire de plus que fermer les yeux ?

Une main lui soutint la tête pendant qu'on lui posait quelque chose de métallique, au bord arrondi, sur la lèvre inférieure. Une tasse ou un gobelet. En sentant quelques gouttes couler du coin de sa bouche à son menton, il essaya d'ouvrir la bouche. Apparemment, il y parvint, car un peu de liquide vint humecter sa langue asséchée et son palais craquelé. Le breuvage était terriblement amer, mais cela ne le dérangea pas. Quel goût aurait-il dû avoir ? Sucré ? Il avala, toussa, attendit que le gobelet revienne à ses lèvres et but encore.

Lentement, son buste s'abaissa encore. Il n'était pas certain que des mains le soutiennent, simplement surpris que sa tête ne ballotte pas dans tous les sens. Lorsqu'il fut de nouveau allongé, l'obscurité scintillante réapparut, et il entendit quelque chose qui lui rappela vaguement un gazouillis d'oiseau. Il se demanda où il avait déjà entendu cela, puis comprit que quelqu'un parlait dans une langue pleine de clics et de claquements. Mais ce n'était pas la mort, ou alors, elle avait maintenant emprunté la voix d'une vieille femme.

Il voulut dire qu'il ne comprenait pas cette langue d'oiseau, mais fut incapable d'émettre un seul son et s'aperçut qu'il ne se souvenait plus de comment parler. Et puis si, il comprenait bel et bien tout ce que disait la voix, même s'il ne connaissait aucun des mots qu'elle employait. Il entendit des histoires de création du monde, de l'époque originelle, lorsque tout était complètement différent. Les collines se déplaçaient, les corps célestes n'avaient pas encore pris leur place définitive. Ainsi, l'homme Soleil était sur Terre et cachait la lumière sous son aisselle. Il ne faisait jour que lorsqu'il levait le bras ; les hommes pouvaient alors partir à la chasse, mais il faisait en même temps tellement chaud qu'ils brûlaient atrocement. Les étoiles n'apparurent dans le ciel que lorsqu'une petite fille, furieuse que sa mère refuse de lui donner un peu de la nourriture qu'elle préparait, attrapa le feu et le jeta dans la nuit. Les racines grillées et les tisons devinrent les étoiles, les cendres formèrent la Voie lactée.

À l'époque, les animaux étaient encore des humains, même s'ils portaient déjà les noms qu'on leur connaît aujourd'hui. Ils parlaient, dansaient, se mariaient, et même les éléphants mangeaient de la viande, quand ils en trouvaient. Les animaux ne devinrent des animaux que lorsque les hommes eurent volé le feu à l'autruche, ou bien, comme d'autres le racontent aussi, lorsque Haitsi-Aibeb* mit les bêtes en fuite parce qu'elles célébraient sa mort.

Il essaya de hocher la tête. Il lui paraissait tout à fait juste que la première Création soit éliminée, il était entièrement de l'avis de Haitsi-Aibeb, ou quel que soit son nom. Mais les histoires n'étaient pas terminées. Les phrases chantonnées par la vieille femme flottaient autour de lui, toujours plus nombreuses ; tournoyant comme du duvet dans un vent tiède, elles descendirent et le recouvrirent comme un édredon. Envahi d'une douce chaleur, sentant monter la fatigue, il commença à somnoler sous sa couverture de gazouillements.

Le temps s'arrêta, ou bien continua de s'écouler, et, chaque fois qu'il s'éveillait, on lui faisait avaler un peu du breuvage amer. Il avalait, toussait et écoutait les chants d'oiseau lui raconter ce qui différenciait désormais les hommes des animaux. Un animal restait toujours un animal, tandis qu'un homme pouvait se changer en chacal, en tortue, en chouette ou en n'importe quelle autre bête du Kalahari. Et les hommes se transformaient volontiers. Ainsi, lorsqu'on voyait un chacal, on ne pouvait jamais être certain qu'il ne s'agissait pas d'un homme ayant pris son apparence pour d'obscures raisons. Si on se métamorphosait trop souvent, on finissait par ne plus savoir soi-même ce qu'on était réellement, et il devenait difficile de réintégrer son enveloppe d'origine.

Soudain, il sentit un mouvement près de lui, puis quelque chose de froid sur sa cuisse. Ses yeux s'ouvrirent d'eux-mêmes. Au-dessus de lui, il vit une surface couverte de boue séchée dont des branches disposées en travers dépassaient à plusieurs endroits. Le toit d'une case. Il se souleva en s'appuyant sur les coudes et distingua dans la pénombre une vieille femme qui marmonnait sans interruption. Accroupie auprès de lui, elle étalait une bouillie de plantes sur sa jambe blessée. De l'autre côté, les trois enfants observaient la scène en silence.

« On est quel jour ? » demanda-t-il.

La vieille femme secoua la tête, puis recouvrit sa cuisse enduite de bouillie d'un vieux chiffon qu'elle serra d'un nœud.

« J'ai dormi combien de temps ? »

Une quinte de toux monta du fond de ses poumons. La vieille femme dit quelque chose dans sa langue d'oiseau, le jeune garçon, en face, gazouilla une réponse, et la femme prononça encore une phrase.

« Nog nie lank genoeg nie », traduisit l'enfant en afrikaans.

Pas encore assez longtemps. D'une main, la vieille femme le repoussa doucement vers l'arrière. Ses mains lui rappelaient un peu les serres d'un rapace, mais cela ne le dérangeait pas. Il se retrouva de nouveau allongé sur le dos. Pas encore assez longtemps ? Il ferma les yeux et se laissa bercer par les histoires que contaient les gazouillements. Il y en avait beaucoup, parce que chaque colline, chaque buisson, chaque ondée avait la sienne ; toutes voulaient être racontées, et chacune portait en elle le germe de celle qui la suivait. Il en serait ainsi jusqu'à la fin des temps, et cette fin aussi aurait elle-même une histoire qui attendrait d'être racontée au cours de la Création suivante.

Il espérait entendre le récit du chacal qui essayait de se transformer en homme, bien que cela soit impossible, et se demandait si le chacal y parviendrait malgré tout. Mais il attendit en vain. Le moment n'était pas encore venu. Il se pelotonna donc dans le gazouillement racontant l'histoire de Gatsing, la maligne petite fille qui avait échappé à un cannibale en grimpant sur un arbre. Lorsque le cannibale commença à couper l'arbre, elle appela un vautour à son secours et lui demanda de la porter jusque chez elle. Le cannibale la poursuivit en frappant vainement son ombre. Ensuite, il apprit comment Tsui-Goab avait gagné son nom, qui signifie « Genou blessé ». Tsui-Goab perdait toujours ses combats contre Gaunab, mais chaque lutte le rendait un peu plus fort. Un jour, enfin, il tua le méchant Gaunab d'un coup derrière l'oreille. Juste avant de mourir, Gaunab le blessa au genou. Depuis lors, personne ne l'appela plus autrement que Tsui-Goab, et on oublia son véritable nom.

Ainsi se succédaient les histoires ; il écouta d'autres aventures de Haitsi-Aibeb et de demi-dieux roublards, de fauves meurtriers et de chasseurs courageux, puis il finit par s'assoupir et dormit pendant des heures, ou des jours, ou des années. Lorsqu'il s'éveilla, la vieille femme avait disparu. Autour de lui étaient assis les trois enfants, le vieil homme qu'il avait pris pour la mort, et une femme plus jeune, sans doute la mère des enfants, qui lui parla en afrikaans.

« Tu es très malade.

— Non, dit-il.

— On te cherche. Tu as tué un policier. Et aussi un autre homme, là-bas, de l'autre côté du Nossob.

— Oui », dit-il.

Il se souvenait. Les trois enfants le regardaient, les yeux écarquillés. Ils ne semblaient pas avoir peur. Les enfants craignent toutes sortes de choses, mais jamais ce qui est réellement dangereux.

« *Hoekom ?* Pourquoi ? » demanda la femme.

Il observa la case de terre, autour de lui. Son sac bleu gisait dans l'entrée. Le canon de la kalachnikov en dépassait.

« Pourquoi tu les as tués ? »

Il toussa. Il avait dormi longtemps, mais pas assez pour pouvoir se transformer en quelque chose de différent. Il dit :

« Je les ai tués parce qu'ils ne voulaient pas laisser vivre mes enfants. »

Il était assis sur un mince matelas de mousse sur lequel on avait disposé une couverture brune, du genre de celles que distribuaient les organisations humanitaires quand la moitié nord du pays était inondée, pendant la saison des pluies. Mais il n'était pas dans le Nord, ici, et il n'y avait pas d'inondation. La sécheresse perdurait.

« Est-ce que tu mens ? demanda la femme.

— Non », répondit-il.

La nuit, brûlante et étouffante, recouvrait tout, et les yeux du bull-terrier y étincelaient comme deux grosses lunes. Ils aspiraient le regard jusqu'à ce qu'il se perde dans leur lumière froide. Inutile de chercher quoi que ce soit d'humain en eux ; après tout, c'étaient les yeux d'un animal, d'un chien de combat, et mort, de surcroît. Clemencia ne faisait que s'imaginer ces halos jaune pâle. Ils flottaient au-dessus d'elle dans l'obscurité, tellement proches que le bull-terrier, s'il avait réellement été là, aurait pu lui déchiqueter le visage d'un seul coup de crocs.

Clemencia ne connaissait rien aux chiens. Une fois, lorsqu'elle était petite, sa famille avait recueilli un bâtard dont l'une des pattes arrière était paralysée. Il avait passé son temps à se mettre dans les jambes de tout le monde en boitillant pour finir par se faire écraser par une voiture, dans la rue, quelques semaines plus tard. Clemencia aurait voulu l'enterrer dans l'arrière-cour, mais *miki* Matilda le lui avait formellement interdit, et le cadavre avait subitement disparu.

Elle ignorait tout du dressage de chiens. Certaines races avaient sans doute un instinct meurtrier, naturel ou bien développé artificiellement à force de croisements, mais ce qu'elle avait vu dans les yeux des bull-terriers d'Acheson était encore autre chose : le résultat d'un dressage absolu, au terme duquel le chien ne se contentait pas de remplir la tâche qu'on lui assignait, mais faisait véritablement un avec elle. Plus rien d'autre ne comptait que mordre, s'accrocher et détruire, même au prix de sa propre mort. Clemencia était certaine que le chien avait su ce qui arriverait quand elle appuierait sur la détente de son arme. Cela lui était égal, il ne pouvait pas réagir autrement. Cette impitoyable machine à tuer était donc elle aussi une victime sans défense. Était-ce pour cette raison que la jeune femme ne parvenait pas à oublier le regard du bull-terrier juste avant le coup de feu ?

Elle fixa les deux globes jaunes suspendus au-dessus d'elle, désormais beaucoup moins effrayée par leur froideur, leur cruauté, leur détermination suicidaire. Ces yeux ne voyaient aucune chance de changer quoi que ce soit, ne connaissaient aucune échappatoire. Le tueur inconnu fonctionnait-il ainsi, lui aussi ? Était-il l'assassin parfait justement parce qu'il était la victime parfaite, prise au piège d'obsessions, de situations, d'engagements sans issue qui déterminaient et contrôlaient tout ?

Et merde ! pensa Clemencia. Il n'y a aucune compassion à avoir pour un meurtrier récidiviste ! Elle n'était pas là pour trouver des excuses à ses actes, mais ne s'intéressait à ses motivations que parce qu'elles lui permettraient de le retrouver et de l'arrêter. Et même cela n'était plus vrai. On l'avait mise en vacances forcées, rien ne la concernait plus. Si seulement les immenses yeux jaunes du bull-terrier arrêtaient de la fixer depuis chaque recoin de sa chambre !

La chaleur était suffocante. Clemencia se leva et sortit prendre une douche. Les basses cognaient toujours depuis le bar Mshasho, et quelques hommes complètement saouls hurlaient dans la rue. L'eau froide lui fit du bien, mais dès qu'elle fut de nouveau allongée sur son lit, elle se remit à transpirer. Elle alluma son portable, effaça trois SMS de Claus Tiedtke et appela Angula. Bien qu'il soit deux heures du matin, il décrocha à la seconde sonnerie. Apparemment, lui non plus ne trouvait pas le sommeil.

« Comment va ta main ?

— Ça va.

— Bon, c'est déjà ça.

— Oui.

— Angula ? »

Elle aurait bien voulu savoir s'il voyait lui aussi les yeux jaunes du chien briller au-dessus de son lit.

« Chef ?

— Ce n'est pas Donkerkop le tueur, dit-elle. Sinon, il n'aurait pas pris la fuite. Le tueur n'est pas quelqu'un qui abat sa victime, s'enfuit et reprend sa petite vie normale. Il n'a pas de vie normale, je le sais, maintenant. Sa mission et sa vie, c'est la même chose, pour lui. Si c'était Donkerkop et s'il éliminait ses complices de l'affaire Lubowski, Acheson aurait été sa dernière victime. Après, il se serait assis à côté du cadavre et nous aurait attendus, ou alors il se serait suicidé. Il aurait mis un point final à tout ça, parce que… »

Elle s'interrompit. Le vrai tueur était comme un chien de combat dont la destinée s'accomplit, pour qui arrive enfin le moment attendu toute sa vie. Après cela, il n'y avait plus rien.

« Quoi qu'il en soit, il ne se serait pas enfui, reprit-elle, et s'il l'a fait, c'est qu'il n'en a pas encore terminé. Il en manque encore un, le dernier des assassins de Lubowski : Donkerkop lui-même, alias Martinus Cloete. C'est lui la dernière victime, et il ne peut donc pas être le tueur. »

Dans la rue retentit le bruit d'une bouteille qu'on brise, suivi des éclats de voix d'hommes surexcités.

« Angula ?

— Chef ?

— Qu'est-ce que tu en penses ?

— Oshivelo a fait renvoyer mes classeurs. Tous !

— Je sais.

— Et si jamais je remets la main dessus, qui est-ce qui me garantit que les preuves décisives ne manqueront pas ?

— Personne.

— C'est bien là le problème », conclut Angula.

Devant la maison, un homme hurla :

« J'en ai rien à foutre que sa sœur soit flic ! Qu'elle sorte, si elle ose ! »

Clemencia pressa plus fermement son téléphone contre son oreille et demanda :

« Mais ta main, ça va aller, hein ?
— Ma main ? Je ne sais pas. Je pense que oui.
— Bon, c'est déjà ça.
— Oui.
— Bon, alors…
— Bonne nuit, chef », dit Angula avant de raccrocher.

À l'extérieur, un rire éclata puis s'éloigna lentement. Tout redevint tranquille. Même la musique du Mshasho s'était tue. Dans l'obscurité de la chambre, les yeux du bull-terrier se déplaçaient en même temps que le regard de Clemencia. Elle se demanda ce que le tueur voyait, la nuit, quand il ne pouvait pas dormir. Des yeux morts, du sang s'écoulant goutte à goutte ? Il devait se sentir fatigué, infiniment fatigué, et souhaiter qu'arrive enfin le moment auquel il pourrait se reposer.

Quand un bruit prolongé d'avertisseur provenant de la rue la tira de son sommeil, il faisait jour, et la chaleur était insupportable. Elle parvint à atteindre la salle de bains sans se faire remarquer pour se rafraîchir et se donner l'air présentable, mais apparemment sans grand succès : lorsqu'elle en sortit, *miki* Selma leva les bras au ciel en s'exclamant que Clemencia n'avait jamais eu aussi mauvaise mine. *Miki* Matilda le confirma d'une voix éraillée en précisant que même le cadavre de Joseph Tjironda, la veille, lui avait paru plus en forme. Le reste de son commentaire s'éteignit dans un sifflement rauque. Constancia lui proposa de lui tresser de jolies extensions capillaires, et Selma regretta de ne pouvoir lui préparer le thé rouge qui, c'était bien connu, faisait toujours merveille dans de telles situations : la municipalité leur avait coupé le courant le matin même, alors qu'elle n'était tout de même pas *si* en retard que ça avec les factures.

« Tu te rends compte, c'est un scandale ! Pendant les fêtes de Noël, ils ont illuminé tout Independence Avenue, de Katutura jusqu'à Ausspannplatz, avec des guirlandes d'ampoules de toutes les couleurs ; avec une telle quantité d'électricité, on pourrait laisser toutes les plaques de la cuisinière et toutes les lampes de la maison allumées jusqu'à bien après ma mort, qu'elle soit la plus lointaine possible ! »

Selma ajouta qu'avec cette coupure de courant irréfléchie, la municipalité venait aussi, mine de rien, de mettre en danger les objectifs éducatifs du projet Vision 2030. Il n'était évidemment pas question que Timothy et Jessica manquent le premier jour d'école, mais il fallait bien que quelqu'un aille chercher le bois dont elle avait besoin pour faire la cuisine sur le feu, dans la cour.

« Et voilà qu'ils traînent encore en route, ces deux-là. Tiens, au fait, Clemencia, on a parlé de ton meurtrier à la radio ! Heureusement qu'elle marche à piles ! Enfin, ce n'est pas ton meurtrier, puisqu'il ne t'a pas tuée, toi, mais c'est celui que tu recherches ; bref, ce Martinus Cloete, ils en ont parlé, peut-être aussi à la télé, mais évidemment, aujourd'hui, elle ne marche pas. Ils ont dit que toute personne sachant où il se trouvait devait aussitôt aller prévenir la police, et aussi qu'il fallait être prudent parce qu'il est armé et très dangereux. Tu savais ça, toi ?

— Martinus Cloete ? Ce n'est pas lui, dit Clemencia.

— Mais ils ont dit à la radio que...

— C'est pas le bon ! »

Clemencia se réfugia dans sa chambre et appela Tjikundu sur son portable personnel. Il n'était pas au commissariat, mais au garage que possédait Cloete sur Mandume Ndemufayo Avenue.

« Je suis dans un petit bureau avec une de ses employées et je lui fais répéter ce qu'elle devra dire à son chef si jamais il appelle. Par cette chaleur, c'est toujours mieux que d'être dehors avec les autres, dans la cour, à attendre en suant dans un gilet pare-balles. »

Tjikundu lui expliqua qu'Oshivelo avait déclenché le plus gros branle-bas de combat que la police namibienne ait connu depuis l'indépendance. Tous les hommes en état de porter une arme dans une main et la photo de Cloete dans l'autre avaient été réquisitionnés. Des dizaines de rues étaient bloquées dans tout le pays, on passait les hôtels de Windhoek au peigne fin, et toute personne ayant jamais été en contact avec Cloete, du vendeur de journaux aux clients de son garage, était contrôlée. Il fallait bien qu'il se cache quelque part, et Oshivelo le voulait mort ou vif.

« Mais ce n'est pas lui, dit Clemencia. Est-ce que tu peux me donner l'adresse personnelle de Cloete ? Le vrai tueur va bien finir par s'y montrer.

— Si ce bonhomme existe vraiment, répliqua Tjikundu en riant, il ferait mieux d'y réfléchir à deux fois avant de se pointer là-bas. Qu'est-ce qu'il y ferait ? Cloete a disparu, et la maison est surveillée de près. »

Tjikundu avait raison, mais Clemencia savait que le tueur viendrait quand même, au moins pour évaluer lui-même la situation. Il n'était pas du genre à se fier aux autres ni aux on-dit. Attendrait-il patiemment, ou se mettrait-il à la recherche de Donkerkop ?

« Qu'est-ce qui t'arrive, Clemencia ? cria Selma de l'extérieur.

— Rien », répondit-elle en sélectionnant le numéro d'Angula.

Celui-ci ne décrocha pas.

« Tu ne vas pas au travail ? demanda Selma en passant la tête par la porte.

— Je suis suspendue.

— Quoi ?

— Virée, pour ainsi dire.

— Ma petite fille ! » s'exclama Selma.

Elle fit le signe de croix et referma la porte. Clemencia se dit qu'elle rappellerait Angula un peu plus tard. Elle aurait besoin de soutien pour attendre le tueur près de la maison de Cloete. Les policiers postés là ne le remarqueraient pas : ils ne croyaient même pas à son existence, et ne guettaient que le retour plus qu'improbable du maître des lieux. Clemencia tendit machinalement la main vers son holster, sur sa hanche. Mais son pistolet se trouvait au dépôt d'armes du commissariat. Elle quitta sa chambre et en ferma la porte à clé.

À l'extérieur, quelques planches brisées étaient étalées près de l'endroit où on faisait habituellement du feu. Personne ne les avait encore enflammées. Le passage vers la cour était bloqué par toute sa famille : Matilda, Selma, Melvin, Constancia et ses enfants, ainsi que deux cousins qui s'étaient provisoirement installés là pendant que Clemencia était à la ferme d'Acheson. Même son père s'était levé de son banc.

« Quoi ? demanda-t-elle.

— Où vas-tu ? demanda Matilda de sa voix rauque.

— Je vais faire un tour.

— Ils t'ont renvoyée ?

— Vous n'avez pas de souci à vous faire pour le moment, ils me paient toujours. C'est pas génial ? Je n'ai pas le droit de travailler, mais je reçois quand même mon salaire.

— Ils te jettent dehors parce qu'ils ne croient pas que tu connaisses le vrai tueur ?

— Je ne le connais pas.

— Mais tu es sur sa piste, non ? »

Clemencia ne répondit pas. Sans qu'elle sache pourquoi, les yeux du bull-terrier qui l'avaient fixée la nuit précédente lui revinrent en mémoire.

« Tu es à sa poursuite, constata Constancia.

— Et toute seule, en plus ! nota Selma. Mais il est dangereux ! Tu ne peux pas faire ça, ma petite.

— Pas sans notre aide ! coassa Matilda.

— De toute façon, la télé marche pas, alors on peut aussi bien..., commença Melvin.

— Mais vous êtes tous fous ! s'exclama Clemencia en secouant la tête.

— Il est hors de question que tu y ailles toute seule, déclara Selma en croisant les bras.

— Papa, dis quelque chose, toi ! » lança Clemencia.

Miki Selma eut un reniflement méprisant. De temps en temps, elle donnait ainsi à comprendre qu'un chef de famille était là pour prendre soin de son entourage et que, s'il s'en montrait incapable pour une raison ou pour une autre, il n'avait selon elle pas voix au chapitre.

Le père de Clemencia, en effet, ne disait jamais rien. Il restait assis sur son banc, à l'ombre, ou parfois à l'extérieur devant le stand de légumes, regardait passer les gens et ne saluait ses anciens amis que d'un hochement de tête. Comme il était devenu vieux et voûté ! Les traits de son visage s'étaient affaissés, et son béret, qu'il portait depuis trente ans et n'enlevait que pour dormir, paraissait bien trop grand. Lorsqu'il ouvrit enfin la bouche, il révéla les quelques dents de travers qui lui restaient. Il marmonna si bas que Clemencia eut du mal à le comprendre.

« À l'époque, quand on est devenus indépendants, ils nous ont promis le paradis sur Terre. On allait tous recevoir des terres et du travail, il y aurait un meilleur système de santé, les vieux pourraient vivre de leur retraite, et les jeunes suivre les meilleures formations. Je n'y ai jamais cru. Comment ça aurait été possible ? Je n'ai voulu croire qu'à une chose, celle que j'avais espérée si longtemps : que la justice régnerait. Que, dans ce pays, aucun meurtrier ne resterait plus impuni. »

Il se laissa retomber lourdement sur son banc et s'enfonça le béret sur le front, comme s'il avait dit tout ce qu'il y avait à dire. Clemencia pensa à sa mère, aux photos du mariage, à la tombe du cimetière de Katutura qu'elle n'était plus allée voir depuis de nombreuses années. Dès que toute cette affaire serait terminée, elle irait...

« Nous sommes une famille, tout de même, dit *miki* Selma.

— Ta famille », ajouta *miki* Matilda de sa voix de corneille.

Seule, elle ne pourrait pas surveiller toute une maison vingt-quatre heures sur vingt-quatre, encore moins si elle cherchait un homme dont elle ignorait l'apparence. Le seul moyen de l'identifier serait de repérer quelqu'un qui tenterait d'apprendre discrètement ce qui se passait chez Cloete. Peut-être qu'il observerait la scène de loin, ou bien qu'il sonnerait chez un voisin sous un faux prétexte. Il fallait tout enregistrer, sur un vaste périmètre.

« Alors ? demanda Constancia.

— Qu'est-ce que tu veux qu'on fasse ? ajouta Melvin.

— Bon, d'accord, répondit Clemencia, mais tout le monde fait exactement ce que je lui dis, et rien d'autre !

— Évidemment ! » répliqua Selma, apparemment blessée à l'idée que sa nièce puisse la soupçonner capable du contraire.

Miki Matilda se racla la gorge avant de hocher la tête énergiquement, et Melvin sourit. Les deux enfants se mirent à bondir, tout excités, jusqu'à ce que Constancia leur rappelle qu'ils iraient bel et bien à l'école, puis rentreraient pour ne plus s'éloigner de leur grand-père. Clemencia expliqua à ses troupes de quoi il retournait : s'ils voyaient quelqu'un s'intéresser à la maison de Cloete ou à ses occupants, ils devraient venir le lui dire sur-le-champ, sans rien entreprendre de plus.

« Vous m'avez bien comprise ?

— Évidemment, répondit Melvin.

— On n'est pas bêtes, ma petite », renchérit Selma.

Matilda, cependant, coassa quelque chose à propos d'un petit problème et désigna son portable. Aucun d'eux n'avait plus de crédit. Clemencia sortit trente dollars et les tendit aux enfants, qui coururent au bar Mshasho pour y racheter des unités. Selma partit voir si leur voisin chauffeur de taxi était là ; dans de telles circonstances, il pourrait difficilement refuser de les conduire gratuitement sur les lieux de l'action. Melvin emprunta le portable de Clemencia pour, selon ses termes, « organiser un truc vite fait ». Il ne voulut pas lui dire de quoi il s'agissait, mais promit solennellement que c'était pour le bien de leur enquête et que cela n'avait rien d'illégal.

Dans la pagaille, le téléphone de Clemencia disparut, et elle ne le retrouva qu'un quart d'heure plus tard, collé à l'oreille de Selma. Quand elle le lui arracha des mains, sa tante lui expliqua d'un ton d'excuse que le voisin n'était malheureusement pas là, mais qu'elle avait déjà trouvé un autre moyen de transport.

Clemencia ne se faisait aucun souci à ce propos, mais commençait à regretter d'avoir, dans un moment de faiblesse, accepté de tels coéquipiers. Avec sa famille, impossible de ne faire qu'entrouvrir une porte ; en un quart de seconde, ils envahissaient la pièce et s'y mettaient à l'aise. Elle se demanda ce que Matti Jurmela et ses collègues finlandais diraient en voyant son nouveau personnel de surveillance ; probablement rien – ils en resteraient simplement bouche bée.

Pour se protéger du soleil, Matilda et Selma hésitaient entre emporter un chapeau à larges bords ou bien une ombrelle, qui pourrait, le cas échéant, leur servir à se défendre. Melvin avait entre-temps disparu, mais il chargea Constancia de dire à sa sœur qu'il les rejoindrait sur place dès que possible. Avant même que Clemencia puisse essayer d'en savoir plus, on klaxonna dans la rue. Une porte de voiture claqua, et la silhouette dégingandée de Claus Tiedtke apparut de l'autre côté de la clôture.

« On a presque fini, *Meneer*, lança Selma.

— Bonjour, Clemencia, dit-il.

— Bonjour. Qu'est-ce que…

— Ta tante a dit que c'était une question de vie ou de mort.

— *Mikis* !

— Mais c'est vrai ! se défendit *miki* Selma. On est à la poursuite d'un meurtrier, après tout.

— Je ne savais pas... », commença Clemencia.

Son portable sonna. Elle l'ignora et reprit sa phrase :

« Je n'ai pas choisi cette famille. Je...

— Ce n'est pas ta famille, le problème, répondit Claus.

— Ah bon ? C'est quoi, alors ?

— Tu aurais pu m'appeler.

— Ton portable sonne ! intervint Selma.

— Je ne suis pas sourde ! » siffla Clemencia.

Elle décrocha. C'était l'ancien juge Hendrik Fourie.

« J'ai entendu parler des recherches à la radio et j'ai posé quelques questions autour de moi. Je suis très inquiet. Est-ce que je me trompe, ou est-ce que certaines personnes de la police ne tiennent pas spécialement à prendre Donkerkop vivant ? Je sais que vous ne devez pas m'avoir particulièrement à la bonne, mais je voudrais tout de même vous demander si vous ne pourriez pas user de votre influence. On ne peut quand même pas...

— Je n'ai aucune influence », répliqua Clemencia.

Cela n'avait jamais été aussi vrai.

« Mais il faut qu'il y en ait un qui parle, et Donkerkop est le dernier à pouvoir le faire !

— Monsieur Fourie...

— Si vous le descendez, l'affaire Lubowski ne sera jamais résolue !

— Monsieur Fourie, fichez-moi la paix ! lui intima-t-elle avant de raccrocher.

— Assez perdu de temps ! On y va ! » cria *miki* Selma depuis l'extérieur.

Elle montait déjà dans la Golf Citi de Claus Tiedtke.

L'ancien juge Hendrik Fourie :

C'est bien plus tard seulement que j'ai vraiment compris pourquoi le meurtre de Lubowski continuait à m'obséder. Au début, c'était juste un crime spectaculaire qui impliquait le milieu politique, les services secrets et quelques célébrités, et auquel même les médias internationaux s'intéressaient. Aucun juge n'aurait pu considérer ça comme une affaire ordinaire. S'y ajoutèrent la question de l'éthique professionnelle et mon indignation quand je remarquai que tous les partis concernés cherchaient sciemment à freiner l'enquête. Progressivement, mon incapacité à mettre un terme à ce manège se changea en un sentiment d'échec personnel, qui continua à me ronger même après mon départ à la retraite. Pourtant, il ne s'agissait pas seulement de moi ni de ma vision de la justice. J'ai fini par comprendre que les événements du 12 septembre 1989 nous concernaient tous – et nous concernent encore aujourd'hui.

Les coups de feu tirés contre Lubowski ont fait basculer l'état d'esprit de tout le pays. D'un coup, la nuit était tombée, et lorsque le jour suivant se leva, il était différent de ceux qui l'avaient précédé. Ça suffisait, on en avait soudain assez de cette violence qui nous accompagnait depuis des années, tous, la SWAPO et les Sud-Africains, les racistes et les combattants de la guérilla, les Blancs qui craignaient de perdre leurs privilèges et les Noirs qui essayaient de prendre leur part du gâteau. Au début, presque personne n'en prit conscience ; on s'échauffait avec un peu moins de conviction contre ses adversaires, un soupçon d'indifférence se mêlait à la colère provoquée par les cochonneries du parti opposé, et on le remarquait à peine. Mais, finalement, impossible de se méprendre sur le sentiment qui avait envahi le pays : plus personne ne voulait de violence.

Pourquoi la mort de Lubowski a-t-elle eu un tel effet ? Pourquoi n'est-ce pas arrivé plus tôt, ou plus tard ? Je ne sais pas. Peut-être à cause de sa situation. Peu importait qu'on voie en lui le « fils blanc de la SWAPO » ou le « dandy nègre », que ses prises de position politiques soient sans équivoque : il se tenait là, entre les fronts, plus grand que nature, avec un pied dans chaque monde. Peut-être sa mort ouvrit-elle une brèche à travers laquelle Blancs et Noirs purent enfin se rapprocher. Cela ferait de lui – excusez mon langage pompeux – la victime sacrifiée sur l'autel de l'Histoire.

Cependant, la seule chose qui compte lors d'un tel sacrifice, c'est de savoir si on peut l'accepter de bon gré et s'il sert à quelque chose. Non seulement l'identité de celui qui a tranché la gorge de la victime importe peu, mais il est même nuisible de la révéler, car alors quelqu'un devient coupable, quelqu'un avec des mobiles et des intérêts personnels ; cela réduit à néant l'impact bénéfique qu'un tel sacrifice peut avoir sur toute la communauté. Pour qu'un mythe puisse développer son pouvoir, ses racines doivent rester dans l'obscurité.

Comme je l'ai dit, je ne pense pas que quiconque ait été conscient de cela à l'époque, et nombreux furent ceux à poser des questions sur les dessous de l'affaire et à échafauder des hypothèses. Mais au fond, selon moi, personne ne voulait réellement élucider l'affaire Lubowski. Il était peut-être même nécessaire de ne pas l'élucider ; on se devait de rendre honneur à ce sacrifice en se concentrant sur l'avenir, sur la construction d'une nation commune. À l'époque, au moins, c'était peut-être nécessaire.

Mais aujourd'hui, vingt ans ont passé. Il est temps d'ouvrir les yeux et de regarder autour de soi. L'ambiance de renouveau a disparu sans laisser de traces, les idéaux se sont évaporés. Quelques Noirs sont devenus riches, quelques-uns se sont laissé corrompre, la SWAPO dirige le pays dans son propre intérêt, en distribuant des postes de faveur, et profite du fait que l'opposition, à sa place, ferait exactement la même chose. Certains Blancs râlent dans leur barbe, comme avant ; d'autres se sont adaptés, ont intégré à la direction de leur entreprise une personne autrefois discriminée et offrent de temps en temps des crayons de couleur aux orphelins du sida, mais, à part ça, ils restent entre eux, exactement comme le font les Noirs. Et c'est pour ça que Lubowski est mort ?

Vingt ans ont passé, et toujours personne ne veut savoir ce qui s'est vraiment passé, mais pour des raisons qui se sont modifiées insidieusement. Nous avons pris nos aises dans ce petit train-train grisâtre, honteusement indigne de tous les combats qui firent rage à l'époque. Nous préférons oublier que les objectifs alors visés étaient bien différents, et que certains ont été assassinés pour ça. Lubowski n'est pas enterré sous un mètre cinquante de terre, mais sous la mauvaise conscience de ceux qui lui ont survécu. Comme nous refusons de reconnaître que nous n'avons rien tiré des drames de cette époque, ils doivent demeurer cachés. Et ainsi Lubowski est mort une seconde fois, non pas pour nous assurer un avenir meilleur, mais pour que nous puissions continuer à végéter dans la moiteur certes pas très propre, mais pas non plus vraiment désagréable, du bourbier dans lequel nous nous sommes fourrés. Est-ce que cette pensée n'est pas insupportable ?

Et alors, diront certains, ça lui est bien égal, à Lubowski, il est mort. Je suis d'un avis un peu différent. On peut tuer les morts une seconde fois, et on peut aussi essayer d'empêcher que ça ne se produise.

Peut-être s'était-il vraiment trompé, peut-être ne lui restait-il plus assez de temps pour terminer le travail. Sa blessure à la jambe n'était pas un problème, mais l'autre, cette brûlure dans ses entrailles, avait encore empiré. À l'endroit où avaient dû, par le passé, se trouver ses organes internes, n'existait plus que la douleur, une douleur insupportable. Quant aux quintes de toux, elles l'étouffaient presque.

Dans le minibus plein à craquer, les autres passagers s'étaient tenus aussi éloignés de lui que possible. Son sac bleu pressé contre son corps tremblant, il avait survécu sans savoir comment au trajet jusqu'à Windhoek. On les avait apparemment laissés passer sans encombre le barrage routier proche du Heja Lodge. Il avait sursauté en entendant la radio du bus annoncer des recherches policières de grande envergure, mais ils avaient alors déjà dépassé la nouvelle zone d'habitation située en bordure de la capitale. Le bus entrait maintenant sur le parking de la station-service Engen, au croisement de Sam Nujoma Drive et de Nelson Mandela Avenue. C'est là qu'il descendit, même s'il était encore loin de son but.

Il laissa passer deux autres voyageurs avant de se lever péniblement de son siège. Le soleil lui cogna littéralement dessus. Il savait que le chauffeur du bus le regardait s'éloigner et rejoindre en chancelant la rue écrasée de chaleur, mais il ne pouvait rien y changer. Sur le trottoir, les passants l'évitèrent. Lorsqu'il aperçut, de l'autre côté de la rue, le symbole de la Klein Windhoek Pharmacy, il descendit sur la chaussée. Des pneus crissèrent sur l'asphalte tout près de lui, une voix l'insulta bruyamment. Il toussa, cracha du sang et se courba vers l'avant, puis il traversa la rue en titubant sans regarder autour de lui. Saloperies de brûlures ! Il entra dans la pharmacie et demanda, haletant, quelque chose contre la douleur.

« Vous devez voir un médecin ! s'exclama la pharmacienne.

— J'irai après, parvint-il à articuler.

— Non, vous y allez tout de suite ! J'appelle une ambulance !

— Je… Je vais prendre un taxi. Ça ira plus vite, hoqueta-t-il. Mais d'abord, donnez-moi quelque chose de fort. Contre la douleur ! »

Il posa un billet de cent dollars sur le comptoir. La femme apporta une boîte de cachets, en sortit deux et les dilua dans un verre d'eau. Il but, puis empocha le paquet. Une fois dehors, il avala six pilules de plus. Au supplice, dévoré de douleur, il continua son avancée, passa devant une salle de jeux, et traversa le croisement pour atteindre la poste de Nelson Mandela Avenue. Trois bornes téléphoniques se trouvaient devant l'entrée. Il s'appuya à la coque de Plexiglas de la première, décrocha le combiné et glissa une carte dans l'appareil. Il connaissait le numéro par cœur. Les yeux fixés sur le mur de briques du bâtiment, il tâcha de se concentrer. À l'autre bout de la ligne, on décrocha.

« C'est moi. »

« Oui, tout va bien. »

Les cachets allaient faire leur effet dans un instant.

« Non, je vais très bien. »

Il écouta. Près des téléphones, deux femmes étaient assises sous un abribus, à l'ombre. Cela ne signifiait rien. Il dit :

« Bon, je m'en occupe. »

« Non, pas de questions. »

Quelqu'un se trouvant si proche de sa fin n'a pas le temps de poser des questions.

« Ou bien… »

Il hésita. Les douleurs se déchaînaient dans son corps. Une toux brève, rauque, lui échappa.

« Non, c'est pas important », dit-il en haletant.

Il essaya de raccrocher le combiné qui glissa sur la fourche, chuta et resta à se balancer au bout du câble. Lorsqu'il se pencha en toussant pour le rattraper, il perdit l'équilibre et s'effondra.

Allongé par terre au pied de la borne téléphonique, il tâtonna pour attraper son sac de sport et le serra contre lui. Personne ne le lui volerait, il en avait encore besoin. Les deux femmes, dans l'abribus, le regardèrent mais ne se levèrent pas.

Au bout d'un moment, il finit par se sentir un peu mieux. Il se remit péniblement debout et se dirigea d'un pas incertain vers le croisement. Il n'aurait pu dire avec certitude si les roues du taxi arrêté au feu ne flottaient pas au-dessus du sol, mais il parvint en tout cas à ouvrir la portière du côté passager. La femme assise sur la banquette arrière descendit et disparut. Le chauffeur protesta, mais quand il lui demanda combien de personnes il avait déjà tuées, il se tut et le conduisit dans la zone industrielle du nord de la ville.

Le panneau portait l'inscription « Chinatown ». Les trois idéogrammes chinois rouge sang peints au-dessous se changèrent sous ses yeux en serpents venimeux qui se tordirent vers lui et sifflèrent, menaçants. Il s'appuya à l'un des poteaux soutenant le panneau et lutta contre l'envie de vomir provoquée par les comprimés antidouleur ; à part ça, ils ne faisaient aucun effet. Serrant son sac de sport encore plus étroitement, il longea en vacillant des fast-foods asiatiques et des magasins de vêtements bon marché. Au fond de la cour allongée, les boutiques devenaient encore plus crasseuses, débordant de gadgets en plastique et de pièces électroniques de mauvaise qualité. Il s'engouffra dans l'une de ces cavernes. Une jeune Chinoise l'aborda. Il se fit conduire à son chef et demanda s'ils avaient une arrière-salle. Le vieil homme le mena jusqu'à une pièce minuscule, dépourvue de fenêtre, qui contenait un lit de camp. Il s'y assit, sortit l'argent qui lui restait, glissa trois cents rands dans la poche de son pantalon et étala les autres billets près de lui, sur le lit. Un peu plus de quinze mille rands.

« Premièrement, de la morphine, assez pour éliminer toute la douleur du monde pendant trois jours. »

Il ne croyait pas que son corps tiendrait le coup aussi longtemps, mais mieux valait être sûr. Il leva la tête. Le visage ridé du vieux Chinois restait impassible.

« Deuxièmement, un uniforme comme ceux des employés de la compagnie d'électricité de Windhoek. Avec le badge. »

Une quinte de toux le secoua. Quand il fut de nouveau capable de parler, il dit :

« Troisièmement, je vais rester ici un moment. »

Le Chinois ne dit rien, ne demanda rien. Il le regarda dans les yeux, observa l'argent, puis le scruta de nouveau. Il y avait peu de risques qu'il aille voir la police, mais un avertissement ne pouvait pas faire de mal.

« La mort m'accompagne », dit-il.

Le Chinois hocha imperceptiblement la tête, comme si c'était la première phrase qu'il comprenait, puis il tourna les talons et se glissa hors de la pièce.

Le lit de camp n'avait même pas d'oreiller. Il plaça le sac de sport sous sa tête et regarda l'ampoule nue qui dansait au plafond. Les douleurs devenaient un peu plus supportables quand il était allongé. Si quelqu'un avait été là pour lui parler dans la langue des oiseaux, il aurait peut-être même pu dormir. Environ deux heures plus tard, la jeune Chinoise lui apporta la morphine.

« L'uniforme est plus difficile à obtenir, il faudra patienter un peu.

— Je n'ai pas beaucoup de temps. »

La jeune femme courba la tête et sortit de la pièce à reculons, sur la pointe des pieds.

Alors, il s'injecta la morphine, se rallongea et se concentra sur les douleurs de son corps. Elles venaient comme des vagues. Il pouvait presque voir chacune d'elles former un rouleau, se changer en écume puis disparaître en s'étalant sur une longue plage de sable, tandis que, derrière elle, la suivante se brisait avec violence, et qu'une troisième enflait déjà. Mais le ressac se faisait plus faible chaque fois ; le grondement devint un bruissement, le bruissement, un clapotis. La mer, exténuée, se retirait, élargissant toujours plus la plage de sable lisse, humide et vierge, sur laquelle il se mit à trotter d'un pas léger. Il regarda derrière lui, reconnut les empreintes d'un chacal et reprit son trottinement. Il ne savait pas comment il s'était transformé. Peut-être que seuls ceux qui ignoraient la manière de le faire en étaient capables, finalement.

Il vagabonda à travers le monde pendant toute la nuit, courut dans le désert, escalada des montagnes, et pénétra finalement dans une ville. Elle était exactement identique à Windhoek, mais dénuée de toute présence humaine et peuplée de chacals, de hyènes et d'innombrables chauves-souris. Il demanda à un autre chacal ce qu'étaient devenus les hommes, et apprit qu'ils s'étaient tous entre-tués. Les deux derniers s'étaient tiré dessus en même temps et étaient morts presque simultanément. Cela ne le surprit pas.

Il flâna le long d'Independence Avenue et vit un feu de signalisation passer du rouge au vert. Les voitures abandonnées ne bougèrent pas. Les portières de certaines d'entre elles étaient grandes ouvertes, comme si leurs occupants avaient pris la fuite dans un moment de panique. Le feu repassa au rouge. Rouge, vert, rouge, vert, ou bien était-ce bleu acier ? Un lion du Kalahari à la crinière blanche, allongé devant la façade de verre du fast-food Hungry Lion, tourna paresseusement la tête. Du haut de la colline, non loin de l'église du Christ et de l'Alte Feste[1], des hyènes tachetées éclatèrent de leur rire vicieux. Les chacals, ses frères, trottinaient à travers la zone piétonnière, tournaient autour des bancs et des réverbères, renversaient des poubelles pour y trouver à manger. Combien d'entre eux avaient été des hommes qui s'étaient transformés juste à temps, juste avant la disparition de leur espèce ?

Le lendemain matin, un uniforme et un badge l'attendaient au pied du lit de camp. Les quinze mille rands avaient disparu. Il se changea. Le léger voile qui couvrait son champ de vision ne serait pas vraiment un problème. Il ne ressentait aucune douleur, mais savait que cela n'y changeait rien : il ne lui restait plus beaucoup de temps. Après avoir passé les bandoulières du sac de sport sur ses épaules, il quitta le magasin déserté et prit un taxi pour rejoindre Windhoek West. Il en descendit quelques maisons avant sa cible, marcha jusqu'au portail du jardin et sonna.

« Qui est-ce ? demanda une voix de femme à travers l'Interphone.

— Services d'eau et d'électricité, répondit-il.

---

1. Ancien quartier général des forces allemandes, ce monument abrite aujourd'hui le musée national d'Histoire.

— Mais les compteurs viennent juste d'être relevés.
— Contrôle interne », ajouta-t-il.

Il se retourna pour cracher le mucus sanglant qui s'était accumulé dans sa gorge. Au bout d'un moment, il entendit des pas légers s'approcher de l'autre côté du portail. Il plaça son badge devant la fenêtre de contrôle.

« Un instant ! »

La femme qui lui ouvrit, âgée d'environ vingt-cinq ans, était jolie, grande et maquillée avec soin. Peut-être était-ce la fille. Elle ne lui inspira ni plus ni moins de pitié que les autres. Il se pencha et ouvrit la fermeture Éclair de son sac de sport.

« Le compteur d'eau est là-bas », dit la jeune femme.

Il braqua sur elle la kalachnikov et dit :

« Si vous vous taisez, il ne vous arrivera rien. »

Les yeux fixés sur le canon de l'arme, elle dit, si bas qu'il l'entendit à peine :

« S'il vous plaît…
— Passez devant ! » ordonna-t-il.

Elle hocha la tête deux fois, presque avec empressement, comme pour faire oublier quelque chose d'embarrassant. Puis elle fit demi-tour et il la suivit à l'intérieur de la maison. Un homme en tricot de corps était assis à la table du petit déjeuner. Il n'essaya pas de jouer les héros mais leva aussitôt les mains, bien que personne ne le lui ait ordonné. Devant lui, un bol de *mieliepap* et une tasse ; de l'autre côté de la table, un verre de jus d'orange et une assiette contenant des bananes et des papayes coupées en morceaux.

« Vous pouvez continuer à manger ! » dit-il.

L'AK-47 toujours épaulé, il s'assit dans un fauteuil disposé à environ quatre mètres de là. Désignant la jeune femme du bout de son arme, il demanda :

« Votre fille ?
— Nous sommes mariés depuis trois ans, dit-elle.
— Vous avez des enfants ? »

Elle ne répondit pas.

« Vous êtes très belle, dit-il. Est-ce que votre mari vous aime ? »

L'homme laissa lentement retomber les mains et dit :

« Vous êtes en train de vous jeter dans la gueule du loup.

— Est-ce qu'il vous aime ?

— Ça dépend de ce que vous voulez dire par “aimer” », répondit-elle.

Il hocha la tête puis se tourna vers l'homme.

« Vous savez ce que je veux de vous ? »

L'autre secoua la tête et demanda :

« De l'argent ? »

De l'argent ? Quelle idée amusante. Il se mit à rire. Son rire se changea en une quinte de toux qui lui secoua tout le corps ; heureusement, il pouvait s'appuyer sur la kalachnikov.

Malgré son impression que cette surveillance ne donnerait rien, Clemencia avait, avec la voiture de Claus Tiedtke, déposé les membres de sa famille à leurs postes. Les femmes furent chargées du garage de Martinus Cloete. *Miki* Selma s'installa sous son parasol juste à côté du passage conduisant de Mandume Ndemufayo Avenue à l'arrière-cour, tandis que *miki* Matilda et Constancia patrouillèrent dans Tacoma Street et Acacia Street, pour être là à temps au cas où le tueur s'approcherait par-derrière en escaladant murs et clôtures.

Toutes trois s'étaient déguisées en vendeuses de billets de loterie. Un neveu du défunt Joseph Tjironda leur avait procuré les billets en échange de la promesse de toucher soixante-dix pour cent de leurs gains éventuels. Ledit neveu travaillait habituellement au centre-ville, à l'entrée de la First National Bank, et doutait de la rentabilité du quartier choisi par les trois femmes, mais il avait vite compris l'avantage de jouer les employeurs pendant un jour ou deux, en laissant à d'autres le soin d'assurer ses revenus.

La maison de Martinus Cloete serait surveillée par Melvin et ses copains, qui, annonça-t-il, arriveraient d'un instant à l'autre. Cloete vivait dans une maison mitoyenne du quartier pavillonnaire de Barcelona. Le domaine, séparé du terrain vague environnant par des murs et des clôtures électriques, avait son propre service de sécurité, auquel s'ajoutaient désormais les hommes d'Oshivelo. C'était sans conteste le quartier le plus sûr de Windhoek. La seule chance du tueur serait d'essayer de franchir sous un prétexte quelconque le portail électrique barrant l'unique accès. Les habitants du domaine possédaient tous une télécommande contrôlant le portail ; leurs visiteurs devaient s'annoncer au bureau du gardien et obtenir par Interphone l'autorisation d'entrer.

Clemencia recommanda à Melvin de prêter particulièrement attention aux coursiers, aux livreurs et, d'une manière générale, à tous les hommes seuls que les gardes laisseraient entrer. Il devrait relever le numéro de leur plaque d'immatriculation et prévenir aussitôt sa sœur. Melvin se posta de l'autre côté de la rue, à une distance suffisante pour ne pas être repéré par les gardes debout devant la barrière.

Lorsque Clemencia repassa trois heures plus tard pour vérifier que tout se passait bien, son frère avait disparu. À sa place, cinq jeunes travailleurs en vestes de protection de couleur fluo étaient en train d'ouvrir le bitume à coups de pioche juste à côté de l'entrée du quartier de Barcelona. Lorsqu'elle composa sur son portable le numéro de Melvin, l'un des ouvriers, jusque-là appuyé sur le manche de sa pioche en une pose étudiée, tira un téléphone de sa poche.

« Rejoins-moi tout de suite en face ! » siffla-t-elle.

L'ouvrier regarda autour de lui, déposa sa pioche contre l'abri des agents de sécurité et rejoignit avec une nonchalance calculée la voiture d'emprunt de Clemencia.

« Mais qu'est-ce que vous faites, bon sang ? lui demanda-t-elle après l'avoir fait monter.

— La ville de Windhoek ou les autorités routières ou je ne sais qui encore améliore ici pour vous l'infrastructure, répondit fièrement Melvin. Pour le bien de tous les citoyens. Nous vous prions de nous excuser pour la gêne occasionnée.

— Mais vous ne pouvez défoncer la rue comme ça !

— Si quelqu'un veut passer la barrière, on entendra tout ce qui se dira, de là où on est, objecta Melvin.

— Mais…

— Je te garantis que si un *tsotsi* se pointe avec une sale idée derrière la tête, on le reconnaîtra dès qu'il ouvrira la bouche. »

Le tueur que poursuivait Clemencia n'avait rien d'un criminel habituel, il était d'un genre tout différent, mais Melvin n'aurait jamais pu comprendre cela. Il avait sa propre expérience, connaissait Katutura et les types louches qui y traînaient. C'était là son seul univers, et on ne pouvait pas le lui reprocher.

« Mais ce soir, qu'est-ce qu'on va faire ? poursuivit-il. Si on continue à bosser là pendant la nuit, personne ne croira plus qu'on travaille pour la ville. Si on avait de gros engins, on pourrait peut-être laisser quelqu'un pour les surveiller, mais...

— Pendant la nuit ? »

Stupéfaite, et même un peu touchée, par le sérieux avec lequel son petit frère considérait sa mission, Clemencia dit :

« Il ne viendra pas pendant la nuit.

— Tu es sûre ? »

Soudain, elle fut certaine que le tueur ne viendrait pas, ni pendant la journée ni durant la nuit. Il était prêt à prendre de gros risques, mais uniquement s'ils lui apportaient quelque chose. Ici, il n'aurait pas l'ombre d'une chance. Pas seulement parce que les policiers surveillaient tout le périmètre, mais aussi parce qu'ils avaient déjà interrogé tous les voisins sans réussir à en tirer aucune information. Certes, le tueur disposait de moyens de pression plus efficaces que la police, mais ils ne lui serviraient à rien s'il ne savait pas contre qui les employer. Il essaierait donc de trouver Donkerkop d'une autre manière. Mais comment ? L'opération de surveillance dans laquelle Clemencia avait entraîné sa famille était presque certainement inutile, mais elle pouvait difficilement les renvoyer à la maison maintenant. Elle reprit :

« Le tueur a besoin de renseignements sur l'endroit où pourrait se trouver Donkerkop. Il doit donc interroger ses amis et ses voisins, mais il ne peut pas aller sonner chez eux pendant la nuit. »

Melvin parut déçu de ne pas pouvoir jouer les policiers auxiliaires vingt-quatre heures sur vingt-quatre, mais sa sœur ajouta :

« L'important, c'est que vous soyez de nouveau à votre poste demain. Je compte sur vous !

— D'accord, demain à la première heure ! »

Melvin hocha la tête et rejoignit ses copains. Ils avaient ouvert le revêtement d'asphalte sur environ un mètre de large et cinq de long, et creusaient maintenant en profondeur à l'aide de pelles. Leur zèle ne semblait pas vouloir faiblir de sitôt.

Clemencia repartit vers la seconde équipe d'intervention. Les trois femmes n'avaient rien à rapporter, à part la vente de quatre billets de loterie. Comme Clemencia s'y était attendue, elles n'avaient remarqué aucun suspect. Elle les convainquit elles aussi d'interrompre leur surveillance pendant la nuit, puis se rendit à la rédaction de l'*Allgemeine Zeitung*, sur Omurambaweg.

« Bien sûr, tu peux encore garder ma voiture un moment, lui dit Claus, mais j'aimerais tout de même bien savoir ce qui se passe.

— Eh bien, le tueur va essayer de…

— Je veux dire, ce qui se passe avec toi, la coupa-t-il. Après la nuit qu'on a passée, je pensais, ou en tout cas j'espérais, qu'il y avait un peu plus entre nous que juste le prêt d'une voiture.

— Peut-être qu'on pourrait en parler plus tard, répondit Clemencia.

— Comme tu voudras, dit-il, mais tu sais, je suis un adulte, je suis tout à fait capable d'entendre la vérité. »

La vérité, c'était que Clemencia ignorait toujours si elle ressentait quoi que ce soit pour lui, qu'elle n'avait aucune envie d'y réfléchir pour le moment, et qu'il était de toute façon beaucoup trop tôt pour parler d'« eux deux » comme s'ils étaient ensemble et avaient une montagne de choses en commun. D'accord, elle avait passé une nuit avec lui pendant laquelle elle n'avait pas voulu rester seule, puis une matinée qu'elle aurait préféré passer sans personne. Et alors ? Est-ce que cela devait avoir une suite ? La vérité, c'était que la couleur rouge évoquait pour elle le sang, et non les roses, et que la mort lui semblait pour l'instant plus familière que l'amour. Elle se demanda si elle devait lui parler des yeux ardents du bull-terrier qui la guettaient dans le noir, mais, avant qu'elle ait pu se décider, Tiedtke lui dit qu'il devait se mettre au travail ; elle avait son numéro, après tout. Clemencia quitta la rédaction en pensant que cela valait peut-être mieux ainsi.

Les membres de son équipe improvisée rentrèrent à la maison quelque temps après elle. Bien qu'aucun d'eux n'ait de résultat probant à rapporter, tout le monde était si excité que personne ne remarqua son mutisme. Elle se retira bientôt dans sa chambre et s'enferma à clé. Il n'y avait toujours pas de courant, et la bougie qu'elle alluma ne suffit pas à chasser les yeux du bull-terrier des recoins sombres de la pièce. Cela resta supportable tant que des rires et des éclats de voix résonnèrent au-dehors, tant que *miki* Selma exposa les avantages et les inconvénients de la vente de billets de loterie, encouragée par les exclamations rauques de *miki* Matilda. Mais lorsqu'elle n'entendit plus que la musique du Mshasho, croyant percevoir dans ces rythmes sourds le grondement d'un chien ou le crépitement d'un tir de kalachnikov, Clemencia abandonna tout espoir de s'endormir.

Des images filaient autour d'elle en un flot ininterrompu. Les pieds du cadavre d'Acheson dépassant d'une couverture, les phares d'un *bakkie* s'allumant brusquement, une chaîne d'acier qui se tendait lorsqu'un bull-terrier bondissait, un prisonnier pendu, un ancien juge découpant de la viande séchée, le véhicule incendié d'une compagnie de surveillance, des douilles dans la main d'un policier de patrouille, une fillette qui se tordait en tous sens sur un canapé en poussant des cris hystériques, une autre, vêtue aux couleurs de la SWAPO, qui suivait un cercueil sortant d'une église, une photo jaunie d'Anton Lubowski, des soldats sud-africains lourdement armés avançant dans les rues de Katutura, des rouleaux de fil de fer barbelé, et le regard jaune d'un bull-terrier, qui refusa même de disparaître bien après que la bougie se fut consumée.

À 5 heures du matin, elle appela Angula. Il décrocha aussitôt.

« Chef ?

— Je voulais juste...

— Ma main va très bien.

— Bon, parfait.

— Je ne sens presque plus rien.

— Tu es guéri, c'est le plus important.

— Oui.

— Angula ?

— Oui ?

— Qu'est-ce que tu fais, là ?

— Moi ? Rien.

— Tu n'arrives pas à dormir, c'est ça ?

— Si, si, très bien. Je me réveille juste parfois... à cause de la chaleur.

— Et puis ?

— Chef ?

— Qu'est-ce que tu fais, quand tu es réveillé ?

— Eh bien, je me dis que, puisque je suis réveillé, je peux aussi bien me lever et prendre quelques notes.

— Des notes ?

— Juste comme ça, pour moi. De toute façon, ça ne serait pas utilisable devant un tribunal, s'ils détruisent les archives.

— L'affaire Lubowski ? Tu travailles toujours dessus ?

— Juste pour moi.

— Pourquoi, Angula ?

— J'écris seulement la façon dont ça s'est passé.

— La façon dont tu crois que ça aurait pu se passer, corrigea Clemencia.

— Oui, évidemment », dit Angula.

Il faisait sombre et chaud dans la pièce. Deux points jaunes brillaient au-dessus du lit de Clemencia. Elle dit :

« Il paraît qu'il va bientôt pleuvoir, peut-être dès demain. Il fera plus frais, et on pourra mieux dormir.

— Oui, une bonne pluie, ça ferait du bien à tout le monde, à la nature aussi, répondit Angula.

— C'est vrai, à la nature aussi.

— Bon, je vais retourner… retourner me coucher une heure ou deux, je veux dire.

— Bonne nuit.

— Bonne nuit.

— Angula ? »

Mais il avait déjà raccroché. Elle ignorait de toute façon ce qu'elle aurait encore bien pu lui demander ; elle ne savait même pas pourquoi elle l'avait appelé. Peut-être parce que lui avait été là, à la ferme d'Acheson, et qu'il avait presque attrapé le tueur avec elle. Elle tâtonna dans sa chambre et trouva une autre bougie à allumer. Devrait-elle prendre des notes, elle aussi, coucher sur le papier ses propres idées fixes ? On se laisse parfois complètement dépasser par certaines affaires, lui avait expliqué Matti Jurmela pendant une longue nuit de l'hiver finlandais, dépasser, déborder et même complètement dévorer.

« Et alors, qu'est-ce qu'on fait ? avait-elle demandé.

— Alors, c'est là que tu comprends que tu es vraiment au cœur de l'affaire », avait-il répondu avant d'éclater de rire.

Peut-être Clemencia n'était-elle pas encore arrivée au cœur de l'affaire, qu'elle n'avançait pas parce qu'elle se défendait de toutes ses forces pour ne pas se laisser dévorer. Et si elle se jetait plutôt dans la gueule du monstre ? Elle commença à rejouer toute l'histoire dans sa tête.

De nouveau, des images défilèrent devant ses yeux, se déroulant comme un film, mais, cette fois, l'intrigue bien connue prit un tout autre aspect. Elle vit un gros Boer arroser des citronniers avant d'être abattu d'une rafale. Un deuxième Boer sortit de la zone d'arrivée de l'aéroport de Windhoek et regarda autour de lui, à la recherche de quelqu'un. Une allumette effleura un frottoir, vola à travers la fenêtre ouverte d'une voiture, et de hautes flammes s'élevèrent d'un siège imbibé d'essence. Et ça continua ainsi. Le paysage aride du sud de la Namibie se déroula derrière une vitre, infini. Clemencia reposa un combiné téléphonique sur sa fourche parce qu'une policière avait demandé la vérité. Elle observa les murs extérieurs de la prison centrale de Pretoria, derrière lesquels un détenu avait été retrouvé pendu. Elle grimpa dans un camion qui transportait des meubles. Un agent de la circulation tomba sur le bitume, mortellement touché. C'était sa faute, il n'aurait pas dû faire de contrôle. Clemencia alluma les phares d'un *bakkie*, enfonça l'accélérateur, écrasa un bull-terrier qui bondissait vers elle, posa une question à un raciste irlandais et ne comprit pas que l'homme avait vraiment espéré sauver sa vie rien qu'en y répondant. Les coups de feu n'avaient plus rien de particulier, maintenant. Puis elle se retrouva à Windhoek. Plus qu'un, un seul ! Mais il avait disparu, elle n'avait aucune idée de l'endroit où il se terrait, toute la police de Namibie le pourchassait, et Clemencia se creusa les méninges pour essayer de le retrouver avant eux. Il fallait qu'elle le trouve, à tout prix !

Quand l'aube pointa, Clemencia souffla la bougie. Elle regarda à travers sa petite fenêtre la lumière de l'est se lever péniblement, ralentie par de lourds nuages qui s'accumulaient bas dans le ciel. Des nuages de pluie. Normalement, même au plus fort de la saison des pluies, le ciel restait clair pendant la matinée, et les premiers nuages n'apparaissaient qu'en début d'après-midi pour déverser leur contenu en de violents orages dans la soirée. Mais qu'est-ce qui était vraiment normal ?

Clemencia ne réagit pas lorsque *miki* Selma frappa à sa porte et déclara que la municipalité ne l'aurait certes pas comme ça, mais qu'il faudrait malheureusement se passer de petit déjeuner pour les raisons déjà exposées. Elle entendit Melvin partir, puis *miki* Matilda annoncer que, plutôt que de perdre une nouvelle journée à vendre des billets de loterie, elle préférait essayer de prédire les futurs déplacements du tueur à l'aide d'une poupée de bois préparée en conséquence. Mais le tueur, c'était Clemencia elle-même, et elle ne sortirait de sa chambre qu'une fois qu'elle saurait comment retrouver Donkerkop avant la police.

Constancia envoya ses enfants à l'école, Matilda, installée près du feu, dans la cour, se mit à fredonner des chants monotones, et Selma, à travers la porte toujours fermée, demanda s'il serait bien raisonnable de gaspiller l'argent des billets de loterie en prenant un taxi alors que la voiture du fiancé de Clemencia était garée devant leur porte. La jeune femme ne répondit pas. Même en se mettant à la place du tueur, elle n'avait rien découvert. Elle devait se rendre à l'évidence : trouver Donkerkop était tout simplement impossible. Une personne seule ne pouvait pas passer tout le pays au peigne fin. Seules les forces de police au grand complet pourraient éventuellement y parvenir, et même elles n'avaient jusqu'ici pas trouvé la moindre trace du fugitif. Mais elles avaient au moins une réelle chance d'y parvenir. Tôt ou tard, les policiers finiraient par le découvrir, et s'ils ne l'abattaient pas lors de sa capture, ils…

Le portable de Clemencia indiquait exactement 10 h 12 lorsqu'elle trouva la solution, tellement simple qu'elle ne pouvait qu'être juste. Le tueur n'avait pas besoin de se lancer dans une quête vouée à l'échec : les policiers lui amèneraient son homme. Il lui suffirait d'être là et de patienter jusqu'à ce que leurs recherches aboutissent. Bien sûr, ils surveilleraient Donkerkop de près, mais leur vigilance se relâcherait dès qu'ils auraient atteint le commissariat et transféré leur suspect dans la salle d'interrogatoire du service des homicides. Ils posteraient peut-être des gardes à l'entrée, mais cela ne poserait pas vraiment de problème au tueur, parce qu'à ce moment-là il serait déjà à l'intérieur. À cet instant précis, il était déjà dans le commissariat, avait réussi à s'y introduire d'une manière ou d'une autre – c'était la seule possibilité !

Clemencia se rendit en voiture au commissariat et gara la Golf Citi sur une des places réservées, juste devant l'entrée. Elle se força à monter les marches lentement et observa attentivement les quelques agents en uniforme qu'elle croisa. Le couloir du deuxième étage, celui du service des homicides, semblait abandonné. Pas un seul ouvrier en train de changer un câble électrique ou de repeindre un mur. Clemencia prit la direction du bureau d'Oshivelo. Elle devait absolument convaincre son chef. Suspendue ou pas, elle ne se laisserait pas mettre dehors et refuserait tout simplement de partir tant qu'il n'accepterait pas de faire contrôler chaque recoin du bâtiment et chacune des personnes qui s'y trouvaient.

Clemencia frappa. La porte était fermée à clé, le chef absent. Le seul collègue qu'elle trouva était Robinson, qui avait pris ses aises dans son bureau à elle. Apparemment, il manquait trop d'imagination pour se contenter de penser à ce qu'il ressentirait en devenant inspecteur à la place de Clemencia. Il ne sembla pas le moins du monde embarrassé et, lorsqu'elle lui demanda où était le reste de l'unité, il prit un air important.

« Peut-être que tu ne le sais pas encore, mais tous les hommes opérationnels ont été réquisitionnés pour participer à une recherche d'une ampleur sans précédent. »

Clemencia se promit de lui faire payer sa manière d'accentuer intentionnellement les mots « hommes » et « opérationnels », mais pour le moment, elle avait d'autres chats à fouetter.

« Non seulement c'est la plus grande action que le pays ait jamais connue, mais en plus, elle est très délicate, parce qu'apparemment certains cercles influents ont cru comprendre que la police avait l'intention de descendre Donkerkop avant qu'il puisse ouvrir la bouche. Du coup, il est absolument indispensable de le prendre vivant. Je suis complètement de l'avis d'Oshivelo sur ce point. Des ordres ont été donnés en ce sens. »

Robinson désigna la grande carte du pays étalée devant lui.

« Je viens de commencer à réfléchir à une stratégie, mais il faut que je redescende à la centrale téléphonique. Tu as certainement compris qu'Oshivelo m'a chargé personnellement de coordonner toute l'opération. »

Clemencia faillit lui demander si c'était parce qu'on avait besoin sur le terrain de tous les hommes opérationnels, mais elle se retint au dernier moment et dit simplement :

« Et où est le chef ?

— Il est malade. Il a appelé tout à l'heure. »

Clemencia se vit donc forcée d'expliquer sa théorie à Robinson. Sa réaction ne la surprit pas.

« D'abord, tu es suspendue ; ensuite, il n'y a pas de tueur qui attend Donkerkop quelque part, parce que le tueur, c'est Donkerkop, et, enfin, c'est ma responsabilité de l'attraper.

— Il me faut seulement quelques agents et un accès libre à…

— Pas question !

— Robinson ! Il se peut que tu aies raison et que ma carrière soit vraiment finie, mais tu peux aussi avoir tort. Je serai peut-être ta supérieure hiérarchique pendant encore quelques dizaines d'années, et je peux t'assurer que, si c'est le cas, personne n'aura envie d'être à ta place. »

Robinson sourit, mais sembla tout de même se demander s'il était vraiment malin d'adopter une position aussi définitive à un moment pareil.

« Alors ? demanda Clemencia.

— Je serais heureux de t'aider, mais j'ai des instructions précises. L'arrestation de Donkerkop a la priorité absolue. Oshivelo a clairement ordonné que tous les hommes participent à la recherche.

— OK. On appelle le chef », dit Clemencia.

Elle tendit le bras au-dessus du bureau pour attraper le téléphone et demanda qu'on la mette en communication avec Oshivelo. Elle ne raccrocha qu'après de nombreuses sonneries dans le vide.

« Il est malade, dit Robinson en haussant les épaules. Je suis vraiment désolé, mais… »

Imbécile ! pensa Clemencia en quittant la pièce précipitamment. Sur le palier, elle appela Angula. Ses explications ne semblèrent pas beaucoup l'intéresser, jusqu'à ce qu'elle lui dise vouloir fouiller sans autorisation le quartier général de la police ; il parut alors pris d'un zèle débordant. Après avoir promis de venir le chercher tout de suite, elle passa à l'arsenal du commissariat et demanda à récupérer son arme et celle d'Angula.

« On reprend du collier ? demanda le gardien de service.

— Tout le monde est sur les dents, répondit-elle. Ils ont besoin de tous les hommes – et de toutes les femmes.

— C'est sûr », dit le garde.

Il lui tendit la liste à émarger pour confirmer l'emprunt des armes.

Le pare-brise de la Golf Citi était orné d'une contravention. Clemencia la déposa dans la boîte à gants et prit la route de Katutura. Elle allait mener cette affaire à son terme, quelles qu'en soient les conséquences. Elle pensa à Oshivelo. Il devait vraiment être très malade pour laisser le commandement à cet imbécile de Robinson dans une situation pareille.

La jolie jeune femme chercha ses yeux au-dessus du canon de la kalachnikov et lui dit :

« Vous êtes très malade. »

Il détourna le regard. Un ciel gris et lourd pesait sur le pays. Quand les masses d'eau tomberaient enfin, on se demanderait comment les nuages avaient pu les contenir si longtemps. Il répondit :

« Je ne suis pas malade, je meurs, tout simplement.

— On ne meurt pas sans raison, répliqua-t-elle.

— On trouve toujours une raison de mourir. »

Le visage d'Angula se tordit de douleur quand il arma son pistolet. Seul le bout de deux doigts de sa main droite dépassait de l'épais bandage qui montait jusqu'à son coude.

« Ça va ? » demanda Clemencia.

Elle allait devoir forcer elle-même le portail de la propriété, puis la porte d'entrée. Angula avait trouvé un pied-de-biche chez lui, c'était déjà ça.

« On ne va vraiment recevoir aucun renfort ? » demanda-t-il.

Clemencia désigna le panneau de Group 4 Securicor apposé près de l'entrée.

« Si on a de la chance, l'alarme est allumée. »

Cela signifierait que l'entreprise de sécurité serait alertée au plus tard quand elle fracturerait la porte de la maison. La centrale appellerait et, comme personne ne répondrait au téléphone, enverrait une voiture de patrouille, comme le voulait la procédure. Alors seulement, ils comprendraient que l'affaire était sérieuse. La fusillade serait terminée bien avant qu'arrivent des renforts dignes de ce nom. Mais de toute façon, si quelqu'un était à la maison, l'alarme était sans doute désactivée.

Clemencia brandit le pied-de-biche.

« On y va ?

— Mais si tu te trompes…

— J'ai raison », dit-elle.

Oshivelo n'était pas venu au travail, prétendant être malade, il ne répondait pas au téléphone, ne réagissait pas à ses coups de sonnette, et il avait ordonné de capturer Donkerkop vivant à tout prix, contredisant complètement ses instructions précédentes.

« Alors on y va ! » dit Angula.

Clemencia se servit de l'outil comme d'un levier, faisant grincer le bois. Elle appuya de tout son poids sur le pied-de-biche, se jeta dessus l'épaule en avant, et le portail fut soudain arraché de ses gonds, projetant des éclats de bois. Le métal ricocha avec fracas sur la dalle de pierre. Clemencia recula derrière un des piliers pour se mettre en sécurité, tandis qu'Angula se glissait déjà à travers l'ouverture. Aucune alarme ne se déclencha. Un passant, de l'autre côté de la rue, tourna les talons et prit la fuite.

Clemencia compta jusqu'à dix. Tout restait silencieux. Elle récupéra le pied-de-biche à tâtons et inspira profondément. Son arme braquée devant elle, elle franchit à son tour le portail brisé. Du coin de l'œil, elle vit, sur sa gauche, Angula accroupi derrière un gros pot dans lequel poussait un arbuste aux feuilles d'un vert foncé luisant. Un caoutchouc, pensa-t-elle comme si c'était important, puis elle courut le long du chemin pavé menant au garage et s'adossa à la porte. La maison s'élevait sur sa droite : un mur crépi de blanc long de deux mètres, puis une vaste façade vitrée derrière laquelle se trouvait, si ses souvenirs étaient exacts, la grande cuisine à vivre d'Oshivelo. La porte d'entrée était au coin suivant.

Angula tendit son bras bandé hors de sa cachette. Il faisait penser à un homme en train de se noyer et d'appeler à l'aide, mais il voulait simplement indiquer que tout allait bien. Clemencia fit un signe de tête vers la droite. Angula, penché en avant, courut vers la maison. Ils étaient à présent tous deux adossés au mur, arme brandie. La grande fenêtre s'étendait entre eux.

« On entre par là », murmura Clemencia.

Elle glissa son pistolet dans la ceinture de son pantalon, avança en restant collée au mur et brandit le pied-de-biche des deux mains. Angula se plaça en couverture. La vitre explosa sous la force du coup porté par Clemencia. Des éclats de verre se répandirent bruyamment à l'intérieur, puis le silence revint. Toujours plaqués au mur, les deux policiers échangèrent un regard. Pourquoi est-ce que rien ne se passait ? Pourquoi personne ne leur tirait dessus ? Pourquoi aucun crépitement de la kalachnikov ?

« Il n'y a personne », chuchota Angula.

Est-ce qu'elle s'était trompée, malgré tout ? Oshivelo était-il tout simplement parti, prenant une journée de vacances en douce ? Clemencia risqua un œil à l'intérieur. La cuisine était vide, la porte donnant sur le palier fermée.

« On entre », dit-elle.

Après avoir éliminé les derniers restes de la fenêtre à coups de pied-de-biche, elle pénétra dans la maison. Les éclats de verre crissèrent sous ses pas. Elle garda la porte en joue pendant qu'Angula franchissait la fenêtre brisée avec précaution. La vaisselle d'un petit déjeuner pour deux personnes était encore sur la table. Pas difficile de deviner la place d'Oshivelo et celle de sa femme. Clemencia plongea le doigt dans la tasse. Le café n'était pas encore tout à fait froid.

Angula grommela quelque chose. Il avait déjà atteint la porte conduisant au palier. Lorsque Clemencia eut rejoint sa position, il appuya sur la poignée et poussa la porte. À droite, le palier de l'entrée, à gauche, un couloir conduisant à d'autres pièces. En le traversant, Clemencia entendit un gémissement étouffé, comme si quelqu'un était en train de se faire étrangler. Elle se figea et retint son souffle. Angula hocha la tête et passa près d'elle sans un bruit. Le soupir était venu de la première pièce sur la droite. Sa porte entrouverte laissait tomber dans le couloir un mince rai de la lumière grisâtre du jour ; Angula l'enjamba rapidement et se plaça de l'autre côté. Clemencia avança à tâtons en gardant une main au mur. La crosse de son arme était moite. Le bras bandé de son collègue se posa sur le bord de la porte et la fit doucement glisser pour l'ouvrir complètement. Le rai de lumière, au sol, s'élargit.

« Police ! » cria Clemencia.

Sa voix sonnait faux.

« Mains sur la tête, sortez lentement de la pièce ! »

Un gémissement étouffé, douloureux, lui répondit. Elle fit un geste en direction d'Angula puis désigna son propre pistolet, et enfin la pièce. Il comprit son intention et braqua son arme à travers la porte en ne laissant voir que sa main. Clemencia passa la tête de l'autre côté du chambranle. Sur un lit double placé le long de la fenêtre gisait Oshivelo, le visage tourné vers Clemencia, les yeux écarquillés. Il avait un bâillon fourré dans la bouche et fixé par du ruban adhésif. Ses poignets et ses jambes étaient liés et attachés aux deux extrémités du lit.

Clemencia ne bougea pas. Une armoire à droite, un angle mort derrière la porte. Elle demanda :

« Vous me comprenez, chef ? »

Oshivelo hocha la tête.

« Hochez encore la tête s'il y a quelqu'un d'autre que vous dans cette pièce ! »

Oshivelo secoua énergiquement la tête de droite à gauche.

« Et dans le reste de la maison ? »

Même réaction. Clemencia se glissa à travers l'encadrement de la porte et braqua son arme à gauche, dans l'angle mort. Un siège, un appareil de musculation, un miroir au mur. Elle se retourna. Angula était en train d'ouvrir les portes de l'armoire. La pièce était sûre. Il ne quitta pas le couloir des yeux pendant que Clemencia ôtait son bâillon à Oshivelo et commençait à détacher le fil à linge qui lui attachait les mains.

Oshivelo prit une longue respiration et dit :

« Il est parti.

— Depuis combien de temps ?

— Une heure, grand maximum. Et il a pris ma femme en otage. »

Clemencia avait vu la femme d'Oshivelo deux ou trois fois, une jeune beauté pour laquelle il avait divorcé de sa première épouse après vingt-cinq ans de mariage. Des rumeurs avaient couru au commissariat selon lesquelles la jeune femme aurait un jour atteint la deuxième place du podium à l'élection de Miss Namibie, jusqu'à ce que quelqu'un, probablement Robinson, fasse des recherches et constate qu'elle n'y avait jamais participé.

« Donnez-moi la description du tueur, dit-elle. On va…

— Non ! s'écria Oshivelo en se frottant les poignets. Il est gravement malade, apparemment au stade terminal. Il n'a rien à perdre. Il lui tirera dessus si tout ne se passe pas comme il le veut. »

Clemencia avait donc bien eu raison sur le fond ; elle avait juste mis un peu trop longtemps à comprendre qu'il serait moins risqué pour le tueur de faire pression sur un officier haut placé que de s'introduire dans le commissariat. Une heure plus tôt, elle l'aurait eu ! Elle dit :

« Il veut Donkerkop vivant. Dès qu'on l'aura trouvé, vous êtes censé le lui livrer, c'est ça ?

— Pas tout à fait, répondit Oshivelo. Donkerkop doit avouer le meurtre de Lubowski, donner les noms de tous les participants et tous les détails de l'affaire. Dès que le tueur entendra l'enregistrement de ses aveux sur NBC, il libérera ma femme.

— C'est ce qu'il dit, nota Clemencia.

— Oui.

— Et maintenant, qu'est-ce qu'on fait ? »

Elle venait de terminer de libérer les jambes d'Oshivelo. Il posa les pieds sur le tapis et les fit bouger de haut en bas.

« Ce qu'on fait ? dit Oshivelo avec un sourire sans joie. On attrape Donkerkop, on le tabasse jusqu'à ce qu'il avoue et on diffuse le tout à la radio. Voilà ce qu'on fait !

— Mais chef, on ne peut pas…

— Et comment qu'on peut !

— Votre femme…, commença Clemencia.

— Exactement, l'interrompit Oshivelo, c'est ma femme, et j'aimerais bien la récupérer en bonne santé.

— Qu'est-ce que le tueur a demandé de plus ? demanda Angula depuis la porte.

— Ça suffit, non ? répliqua Oshivelo agressivement.

— Je me demande simplement pourquoi c'est justement votre femme à vous qu'il a enlevée. Il y a bien assez d'autres haut gradés dans la police. »

Angula parlait d'une voix basse mais tranchante, comme un petit scalpel brillant ouvrant la peau.

« Eh bien allez-y, lâchez le morceau, Angula ! dit Oshivelo en se levant.

— Est-ce qu'il n'aurait pas par hasard exigé que vous passiez vous aussi à la radio, chef ? Vous, ou un autre membre de la SWAPO impliqué dans l'affaire Lubowski ? Est-ce que vous, par exemple, ne seriez pas beaucoup mieux placé pour expliquer ce qui s'est passé à l'époque ? »

Oshivelo fit un pas en direction d'Angula. Son genou lâcha ; le sang ne circulait pas encore très bien. Il se rassit sur le lit et dit :

« Vous m'avez libéré, et je vous en suis reconnaissant. Mais maintenant, vous êtes définitivement éjectés de cette affaire, tous les deux ! Tant qu'elle ne sera pas terminée, je ne veux plus vous voir ! Et si jamais vous osez perturber le déroulement de l'enquête, vous montrer au commissariat, ou vous mêler de tout ça d'une façon ou d'une autre, je vous fais enfermer. Je vous le jure sur la vie de ma femme. »

Ndangi Oshivelo, commissaire divisionnaire adjoint de la police namibienne :

Si les théories du complot plaisent à tellement de monde, c'est parce qu'elles se contentent de fabriquer une apparence de plausibilité à partir de suppositions, de coïncidences et de faits indépendants dont chacun exagère l'importance comme bon lui semble. On peut toujours essayer de les réfuter, mais cela ne fait qu'encourager leurs partisans à concocter de nouveaux arguments. Il est impossible d'éliminer le noyau d'une telle théorie, car comment voulez-vous prouver que quelque chose n'existe pas ? Il est beaucoup plus facile de vérifier que quelque chose existe. Pour prouver à quelqu'un qu'il y a des chacals dans le désert, vous allez avec lui dans le Kalahari et vous en attrapez un. Mais si vous voulez le convaincre qu'il n'y a pas d'esprits errant dans les airs, vous n'avez pas une chance. Certes, on ne voit pas les esprits, même en les cherchant pendant des années, mais ils pourraient parfaitement être invisibles, non ? Ou bien apparaître aux hommes sous la forme de chauves-souris, ou je ne sais quelle idiotie encore ?

Ce que je veux dire, c'est qu'il est pour moi absolument exclu qu'un membre de la SWAPO ait eu connaissance du projet d'assassinat de Lubowski ou ait même participé à l'attaque, mais que je ne peux pas le prouver, parce que c'est impossible. Ce n'est pas pour rien qu'un accusé, lors d'un procès, n'est jamais tenu de prouver son innocence au tribunal : on doit prouver qu'il est coupable.

Et pour cela, il ne suffit pas de faire le malin en murmurant que Lubowski avait des concurrents et des ennemis dans son propre camp. C'est possible, tout comme il se peut que certains aient lorgné sur les fonctions gouvernementales qu'il avait de bonnes chances d'obtenir après l'indépendance. D'autres étaient soulagés que Lubowski ne puisse plus influencer politiquement Sam Nujoma, qui devait très bientôt revenir d'exil. Et certains, même s'ils se gardaient bien de l'admettre, n'avaient peut-être pas vu d'un si mauvais œil le slogan qu'un simple d'esprit avait trimballé sur un panneau dans les rues de Windhoek peu de temps auparavant : Kill All Whites[1] !

Personne ne peut rien faire contre les théories du complot. Il est inutile de les rendre publiques, même si elles contiennent les pires âneries – et de ça, on a vraiment entendu plus que notre part ! Je ne peux empêcher personne de se demander si la SWAPO avait entendu parler de la troupe de tueurs sud-africains infiltrée et du projet d'assassinat, si quelqu'un a volontairement tenu cette information secrète jusqu'à ce qu'il soit trop tard pour sauver Lubowski, si Acheson a été livré à la police seulement après avoir rempli sa

1. « Tuez tous les Blancs ! »

mission, et si, à cause de tout ça, on avait des raisons de redouter un procès.

Je peux répéter cent fois qu'en 1989 nous n'étions pas encore au pouvoir et n'avions donc pas de possibilité d'influencer l'enquête, mais cela ne changera rien. Ceux que ça amuse toujours peuvent bien continuer à se demander comment les tueurs savaient que Lubowski serait seul dans sa voiture ce soir-là. On peut critiquer les efforts politiques accomplis ultérieurement, mettre en doute le fait qu'il ait été impossible juridiquement de déposer une demande d'extradition contre les membres du CCB en Afrique du Sud. Chacun peut bien se bricoler sa propre version des faits ! Je n'y participerai pas. Je ne prendrais position sur ces faits que si on avait des preuves un tant soit peu convaincantes. Mais on n'en a pas, n'est-ce pas ?

5

Héros

Oshivelo avait dit que le tueur était gravement malade, au stade terminal. Peut-on vraiment deviner cela rien qu'en regardant quelqu'un ? Ou bien le tueur l'avait-il dit lui-même, pour souligner qu'il n'avait rien à perdre et n'hésiterait devant rien ? D'un autre côté, il aurait ainsi révélé son point faible. Si on voulait faire pression sur quelqu'un, on ne pouvait pas se permettre cela. Oshivelo ne serait-il pas tenté de jouer la montre, en espérant que la menace qui pesait sur sa femme disparaîtrait d'elle-même ?

Loin à l'ouest, les nuages s'effilochaient, dévoilant çà et là des lambeaux de ciel d'un bleu pâle, mais, au-dessus de Windhoek, une masse dont les tons variaient du gris à un anthracite presque noir s'amoncelait. La tension électrique qui s'y accumulait était presque perceptible sur la peau. Angula grogna quelque chose. Il avait demandé à Clemencia de le ramener chez lui, et elle roulait à présent le long d'Otjomuise Road. Sur la gauche s'étendait le barrage de Goreangab. Le peu d'eau qui y restait formait une surface terne et stagnante d'un gris mat. Dans la voiture, l'air était lourd et étouffant, même avec les fenêtres ouvertes.

Clemencia ne doutait pas que le tueur soit à l'article de la mort. Cela paraissait tellement évident qu'elle se demanda pourquoi elle n'y avait pas pensé elle-même. Le mélange de désespoir, de détermination et d'absence totale de considération qu'il avait affiché jusque-là correspondait bien à l'état d'esprit « après moi, le déluge » d'un homme privé d'avenir.

Cela expliquait aussi un autre des mystères de la série de meurtres : les vingt ans écoulés depuis l'assassinat de Lubowski.

Même assoiffé de vengeance depuis le début, le tueur avait d'abord craint les conséquences qu'auraient eues pour lui de telles représailles. Mais à présent, tout lui était égal. La prison à perpétuité n'est plus bien effrayante lorsqu'on sait qu'elle ne durera que quelques semaines, et qu'on sera de toute façon probablement déclaré inapte à la détention.

Les médecins ! pensa Clemencia. Il y a forcément quelqu'un qui a annoncé son diagnostic au tueur, qui lui a confirmé qu'il allait bientôt mourir ! Aurait-elle une chance de découvrir son nom en interrogeant les médecins ? Jamais elle ne pourrait contrôler tous les cabinets médicaux. Elle ne savait même pas de quoi il souffrait – seulement que c'était grave, sans espoir, et avec une très, très courte échéance. Elle réalisa qu'aucun médecin n'émettrait un tel diagnostic spontanément, uniquement après un premier examen rapide. Il essaierait d'abord de vérifier sa conclusion et d'éliminer les derniers doutes à l'aide de radios, de scanners, d'analyses de tissus ou de sang, d'électro-encéphalographies, ce genre de chose. En tout cas avec des examens qu'un cabinet classique n'était pas en mesure de pratiquer. Alors, un laboratoire ou bien… un hôpital ! Oui, ça devait être ça. Peut-être le tueur était-il allé lui-même à l'hôpital, peut-être son médecin traitant l'y avait-il envoyé, en tout cas, ce n'est que là qu'il avait pu recevoir son diagnostic final. Et à Windhoek, il n'y avait pas tant que ça d'hôpitaux bien équipés.

« Katutura Hospital, Central, Rhino Park, Mediclinic, l'Hôpital catholique…, marmonna Clemencia.

— Je veux juste rentrer chez moi », dit Angula.

Il serrait de sa main gauche son bras bandé.

« Je voulais dire qu'on pourrait peut-être découvrir le nom du tueur dans les hôpitaux.

— Sans moi, dit Angula.

— Ce serait une chance.

— Je ne me sens pas très bien, répliqua Angula en regardant fixement son bandage.

— Oui, dit Clemencia, excuse-moi. Je voulais juste dire…

— Je voudrais m'allonger. »

Évidemment qu'il voulait s'allonger. Il prendrait un crayon de la main gauche et, de son écriture hachée, inscrirait sur une feuille de papier toute une liste d'accusations contre Oshivelo et les dirigeants de la SWAPO, même s'il savait parfaitement que cela ne servirait à rien. Clemencia reprit :

« D'accord, Angula, c'est bon.

— Vraiment ?

— Vraiment. »

Ils gardèrent le silence pendant les quelques minutes qui les séparaient encore de l'appartement d'Angula. Après être descendu de voiture, il se tourna vers Clemencia et dit :

« Je sais que j'ai raison.

— Remets-toi vite, Angula ! » lança-t-elle avant de repartir.

Elle commença par le Central Hospital. Depuis le parking, elle prit la direction de l'entrée des visiteurs, mais s'arrêta devant la porte. Dehors, sur des bancs, plusieurs familles nombreuses attendaient l'heure des visites. Un petit garçon vêtu d'une cape de Superman et armé d'un pistolet en plastique courait sur la pelouse desséchée. Deux rampes d'accès incurvées enserraient l'esplanade comme un forceps. Devant une entrée secondaire, un homme en blouse blanche fumait une cigarette à la hâte.

Comment Clemencia allait-elle obtenir les noms des patients ayant reçu récemment un pronostic de survie de quelques semaines ? Il n'existait certainement pas de liste de ce type, et l'administration de l'établissement ne pourrait probablement lui en fournir une qu'en épluchant les dossiers des patients un par un. Ils ne lui rendraient sûrement pas ce service. Elle pourrait aussi interroger les médecins, mais il devait y en avoir des centaines, ici. La moitié ne serait sans doute pas de service, et les autres commenceraient par invoquer le secret professionnel. Elle n'obtiendrait jamais de liste complète, cela prendrait une éternité, ça n'avait aucun sens.

Clemencia tenta de se représenter la scène : une femme (il ne pouvait s'agir que d'une femme médecin, elle n'arrivait pas à imaginer un homme dans ce rôle) avait annoncé au tueur le résultat des examens. Des données, des faits, des expressions techniques, puis, lorsque l'incompréhension du patient était devenue évidente, des termes plus clairs : la maladie avait atteint un stade à partir duquel les traitements ne serviraient plus à rien mais, au contraire, ne feraient qu'affaiblir davantage le corps. On pouvait cependant essayer d'atténuer les symptômes avec des médicaments et d'améliorer provisoirement la qualité de vie… Le tueur avait alors compris.

« Combien de temps ? avait-il demandé.

— On ne peut pas le dire exactement, avait répondu le médecin.

— Combien de temps ? avait répété le tueur en se levant.

— Peut-être quelques mois, avait-elle dit, ajoutant après une brève hésitation : enfin, plutôt quelques semaines. »

Et le tueur ? Il ne s'était pas effondré, au contraire : il lui avait semblé sentir un poids terrible disparaître et une force nouvelle affluer soudain dans son corps, une énergie oubliée depuis longtemps, une énergie dont il allait avoir besoin, parce qu'il ne lui restait plus que quelques semaines à vivre et qu'il avait encore énormément de choses à accomplir. Il voulait maintenant sortir de cet hôpital, en sortir le plus vite possible. Dès qu'il avait pu, il avait ramassé ses affaires à la hâte. Et si tout cela s'était vraiment déroulé ainsi, alors il n'avait sûrement pas…

Clemencia observa l'entrée de Central Hospital. Elle allait s'y prendre autrement, pas à la manière finlandaise bien correcte, plutôt à la façon de *miki* Selma. Elle sortit son portable et demanda aux renseignements le numéro de l'hôpital, qu'elle appela dans la foulée. Se présentant comme Claire Namases, du ministère de la Santé, elle se fit passer le service administratif.

Elle expliqua qu'une conférence internationale se tenait actuellement au ministère, au cours de laquelle la répartition d'importantes sommes d'argent destinées au système de santé namibien devait être décidée.

« Les représentants de l'Unesco ont toutefois exigé certaines informations dont nous ne disposons pas. Le secrétaire d'État a promis de les fournir avant la fin de la journée de conférence ; il nous faudrait donc, s'il vous plaît, une liste de tous les patients ayant, pendant les trois derniers mois, quitté l'hôpital sans remplir les formalités de sortie officielles.

— Vous voulez dire les patients qui ont tout simplement fichu le camp ?

— C'est exactement ça. Avec leur nom, adresse, âge, diagnostic, etc. Vous pouvez faire ça, non ?

— Oui, je pense.

— Bien, alors merci de le faire tout de suite. C'est vraiment urgent, sinon je n'aurais pas appelé. Une de nos collaboratrices va venir chercher la liste, elle devrait être là dans vingt minutes. Elle s'appelle Clemencia Garises, notez bien son nom. Je compte sur vous pour lui remettre les documents en main propre ! Merci beaucoup ! »

Une fois que Clemencia eut appelé les autres hôpitaux de Windhoek, les vingt minutes annoncées étaient écoulées. Évidemment, l'administration du Central Hospital n'avait encore rien préparé, mais lorsqu'elle évoqua les inconvénients qu'entraînerait l'éventuelle mauvaise humeur du ministre, une employée finit par s'installer devant l'ordinateur et fit preuve d'une rapidité inattendue. Une demi-heure plus tard, Clemencia retournait au parking en survolant la liste. Elle comportait environ soixante-dix noms. La plupart des patients avaient quitté l'hôpital en douce uniquement pour ne pas régler leur facture.

Elle élimina de la liste les femmes, les enfants, et deux hommes âgés de plus de soixante-cinq ans, puis les nombreuses personnes dont les maladies ou les blessures ne représentaient pas un risque mortel direct. Ne restèrent alors plus que les patients dont le diagnostic était rédigé dans un jargon qu'elle ne comprenait pas, quelques cancéreux, et surtout des hommes de vingt à cinquante ans infectés par le virus du sida et dont le système immunitaire défaillant avait entraîné une ribambelle de pathologies secondaires graves.

Encore dix-huit noms qui ne lui disaient absolument rien, dix-huit adresses à vérifier. Avant de commencer, elle voulait y ajouter les patients du Katutura Hospital, jugeant moins probable que le tueur soit allé dans une clinique privée. Peut-être se trompait-elle sur ce point, mais elle avait du mal à se représenter ce tueur qui n'avait rien à perdre comme un homme riche, en mesure de se payer un traitement privé.

Tout se passa bien au Katutura State Hospital aussi. Après avoir filtré la nouvelle liste, elle se retrouva avec vingt-quatre autres noms.

Ashipala, Manzambi.

Autindi, Immanuel.

Bobeje, Ebenezer.

Damaseb, Dawid.

Daurab, Amon.

Elago, Lucas.

Erastus,…

Stop !

Elago, Lucas, ferme de Lewensvrede, téléphone… N'était-ce pas la ferme de l'ancien juge Hendrik Fourie ? N'était-ce pas le numéro qu'elle avait elle-même déjà composé plusieurs fois ?

Elago, Lucas, de sexe masculin, né le 23 janvier 1967, admis le 15 décembre, disparu le 20 ou le 21 sans certificat de sortie – soit presque deux semaines avant le premier meurtre ! Deux semaines nécessaires pour acheter une kalachnikov, espionner ses victimes, établir des plans, voler une voiture et la maquiller en véhicule de Group 4 Securicor.

Elago, Lucas. Diagnostic : sida déclaré, tuberculose pulmonaire avec dispersion hématogène sur les ganglions lymphatiques, pancréatite. Traitement recommandé…

Clemencia était debout près de la Golf Citi, sur le parking du Katutura State Hospital. Le ciel était devenu si noir qu'on se serait cru en pleine nuit. Au nord, dans la direction de Brakwater, des éclairs fusaient, créant des arbres aux ramifications étincelantes qui brûlaient sous les nuages pendant quelques fractions de secondes avant de s'éteindre entre les collines sombres. Elle tenta de compter les secondes les séparant du coup de tonnerre qui les suivait, mais il y en avait tellement qu'elle perdit le fil. Elle s'installa au volant et démarra.

Elago, Lucas !

Lorsque Clemencia quitta le parking, les premières gouttes de pluie vinrent s'écraser sur le pare-brise, de grosses gouttes isolées. Elle pensa à l'impact de balles de revolver et regarda les minces filets d'eau se frayer un chemin dans la poussière couvrant la vitre.

Il était au volant, le sac bleu posé à côté de lui. Il n'en aurait plus besoin, il n'aurait plus besoin de rien – juste d'un endroit où mourir, qu'il ferait d'ailleurs mieux d'atteindre rapidement, car il sentait déjà sa conscience lui échapper. Elle cherchait à le quitter pour aller quelque part loin de son corps, son corps qui respirerait encore un moment, dont le cœur continuerait de battre, par habitude, jusqu'à ce qu'il comprenne que ça n'avait aucun sens. Alors, il s'arrêterait. Ce serait terminé. Il toussa et cracha du sang.

En fait, le lieu où l'on mourait n'avait aucune signification. N'importe quel endroit faisait l'affaire. Les Bochimans, lorsqu'ils sentaient leur heure arriver, restaient seuls au campement que les autres quittaient et mouraient là. Cela ne concernait en rien les membres de leur tribu, déjà bien assez occupés à assurer leur propre survie. Il valait mieux oublier rapidement ceux qui n'y contribuaient plus, sans égard pour les sacrifices qu'ils avaient faits. Lui, cependant, n'était pas un Bochiman.

Des buissons d'épines éraflèrent la carrosserie avec un bruit strident. Il sursauta et tourna le volant pour ramener la voiture dans les ornières de sable. Il n'était plus loin, à présent, environ deux kilomètres. Il allait y arriver ! Il lui faudrait juste réussir à contrôler sa conscience jusque-là. Il plissa les paupières puis écarquilla les yeux pour percer le voile qui les couvrait. Alors seulement, il remarqua que des gouttes d'eau perlaient sur le pare-brise. Il avait commencé à pleuvoir. Il chercha le levier des essuie-glaces, mais ne vit pas plus clair même après l'avoir trouvé.

En revanche, il entendait bien, presque aussi bien qu'avant. La pluie battait une mesure rythmée sur la carrosserie. Le martèlement s'interrompit un instant, puis revint brusquement en un violent tambourinement. Les balais des essuie-glaces ne repoussaient qu'à grand-peine ces soudaines masses d'eau, n'écartant un ruisseau que pour en retrouver un au retour. La nuit tombée d'un coup fut déchirée par un éclair qui explosa au-dessus de la voiture, semblant être partout à la fois. Les buissons d'épines s'illuminèrent brièvement, pâles créatures fantomatiques courbées sous les trombes d'eau. Le ciel ne pleurait pas, il déversait son courroux sur la terre, et le tonnerre craquait comme les os de gazelles dévorées par des lions, mais bien plus longtemps et beaucoup, beaucoup plus fort. Le premier orage de la saison des pluies, et le dernier de sa vie !

Il se pencha vers l'avant et essaya de distinguer où menait la piste.

Depuis que Clemencia avait quitté l'hôpital, il pleuvait des cordes. En ville, la circulation était ralentie, mais elle put tout de même progresser presque normalement. Les voies souterraines ne seraient inondées qu'un peu plus tard, quand les canalisations seraient bouchées par la poussière et les ordures charriées par la pluie, ou tout simplement lorsqu'elles capituleraient face aux masses d'eau. Elle ne rencontra pas non plus de gros problèmes sur la B1 goudronnée menant vers le sud, même si elle faillit rater la sortie, n'ayant vu le panneau qu'au dernier moment.

C'est ensuite que les difficultés commencèrent. La chaleur semblait avoir, au cours des derniers mois, cuit le sol en une croûte dure et imperméable. Bien vite, les flaques de la piste poussiéreuse se changèrent en lacs allongés que la Golf Citi ne traversait qu'à grand-peine. Et la pluie ne faiblissait pas. La lumière des phares disparaissait dans ce déluge qui tombait presque à la verticale. Lorsque Clemencia bifurqua enfin pour s'engager sur le chemin menant à la ferme, le terrain se fit plus vallonné. De petits torrents descendaient en gargouillant les traces de pneus qui creusaient la piste, mais au moins, ici, l'eau ne stagnait pas. Le chemin montait, descendait, et Clemencia conduisait aussi vite que possible. Elle savait qu'un tel orage pouvait, en l'espace de quelques minutes, changer les lits asséchés des rivières en fleuves tumultueux. Après être parvenue à traverser les premiers replis de terrain, elle fut bientôt bloquée par un cours d'eau large de cinq bons mètres qui traversait la piste, bordé par une vague menaçante, et se déversait dans l'obscurité sur la gauche.

Elle n'allait quand même pas rester coincée là ! Elle connaissait le nom du tueur, savait qu'il allait bientôt mourir, et même de quoi, et, surtout, elle était presque certaine de connaître sa cachette, et maintenant, elle ne pouvait pas l'atteindre. Parce qu'il pleuvait ! Parce qu'elle arrivait une demi-heure trop tard, qu'elle avait ramené Angula chez lui afin qu'il puisse noircir inutilement des pages et des pages de ses gribouillis, et parce que Claus Tiedtke était le seul Blanc du pays à posséder une misérable Golf Citi au lieu d'un solide véhicule tout-terrain.

Elle attrapa son portable. Pas de réseau. Pourtant, elle s'en était déjà servie depuis la ferme. Peut-être était-ce dû à l'orage ou à la cuvette dans laquelle elle était bloquée. Le chemin du retour était certainement impraticable, désormais. À sa droite s'élevaient de sombres escarpements, et sur sa gauche, le terrain descendait en pente abrupte sur plusieurs mètres. Elle ne pouvait même pas faire demi-tour ici. Elle recula de quelques mètres, passa la première et mit les gaz. Une gerbe d'eau s'éleva et l'un des pneus avant rebondit durement sur une pierre, soulevant Clemencia de son siège. Elle se cramponna au volant en fixant des yeux la vague qui se formait devant elle, enfonça l'accélérateur jusqu'au plancher, et la Golf s'arrêta net. Le moteur était noyé, à un mètre de l'autre bord, un ridicule petit mètre. La pluie tambourinait sur le toit, la rivière passait sous elle en gargouillant. Le fleuve allait continuer à monter, et bientôt, la voiture se remettrait à bouger – mais sur le côté, en direction de la pente. Clemencia devait en sortir tant qu'elle le pouvait encore.

L'eau lui montait presque jusqu'aux genoux. Elle pataugea jusqu'au capot, rejoignit la rive en deux pas rapides et poursuivit sa route sans se retourner, avançant entre les ornières inondées. L'eau giclait de ses chaussures à chaque pas. Au bout de trente mètres, elle fut trempée jusqu'aux os, essayant seulement de protéger un tant soit peu son arme et son téléphone. Une demi-heure plus tard, la pluie se calma, et, lorsqu'elle atteignit l'entrée de la ferme, il ne tombait plus que quelques gouttes.

Cette fois-ci, aucun petit garçon n'était là pour lui ouvrir le portail. Personne ne se montra, pas même les chiens. La terrasse était vide, le bâtiment de la ferme obscur. En revanche, elle découvrit la Nissan d'Oshivelo garée un peu à l'écart, sous les arbres, près de l'angle est de la maison. Clemencia n'avait pas posé la question à son chef, mais il était évident que le tueur l'avait forcé à lui donner les clés de sa voiture avant de disparaître avec son otage. Le tueur qui avait désormais un nom. Lucas Elago.

Clemencia sortit son arme, avança prudemment jusqu'à la Nissan et jeta un œil à travers la fenêtre. Vide. Ou presque : un sac de sport était posé sur le siège passager. Les portes n'étaient pas verrouillées ; soit le tueur était très pressé, soit il se sentait complètement en sécurité ici. Clemencia ouvrit silencieusement la portière du côté passager, ouvrit la fermeture à glissière du sac et découvrit une kalachnikov. Non, *la* kalachnikov. Elle la sortit du sac et la dissimula sous la voiture, juste au cas où.

Son propre pistolet à la main, la jeune femme rejoignit furtivement la ferme et se glissa de fenêtre en fenêtre. Rien, personne ; ni Lucas Elago, ni la femme d'Oshivelo, ni le juge Fourie. L'ancien juge Fourie, se corrigea Clemencia, et le futur accusé : il était forcément mêlé à cette histoire, d'une manière ou d'une autre. Son implication professionnelle dans l'affaire Lubowski, son voyage à la prison de Pretoria et le comportement plus que douteux qu'il avait eu sur place, le fait que le tueur vivait apparemment dans sa ferme – cela faisait trop de coïncidences ! Elago devait être un de ses employés, à qui Fourie avait promis monts et merveilles s'il réglait quelques affaires pour lui. Mais quel genre de promesse pouvait encore intéresser un homme condamné ?

Les appartements des ouvriers. Depuis l'entrée, ils se trouvaient après le jardin, à une distance respectueuse de la maison. Un sentier de terre battue désormais transformé en ruisseau menait aux trois bâtiments plats construits en enfilade. Une lampe était allumée dans le premier d'entre eux. En regardant par la fenêtre, Clemencia vit d'abord l'ancien juge Fourie adossé au mur, les bras croisés. Ses cheveux blancs en bataille lui collaient aux tempes.

À sa gauche, un lit, avec une couverture semblable à celle jetée sur le cadavre d'Acheson quelques jours auparavant. Sauf que ce n'étaient pas des pieds qui en dépassaient, mais un visage émacié aux lèvres minces et grises, aux joues creusées, aux yeux fermés profondément enfoncés dans les orbites. L'homme ne ressemblait pas à un tueur, mais à la mort en personne. La chaise posée auprès du lit était vide. L'employée de maison de Fourie était accroupie sur le sol, ses deux enfants serrés contre elle : la petite fille qui avait essayé de chevaucher le chien et le garçon qui avait voulu devenir policier après avoir fait un tour dans la voiture de patrouille de Clemencia. Celui qui n'avait pas compris comment elle avait pu oser arrêter son *baas*. Celui auquel elle avait expliqué que tous les hommes étaient égaux devant la loi.

Clemencia rangea son pistolet, ouvrit la porte et entra. La femme et les enfants ne se retournèrent même pas, et Fourie lui adressa simplement un signe de tête, comme s'il l'avait attendue depuis longtemps, comme s'il était heureux qu'elle soit enfin arrivée. Clemencia traversa la pièce et s'arrêta près de Fourie. Elle regarda les traces que ses chaussures mouillées avaient laissées sur le sol de pierre, puis demanda à voix basse :

« Lucas Elago… ?

— Il est rentré aujourd'hui, chuchota Fourie, il y a deux ou trois heures, peut-être.

— Il est mort ? »

Fourie secoua la tête.

« Il reprend conscience de temps en temps, s'évanouit de nouveau, puis refait surface. Le moment n'est pas encore venu, je pense.

— Il faut l'emmener à l'hôpital, dit Clemencia.

— Pour quoi faire ? Le voyage le tuerait, de toute façon.

— Monsieur Fourie… »

Clemencia s'interrompit en voyant le mourant, sur le lit, jeter la tête de côté. Son soupir se changea en une quinte de toux qui semblait venir directement de l'au-delà. Un mince filet de sang coula du coin de sa bouche. La femme lâcha son fils, glissa vers l'avant sur les genoux et essuya le sang prudemment, presque tendrement, avec un chiffon. Puis elle reprit sa position accroupie. Clemencia s'assit sur la chaise vide, se pencha et demanda :

« Lucas Elago, où est la femme d'Oshivelo ? »

L'homme avait les lèvres entrouvertes ; sa respiration était rapide et superficielle.

« La femme que vous avez enlevée, reprit Clemencia, où est-elle ? »

Elago ouvrit lentement ses yeux brun foncé au blanc injecté de sang. Clemencia se dit qu'il devait savoir qui elle était. Pas seulement parce qu'il avait déjà entendu sa voix au téléphone, mais aussi parce qu'il ne pouvait pas en être autrement, après tous ces jours et toutes ces nuits qu'elle avait passés à le traquer, à essayer de prévoir ses mouvements, de pénétrer ses pensées et ses sentiments. Mais son regard resta neutre ; il n'eut aucun geste indiquant qu'il la reconnaissait.

« Qu'avez-vous fait de cette femme ? » demanda-t-elle.

Elle le toucha à l'épaule. Il ne pouvait pas mourir maintenant, pas avant d'avoir répondu à quelques questions. Elle ajouta :

« S'il vous plaît ! »

Lucas Elago ne mourut pas, pas encore. Il commença même à parler, très bas, presque silencieusement, mais en prononçant les mots avec précipitation, ne reprenant son souffle qu'à grand-peine. Il lui fallut une éternité pour dire tout ce qu'il avait à dire. Qu'il avait abattu van Zyl et Chappies Maree. Qu'il avait fait pression sur la femme du codétenu de Barnard. Qu'il avait ensuite tué Staal Burger, puis Acheson. Tous, tous les cinq, étaient des racistes et des meurtriers, et ils n'avaient eu que ce qu'ils méritaient. Lui n'avait fait qu'appliquer le jugement prononcé par l'Histoire. Pourquoi justement lui ? Il se battait déjà pour la liberté alors qu'il n'avait que seize ans, et il ne l'avait jamais oublié, même si, plus tard, il avait gâché sa vie, l'avait complètement ruinée – et pas seulement la sienne. En apprenant que sa fin approchait, il avait vu l'occasion de se racheter, et il l'avait fait, parce que la mort, c'était la vérité, et rien d'autre.

« C'est *lui* qui vous a chargé de le faire, n'est-ce pas ? demanda Clemencia en désignant du pouce l'ancien juge, derrière elle.

— Non, lâcha Elago dans un souffle.

— Comment connaissiez-vous les détails de l'affaire Lubowski ? Où avez-vous obtenu des renseignements sur les anciens agents du CCB, comment avez-vous su où les trouver ? Qui vous a donné l'argent pour la kalachnikov ? Et pour un voyage en Afrique du Sud ?

— C'était ma décision, murmura Elago, ma décision à moi seul.

— Bon sang ! dit Clemencia. Vous n'avez vraiment plus besoin de mentir, maintenant ! »

Avant même que les yeux d'Elago se referment, son regard devint vide, se perdit dans de lointains souvenirs – ceux de la misère de sa vie ou des meurtres qu'il avait commis.

« La mort, c'est la vérité, répéta Clemencia, et vous, vous mourez ! »

Elago ne réagit pas. Peut-être était-il vraiment en train de mourir à cet instant précis, peut-être allait-il revenir à lui encore une fois.

« Et qu'est-ce que vous avez fait de la femme d'Oshivelo, bordel ? hurla Clemencia.

— Laissez-le en paix ! s'interposa Fourie. Vous voyez bien dans quel état il est ! »

Oui, elle le voyait bien. Et elle voyait aussi qu'il avait fait son devoir envers Fourie. Le tueur avait lavé le juge de toute culpabilité pour les cinq meurtres. Maintenant, il pouvait mourir. Clemencia siffla entre ses dents :

« Vous ne vous en sortirez pas comme ça, Fourie. Je vous aurai.

— Vous vous êtes déjà attaquée une fois à trop fort pour vous », répliqua celui-ci tranquillement.

Elle vérifierait les comptes bancaires de Fourie et découvrirait quel montant il avait mis à la disposition du tueur. Elle trouverait des témoins qui confirmeraient que les deux hommes étaient déjà en contact depuis longtemps. Elle saisirait les archives personnelles de Fourie sur l'affaire Lubowski et y trouverait des indices expliquant la manière d'agir du tueur, elle… Non, inutile de se faire des idées. Rien de tout ça ne serait jamais suffisant pour confondre Fourie, pas même pour déposer une plainte contre lui. Exactement comme pour Acheson, à l'époque. Même si Clemencia mentait et déclarait qu'Elago avait, dans ses dernières paroles, dénoncé Fourie comme son commanditaire, cela ne suffirait pas, car ce serait alors sa parole contre celle de Fourie et de son employée. Aussi longtemps qu'elle ne pourrait pas expliquer de manière plausible pourquoi un malade condamné commettait des meurtres à la place de quelqu'un d'autre, elle n'avait aucune chance.

Clemencia baissa les yeux vers le visage squelettique d'Elago. Il respirait encore faiblement. Malgré tout ce qu'il avait fait, elle eut du mal à ressentir du dégoût. C'était comme si sa mort effaçait presque les crimes qu'il avait commis pendant sa vie. La mort, c'est la vérité, avait dit Elago dans un souffle, et, l'espace d'un instant, elle eut envie de tirer son pistolet et d'en poser le canon sur la tempe de Fourie. La vérité ou la mort ! Mais même ça ne servirait à rien. Fourie ne ferait que sourire ; il saurait bien qu'elle ne pourrait jamais tirer.

L'employée de maison et ses enfants étaient toujours assis au sol, complètement immobiles, telles des statues de pierre. Ils ne paraissaient pas attendre la mort d'Elago, ni sa guérison miraculeuse, ni aucun autre événement. Leurs visages ne trahissaient ni espoir ni angoisse ; on n'y lisait qu'une résignation absolue à leur sort, à ce destin qui exigeait d'eux qu'ils restent assis là, muets et figés. Sans le bruyant tic-tac d'une pendule, dans un coin de la pièce, on aurait pu croire que le temps s'était arrêté. C'était une antique pendule murale aux chiffres étrangement ornés de fioritures, qui persistait à sonner tous les quarts d'heure.

Et à part cela, rien ; pas un mot, pas un bruit, pas un son, seulement la respiration saccadée d'Elago et parfois un râle, une toux, qui incitait Clemencia à penser que c'était fini. Mais ce n'était pas encore fini. Elle ne partirait donc pas, ne bougerait pas d'un centimètre tant qu'il lui semblerait possible qu'il se remette à parler – ou qu'elle soit certaine qu'il se tairait à jamais.

À 23 h 30, une pluie battante se remit à tomber. Elle s'arrêta à 1 h 15, laissant de nouveau place au tic-tac, au souffle, aux coups de la pendule marquant les quarts, et à des râles occasionnels dont chacun semblait devoir être le dernier. À 2 h 40, Elago ouvrit les yeux. Il tourna lentement la tête et ses lèvres tentèrent de former un mot, mais il ne trouva pas la force d'émettre un seul son.

« De l'eau ! s'écria Clemencia. Donnez-lui une gorgée d'eau, pour l'amour de Dieu ! »

Elago fit une grimace difficile à interpréter – refus ? douleur ? Il essaya une nouvelle fois de parler, en vain, puis regarda quelque chose derrière Clemencia et donna deux coups de menton vers le haut.

« Nangolo, Taleni, il veut que vous vous approchiez de lui », dit Fourie depuis le fond de la pièce.

Le petit garçon secoua la tête et s'agrippa encore plus étroitement à sa mère. La fillette s'était endormie.

« Allez-y ! » leur ordonna Fourie.

La mère secoua la petite pour la réveiller et poussa les deux enfants vers le lit. Fourie les rejoignit, se pencha par-dessus leurs têtes et rejeta la couverture de laine. Il prit le bras droit d'Elago et posa la paume de sa main sur la tête du petit garçon. Celui-ci regardait fixement devant lui, dans le vide, vers le mur nu constellé du sang de moustiques écrasés. Elago étira les lèvres en une grimace peut-être censée former un sourire.

« Je te promets que je m'occuperai des enfants comme si c'étaient les miens, dit Fourie en déplaçant la main d'Elago vers la tête de la fillette. Je les enverrai dans les meilleures écoles, je paierai pour leur éducation et, s'ils le veulent, ils feront des études. Et, quand je mourrai, ils hériteront de la ferme. »

La main d'Elago glissa, sans force, sur le front de sa fille. Fourie la rattrapa et la pressa en l'enserrant deux fois, le salut traditionnel des Noirs – et la manière de se dire adieu, pensa Clemencia. Le juge ajouta :

« Je te le promets sur tout ce qui m'est sacré ! »

Voilà donc leur marché, se dit Clemencia, alors que la fillette retournait se réfugier dans les bras de sa mère et que le garçon restait figé près du lit ; Fourie reposa le bras d'Elago le long de son corps avant d'étendre de nouveau la couverture sur lui. La mort de cinq assassins racistes en échange de l'avenir de deux enfants. Elago n'avait pas menti sur tous les points. Il avait réellement essayé de réparer quelque chose, mais sans se soucier de vengeance, de politique ni de justice historique ; il l'avait fait pour ces deux enfants qui l'avaient à peine connu. Peut-être parce qu'il les avait conçus mais ne s'en était plus jamais occupé par la suite, jusqu'au moment où il avait appris devoir mourir bientôt. À ce moment-là, apparemment, ils étaient soudain devenus importants pour lui.

La tête d'Elago glissa sur le côté, le tic-tac de la pendule retentit, ses yeux se fermèrent. Elago en avait terminé, il avait fait ses adieux. Qu'est-ce qui le retenait encore ? Il ne dirait plus rien, plus de mensonges, plus de vérités, il ne reprendrait sans doute même plus connaissance. Clemencia n'avait plus de raison de rester assise à son chevet. Elle devait chercher la femme d'Oshivelo ! Peut-être trouverait-elle un indice dans la voiture. Elle observa le mourant. Il lui sembla apercevoir les os de ses pommettes luire à travers sa fine peau noire. Ses lèvres avaient désormais perdu toute couleur, mais il respirait toujours, très vite, par à-coups. Pourquoi n'abandonnait-il pas ? Il en avait eu assez, ça devait finir !

Clemencia trouvait la situation difficile à supporter, sans toutefois parvenir à se résoudre à sortir. Elle ne pouvait même pas détourner les yeux d'Elago, alors que ce spectacle lui faisait presque mal physiquement. Ou bien était-ce de la gêne qui se changeait progressivement en colère ? Elle cherchait un coupable. Les meurtres commis par cet homme ne seraient pas expiés par sa mort. Tout le monde mourait, il n'y avait aucun mérite à cela ; tout au plus était-ce une raison pour elle de rester assise là.

Malgré tout, Elago avait voulu faire le bien, une fois dans sa vie. C'était Fourie qui l'avait honteusement utilisé, à ses propres fins – ou plutôt pour ce qui était devenu sa raison d'être : faire enfin rendre des comptes aux responsables d'un crime perpétré vingt ans plus tôt. Même si cela restait un règlement de comptes, même si cela demeurait illégal, on ne pouvait pas reprocher à Fourie d'avoir agi pour des motifs bas ou égoïstes.

Et pourquoi Elago n'avait-il pas trouvé d'autre moyen d'assurer l'avenir de ses enfants ? Quelle était cette société dans laquelle un père se croyait obligé de tuer pour cela, pour la chose la plus naturelle du monde ? Et ça, dix-neuf ans après que la liberté et l'égalité avaient été gagnées de haute lutte ! Qu'aurait dit Anton Lubowski de tout ça, s'il avait encore vécu ?

La pendule murale marquait les quarts d'heure, et Elago continuait à respirer et à mourir lentement ; il n'en avait toujours pas terminé lorsque la lumière de l'aube se glissa par la fenêtre. Dehors, les merles pépièrent, quelques rayons de soleil ayant percé les nuages déchirés s'accrochèrent aux branches des arbres de la ferme, et à 8 h 10, le portable de Clemencia sonna. Elle sortit. C'était Melvin. La veille, lui et ses copains avaient dû interrompre leur surveillance plus tôt que prévu à cause de la pluie torrentielle, mais ils avaient bien recouvert la fosse de leur chantier et avaient pu reprendre le travail le matin même dès 7 heures. Et cela avait vraiment valu le coup, car il venait de se passer quelque chose qui allait sûrement intéresser Clemencia.

« Est-ce que Donkerkop est réapparu ? demanda-t-elle.

— Non, mais les policiers de garde sont tous partis, jusqu'au dernier. Je crois que le tueur a trouvé un truc pour les faire s'éloigner et libérer l'entrée.

— Non, ça ne peut pas être le tueur, parce que…

— Laisse-nous faire ! la coupa Melvin. Il faut que j'y aille, je n'ai presque plus de crédit. Mais tu peux compter sur nous !

— Melvin, écoute… », dit Clemencia, mais il avait déjà raccroché.

Elle réfléchit brièvement et appela Tjikundu.

« On tient Donkerkop, dit-il. Enfin, on l'a encerclé et on a tout sécurisé. Il ne pourrait jamais s'enfuir de là même s'il le voulait, et il n'a pas l'air de le vouloir.

— Où est-il ? demanda Clemencia.

— Heroes' Acre, au pied du grand obélisque. Il a dû se glisser là pendant la nuit ; en tout cas, les gardes ne l'ont découvert que ce matin, avec autour des hanches des paquets qui contiennent soi-disant de l'explosif. Et il affirme aussi avoir miné les tombes de nos héros nationaux.

— Et qu'est-ce qu'il veut ?

— Ça, je n'ai pas vraiment bien compris. Il ne veut pas être abattu, en tout cas. Tu trouves ça logique que quelqu'un menace de se faire sauter si jamais on lui tire dessus ?

— Je te rappelle », dit-elle en entendant la porte s'ouvrir derrière elle.

Elle se retourna. La mère et sa fille sortirent les premières de la maison, suivies du jeune garçon. Il se pencha pour ramasser quelques cailloux et les lança les uns après les autres dans une des petites flaques d'eau que le déluge de la nuit avait laissées là. La fillette lâcha la main de sa mère et appela le chien, sans lui donner de nom, criant seulement : « Viens, chien, viens ! »

Sa mère avait de profonds cernes sous les yeux. Elle dit vouloir préparer rapidement le petit déjeuner, et que les enfants pouvaient jouer encore un peu pendant ce temps-là. Impossible de deviner ce qu'elle pensait. Peut-être rien du tout ; peut-être s'étonnait-elle simplement de voir qu'un jour nouveau avait commencé.

Clemencia retourna dans la maison. Fourie était toujours debout à côté du lit. Les mains d'Elago étaient à présent au-dessus de la couverture, ses doigts entrelacés. Ses lèvres grises étaient fermées. Il avait cessé de respirer. Il était mort. Si c'était là ce à quoi ressemblait la vérité, elle était aussi banale qu'irrévocable ; il n'y avait rien à ajouter là-dessus. En revanche, il y avait bien des choses à dire sur un autre sujet.

« La police a retrouvé Donkerkop, dit Clemencia.

— Bien, répondit Fourie.

— Il menace de se faire sauter, et tout Heroes' Acre avec lui.

— Bah, dit Fourie en levant la main, il tient à la vie, sinon, il ne se serait pas caché.

— Il est en fuite depuis des jours, seul, déboussolé, complètement exténué, et il croit que non seulement un meurtrier, mais aussi toute la police de Namibie ne pensent qu'à le tuer. On ne peut jamais prévoir les réactions de quelqu'un dans une situation pareille.

— Mais si, on peut, répliqua Fourie. Il va avouer le meurtre de Lubowski. Votre chef, Oshivelo, va le convaincre de le faire. »

Alors Fourie était au courant de ça aussi ! Il savait exactement ce qu'Elago avait exigé d'Oshivelo. Elago aurait pu lui en avoir parlé, mais pourquoi l'aurait-il fait si l'enlèvement de la femme d'Oshivelo avait été son idée à lui seul ? Non, de toute évidence, Fourie était mêlé à tout cela, il avait même probablement fomenté ce plan lui-même. Clemencia comprit soudain qu'il ne s'était jamais agi d'un règlement de comptes, ni de l'exécution des tueurs présumés de Lubowski. Fourie avait seulement voulu les forcer à passer aux aveux. Quand un suspect refusait, il était abattu, ce qui augmentait automatiquement la pression sur le prochain auquel Fourie envoyait son tueur – ou sur celui à qui l'ancien juge demandait lui-même s'il tenait à partager le sort des autres, dans le cas de Ferdi Barnard. Mais ils s'étaient tous tus obstinément, Maree, Barnard, Burger, Acheson, ils avaient tous refusé de coopérer, et maintenant, ils étaient morts. Il n'en restait plus qu'un, Donkerkop, et il ne devait surtout pas mourir, sinon plus personne ne pourrait raconter ce qui s'était réellement passé le soir du 12 septembre 1989.

« Non, dit Clemencia, Oshivelo ne va forcer Donkerkop à rien du tout. Certainement pas une fois qu'il saura que le kidnappeur de sa femme n'est plus en mesure ni de la libérer ni de la tuer, parce qu'il est mort lui-même. Pourquoi, dans ce cas, obéirait-il à ses exigences ?

— Lucas Elago pourrait avoir un complice, objecta Fourie.

— Ou un commanditaire », ajouta Clemencia.

Un juge à la retraite, par exemple. Un juge à la retraite nommé Hendrik Fourie.

« Peu importe, reprit Fourie en haussant les épaules. Tant que sa femme sera introuvable, Oshivelo n'osera pas risquer sa vie. »

Clemencia pensa à la théorie d'Angula. Si Oshivelo avait réellement quelque chose à cacher, il risquait d'ordonner à ses hommes de tirer sur Donkerkop dès qu'il saurait que cela ne mettrait plus sa femme en danger. Et peu lui importerait que tout Heroes' Acre vole en éclats. On pouvait toujours rebâtir les monuments à la mémoire des héros morts, aussi longtemps que ces héros eux-mêmes et leur destin restaient ensevelis…

« Oshivelo va jouer la montre et chercher par tous les moyens à retrouver sa femme, dit Clemencia.

— Eh bien, bonne chance », dit Fourie.

Clemencia se trompait-elle, ou avait-elle perçu pour la première fois une trace d'incertitude dans sa voix ? Si on retrouvait la femme d'Oshivelo avant que Donkerkop ait parlé, tous les efforts de Fourie auraient été vains : les recherches menées pendant des années, les cinq meurtres commandités, le contrat passé avec le tueur. Du bout du doigt, Clemencia décrivit un cercle en l'air.

« On pourrait par exemple commencer les recherches dans les bâtiments de cette ferme.

— Si vous le dites !

— Réfléchissons un moment, ajouta-t-elle. Lorsqu'il a enlevé cette femme, Lucas Elago était déjà très affaibli. Il savait qu'il ne lui restait plus longtemps à vivre, sinon, il ne serait pas apparu ici quelques heures plus tard pour mourir auprès de sa famille. Il n'a sûrement pas traversé avant cela la moitié du pays pour aller cacher son otage je ne sais où. Il aurait sans doute préféré l'amener ici, mais alors, sa famille et, plus grave encore, vous, monsieur Fourie, auriez été automatiquement impliqués. Il voulait éviter ça, pour que l'arrangement conclu avec vous ne tombe pas à l'eau au dernier moment ; vous n'assureriez l'avenir de ses enfants que s'il assumait seul la responsabilité de tous ces crimes.

— C'est ridicule ! Personne de sensé ne croira jamais…

— Et que se serait-il passé si, par exemple, la femme d'Oshivelo vous avait vu ici ? Ou bien si on avait constaté plus tard que vous n'aviez pas réagi à ses appels au secours ? Il aurait toujours pu la tuer, mais vous ne vouliez pas de ça. Cette femme n'est ni un ex-agent du CCB ni une criminelle. Elago devait donc s'en débarrasser quelque part en route, entre Windhoek et votre ferme. Je n'ai pas raison ? »

Fourie ne répondit pas. Clemencia poursuivit :

« D'un autre côté, il n'est pas si facile de mettre en sûreté une femme kidnappée quand on ne peut pas embêter son seul complice avec ça. Le seul endroit où on a une chance de trouver une cachette adéquate, c'est dans une région que l'on connaît bien. Combien de temps Lucas Elago a-t-il travaillé dans votre ferme ? Sûrement assez longtemps pour connaître vos quinze mille hectares jusqu'au moindre recoin, n'est-ce pas ? Chaque point de regroupement du bétail, chaque petit refuge de montagne dans lequel une femme enchaînée pourrait appeler au secours pendant des semaines sans que personne d'autre que les chacals l'entende… Peut-être existe-t-il vraiment un refuge de ce genre quelque part ?

— C'est ridicule, répéta Fourie.

— Existe-t-il, ce refuge ?

— Non.

— Quinze mille hectares, c'est un très grand terrain, mais tout de même pas si grand qu'on ne puisse pas le ratisser en un temps raisonnable avec quelques unités de police et un hélicoptère. »

Fourie regarda le mort allongé sur le lit. Il leva la main droite comme pour faire le signe de croix mais suspendit son geste, laissa retomber sa main et se tourna vers la porte. Clemencia le suivit de près vers la maison. Au pied des citronniers, la terre sentait l'humidité. Les bougainvilliers émergeaient d'une mer de pétales répandue là par la pluie. Les nuages qui s'approchaient depuis l'est, tout blancs, paraissaient inoffensifs ; il était difficile de croire qu'ils apportaient avec eux un nouvel orage. Fourie dit :

« En imaginant que vous retrouviez cette femme…

— Oui ? »

Il semblait bien que Clemencia ait donné dans le mille – la femme d'Oshivelo était retenue ici, quelque part sur les terres de Fourie !

« … alors votre chef ferait abattre Donkerkop, n'est-ce pas ? poursuivit Fourie. Encore un mort ! Et l'affaire Lubowski ne serait jamais résolue !

— C'est possible, mais ce n'est pas pour ça que je vais laisser une femme innocente mourir de faim enchaînée. »

Fourie ramassa un citron et essuya la terre mouillée de son écorce, puis il dit :

« Je vous fais une proposition : laissez-moi parler avec Donkerkop. Seul, juste quelques minutes.

— Et pourquoi est-ce que je ferais ça ?

— Je crois que j'ai une idée de l'endroit auquel Elago pourrait avoir emmené la femme d'Oshivelo.

— Alors dites-le-moi, bon sang !

— Il y a vingt ans, Anton Lubowski a été massacré. Depuis, il ne s'est rien produit qui ait eu ne serait-ce que l'apparence de la justice, et…

— Si vous savez où se trouve la femme d'Oshivelo et que vous ne le dites pas, vous vous rendez coupable d'un crime, dit Clemencia, tout en étant consciente de l'absurdité de cet argument face à un homme ayant déjà commandité cinq meurtres.

— On pourrait être à Heroes' Acre dans un peu plus d'une demi-heure, reprit Fourie. Dix minutes seul avec Donkerkop, il ne m'en faut pas plus, et après ça, vous allez récupérer la femme. Je ne vous demande même pas une heure ! Savez-vous combien d'heures il y a dans vingt ans ? »

Clemencia n'avait aucune idée de ce que mijotait Fourie. Voulait-il se faire exploser avec le dernier des assassins de Lubowski parce qu'il ne voyait plus aucune issue, plus aucune chance de révéler la vérité sur sa mort ? Ou bien croyait-il réellement pouvoir convaincre Donkerkop de passer aux aveux ? Mais comment ? Avec quoi ?

« De toute façon, même si je le voulais, je ne pourrais pas vous donner accès à Donkerkop, répliqua Clemencia.

— Ça, c'est mon problème, dit-il.

— Avez-vous la moindre idée de ce qui se passe en ce moment à Heroes' Acre ?

— J'ai des amis influents. Laissez-moi juste téléphoner ! »

Sans vraiment savoir pourquoi, Clemencia hocha la tête. Pendant que Fourie se précipitait vers la maison, elle rejoignit la voiture d'Oshivelo. Le fils de Lucas Elago était debout près de la portière du conducteur. La kalachnikov que Clemencia avait cachée la veille sous le véhicule pendait lourdement au bout de ses bras maigres. Avec ses pieds nus, son air exténué et son regard perdu et misérable, il ressemblait à l'un des enfants-soldats de la sinistre Armée de résistance du Seigneur ougandaise.

« Donne-moi ça, s'il te plaît », lui dit Clemencia le plus doucement possible.

Elle tenta de se souvenir de son prénom. Comment le juge l'avait-il appelé ? Nangolo ?

« Donne-moi cette arme, Nangolo ! »

Elle fit un pas vers lui.

« Est-ce que c'est à mon père ? »

Il serra le fusil contre sa poitrine. Clemencia tendit la main.

« Ton père n'en a plus besoin, et toi, tu n'en auras jamais besoin. »

L'enfant ne dit rien. Clemencia attrapa le canon de l'AK-47, et le petit garçon le lâcha sans résistance. Sans regarder Clemencia, il demanda :

« Est-ce que mon père était un héros ? »

Ndangi Oshivelo, commissaire divisionnaire adjoint de la police namibienne :

L'allégation selon laquelle je voulais faire dégénérer la situation, à Heroes' Acre, n'a aucun fondement. Premièrement, je suis un patriote. Je le prouve depuis des dizaines d'années. Et en tant que patriote, on essaie d'empêcher la destruction de monuments nationaux, tout comme la mort d'innocents. Deuxièmement, je ne suis pas un imbécile. Certes, à ce moment-là, je ne pouvais pas encore deviner à quel jeu jouait Fourie exactement, mais je voyais bien qu'il manigançait quelque chose. Enfin, je n'avais pas la moindre raison d'éliminer Donkerkop – je veux dire M. Cloete. Bien au contraire : ce qu'il avait à raconter sur le meurtre d'Anton Lubowski était pour moi aussi du plus grand intérêt. Je n'avais rien à craindre !

Alors, pourquoi ai-je refusé les offres de négociations de Cloete ? Pourquoi me suis-je finalement exprimé en faveur d'une solution violente ? Mais tout simplement pour faire sortir M. Fourie de sa réserve ! Je voulais voir comment il réagirait en se sentant perdre les commandes. Chacun pourra juger par lui-même si j'ai eu raison ou non, mais je doute fort que nous en serions là aujourd'hui si j'avais eu tort. Et je pense que tout le monde devrait se concentrer sur cet aspect des choses, plutôt que de se perdre dans des suppositions hasardeuses.

Oshivelo était assis à côté d'un officier de l'armée sous l'auvent du restaurant de Heroes' Acre, un mégaphone à ses pieds. Apparemment, les négociations avaient été interrompues. Oshivelo reposa ses jumelles lorsque Clemencia s'adressa à lui et resta très calme, sans lui rappeler qu'elle était suspendue et qu'il lui avait ordonné de disparaître de sa vue. Au lieu de cela, il se tourna vers Fourie :

« Alors comme ça, vous voulez convaincre notre homme de se rendre ?

— Oui. »

Oshivelo hocha la tête.

« Quelqu'un est déjà intervenu en votre faveur. Vous semblez avoir des amis vraiment très importants, je vous laisse donc faire ce que vous voulez… à vos risques et périls, évidemment. »

L'officier haut gradé se tenant près d'Oshivelo approuva également d'un signe de tête, et la question sembla réglée. Oshivelo reprit ses jumelles.

En face d'eux, la partie centrale du monument grimpait le long de la colline comme une pyramide à degrés. Ses parties inclinées étaient couvertes de plaques de pierre noire presque semblables à du verre fumé, les zones horizontales ornées de parterres de plantes rampantes desséchées. On n'avait inséré tombes et plaques commémoratives que dans les trois rangées du haut ; le reste était encore libre, en attente de nouveaux héros. Au-dessus des tombes, à environ quatre cinquièmes de la hauteur totale, s'étendait une surface plane plus vaste. La frise arrondie qui la bordait sur l'arrière portait un bas-relief plus grand que nature racontant le combat des Namibiens pour leur liberté, de l'époque coloniale à l'indépendance. Devant elle s'élevait un socle noir surmonté d'un obélisque, lui-même précédé d'une monumentale statue en bronze luisant représentant un combattant de la liberté. De loin, on ne voyait pas que ses traits étaient ceux du président Sam Nujoma dans ses jeunes années, mais on reconnaissait distinctement la grenade dans sa main droite levée et, en regardant bien, la kalachnikov pourvue d'une baïonnette qu'il tenait dans l'autre.

Un homme était assis au pied de la statue. Ça ne pouvait être que Martinus Cloete, alias Donkerkop, le dernier des tueurs présumés de Lubowski. Adossé au bloc de roche stylisé dont partait une des jambes du combattant, il paraissait minuscule, presque pitoyable. Clemencia plissa les paupières. L'homme s'était attaché quelque chose autour du corps, mais, même avec des jumelles, on n'aurait pu dire s'il s'agissait vraiment d'explosifs ou juste d'un leurre.

Quoi qu'il en soit, les forces de sécurité se tenaient à une distance respectueuse de lui. En tenue de camouflage, armés de fusils, les soldats étaient allongés dans le veld, au-delà des chemins pavés permettant l'accès au monument. Évidemment, la Namibian Defence Force était ici chez elle et avait sans doute essayé de faire du problème Donkerkop une affaire de défense nationale. On ne voyait de policiers en uniforme que parmi les soldats gardant le pied de la colline.

Fourie était en train de se faufiler entre les véhicules qui leur servaient d'abri. Il traversa la place et se dirigea vers la flamme éternelle. Autour d'elle, sur plusieurs armatures de métal, étaient suspendues quelques compositions florales à la fois fanées et abîmées par l'orage de la nuit. Même si elles avaient sans doute été déposées ici dans l'intention inverse, elles ne démontraient plus à présent que le caractère éphémère du souvenir et de la gloire. Fourie s'arrêta au pied de l'escalier, sortit un mouchoir blanc de la poche de son pantalon et l'agita au-dessus de sa tête. L'homme assis en haut de la colline ne réagit pas. Fourie commença son ascension, montant lentement une marche après l'autre.

Jusque-là, Clemencia n'avait rien dit, pour lui permettre de mener la discussion qu'il avait demandée. Quand il reviendrait – s'il revenait vivant –, les menottes claqueraient à ses poignets, même s'il remplissait sa part du contrat en révélant où était cachée la femme d'Oshivelo ; il serait alors temps de dévoiler le rôle qu'il avait joué dans les meurtres. Mais, pour l'heure, elle préféra se contenter de raconter à son chef les faits incontestables. Elle relata brièvement la mort du tueur à la ferme de Fourie et la découverte de la voiture d'Oshivelo.

« Et aucune trace de votre femme pour le moment, ajouta-t-elle.

— Je m'en occuperai dès que tout ça sera fini », dit-il après avoir poussé un grognement.

Il avait reposé ses jumelles, sans doute pour pouvoir conserver à la fois Donkerkop et Fourie dans son champ de vision.

L'ancien juge, après avoir franchi la moitié de l'escalier central, s'était arrêté. L'homme assis au pied de la statue du combattant se pencha en avant et cria quelque chose. Le vent éparpilla ses mots, les rendant aussi incompréhensibles que la réponse de Fourie, mais celle-ci fut apparemment satisfaisante, car Donkerkop ne protesta pas lorsque l'ancien juge entama l'ascension des dernières marches. Les policiers, qui avaient installé une centrale d'intervention de fortune dans la salle du restaurant, sortirent en masse sur la terrasse. Tjikundu était là, tout comme cet abject Robinson. Un mouvement se fit sur la gauche, parmi les soldats postés sur le parking. Ils déchargèrent de lourds fusils-mitrailleurs d'un camion de la NDF[1], sans doute issu de stocks de l'Armée populaire nationale de RDA.

Fourie ne vit rien de tout cela. Il continuait à monter les marches menant à la statue. Elle paraissait tellement menaçante, sa grenade surdimensionnée à la main, que l'ancien juge, avec son

1. Namibian Defence Force.

mouchoir blanc flottant au vent, semblait vouloir se rendre. Mais l'impression était trompeuse. Ce vieil homme fluet aux cheveux blancs, qui avait décidé d'user de violence pour faire éclater au grand jour une vérité que tout le monde aurait préféré laisser dans l'ombre de l'Histoire, avait très peu de chances de remporter sa guerre, mais il ne se rendrait pas, Clemencia en était persuadée. Il se battrait jusqu'à son dernier souffle.

Fourie avait désormais atteint la plateforme supérieure et se dirigeait vers la partie inclinée carrelée de noir sur laquelle on pouvait lire, en grosses lettres arrondies : *« Glory to the fallen Heroes and Heroines of the Motherland Namibia*[1] *! »* Était-ce ce texte, l'architecture pompeuse de Heroes' Acre, le mouchoir voletant de Fourie, les soldats qui transportaient un fusil-mitrailleur vers le haut de la colline, hors du champ de vision de Donkerkop, ou bien juste les nuages blancs qui continuaient imperturbablement à passer au-dessus de l'obélisque ? En tout cas, l'hymne national vint soudain à l'esprit de Clemencia : « Namibia, pays des braves, le combat de la liberté, nous l'avons remporté, gloire à votre courage, vous dont le sang abreuve notre liberté… »

Elle aurait bien voulu le chantonner à voix basse, juste pour elle-même, mais c'était vraiment impossible. Pas à la vue de ces deux Blancs qui, là-haut, avaient commencé à discuter. L'un avait sur la conscience un des hommes dont le sang abreuvait cette liberté, l'autre se prenait pour un impitoyable dieu de la justice. Peut-être avaient-ils vécu ici toute leur vie, mais le pays des braves n'était pas le leur. Il ne pouvait pas l'être, pas après tout ce qui avait été promis et espéré en 1990. Ces deux hommes étaient des meurtriers, et non des braves. Cela faisait une énorme différence, même s'il fallait parfois y regarder à deux fois pour la détecter. Il ne s'agissait pas uniquement de mettre son arme au service du bon parti, mais aussi de tirer au bon moment. Et aujourd'hui n'était certainement pas le bon moment.

Clemencia se demanda en quoi consistait la bravoure, de nos jours. Supporter ses conditions de vie ou se révolter contre elles ? Aller chercher des noises au tout-puissant parti dirigeant, comme

---

1. « Gloire aux héros et aux héroïnes tombés pour la mère patrie Namibie ! »

Angula, mettre le bien-être de ses enfants au-dessus de tout, comme Elago ? Ou encore se débrouiller chaque jour pour s'en sortir tant bien que mal, comme *miki* Selma et le reste de sa famille ?

« Et c'est parti », lança Robinson.

Il attira l'attention de Clemencia sur les soldats, qui venaient d'atteindre la plateforme d'observation surplombant l'obélisque. Ils commencèrent aussitôt à mettre le fusil-mitrailleur en position.

« Pas sans mon autorisation ! dit vivement Oshivelo. C'est ce qu'on avait dit.

— Oui, sauf si une situation de danger immédiat ne nous laisse pas d'autre choix que..., commença l'officier avec un mince sourire.

— Et où voyez-vous une situation de danger immédiat ? demanda sèchement Oshivelo.

— Il faut être préparé à tout », répliqua l'officier.

Le regard de Clemencia tomba sur un panneau disposé sur le parking du restaurant : « Ne pas nourrir les babouins ! » Il n'y avait pas un seul babouin en vue ; ils auraient été fous de se montrer à un moment pareil.

« Il revient », commenta Robinson.

En effet, Fourie avait négocié pendant à peine plus de dix minutes, comme il l'avait annoncé. Pendant qu'il descendait l'escalier, Donkerkop regarda autour de lui et découvrit immédiatement le fusil-mitrailleur mis en place au-dessus de lui. Il leva l'index et désigna les petits paquets qu'il portait sur la poitrine.

« On le changera en passoire avant qu'il puisse cligner des yeux, dit l'officier.

— C'est une idée originale, mais peut-être qu'on ferait mieux d'écouter d'abord ce que Fourie a à nous raconter », répliqua Oshivelo d'un ton méprisant.

Fourie avait effectivement du nouveau : pour une raison inconnue, Donkerkop était convaincu que la police voulait l'abattre. S'il devait mourir, il emmènerait quelques hommes avec lui et transformerait cette colline aux héros en un tas de décombres, il en avait fait la promesse. Ceci dit, il préférait tout de même survivre. Il avait donc décidé de raconter tout ce qu'il savait sur l'affaire Lubowski. Une fois que tout cela aurait été rendu public, il n'y aurait plus de raison de vouloir le réduire au silence. Il exigeait donc qu'on lui envoie les journalistes qui étaient certainement déjà là.

« Il rêve complètement, dit Oshivelo.

— Personne ne s'approche de lui avant qu'il nous ait remis ses explosifs, ajouta l'officier.

— Il le fera si vous, monsieur Oshivelo, répondez vous aussi à une interview.

— Moi ?

— Vous devez raconter aux journalistes tout ce que *vous* savez sur le meurtre de Lubowski.

— Ce type est complètement cinglé, dit Oshivelo.

— En échange, il se rend, et il vous dit en plus où retrouver votre femme, vivante, d'ailleurs.

— Pardon ?

— Encore vivante, a-t-il dit exactement. Mais vous ne devriez pas attendre trop longtemps !

— Mais comment Donkerkop peut-il savoir où se trouve ma femme ? s'exclama Oshivelo.

— Est-ce que vous voulez nous l'expliquer, monsieur Fourie ? intervint Clemencia.

— Vous devez avoir mal compris, Miss Garises, dit Fourie avec un sourire. J'ai seulement supposé que je pourrais l'apprendre, et ce, en parlant avec Donkerkop. Je n'y suis pas arrivé, mais croyez-moi, lui le sait, et il vous le dira dès que…

— Alors, c'est qu'il était associé au tueur, dit Oshivelo.

— Exactement. C'est ce qu'Elago m'a confirmé, répondit Fourie.

— J'en étais sûr ! lâcha Robinson.

— Mais non, c'est n'importe quoi ! » s'exclama Clemencia.

Elago avait lui-même enlevé la femme d'Oshivelo et avait commis les meurtres sur ordre de Fourie. Tous deux avaient leurs raisons, leurs intérêts, et avaient conclu un accord secret, mais parfaitement compréhensible. Quel rôle aurait bien pu jouer Donkerkop dans tout ça ? Il n'y avait pas là de place pour lui, ni pour aucune troisième personne. Clemencia ajouta :

« Vous pouvez raconter ce que vous voulez, monsieur Fourie. Aucun de nous ne se trouvait là-haut avec vous. Je crois que vous avez tout inventé pour…

— Allez chercher la presse ! dit Fourie. Quand ils seront tous rassemblés en bas de l'escalier et prêts pour l'interview, Donkerkop descendra sans ses explosifs, vous verrez !

— Si vous jouez à un petit jeu avec nous, monsieur Fourie… », gronda Oshivelo.

Il ramassa le mégaphone et le tendit à Robinson.

« Demandez à ce petit rigolo, là-haut, s'il sait où est ma femme ! »

Robinson s'éclaircit la gorge puis hurla en direction de la statue du combattant de la liberté. Un écho léger, décalé, résonna sur la place. Donkerkop mit les mains en entonnoir autour de sa bouche et cria :

« Évidemment que je le sais ! »

Oshivelo fit un signe de tête à Robinson, qui demanda :

« Où est-elle ? »

Malgré le vent, la réponse fut claire :

« La conférence de presse d'abord !

— Vous me croyez, maintenant ? » demanda Fourie.

Robinson brailla dans le mégaphone :

« Monsieur Cloete, c'est nous qui décidons, ici. Je peux seulement vous conseiller de…

— Assez, dit Oshivelo.

— … nous révéler l'endroit où…

— Ça suffit, Robinson ! »

Oshivelo lissa sa barbe grise puis posa sa main à plat sur la table et se massa les articulations. Il dit :

« S'il tient vraiment ma femme, pourquoi ne le dit-il que maintenant ? Il aurait pu le faire dès le début, cela lui aurait donné une position de négociation bien différente.

— Les journalistes attendent sur la voie d'accès, dit Fourie. Est-ce que l'un de ces messieurs ne devrait pas permettre qu'on les laisse passer ? »

L'officier regarda Oshivelo. Celui-ci haussa les épaules et déclara :

« Je n'ai rien à dire sur l'affaire Lubowski et je n'irai même pas dire à la presse que je n'ai rien à dire. »

Le soldat se tourna vers Fourie :

« Et Donkerkop va vraiment déposer ses explosifs avant de descendre parler aux journaleux ? »

Fourie hocha la tête.

« Bon, dit Oshivelo, alors on va pouvoir l'éliminer sans danger quand il sera dans l'escalier.

— Vous pensez à infiltrer des tireurs d'élite parmi les journalistes ? demanda Robinson.

— Je pense au fusil-mitrailleur, répondit Oshivelo.

— Mais, et votre femme ?

— Donkerkop ne sait rien, de toute façon.

— Vous voulez l'abattre ? demanda Fourie d'une voix un peu tremblante. Juste parce que vous ne voulez pas donner une stupide interview ?

— En effet, ajouta l'officier, je ne comprends pas très bien non plus. »

Deux soldats postés près du fusil-mitrailleur observaient la situation d'en haut. En descendant l'escalier, Donkerkop serait forcément touché dans le dos. L'un des nuages qui passaient dans le ciel projeta une ombre sur la place et sur le drapeau de la Namibie qui y flottait. L'officier s'enfonça dans son siège et dit :

« Je trouve que nous devrions laisser entrer les journalistes.

— Vous savez ce que j'en pense », répliqua Oshivelo.

Le soldat donna l'ordre de faire passer le message aux gardes postés à la barrière, puis il ajouta :

« Et vous feriez mieux d'oublier le fusil-mitrailleur, monsieur Oshivelo ! Même avec la meilleure volonté, je ne vois pas là de situation de danger immédiat.

— Alors, bonne chance ! répondit Oshivelo en levant les mains. Mais je ne parlerai pas à la presse. »

Donkerkop :

Oui, j'étais là lors du meurtre de Lubowski. Oui, j'ai tiré. À cinquante centimètres de distance. Je ne sais pas s'il était déjà mort à ce moment-là. Je me suis posé mille fois la question, pendant toutes ces années. J'ai essayé mille fois de me souvenir s'il avait bougé ou respiré. Mais je n'en sais rien, et maintenant, ça n'a plus d'importance pour moi. Qu'il ait été encore vivant ou pas, tout ce qui compte, c'est que j'ai appuyé sur la détente. C'est pour ça que je suis coupable, peu importe qui d'autre était impliqué.

Et savez-vous quand j'ai fini par comprendre ça, votre honneur ? Quand j'étais assis à Heroes' Acre, devant cette statue tellement kitsch. L'obélisque blanc s'élevait devant moi et, quand j'ai redressé la tête pour le regarder, soudain, il a paru se balancer. J'ai vraiment cru qu'il allait s'effondrer, écraser la statue et moi avec, mais il s'est contenté de tomber et de tomber sans se rapprocher, et j'ai compris que c'était une illusion d'optique provoquée par les nuages qui filaient dans le ciel.

Je me suis dit : regarde ça, regarde comme c'est facile de mettre le monde sens dessus dessous ! Quelques nuages qui passent suffisent à tout faire vaciller, un mouvement furtif, pas plus long que celui d'un index qu'on replie pour tuer un homme. Ce qui m'avait paru décisif un instant avant – l'obélisque allait-il s'effondrer ? – avait perdu d'un coup toute signification ; c'est à ce moment-là que j'ai su que les cauchemars pouvaient s'arrêter, que je n'étais plus obligé de me fuir moi-même pour le restant de mes jours, ni de me torturer encore et encore avec des souvenirs. Oui, j'avais tiré. Oui, j'étais coupable. Et j'étais bien décidé à le raconter au monde entier.

Peu après, Fourie a monté les marches. Il m'a demandé si j'avais envie de continuer à vivre.

J'ai répondu : « Absolument », même si « continuer à vivre » n'était pas le terme exact : j'avais l'impression que je venais de renaître. Je n'avais pas peur d'aller en prison. J'attendais juste avec une joie indescriptible ma première nuit de sommeil sans rêves.

« Malheureusement, la police veut absolument vous abattre, a dit Fourie. Il n'y a que moi qui puisse vous tirer de là vivant, et je le ferai si vous avouez publiquement comment vous et les autres avez tué Anton Lubowski. Seriez-vous prêt à faire ça ?

— Sans problème.

— La vérité, toute la vérité, rien que la vérité ?

— Évidemment », j'ai répondu.

Je ne sais pas si Fourie a cru que j'étais sérieux. Il n'avait pas le choix, de toute façon. Quoi qu'il en soit, il m'a expliqué son plan :

il voulait que j'exige une conférence de presse, ce que la police accepterait si je descendais les marches sans mes explosifs. J'ai répliqué :

« Mais alors, ils vont me descendre !

— Non, parce que vous ne révélerez qu'après la conférence de presse l'endroit où vous détenez la femme du chef de la police, que vous avez kidnappée. »

Ça m'a plutôt surpris, étant donné que j'entendais parler de cet enlèvement pour la première fois, mais j'ai évidemment tout de suite compris que je tenais là ma chance. Si les flics pensaient que je savais où était cette femme, ils pourraient difficilement me descendre.

« Et elle est où, cette femme ? j'ai demandé.

— Qu'est-ce que vous voulez que j'en sache ? a répondu Fourie. Parlez-leur simplement d'un refuge de montagne du domaine de Lewensvrede, à cinquante kilomètres au sud de la ferme. Il faut tourner à droite après quatre ou cinq kilomètres en partant de la ferme. Quand ils se rendront compte que ce n'est pas vrai, vous serez déjà en garde à vue, hors d'atteinte de tout tireur d'élite trop zélé. Les interrogatoires suivants seront peut-être un peu musclés, mais ils ne vous tueront pas tant qu'ils croiront que vous savez où est cachée la femme. Vous direz la vérité seulement une fois devant le juge d'instruction : vous n'avez inventé cette histoire d'enlèvement que pour vous protéger, parce que la police en avait après votre vie. Une fois que cette déclaration figurera dans le dossier judiciaire, vous serez définitivement en sécurité. La police n'osera plus toucher à un seul de vos cheveux. »

Ça m'a paru tout à fait logique.

L'itinéraire donné par Donkerkop avait semblé assez vague à Clemencia, mais, sur place, il se révéla exact. Précisément quatre kilomètres et demi avant la ferme Lewensvrede, non loin de l'endroit où elle avait laissé la Golf Citi se faire emporter par les flots, une piste visiblement peu empruntée bifurquait vers la droite. C'était la seule des alentours. Sans aucun embranchement, elle menait tout droit dans une vallée, remontait en tournant, et s'achevait dans une cuvette au milieu de laquelle se trouvait un refuge délabré. Le toit était à moitié effondré, le réservoir à eau situé à côté éventré, et seule la tour d'un moulin à vent de pompage démonté depuis longtemps se dressait encore là, dépassant largement la cabane.

La chaîne de fer avec laquelle la femme d'Oshivelo était attachée à l'armature du moulin avait quelques mètres de jeu, juste assez pour lui permettre de s'abriter dans la cabane, où on avait laissé un peu de nourriture et deux jerricans d'eau. Elle n'était pas blessée, à part l'écorchure qu'elle s'était faite à la cheville en tentant vainement de se débarrasser de la chaîne, et ne semblait pas non plus trop touchée psychologiquement. Elle assura qu'elle allait bien : elle avait pu se protéger de l'orage, la nuit avait été supportable, et elle s'était bien doutée qu'elle n'aurait pas à en passer une deuxième ici. La seule question qu'elle posa concernait son ravisseur. En apprenant qu'il était mort tôt le matin même, elle se contenta de hocher la tête. Ensuite, elle se passa les doigts dans les cheveux et s'exclama d'un ton exagérément superficiel qu'elle devait certainement avoir l'air affreux. Il était évident qu'elle ne souhaitait plus parler des événements des dernières vingt-quatre heures. Lorsqu'on eut enfin apporté un outil pour couper la chaîne, Oshivelo ramena sa femme à la maison.

Pendant ce temps, au commissariat, Clemencia interrogeait Donkerkop. Lorsqu'elle lui assura qu'avoir révélé volontairement l'endroit où il retenait la femme d'Oshivelo constituerait une circonstance atténuante, il tomba des nues. Il reconnaissait avoir tué Lubowski et était prêt à répéter ici, devant les tribunaux et partout ailleurs ce qu'il avait raconté aux journalistes à Heroes' Acre, mais il n'avait rien à voir avec l'enlèvement. Clemencia voulut en savoir plus ; une heure plus tard, elle venait de reprendre l'interrogatoire depuis le début quand Oshivelo arriva. Donkerkop n'en démordait pas : Fourie l'avait roulé, c'était lui qui lui avait soufflé l'itinéraire menant à la cabane.

Au début, aucun des policiers ne crut à son histoire. Certes, il paraissait étrange que la femme d'Oshivelo ait été retrouvée justement sur les terres de Fourie, mais on pouvait l'expliquer par le fait que Lucas Elago, le tueur et le complice de Donkerkop, avait bien connu les lieux. Comme l'itinéraire était juste, l'un des deux hommes, Donkerkop ou Fourie, devait forcément être au moins au courant de l'enlèvement. C'était une parole contre une autre, ou, plus exactement, la parole d'un serviteur de la loi retraité et sans antécédents judiciaires contre celle d'un homme ayant avoué être un meurtrier.

« Justement, objecta Clemencia, pourquoi reconnaîtrait-il un meurtre mais nierait-il un crime moins grave ?

— S'il y en a un des deux qui ment, c'est Fourie, dit Oshivelo, prenant contre toute attente le parti de la jeune femme.

— Et pas seulement sur ce point », ajouta-t-elle.

Usant de tous ses arguments, elle leur présenta alors sa théorie de l'accord meurtrier passé entre le juge et Elago. De toute sa vie, elle n'avait encore jamais fait tant d'efforts pour convaincre quelqu'un de quelque chose. Elle expliqua l'obsession de Fourie pour l'affaire Lubowski et rappela sa visite à la prison de Pretoria. Lui seul avait pu apprendre au tueur que Ferdi Barnard aussi avait refusé de passer aux aveux, et devait donc être éliminé. Elle décrivit la relation de Fourie avec Elago et ses enfants, qui ne croyaient pas que le *baas* était un homme comme les autres, puis évoqua le diagnostic d'Elago, son séjour à l'hôpital brusquement interrompu, et en tira des hypothèses sur son état émotionnel. Elle expliqua pourquoi tout cela n'aurait jamais pu se dérouler à un autre moment, et raconta à ses collègues la nuit de la mort d'Elago : pourquoi un homme à peine capable de parler s'était-il lancé sans qu'on le lui demande dans une longue et douloureuse tirade, simplement pour assurer avoir agi seul ? Elle cita aussi la promesse faite par Fourie de s'occuper pour toujours des enfants, interpréta ses regards et ses gestes, et compléta ainsi, fragment après fragment, une mosaïque qui eut au moins le mérite de convaincre ses collègues qu'elle n'était pas devenue complètement folle. Même Robinson dit seulement :

« Eh bien, je ne sais pas…

— Présenté comme ça, ça paraît plutôt crédible, ajouta prudemment Tjikundu.

— Et même logique », ajouta van Wyk.

Après quoi, le silence se fit. Ce fut Oshivelo qui prononça les quatre mots que Clemencia avait attendus, ceux que même son exposé détaillé des faits n'avait pas pu éliminer, ces quatre fichus mots qui résumaient clairement la situation :

« Ça ne suffira pas. »

Ils avaient une théorie et des indices, mais pas une seule preuve concrète que Fourie avait commandité cinq meurtres et un enlèvement. Ils n'avaient pas de témoins, rien, absolument rien d'utilisable devant un tribunal.

« Peut-être qu'il a commis une erreur, dit Tjikundu, peut-être qu'il y a un accord écrit avec lequel Elago voulait se couvrir après sa mort. Après tout, Fourie pourrait très bien oublier sa promesse au bout de six mois.

— Peut-être, dit Clemencia sans y croire.

— Ou alors, on trouvera les empreintes de Fourie sur la chaîne qui attachait la femme du chef, dit van Wyk.

— On peut cuisiner la veuve d'Elago, suggéra Tjikundu.

— Et M. Fourie aussi, évidemment. Du moins, tant que son avocat nous laissera faire.

— Peut-être que Fourie n'arrivera pas à le joindre, dit Robinson en grimaçant un sourire. Peut-être que son téléphone se cassera pendant son arrestation.

— On s'en tient à la loi ! contra Oshivelo.

— Mais on essaie quand même ? » tenta Clemencia.

Elle regarda l'heure. Il était 21 h 11.

« On commence demain matin, dit Oshivelo. Je vous donne vingt-quatre heures. Je ne pourrai pas vous couvrir plus longtemps, vu les relations qu'a Fourie. Et tout le monde s'en tient strictement aux règles ! »

Avec l'accord de son chef, Clemencia appela chez Angula. Elle aurait vraiment eu besoin de son aide, mais il ne décrocha pas. Cependant, Oshivelo lui promit douze hommes de différentes sections, dont neuf se présentèrent effectivement le lendemain matin au service des homicides pour aider à fouiller la ferme de Fourie de fond en comble.

Et c'est exactement ce qu'ils firent. Ils commencèrent par passer au peigne fin le bâtiment principal, puis les deux voitures, les bâtiments annexes, les cabanes à outils, les appartements des employés, les niches des chiens, les poubelles et le moindre trou du potager, du jardin et du verger qui aurait pu servir de cachette à quoi que ce soit. Vers 15 heures arrivèrent les collègues venus relever des indices dans la cabane de montagne, et lorsque, une heure plus tard, il commença à pleuvoir, tout le monde reprit la fouille de l'habitation principale. Pendant ce temps-là, Robinson et Tjikundu interrogeaient la veuve d'Elago et les employés de la ferme. Comme prévu, ils appelaient toutes les deux heures au commissariat pour rendre compte de la progression des recherches – ou plus exactement de leur stagnation, car ils n'avançaient pas. La nuit tomba vers 20 heures, et Robinson appela pour la dernière fois à 21 h 30 : ils allaient s'arrêter là et renvoyer leurs collègues chez eux.

À ce moment-là, cela faisait déjà treize heures que Clemencia était dans la salle d'interrogatoire. Van Wyk restait un moment adossé au mur, faisait les cent pas pendant une demi-heure dans le dos de Fourie, puis disparaissait par la porte avant de revenir précipitamment dans la pièce pour chuchoter quelque chose à l'oreille de Clemencia. Mais rien ne parvenait à déstabiliser l'ancien juge. S'il s'étonnait du temps que mettait von Fleckenstein à venir le faire sortir, il n'en montra rien. Il nia obstinément avoir incité Elago à commettre quelque crime que ce soit, mais, à part cela, il raconta tout ce qu'on voulait, parlant des anomalies de l'affaire Lubowski, de sa propre carrière professionnelle, de sa ferme, de ses employés, de la pluie et du beau temps. Il était justement en train de tenir un discours sur la générosité.

« Il m'arrive de donner de l'argent à une bonne cause, mais je ne suis pas vraiment engagé socialement. Bien sûr, si quelque chose de tragique se passe près de chez moi, cela me touche, comme la plupart des gens. Tout le monde sait qu'il y a à Katutura des dizaines de projets d'aide aux orphelins du sida, qui s'occupent de centaines, voire de milliers d'enfants, mais c'est tout de même autre chose avec des petits que je vois tous les jours chez moi, et des enfants aussi prometteurs que Nangolo et Taleni, en plus. Pourquoi est-ce que je léguerais ma ferme à je ne sais quels cousins éloignés dont je connais à peine le nom ?

— Bien, alors on reprend ! dit Clemencia. Racontez-nous votre visite à Ferdi Barnard.

— Qu'avez-vous fait en quittant la prison ? ajouta van Wyk.

— Nous aimerions reconstituer chacun de vos pas.

— Qui vous avez vu, avec qui vous avez parlé.

— Jusqu'au moment où vous avez repris l'avion pour Windhoek. »

Fourie raconta, Clemencia et van Wyk posèrent d'autres questions, et l'heure tourna. Van Wyk fit une pause de 3 heures à 4 h 30, puis Clemencia s'allongea dans la pièce voisine jusqu'à 6 heures. À 8 heures, Tjikundu et Robinson prirent la relève, mais Clemencia ne quitta pas le commissariat. Les vingt-quatre heures accordées étaient écoulées, et elle voulait tenir jusqu'au bout. Fourie ne gardait plus qu'à grand-peine les yeux ouverts et signalait de plus en plus souvent qu'il avait déjà tout répété cent fois ; ce à quoi on lui rétorquait que c'était vrai, mais qu'on aurait bien voulu entendre d'autres réponses. À 9 h 30, l'ancien juge refusa de dire un mot de plus, et, à 10 h 30, Oshivelo fit appeler Clemencia hors de la salle d'interrogatoire. Le procureur et le juge d'instruction étaient dans son bureau, il ne pouvait décemment pas les faire attendre plus longtemps. Clemencia hocha la tête. À 11 heures, Fourie était un homme libre. Ils avaient perdu.

L'épuisement s'abattit sur Clemencia comme une hyène affamée. Ou était-ce la résignation ? Cinq meurtres qui n'avaient absolument plus rien de mystérieux, et pas de procès ! Fourie n'irait pas au tribunal parce qu'ils ne pouvaient rien prouver contre lui, ni contre Lucas Elago, parce qu'il était mort. C'était un désastre.

« Mais pas du tout ! Regarde : on est des héros nationaux ! » dit Tjikundu en lançant trois journaux sur son bureau.

Le *Namibian* titrait « The truth after 19 years ». Dans le *Windhoek Observer*, à côté d'un portrait en gros plan de Donkerkop avec le Heroes' Acre flou en arrière-plan, on pouvait lire : « I shot Anton Lubowski ». Quant à *Die Republikein*, il proclamait : « Lubowski – uiteindelik moordenaar gevang »[1].

Clemencia but une gorgée de café. Un arrière-goût amer lui restait dans la bouche, même si Tjikundu n'avait pas entièrement

1. « La vérité 19 ans après », « J'ai tué Anton Lubowski » et « Lubowski – le meurtrier enfin arrêté ».

tort. Ils avaient au moins réussi à élucider une affaire oubliée, et pas n'importe laquelle, mais un cas qui avait bouleversé le pays entier. Angula aurait certainement secoué la tête en lisant les gros titres, arguant qu'on ne pourrait parler de vérité que lorsque la conspiration montée dans l'ombre serait dévoilée. Il aurait probablement également douté que Cloete soit réellement le tueur de Lubowski. Mais ils tenaient Donkerkop, et il avait avoué. Quant à la fameuse conspiration, on en découvrirait plus là-dessus au tribunal – car cette fois, il y aurait bien un procès.

« Eh bien, ce n'est hélas pas si sûr, annonça Oshivelo. J'ai passé pas mal de temps avec le procureur hier et ce matin, et on a parlé de ça aussi. Le problème, c'est que Donkerkop s'obstine à répéter, de manière plutôt crédible, qu'il ne savait pas si Lubowski était déjà mort au moment où il lui a tiré dessus. Dans ce cas, il ne s'agirait pas de meurtre, mais tout au plus de détérioration de cadavre, et il y aurait prescription depuis longtemps. Si on ne retrouve pas le rapport d'autopsie de Lubowski pour certifier que…

— Ce rapport était dans les dossiers, je l'y ai vu moi-même, l'interrompit Clemencia.

— En tout cas, on n'arrive pas à remettre la main dessus, répondit Oshivelo en haussant les épaules.

— Mais c'est impossible ! dit Tjikundu.

— Il n'y aura pas de mise en examen de Donkerkop ? demanda van Wyk.

— Le procureur va soigneusement vérifier la situation juridique », répondit Oshivelo.

Clemencia essaya une nouvelle fois de joindre Angula, en vain. Elle allait se rendre chez lui tout de suite ; il connaissait le dossier Lubowski par cœur et saurait ce qui figurait dans le rapport d'autopsie.

« Est-ce que je peux y aller ? Il faut absolument que je dorme pour pouvoir recommencer à penser clairement », demanda-t-elle.

Généreusement, Oshivelo lui fit signe de partir d'un hochement de tête.

Elle prit la dernière voiture encore disponible. Le réservoir était presque vide, mais cela lui suffit pour atteindre l'appartement d'Angula. La porte était fermée. Clemencia frappa, appela, puis interrogea une voisine qui, curieuse, se penchait par-dessus la clôture. La femme n'avait pas vu Angula depuis plusieurs jours et supposait qu'il était en déplacement de service. Clemencia réfléchit un instant à fracturer sa serrure. Il comprendrait, après tout, il s'agissait d'une urgence. Il n'y aurait pas de procès si…

Il n'y aurait pas de procès ! Clemencia tourna les talons, remonta dans la voiture et alla jusqu'à la station-service la plus proche. Le pompiste la regarda tranquillement compter les dernières pièces de son porte-monnaie puis fit couler pour quarante-huit dollars et trente-cinq cents d'essence dans son réservoir. Cela devrait suffire pour un aller simple, et si ce n'était pas assez, elle rejoindrait la ferme de Fourie à pied – après tout, elle l'avait déjà fait une fois.

L'ancien juge Hendrik Fourie :

Au début, j'ai cru qu'on me jouait un sale tour : la police, incapable d'accepter son échec, tentait maintenant sa chance de cette manière. De plus, l'argumentation me paraissait laborieuse, pour ne pas dire complètement erronée. J'ai tout de même une longue carrière de juriste derrière moi et – si vous le permettez – j'ai mené beaucoup plus de procès que vous, votre honneur ! J'ai donc expliqué à l'inspecteur Garises qu'on pouvait parfaitement inculper Donkerkop pour complicité de meurtre et tentative de meurtre, indépendamment du fait que Lubowski ait ou non été encore en vie au moment du coup de feu. Une tentative de meurtre est définie comme une action manquée ayant eu pour objectif de tuer quelqu'un. Ces trois éléments, l'objectif, l'action et son échec, sont ici indéniablement présents. Ou bien, pour le redire encore plus clairement : la raison de l'échec de cette action peut être la survie de la victime, mais aussi le fait que la victime soit déjà morte de causes non provoquées par le coupable. Cela ne change rien au fait qu'il y ait eu tentative de meurtre.

Je lui expliquai aussi que, selon notre droit pénal, un tel fait n'est certes pas explicitement exclu de la prescription, mais que, de l'avis général, l'interdiction de prescription pour meurtre englobe automatiquement la tentative de meurtre.

« De l'avis général ? répéta Miss Garises.

— On ne repart pas d'Adam et Ève à chaque procès, lui ai-je répondu. Si un point précis nécessite une interprétation, on en appelle à des jugements ayant fait jurisprudence et à des commentaires reconnus. Si un consensus général s'est formé sur le point en question, on s'en inspire.

— Mais si, par exemple, un procureur ou un juge décide de lire autre chose dans les textes de loi ? » a alors demandé Miss Garises.

Ce genre de chose arrive de temps en temps, mais jamais à une telle étape de la procédure. Quand un homme suspecté de meurtre vient d'être arrêté et qu'il est prêt à faire des aveux, on l'interroge minutieusement, on rassemble des preuves, on essaie d'établir les faits de la manière la plus exhaustive possible. Des doutes peuvent apparaître plus tard, mais pas un procureur au monde ne commencerait par se demander s'il existe des raisons de rejeter une mise en accusation – à moins qu'on ne veuille pas de procès !

Cela m'a rendu songeur. Je me suis souvenu de 1994, lorsque le parquet avait refusé de la même manière de procéder à une mise en examen dans l'affaire Lubowski. L'histoire allait-elle se répéter ? Cela me paraissait impossible, vu la situation, mais c'est aussi ce que j'avais cru à l'époque. Et aujourd'hui, une fois de plus, les circonstances du meurtre de Lubowski ne seraient pas éclaircies d'un point de vue judiciaire, tout ça parce que quelqu'un de très influent voulait l'éviter à tout prix ?

Je ne pouvais pas permettre cela, pas après tout ce que j'avais entrepris pour que justice soit faite, pour que la vérité éclate au grand jour par tous les moyens. J'avais su dès le début qu'il y aurait forcément des victimes, mais c'était devenu bien pire que ce que j'avais souhaité, ou même que je n'avais pu me l'imaginer. J'ai fait tuer van Zyl, mais Maree a refusé de parler. Alors, j'ai fait tuer Maree, mais Staal Burger n'a pas voulu en tirer de leçon, et Barnard n'a pas cru que je pourrais l'éliminer à l'intérieur de sa prison. Quand ils furent morts tous les deux, Acheson a quand même continué à jouer les héros et à se taire. Quant à Donkerkop, mon dernier témoin, mon accusé, celui sans lequel ma procédure ne pourrait pas avoir lieu, j'ai réussi de justesse à le sauver et à le convaincre de passer aux aveux que ses complices auraient été bien avisés de faire plus tôt. Et tout ça pour rien ?

Je ne dévoilai rien de toutes ces réflexions alors que Miss Garises se tenait devant moi, mais je pense qu'elle devina ce à quoi je pensais, car elle dit :

« Il reste encore une possibilité. »

Elle avait raison, il restait une possibilité. Et c'est pour cela que je suis devant vous aujourd'hui, votre honneur. C'est pour cela que vous êtes assis là-haut et que vous dirigez un procès qui risque fort de causer plus de désagréments à certains des témoins convoqués qu'à l'accusé lui-même. Vous devriez en tenir compte. Soyez bien conscient que deux affaires sont traitées ici en même temps, deux affaires dans lesquelles les rôles ne pourraient pas être plus inégalement distribués.

D'un côté se déroule le procès au terme duquel le parquet veut sanctionner l'incitation au meurtre de cinq anciens agents du CCB. C'est moi l'accusé de ce procès, et, de ce point de vue, je me déclare coupable. Condamnez-moi, mais n'oubliez pas que c'est moi qui vous ai permis d'entamer cette procédure. Je ne quémande pas l'acquittement, ni des circonstances atténuantes, mais j'exige que le second procès soit mené à son terme avec sérieux et sévérité – le procès de l'affaire qui est à peine évoquée dans le présent acte d'accusation.

J'ai uniquement reconnu les faits afin que ce second procès puisse avoir lieu. C'est le procès que j'ai toujours voulu et n'ai pas pu mener pendant mon mandat, le procès dont ce pays a bien plus besoin qu'il ne veut le reconnaître, celui qui devra établir une fois pour toutes ce qui s'est réellement passé le soir du 12 septembre 1989, comment cela a pu se produire, qui en porte la responsabilité, et qui a, pour quelles raisons, empêché que justice soit faite. Le procès qui révélera enfin la vérité sur le meurtre d'Anton Lubowski.

Et, dans ce procès-là, je représente l'accusation. J'assume ce rôle parce que personne, sinon, ne le fera. Et peut-être que cela n'en restera pas là. Je vous le dis en toute honnêteté : si vous ne faites pas votre devoir de juge, c'est moi qui le ferai. Et même si mon jugement restera sans conséquences pénales, il sera valide face à l'Histoire. Dieu m'en soit témoin !

6

Tombes

Lorsque Clemencia fit remarquer à Fourie qu'il restait encore une possibilité, il n'avoua pas tout de suite, et elle ne le poussa pas. De toute façon, s'il ne déballait pas tout volontairement, il n'y aurait rien à faire. Elle le pria de lui donner un jerrican d'essence, rentra chez elle, s'enferma dans sa chambre et dormit quatorze heures d'affilée, seulement réveillée de temps à autre par les coups de *miki* Matilda à sa porte, les baffles du bar Mshasho, les beuglements de fêtards saouls et les jurons matinaux du voisin qui refusait d'admettre, même après la centième tentative, que le moteur de son taxi ne voulait plus démarrer.

Quand elle réapparut au bureau des homicides, tard dans l'après-midi, Fourie était déjà là depuis plusieurs heures et dictait des aveux détaillés à van Wyk, qui les saisissait sur son ordinateur. Il sourit en voyant Clemencia.

« Je n'ai pas eu de mal à prendre ma décision, vous savez. J'ai juste voulu passer encore une nuit en liberté. Ce sera sans doute la dernière de ma vie », dit-il d'un ton d'excuse.

Fourie avait amené avec lui l'avocat von Fleckenstein, qui semblait d'encore meilleure humeur que d'habitude. Celui-ci rappela aimablement à Clemencia que son frère, ou plus exactement sa famille, lui devait toujours deux cent cinquante dollars, et eut un hochement de tête indulgent quand elle lui demanda de patienter jusqu'au versement de son prochain salaire. Puis il se mit à bavarder, comme si le désir de Fourie de passer aux aveux était contagieux :

« Enfin autre chose qu'une libération sous caution ! J'en ai tellement marre de passer mon temps à minimiser les faits et à inventer des histoires à faire fondre le cœur du juge d'instruction pour tous ces imbéciles de criminels à la petite semaine. Enfance difficile, environnement social prédestinant à la délinquance, seul soutien d'une famille nombreuse, enfants en larmes et moment d'égarement – je ne supportais même plus de m'écouter moi-même. Mais aujourd'hui, c'est du sérieux ! Bientôt, ils ne sauront plus si je suis le défenseur de Fourie ou le procureur en chef. Tous ceux qui ont quelque chose à cacher dans l'affaire Lubowski vont y passer, on sera sans pitié ! Et votre chef, Oshivelo, n'a qu'à bien se tenir !

— Est-ce qu'on peut continuer ? » demanda van Wyk.

Il promit à Clemencia de lui apporter une copie du compte rendu de l'interrogatoire une fois qu'ils auraient terminé.

Elle hocha la tête, bien qu'elle doutât d'y découvrir grand-chose de nouveau. Le plan de Fourie fonctionnerait-il ? Von Fleckenstein parviendrait-il à traîner devant la justice les instigateurs du meurtre de Lubowski – et ces instigateurs, autres que les agents du CCB aujourd'hui morts, avaient-ils d'ailleurs vraiment existé ? Peut-être le procès le révélerait-il dans quelques semaines, dans quelques mois. Ou peut-être pas. En tout cas, Clemencia avait rempli sa mission ; elle ne pouvait rien faire de plus. En exigeant de tout savoir, en s'acharnant à vouloir atteindre un objectif, on perdait toute mesure ; les limites indispensables à la vie en communauté étaient vite franchies. Fourie l'avait fait. Et Angula le ferait si personne ne le freinait et ne le ramenait sur terre.

Clemencia appela chez lui une nouvelle fois. On décrocha après la quatrième sonnerie et une voix d'homme demanda :

« Oui ?

— Angula ? demanda Clemencia, mais ce n'était pas lui.

— Ah, c'est toi, fit la voix de Robinson. Je viens dès qu'on a fini.

— Robinson ? »

Qu'est-ce qu'il faisait chez Angula ?

Le silence se fit, puis Robinson reprit :

« Tu n'es pas encore au courant ?

— De quoi ?

— Une voisine a téléphoné, quelque chose lui paraissait bizarre. Le véhicule de patrouille nous a appelés, et on y est allés.

— Qu'est-ce qui s'est passé ?

— Angula est mort. Empoisonnement du sang, apparemment à cause de sa morsure. Le docteur est encore là, il pourra t'expliquer ça mieux que moi. Tu veux que je te le passe ?

— Non », répondit Clemencia.

Elle ferma les yeux et vit devant elle les pupilles jaunes du bull-terrier ; même lorsqu'elles s'éteignirent, les mâchoires enserraient toujours la main d'Angula.

« On aurait pu le sauver s'il s'était fait soigner à temps. Le docteur dit qu'Angula a forcément remarqué que quelque chose n'allait pas, il a dû beaucoup souffrir. Son bras était décoloré et tout gonflé. »

Clemencia repensa aux conversations téléphoniques nocturnes qu'elle avait eues avec Angula. Elle lui avait demandé des nouvelles de sa main, et il avait répondu qu'il allait bien, qu'il finirait par guérir, que tout était en ordre. Et elle, devinant qu'il mentait, avait fait semblant de le croire, parce qu'elle n'avait aucune envie de se coltiner ses problèmes. Elle avait elle-même déjà bien assez d'ennuis comme ça.

« Mais pourquoi est-ce qu'il n'est pas allé à l'hôpital, bon sang ? » dit encore Robinson.

Après qu'ils eurent délivré Oshivelo, Angula avait affirmé ne pas se sentir très bien. Clemencia avait pris cela pour un prétexte, croyant qu'il la laissait tomber et voulait simplement rentrer chez lui pour se consacrer à son obsession de la conspiration de la SWAPO. Et c'était sans doute ce qu'il avait fait. Mais cela n'excluait pas le fait qu'il s'était vraiment senti mal. Clemencia aurait dû s'en apercevoir.

« Tu es toujours là ? demanda Robinson.

— Oui.

— Il est allongé sur son lit, maintenant. Je reste ici jusqu'à ce que ce fichu corbillard se décide à arriver.

— Bien, dit Clemencia.

— Bon, alors…

— Où l'avez-vous trouvé ? demanda-t-elle.

— Il était assis à sa table, à moitié allongé dessus, comme s'il s'était endormi là.

— Emportez ses notes ! » dit Clemencia.

Elle les lirait toutes, sans idées préconçues ; s'il ne s'agissait que d'insinuations sans fondement, elle les détruirait. Mais avant cela, pensa-t-elle, je vais toutes les lire, Angula, je te le promets !

« Quelles notes ?

— Il doit y avoir des carnets ou des feuilles volantes, je ne sais pas ! Un tas de papiers pleins de notes !

— Non, il n'y a rien du tout, répondit Robinson.

— C'est impossible ! Peut-être que quelqu'un a déjà fait le ménage.

— Je sais que tu ne peux pas me sentir, s'emporta Robinson, mais je ne vais pas te laisser me coller ça sur le dos ! On est arrivés à quatre, ici, Tjikundu, moi, et deux collègues en uniforme. Personne n'aurait pu faire disparaître quoi que ce soit sans être remarqué, et pourquoi on aurait fait ça, de toute façon ? Il ne manquerait plus que tu nous accuses d'avoir tué Angula et soudoyé le toubib pour qu'il délivre un certificat de décès falsifié ! Et maintenant, on n'a plus qu'à espérer que personne ne remarque qu'il a le crâne défoncé, c'est ça ?

— C'est bon, Robinson, calme-toi », dit-elle avant de raccrocher.

Elle ne savait plus que penser. Elle n'avait jamais vu les notes prises par Angula. Peut-être qu'elles n'existaient effectivement pas. Peut-être avait-il menti sur ce point, comme il avait menti sur son état de santé. Et elle, elle avait voulu le croire pour ne pas avoir à se demander ce qui le tourmentait réellement pendant ses nuits sans sommeil. Que savait-elle d'Angula, sinon que maintenant, il était mort ?

Tout semblait échapper à Clemencia. Ce qu'elle avait jusque-là tenu pour des certitudes se dissolvait. Tout ce qu'il restait des gens, de leur souvenir, c'étaient des ombres, l'impression de n'avoir jamais dit les choses les plus importantes ni posé les questions décisives. Elle n'aurait pas été étonnée de voir du brouillard se former devant sa fenêtre, en haut et en bas, à gauche et à droite – un épais brouillard gris à travers lequel chaque mot prononcé dans la rue aurait sonné comme un cri à demi étouffé. Pourtant, rien de tout cela ne se produisit. Dehors, le soleil brillait dans un ciel d'un bleu éclatant. L'air était pur et la chaleur beaucoup moins étouffante qu'avant le premier orage. On aurait presque pu dire que c'était une belle journée.

Clemencia referma la fenêtre. Son portable toujours à la main, elle chercha le numéro de *miki* Selma.

« Clemencia, je suis à une réunion du chœur très importante, alors fais vite !

— Je voulais juste…

— Quoi ?

— Parler.

— Ma petite fille, dit Selma, tu appelles vraiment au mauvais moment. On est en train d'élire le nouveau chef de chœur, et je pense, comme beaucoup d'autres ici, que ça ne peut pas continuer ainsi. Car, comme dit le proverbe, ce qui te rampe le long du pied finira par te ramper le long de la jambe. Mais tout le monde n'est pas encore du même avis, alors… Bon, je t'expliquerai tout ça une autre fois. J'aurais bien voulu te rappeler plus tard, mais…

— … tu n'as plus de crédit, compléta Clemencia.

— Réessaie dans deux heures ! » lança Selma avant de raccrocher.

Miki Matilda, quant à elle, recevait justement un nouveau patient potentiel, et n'avait donc pas non plus le temps de discuter. Elle passa tout de même son téléphone au père de Clemencia. Prise d'une inspiration subite, Clemencia lui dit vouloir se rendre au cimetière, sur la tombe de sa mère.

« Tu viens avec moi ?

— Non », répondit-il après quelques secondes d'un silence pesant.

Son père était un vieil homme brisé. Clemencia ne voulut pas le bouleverser, et encore moins lui faire des reproches.

« D'accord, pas de problème ; je posais seulement la question. »

Elle irait tout de même ; elle commencerait par acheter des fleurs, autant de roses rouges qu'elle pourrait en payer avec l'argent qu'elle parviendrait à emprunter à van Wyk, puis elle irait au cimetière de Katutura. Elle aurait juste préféré ne pas y aller seule.

En sortant, cinq roses à la main, de la boutique du fleuriste à l'angle d'Independence Avenue et de Fidel Castro Street, elle appela Claus Tiedtke. Il était en ville pour un reportage : pendant des travaux, des ouvriers municipaux avaient déterré un squelette d'animal fossilisé devant l'entrée du quartier de Barcelona.

« Il pourrait s'agir d'un saurien préhistorique ! On n'en sait pas plus pour le moment, on attend un spécialiste sud-africain qui a confirmé sa venue immédiate dès qu'il a vu les premières photos. Les habitants de Barcelona râlent parce qu'ils ne peuvent plus sortir de chez eux qu'à pied, j'ai déjà récolté quelques belles citations. Le plus étonnant dans tout ça, c'est le soin qu'ont mis ces hommes à déterrer les ossements. Je n'aurais jamais cru que des ouvriers municipaux puissent faire attention à ce qu'ils détruisaient avec leurs outils – que ce soit des canalisations ou des trésors archéologiques. »

Clemencia ne lui révéla pas qu'il s'agissait là de son frère Melvin et de ses copains, ne lui avoua pas non plus que sa voiture était restée bloquée dans le lit d'une rivière à cinquante kilomètres de Windhoek, et lui demanda encore moins de l'accompagner au cimetière, alors que c'était pourtant pour ça qu'elle l'avait appelé.

« Bon, on se rappelle bientôt ? dit-elle simplement.

— Ce soir, par exemple ?

— Oui, pourquoi pas ? »

Clemencia mit presque une heure à rejoindre Katutura à pied. Le portail grillagé du cimetière était ouvert. Les anciens l'appelaient Golgotha, mais Clemencia ignorait si c'était son nom officiel. La zone située juste après la grille ressemblait à un terrain vague couvert d'éboulis. Sur une surface grande comme un terrain de football, pas un arbre, pas un buisson, seulement des petits tas de terre qui auraient pu être des fourmilières s'ils n'avaient été disposés en ligne droite, très proches les uns des autres, et si chacun n'avait pas été marqué d'une pierre au sommet arrondi portant un numéro. 751, 752, 753. C'étaient les tombes des enfants. Des nourrissons et des jeunes enfants morts, sans stèle et sans nom dont quelqu'un aurait voulu se souvenir. Il y en avait trop, beaucoup trop.

Clemencia tourna à gauche et avança en longeant le mur. Le terrain descendait en pente douce, quelques acacias rabougris poussaient dans un coin. Elle arriva aux numéros à quatre chiffres. De plus en plus de pierres tombales apparaissaient au milieu des buttes de terre, certaines fendues et renversées, d'autres à peine effleurées par le vent, la pluie et l'oubli. Deux des tombes étaient ornées de gerbes en plastique, mais Clemencia ne vit pas une seule vraie fleur, sans même parler de plante. Il n'y avait pas d'eau, ici. Le pays des braves était déjà assez rude pour les vivants, on ne pouvait pas, en plus, se préoccuper d'apaiser la soif des morts.

Elle observa les cinq roses qu'elle tenait à la main. Le rouge profond de leurs pétales, le vert vif de leurs tiges semblaient ici déplacés. Et alors ? La tombe de sa mère serait la seule à être ornée de fleurs, c'est tout. Elle devait se trouver par ici. 5821, 5822. De toute façon, dès que Clemencia aurait quitté le cimetière, un des employés ramasserait ses fleurs pour les offrir à sa petite amie, à sa femme ou à sa mère, laquelle essaierait de les revendre pour quelques dollars au bord de la route afin de pouvoir s'acheter de la farine de maïs. Et pourquoi pas ? Clemencia voulait seulement les déposer sur la tombe de sa mère, ça suffirait.

6212, 6213. Clemencia ne se souvenait plus du numéro de la concession, mais elle devait être quelque part dans la partie sud-ouest de Golgotha. Depuis combien de temps n'était-elle plus venue ici ? Est-ce qu'il ne fallait pas passer devant cette tombe à la clôture grillagée, sur la gauche ? Elle se souvenait d'une petite pierre tombale grise qui ne portait que le nom de sa mère, peut-être aussi ses dates de naissance et de mort, mais elle n'était même plus certaine de cela. 6554, 6555. Il y avait bien trop de morts. Peut-être ferait-elle mieux de poser la question à son père ?

Elle se pencha et balaya de la main quelques cailloux de sous une pierre tombale renversée. La terre était sèche, sans une trace de la récente pluie. Elle essaya de relever la pierre pour pouvoir lire le nom y figurant, mais elle était trop lourde. Celle de sa mère était différente, de toute façon – plus claire, plus petite. 6808, 6809. Elle l'avait sûrement déjà dépassée. La tombe se trouvait au milieu d'une rangée, mais elle voyait déjà devant elle le mur d'enceinte, fraîchement repeint de rouge et de jaune. Trois jeunes garçons s'y tenaient en équilibre. Ils semblaient avoir deux ou trois ans de plus que Timothy. Derrière s'étendait une rue avec des maisons au toit plat, peut-être un peu plus pauvres que le quartier de Clemencia, mais tout de même faites de briques. Les bidonvilles aux cabanes de tôle ondulée ne commençaient que plus loin à l'extérieur.

Clemencia appela *miki* Matilda et lui dit vouloir parler à son père.

« Est-ce que tu es là-bas ? demanda-t-il.

— Je ne me souviens plus du numéro de la tombe, dit-elle.

— Je… Je n'y suis jamais allé, avoua son père. Pas une seule fois. Je n'ai jamais pu. »

6949, 6950.

« Après l'enterrement…

— Ne t'inquiète pas, je trouverai bien ! »

Clemencia continua à longer les tombes. 6961, 6962. Ça ne pouvait pas être aussi loin ! Elle ferait mieux de faire demi-tour et de reprendre sa recherche aux numéros commençant par 5. Encore une rangée.

6968. Elle s'arrêta. La tombe devant elle n'était pas celle de sa mère, mais peut-être qu'elle lui aurait plu. Elle était recouverte d'un gravier clair retenu par une bordure de granit gris sombre, dans lequel était également taillée la pierre tombale. On y avait gravé en lettres blanches : « Anton Lubowski, 3 février 1952 – 12 septembre 1989. Nous sommes fiers de toi. Tes parents, tes frères et sœurs et tes enfants ».

À part la boîte de fer-blanc rouillée qui gisait, renversée, sur les graviers, la tombe était bien entretenue, propre, sobre, et plus résistante que celles formées de monticules de terre, qui poussaient du sol comme des tumeurs hideuses et risquaient d'être aplanies à chaque pluie violente. Si le mort enterré là n'avait toujours pas trouvé la paix, ce n'était pas à cause de sa tombe. Clemencia lui aurait souhaité de trouver cette paix. Et c'était tout. Il ne lui vint aucune réflexion sur la vérité et le mensonge, l'héroïsme et la trahison, la justice et l'usurpation. Il y a trop de morts, se dit-elle.

Elle redressa la boîte de métal, puis la déplaça plusieurs fois à droite et à gauche avant de la retirer complètement du lit de gravier. Les trois garçons étaient descendus de leur mur et s'approchaient, curieux. Clemencia essaya de disposer les roses dans la boîte, mais elle était trop plate, son ouverture, trop large. Les fleurs s'écartèrent, penchant la tête. C'était pathétique.

« Qu'est-ce que tu fais ? » demanda l'un des garçons.

Clemencia étala les roses sur le gravier clair et les disposa en éventail. C'était déjà mieux.

« C'est ton mari qui est enterré ici ?

— Non, répondit-elle en secouant la tête. C'est la tombe d'Anton Lubowski. »

Le garçon se gratta le bras. Sa peau était écorchée et paraissait irritée. Il demanda :

« Et c'était qui, Anton Lubowski ? »

Note de l'auteur

Depuis que j'ai entendu parler d'Anton Lubowski, sa personnalité et le meurtre dont il a été victime m'ont captivé sans plus jamais me laisser en paix. Je n'ai pas eu la prétention de résoudre cette affaire vingt ans après, mais je n'aurais pas non plus pensé échouer de manière aussi magistrale. Plus j'avançais dans mes recherches, plus les faits et leurs circonstances devenaient confus et contradictoires. Je mis un bon moment à réaliser qu'il s'agissait là pour moi d'une chance à saisir. Alors seulement, je commençai à raconter ce qui *pourrait* résulter d'un fait réel lui-même impossible à tirer au clair, du moins pour moi. *L'Heure du chacal* est donc un roman. Il ne prétend pas reproduire la réalité historique, mais souhaite raconter une histoire qui comporte sa propre réalité. Il ne peut évidemment pas se substituer à une élucidation juridique des événements, mais s'il devait contribuer à remettre le meurtre d'Anton Lubowski à l'ordre du jour pour que, peut-être, justice puisse enfin être faite, j'en serais très heureux.

Je suis conscient que ce roman rouvrira de vieilles blessures et incitera certaines personnes ayant pris part d'une manière ou d'une autre aux événements réels, ou en ayant subi les conséquences, à protester. Je tiens donc à préciser que les personnages apparaissant dans ce livre sont uniquement issus de mon imagination, même si je leur attribue des actes qui se sont effectivement produits. Donald Acheson, Chappies Maree, Slang van Zyl, Staal Burger et Ferdi Barnard étaient toutefois réellement des agents du CCB, qui ont, avec d'autres, été cités comme responsables du meurtre d'Anton Lubowski lors de l'enquête judiciaire préliminaire de 1994.

Donald Acheson a fui en Afrique du Sud après sa libération, en 1990, puis a été expulsé vers Londres en 1991. Il n'est jamais réapparu.

Ferdi Barnard a été condamné en 1998 à la prison à perpétuité, entre autres pour le meurtre de l'activiste anti-apartheid David Webster. Il est toujours à la prison centrale de Pretoria.

Slang van Zyl, Staal Burger et Chappies Maree firent en 2001 une demande d'amnistie devant la Truth and Reconciliation Commission d'Afrique du Sud pour des crimes qu'ils avaient commis en tant que membres du CCB. Celle-ci leur fut refusée sur presque tous les points. À part cela, ils vivent aujourd'hui en paix en Afrique du Sud : Burger dirige une exploitation de canne à sucre au Kwazulu-Natal, van Zyl est détective privé et résout efficacement des affaires criminelles sur lesquelles la police s'est cassé les dents. Lui et Chappies Maree attaquent volontiers en justice les auteurs qui les présentent comme de dangereux criminels.

Quant à l'implication d'un membre de la SWAPO dans le meurtre de Lubowski, elle est tout aussi incertaine dans la réalité que dans mon roman.

Toute personne trouvant inadmissible mon évocation romancée de ce qui aurait pu se produire est libre de se tourner vers les tribunaux. Peut-être un procès aura-t-il alors lieu, qui pourra enfin apporter la lumière sur toute cette affaire et, comme le dit un de mes personnages, « risquera fort de causer plus de désagréments à certains des témoins convoqués qu'à l'accusé lui-même ».

Certains de ceux auxquels je dois une grande reconnaissance ne souhaitent pas être cités ici nommément. C'est pourquoi je me contente d'un remerciement général adressé aux nombreuses personnes qui me sont venues en aide en me fournissant les informations les plus variées. Elles sauront se reconnaître. Sans elles, ce livre n'aurait jamais vu le jour.

Glossaire

AFRIKAANS : langue issue du néerlandais parlée par les Boers du sud de l'Afrique ; de nos jours, langue familière de nombreuses parties de la Namibie.

BAAS (afrikaans) : terme employé historiquement par les serviteurs noirs pour s'adresser à un Blanc. Parfois utilisé aujourd'hui dans le sens de « chef » ou de « propriétaire de ferme ».

BAKKIE (afrikaans) : véhicule tout-terrain à surface de chargement ouverte ; pick-up.

CIVIL COOPERATION BUREAU (CCB) : organisation secrète nominalement indépendante mais étroitement liée à l'armée sud-africaine, qui exista de 1986 à 1990 et combattit principalement les activistes anti-apartheid en usant de violence.

COMMISSION HARMS : commission mise en place par le président sud-africain F. W. De Klerk en 1990, sous la direction du juge Louis Harms, pour enquêter sur les commandos de policiers meurtriers.

DAMARA : ethnie namibienne d'origine négroïde mais dont la langue et la culture la rattachent aux peuples khoïsan.

FARMBAKKIE : Voir Bakkie.

HAITSI-AIBEB : dieu des peuples khoïsan caractérisé par sa ruse et sa capacité à se réincarner.

HERERO : ethnie namibienne du groupe linguistique bantou.

HEROES' ACRE / HELDENACKER (« Hectare des Héros ») : monument dédié aux héros du combat pour l'indépendance namibienne, situé quelques kilomètres au sud de Windhoek.

KATUTURA : township fondé en 1959, à la suite de la séparation raciale, dans lequel la population noire de Windhoek fut installée de force.

KOEVOET : unité de police paramilitaire sud-africaine active de 1978 à 1989 qui combattit les rebelles de la SWAPO avec le soutien d'éclaireurs locaux.

KWAITO : style musical apparu dans le sud de l'Afrique dans les années 1990, similaire au hip-hop. Il tient probablement son nom des termes *kwaai* (« méchant » mais aussi « cool » en afrikaans) et *to* (de township).

MENEER (afrikaans) : Monsieur.

MEVROU (afrikaans) : Madame.

MIELIEPAP (afrikaans) : bouillie ou purée de maïs.

MIKI (damara-nama) : terme désignant la tante, quand il s'agit de la sœur du père ou de la femme du frère de la mère. Comme formule d'adresse directe, on emploie « mikis », sans nom propre.

MSHASHO (oshivambo) : arme à feu portative ; nom d'une célèbre maison de disques spécialisée dans la musique kwaito (cf. ci-dessus).

NAMA : ethnie namibienne du groupe linguistique khoïsan.

NG KERK, NEDERDUITS GEREFORMEERDE KERK (afrikaans) : église réformée d'influence calviniste présente en Afrique du Sud et en Namibie.

RAND : monnaie sud-africaine de même valeur que le dollar namibien (1 = 1).

SPRINGBOK : antilope ; surnom de l'équipe nationale de rugby sud-africaine.

SWAPO (South-West Africa People's Organisation) : organisation de libération fondée en 1960 par Sam Nujoma, entre autres, qui prit les armes contre l'occupant sud-africain dès 1966 et gouverne le pays depuis l'indépendance de 1990 avec une majorité absolue.

TRUTH AND RECONCILIATION COMMISSION (Commission pour la vérité et la réconciliation) : commission mise en place en 1995 en Afrique du Sud chargée d'enquêter sur les violations des droits de l'homme perpétrées pendant l'apartheid, de réhabiliter les victimes et d'accorder l'amnistie sous certaines conditions à des coupables désireux de coopérer.

TSOTSI : désigne un gangster dans les townships du sud de l'Afrique. Vient probablement du mot sesotho *tsotsa*, « s'habiller de manière tape-à-l'œil ».

RÉSOLUTION 435 DES NATIONS UNIES : résolution du Conseil de sécurité de l'ONU du 29 septembre 1978 soutenant la création d'un État namibien indépendant et ordonnant à l'Afrique du Sud de se retirer du territoire.

VISION 2030 : programme à long terme instauré par la SWAPO en juin 2004 destiné à faire atteindre au niveau de vie namibien les standards d'un pays industrialisé.

WANAHEDA : township voisin de Katutura dont le nom est composé des premières lettres des quatre ethnies (O)Wambo, Nama, Herero et Damara.

XHOSA : peuple sud-africain du groupe linguistique bantou.

Composition réalisée par Nord Compo

Cet ouvrage a été imprimé en France
par CPI Bussière
à Saint-Amand-Montrond (Cher)
en avril 2013

PAPIER À BASE DE
FIBRES CERTIFIÉES

LE MASQUE
s'engage pour l'environnement
en réduisant l'empreinte carbone
de ses livres.
Celle de cet exemplaire est de :
850 g éq. CO_2
Rendez-vous sur
www.lemasque-durable.fr

N° d'édition : 01. — N° d'impression : 2002550.
Dépôt légal : juin 2013.